Writing of Evils
in
Richard Wright's Fiction

赖特叙事作品的
恶之书写研究

庞好农 —— 著

中央编译出版社
CCTP Central Compilation & Translation Press

图书在版编目（CIP）数据

赖特叙事作品的恶之书写研究／庞好农著. —北京：中央编译出版社，2019.8
ISBN 978-7-5117-3725-0

Ⅰ. ①赖… Ⅱ. ①庞… Ⅲ. ①赖特-小说研究 Ⅳ. ①I712.074

中国版本图书馆 CIP 数据核字（2019）第 112690 号

赖特叙事作品的恶之书写研究

出 版 人：葛海彦
出版统筹：贾宇琰
责任编辑：苗永姝
责任印制：刘　慧
出版发行：中央编译出版社
地　　址：北京西城区车公庄大街乙 5 号鸿儒大厦 B 座（100044）
电　　话：(010) 52612345（总编室）　　(010) 52612335（编辑室）
　　　　　(010) 52612316（发行部）　　(010) 52612346（馆配部）
传　　真：(010) 66515838
经　　销：全国新华书店
印　　刷：北京时捷印刷有限公司
开　　本：710 毫米×1000 毫米　1/16
字　　数：264 千字
印　　张：20
版　　次：2019 年 8 月第 1 版
印　　次：2019 年 8 月第 1 次印刷
定　　价：88.00 元

网　　址：www.cctphome.com　　邮　　箱：cctp@cctphome.com
新浪微博：@中央编译出版社　　　微　　信：中央编译出版社(ID: cctphome)
淘宝店铺：中央编译出版社直销店(http://shop108367160.taobao.com)
　　　　　(010) 55626985

本社常年法律顾问：北京市吴栾赵阎律师事务所律师　闫军　梁勤
凡有印装质量问题，本社负责调换，电话：(010) 55626985

目　录

第一章　赖特与恶之书写 …………………………………………… 1
　第一节　赖特生平 ………………………………………………… 1
　第二节　恶之书写的哲学成因 …………………………………… 8

第二章　种族关系张力与人性演绎 ………………………………… 25
　第一节　种族隔离之恶 …………………………………………… 26
　第二节　种族仇恨之恶 …………………………………………… 30
　第三节　文化移入之恶 …………………………………………… 36
　第四节　内化种族歧视之恶 ……………………………………… 50

第三章　自然主义视阈下的人性之恶 ……………………………… 60
　第一节　双重意识折射出的人性之恶 …………………………… 61
　第二节　美国黑人的隐形性与局外性 …………………………… 67
　第三节　黑人的他者身份与白人的人性之恶 …………………… 80
　第四节　美国梦与黑人噩梦 ……………………………………… 94
　第五节　《几乎是个男子汉》：身份危机的另类呈现 ………… 103

第四章　反启蒙化语境下恶的繁衍 ………………………… 111
第一节　黑人母亲的母性异化 ……………………… 112
第二节　父权制与黑人女权沦丧中的性恶表征 ……… 121
第三节　《黑色长歌》：种族关系冲突中的路西法效应 … 131
第四节　《火与云》：政府的路西法效应 …………… 140

第五章　文化认同危机中的大千世界之恶 ……………… 147
第一节　黑人的身份认同危机 ……………………… 147
第二节　黑人的理想认同危机 ……………………… 157
第三节　"别格"众生相与自我维权中的人性之恶 … 165
第四节　黑人生存危机中的"叛逆"与"固守" …… 181
第五节　《什么工作都能干的人》：黑人女性的职场危机 … 189
第六节　《嗨，上帝可不是像那样……》：后殖民表征与世界种族主义之恶 ……………………………………… 198

第六章　心理危机与人性扭曲 …………………………… 211
第一节　《住在地下的人》：精神分析视阈下的性恶书写 … 211
第二节　《杀影子的人》：心灵恐惧与种族关系 …… 220
第三节　《成人礼》：惊惶与恐惧中的人性沦丧 …… 229
第四节　《野性的假日》：心理扭曲与人性变异 …… 236
第五节　《父亲之法》：黑人版的俄狄浦斯情结 …… 249
第六节　《去芝加哥的人》：人格违常与人性之病态 … 253

第七章　性恶书写之审美效应 …………………………… 264
第一节　从《善良的黑巨人》看赖特对情境反讽的妙用 … 264

第二节　伏笔·张力·潜意识：《"大男孩"离家》之艺术
　　　　特色 …………………………………………………… 273
第三节　从《河边低洼地》探析赖特笔下的三大叙事张力 …… 281

英文参考文献 ……………………………………………… 291
中文参考文献 ……………………………………………… 301
赖特生平大事记和作品出版 ……………………………… 307

第一章 赖特与恶之书写

从第一批黑人于 1619 年被卖到英属北美殖民地以来,恶劣的自然环境和种族环境把黑人逼入一个又一个艰难的生存困境,并不时威胁着黑人的"自我"。美国黑人的生存处境暗合了萨特的存在主义名言:"他人就是(我的)地狱。"但美国小说家赖特不是只顾一己之私,而是积极主张黑人种族担负起对国家和民族应尽的责任,倡导黑人对社会"介入",鼓励黑人竭力以平等的身份融入美国主流社会。所以,赖特叙事作品的核心思想是反对种族压迫和种族偏见,揭露种族主义社会的黑暗,同时激发黑人民众的种族觉悟和社会责任感,倡导黑人通过自由承担责任来体现价值,实现自我。

第一节 赖特生平

理查德·赖特(Richard Wright,1908—1960)是美国 20 世纪中期的著名作家、非裔美国城市自然主义小说的奠基人,对美国文学的发展和现代非洲裔美国文学传统的形成和发展起着举足轻重的作用。他的短篇小说集《汤姆叔叔的孩子们》(*Uncle Tom's Cabin*,1938)、长篇小说《土生子》(*Native Son*,1940)和自传《黑小子》(*Black Boy*,1945)奠定了他在美国文学史上的重要地位。他是美国文学史上第一位把黑人的愤怒、恐惧和暴力公之于世的美国作家；他的文学作品改变了美国主流社会对黑人的看法，使汤姆叔叔式的黑人形象从美国文坛消失。其作品揭露了美国社会真实的种族关系，让美国白人第一次看到被主流社会忽略甚久的黑人心理和黑人追求。因其对现代美国黑人小说的开拓性贡献，他被美国学界公认为"现代黑人小说之父"。

赖特于1908年9月4日出生在密西西比州纳切兹的一个种植园里，母亲是学校教师，父亲是佃农。他出生后不久，就随父母搬到田纳西州孟菲斯居住，随后父亲抛弃了赖特和母亲，与第三者同居。1914年，母亲埃拉生了重病，年幼的赖特和弟弟被送进孤儿院。1916年母亲病稍好一点，就把赖特和他弟弟带到密西西比，与外婆玛格丽特·威尔森住在一起。外婆和姨妈的宗教狂热阻碍了赖特接受正常学校教育之路，但这没能扼杀他对读书的痴迷和对写作的爱好。十五岁时，赖特写了其文学生涯中的第一个短篇小说《地狱半亩地的伏都》("The Voodoo of Hell's Half-Acre")，并把它发表在当地的一家报纸《南方纪实》上。但是，很可惜，这个短篇小说后来失传了。

1927年赖特在孟菲斯停留了一段时间后就去了芝加哥，找到一份邮局的工作。他利用下班时间广泛阅读文学作品和文史资料，开始投身于文学创作。在大萧条时期，他失去了在邮局的工作，被迫去领社会救济。1932年他加入美国共产党开办的约翰·里德俱乐部。1933年底，他加入美国共产党，为《党的述评》和《新群众》等进步刊物撰写了大量的无产阶级革命诗歌，并且还担任《工人日报》哈莱姆地区特约通讯员。一年后，他觉得党的负责人总是企图控制他的创作内容，妨碍他作为作家的自由，于是就开始疏远共产党。他与美国共产党机构和相关领导人的冲突不断，美国共产党领导人要求赖特在文学创作中严格按党的旨意办，敦促他遵守党的组织纪律；但是，赖特只想按照自己的意愿和真实感受去撰写文学作品，不愿使自己的文学作品成为任何党派的工具。1942年赖特与美国共产党彻底决裂，但在其内心深处仍然信奉马克思主义学说。他认为共产主义的宗旨是正确的,但是奉行共产主义宗旨的美国共产党领导人宗派思想严重,个人权力欲过强,扼杀了作家的创作灵感和对真理的追求。

1937年,赖特写了题为《黑人创作蓝图》("Blueprint for Negro Writing")的重要文章,发表在《新挑战》(New Challenge)杂志的第一期。这篇文章是一份宣言书,表明美国黑人的文学形式和主题内容不同于主宰文坛的白人文学。同时,他还表明了自己与哈莱姆文艺复兴时期作家的区别,他认为哈莱姆作家是美国黑人中向白人乞讨的代表性人物。赖特呼吁美国黑人作家接受马克思主义关于现实与社会的思想,认为马克思主义可以使黑人作家最大限度地获得创作灵感和表达黑人情感的自由。赖特在短篇小说集《汤姆叔叔的孩子们》里按这个创作蓝图构思了自己的作品。这个小说集由四个短篇小说组成,故事都发生在种族歧视和种族冲突严重的南方。这部书使赖特第一次在美国公共事业振兴署(Works Projects Administration,WPA)举办的写作竞赛中获奖。不久,他还获得了古根海姆研究基金(Guggenheim Fellowship)的资助,这为他专心从事文学创作提供了经济保障。

赖特在其文学生涯里发表了大量的诗歌、散文和小说。他大多数作品的主题都涉及美国的种族歧视和社会不公之类的问题。因此,他的作品在很长一段时间里被主流社会视为黑人的政治宣传品,其文学成就遭到贬低或诋毁。出于对美国种族政策的失望,赖特于1946年移居法国。之后,其创作理念和作品题材更加国际化和多元化。他把对种族主义的批判从美国国内转向欧洲和非洲等更广阔的区域。他在法国发表的作品在美国国内的反响平淡,但在法国和其他欧洲国家却有较大反响。有趣的是,他在国际上的知名度越来越高,但在国内的影响力却越来越弱。当时,美国学界有不少人认为,赖特在欧洲发表的作品远离了黑人民族的社会脉搏,对美国种族问题的描写多为臆断,脱离了美国种族形势的实际情况。然而,赖特渐渐远离了种族问题的道德绑架,继续把自己的文学理念和世界观注入叙事类文学作品里,提高读者的善恶认知能力。他在文集《八个人》(*Eight Men*, 1961)里发表了一个描写非洲后殖民问题及其后遗症的短篇小说《嗨,上帝可不是像那样……》(*Man, God Ain't Like That…*),揭露了欧洲白人对非洲土著人的宗教毒害和人格欺凌,表明了其文学主题的国际化倾向。1960年,赖特染上重病。在赖特生命的最后岁月里,其文学创作体裁、手法和思想内容也发生了两大变化:一是热衷于俳句创作,短短几个月里就创作出吟物叹志的俳句四千余首,把日本俳句规则与欧美诗歌写作手法做了较为完美的结合;二是把写作手法转向更深邃的心理叙事。在去世前六周里,他废寝忘食地从事长篇心理小说《父亲之法》(*A Father's Law*)的创作。令人惋惜的是,在小说即将结尾时,赖特撒手西去,留下文坛又一憾事。赖特的大女儿茱丽娅·赖特(Julia Wright)曾说:"这部小说是发自我父亲心灵深处的力作。"① 在她的编辑和整理下,这部小说在纪念赖特一百周年诞辰也就是在2008年得以出版。这部小说探索了不同于赖特前期小说的主题,涉及父子关系、职责与亲情、潜意识与案件推理等方面的心理问题,揭示了赖特对犯罪问题和警探推理的新见解。该小说的面世引起学界对赖特作品的重新解读。赖特的小女儿艾伦·赖特(Allen Wright)和编辑阿诺德·兰普萨德(Arnold Rampersad)整理了赖特的部分遗稿,并于1994年出版了中篇小说《成人礼》。该部遗作揭示了赖特文献中一个鲜为人知的主题——黑人青少年的成长问题。这部小说表明赖特的晚期创作已逐渐从种族抗议主题转向青少年心理话题。这些遗作的出版有助于学界更全面地解读赖特文学作品的精神内涵,探索其作品的文学价值和艺术价值。

赖特的文学作品主要描写从20世纪30年代至50年代的美国种族问题。赖特终身都是马克思主义学说的信奉者,但他不信任美国共产党的

---

① Julia Wright, "Introduction", in Richard Wright's *A Father's Law*, New York: Harper, 2008, p. v.

具体领导人，反感他们非理性和非人性的管理方式。退党后，他仍然坚持不懈地学习马克思主义理论，运用马克思主义观点去观察社会，因此他后来的创作能够比较深刻地发掘生活，揭露社会矛盾和黑暗面，向社会提出控诉和抗议。正如美国评论家欧文·豪尔所言，"《土生子》一出版，美国文化就永远改变了。"① 赖特的作品掀开了美国种族问题的冰山一角，引起美国社会对种族问题的重新认识。

赖特从小目睹了种族主义的各种罪恶。后来，赖特离开南方到北方谋生，见识了各种各样的种族矛盾和人性之恶。因此，他在小说中描写了白人种族主义文化中的人性之恶和黑人在抗击种族主义暴力中出现的人性之恶。白人一方面向黑人灌输白人文化，企图让黑人放弃黑人文化，全面接受白人文化；另一方面又在文化交融和社会生活中处处排斥、打击甚至隔离黑人，最后导致黑人失去本土文化后，游离于白人文化的边缘，成为美国社会的局外人和下等人。白人文化的移入对黑人具有重大的影响，直接导致美国黑人非洲根文化的衰落和非洲裔美国黑人文化的生成。

赖特把在美国社会亲身经历的种族歧视和种族压迫以文学的形式表达出来，抨击不合理社会制度对黑人人权和个性的扼杀，揭露非裔美国人的身份危机。赖特不仅在长篇小说、诗歌和散文等方面取得了杰出的成就，而且在短篇小说方面也独树一帜，在叙事策略和写作手法上不断创新，把心理描写引入情节演绎，与反对种族主义的文学主题相映成辉。

在赖特的叙事作品里，黑人的身份形成于美国文化的移入过程中，与文化移入过程中意识形态的变化密切相关。W. E. B. 杜波依斯在《黑灵魂》(*The Souls of Black Folk*, 1903) 中把黑人的身份特征归纳为双重意识，认为黑人困惑于自己身份的"二元性——一方面是美国人，另一

---

① Irving Howe, "Black Boy and Native Son", *Critical Essays on Richard Wright*, Ed. Yoshinobu Hakutani. Boston: G. K. Hall, 1982, p.41.

方面是黑人"①。他们有时认为自己是与白人无异的美国公民,有时认为自己是有别于白人的黑人。在种族偏见和种族歧视盛行的国度里,黑人发现自己不能享有与白人一样的人权,沦为美国社会的他者。虽然肤色是黑色的,但他们的意识形态在文化移入的进程中越来越白人化。白人社会对黑人的排斥,引起黑人的愤慨,激起黑人对社会公正和民主自由更强烈的追求。黑人双重意识在社会发展和文化移入的冲击下渐渐派生出反抗意识②,促使黑人更加主动、更加积极地追求平等的公民身份,消解自己的社会边缘性。

赖特主要描写了美国黑人的生存困境和种族偏见的非正义性和反人类性。他揭露了这样一个社会现实:在种族主义社会环境里,无论白人还是黑人,都可能在一定环境里释放出自己的恶,从而做出一些危害社会和挑战法律的行为,展现自己人生道路上的性恶认知。善恶的界限不是固定的,而是可变动、可逾越的。赖特所揭露的社会现象类似于菲利普·津巴多(Philip George Zimbardo,1933—)所提出的路西法③效应,有助于探索种族主义社会里各种"恶"的表现形式。从心理学来看,"恶"是指故意对他人进行心理伤害或身体伤害,毁灭他人的生命或理想,犯下反人道罪行。个体的权力存在于社会系统之中,社会系统造就出腐化个性的情境,这个社会系统是指一个社会的法制、政治、经济和文化背景。路西法效应指的就是某种情境系统的力量,经由"心理动力"而将好人转变成为恶魔,而这些心理动力包括:服从权威、去个

---

① W. E. B. Du Bois, *The Souls of Black Folk*, New York: Bantam, 1989, p. 3.
② 第三种意识是黑人在与自己的双重意识搏击过程中产生的,是赖特叙事作品主要黑人人物的精神力量中不可缺少的一部分。第三种意识的构成要素包括:黑人的求生意志、对自我的追求、对男子气概的追求、对主观能动性的运用,对表达自我、完善自我和暴力自我维权的渴望。第三种意识形成于黑人在种族社会里对更美好生活和实现自我的追求过程中。
③ 《圣经》中的"Lucifer"(路西法)是拉丁文,由"lux"(光)和"ferre"(带来)所组成,意思是光之使者。在古希腊神话中,路西法名为晨曦之星。路西法原为上帝身边最美丽、最权势者,因不满上帝要求其下跪于神之子而叛变,最终堕落为魔王,成为地狱主宰之一。

人化与去人性化、被动面向危险、自我保护与合理化。

赖特于1960年去世之后,其文学影响力有所减弱;其作品在相当长一个时期里被不少美国学者视为黑人的政治宣传品,但从20世纪90年代起,米歇尔·法贝尔(Michel Fabre)和小亨利·路易斯·盖茨(Henry Louis Gates, Jr.)等学者开始重新关注赖特的文学成就,克尼斯·肯纳门(Keneth Kinnamon)、小豪斯顿·A.贝克(Houston A. Baker, Jr.)、克瑞格·H.沃纳(Craig H. Werner)等学者致力于发掘和研究赖特作品的原稿和遗作。美国理查德·赖特研究会每年都召开国际学术研讨会,交流"赖特研究"的最新成果。2008年,哈佛大学、夏威夷大学、堪萨斯大学等高校召开了纪念理查德·赖特一百周年诞辰的学术研讨会。美国不少高校举办了"赖特专题研讨会",把赖特研究推向新的高潮,美国的许多高校把赖特叙事作品列入美国文学课程必读的经典书目。为了纪念赖特对美国文学的独特贡献,美国邮政总局于2009年4月发布了把赖特肖像作为面值为六十一美分的邮票,该邮票以大雪覆盖的分租公寓为背景,使人联想起《土生子》中的雪景。同年12月,美国理查德·赖特研究会在犹他大学召开了以"赖特:人、作家,及其在美国和美国文学中的地位"为主题的国际学术研讨会。美国公共事业振兴署联邦作家规划办公室摄制了一个长达九十分钟的赖特专题纪录片《人民之魂:书写美国的故事》(*Soul of a People*: *Writing America's Story*),介绍赖特的作家生平和文学成就。2010年6月,赖特的塑像被正式迎入芝加哥文学名人堂。2012年12月,美国历史区域理事会和历史遗址保护委员会与福尔特·格林协会合作在纽约市布鲁克林区卡尔顿大街175号立了一个大奖牌,还挂了一个匾,上面标明:理查德·赖特1938年曾居住于此,并完成了《土生子》的书稿。

总而言之,赖特被公认为非裔美国城市自然主义文学传统的奠基人和开拓者。他以自己的童年遭遇和南方生活经历为其文学作品的基本素材,揭露种族歧视和种族迫害对黑人的严重伤害和人格毁灭。他把自己对不合理社会制度的愤恨化成文字，形成了性恶书写的独特风格，抨击美国的种族主义制度和白人的种族主义心态，同时也批判了黑人内斗现象，展现了白人和黑人在社会危机中的各种人性之恶。与赖特同时代的一大批作家，或者深受赖特写作风格的影响，或者从自己的不幸经历中形成与赖特风格类似的性恶书写主题，从而彼此呼应。揭露黑人种族黑幕的文学作品风靡20世纪四五十年代的美国文坛，由此而涌现出的作家通常被称为"赖特派"作家或"赖特部落"作家群。

第二节 恶之书写的哲学成因

恶之书写是赖特叙事作品创作的一个重要特征，揭露了种族主义社会里人性之恶的各种表现形式。赖特的恶之书写蕴含着一种独特而深刻的文学美学和伦理寄意，不但实现了"恶是文学的表现"的审美理想，而且还试图通过恶的认知，达到灵魂净化的崇高境界。赖特笔下的恶之书写是作家的个人秉性、存在主义哲学、自然主义哲学和美国独特的种族环境等各种内在和外在因素合力促成的一个艺术奇葩。

一、赖特叙事作品与存在主义思想

理查德·赖特在早年的自学过程中深受法国存在主义哲学家萨特（Jean-Paul Sartre, 1905—1980）的影响，从其个人生活和文学创作中都能看见萨特哲学的影子。他认为，黑人种族和白人种族地位是两个平等的民族，认同人的价值高于一切的存在主义理念；黑人与白人社会虽然是对立的，但也是可以沟通的。两个社会难以彼此脱离，实际上是处于共生状态。

赖特在文学创作中倡导存在主义思想，否定小说的认识作用，认为传统小说不能反映现实，只能在某种程度上揭示人的心灵冲动，给人以享乐和感受的能力，使人的非理性感觉清晰和明确起来。他指出，黑人小说家的目的是创造自己的世界，表达自己的哲学思想和人生感受，而不是艺术地再现客观世界。在这种思想的支配下，赖特叙事作品的主要内容往往是描写荒谬世界中个人的孤独、失望和恐惧。

在叙事作品的创作中，赖特主张把哲理探索和文学创作相结合，以表现存在主义的哲学观点为己任。他的大多数叙事作品是关于种族和人权等的哲理、道德和政治题材，重思想，强调逻辑思维和哲学思辨。赖特反对按照人物类型和性格去描写人和命运。他指出，人并无先天本质，只有生活在具体的环境中，依靠个人的行为来造就自我，演绎自己的本质；小说家的主要任务是提供新鲜多样的环境，让人物去超越自己生存的环境，选择做什么样的人。因此，人物的典型化被退居次要的地位。在文学创作中，赖特强调小说捍卫黑人权益的创作宗旨，提倡作者、人物和读者的三位一体观，认为作家不能撇开读者来写小说，作者的观点不应该是先验的，还必须通过读者去检验；只有当小说展现在读者面前时，在小说人物的活动过程中，作者和读者才共同发现人物的真面貌。这种三位一体的观点，对美国青年一代黑人作家的影响很大，后来，也为美国文坛的其他文艺思潮流派所吸收。

赖特叙事作品的一个显著特色就是文学近似哲学。过去的小说，除了象征神秘的意识流以外，都会很清楚地陈述故事与情节。但赖特叙事作品的故事与现实之间的关联时常超越常理，需要一种哲学性的解读作辅助。例如，赖特的《父亲之法》讲述了一名黑人警官在破案过程中把自己的儿子绳之以法的故事，但由于这部小说的结局未完成，所以芝加哥城里发生的连环谋杀案的真凶仍然显得扑朔迷离。该小说中的故事情节、人物刻画、话语对白等都荒诞到了极点。这部小说不只是文学，也是哲学，它呈现了职责与亲情的冲突。该小说的显著特点之一就是作家以追求正义的抗争来回应自私的人生哲学。他对价值观、人生意义、宗教情怀、生存危机等的诠释可以概括为四个词：惶恐、忐忑、幽默和焦虑。

赖特的文学思想深受时代背景的影响。20世纪三四十年代大萧条时期给美国社会带来了前所未有的经济衰退和生存困境，黑人在大萧条中受到的伤害最大，黑人的尊严、生存权、公民权等在经济衰退中成了被任意践踏的对象，黑人对白人极力宣扬的理性、人道、自由、平等、博爱等失去了信心。黑人是美国公民吗？黑人的人生前途和命运是什么？赖特把更多的关注转向了人性之恶话题，为黑人文学中存在主义哲学观的产生和传播提供了肥沃的土壤。二战后，工业文明的发展并没有给黑人带来很多的幸福感，反而使他们越来越清楚地意识到种族歧视和种族偏见的非正义性和反人类性，于是一股反对宿命论、反抗种族压迫的思潮便应运而生了。赖特的文学创作客观地反映了黑人和白人悲观失望的情绪，体现了黑人要求自由和追求社会公正的强烈愿望。

赖特接受了萨特的存在主义哲学观，认同"人被判定是自由的""存在先于本质"等存在主义哲学命题，认为黑人文学是黑人的一种存在方式。从存在主义哲学观来看，"由于人被判定是自由的，人的本质就不是先定的，而是由其绝对自由的行动造就的；又由于人的行动是绝对自由的，他的活动，包括其文学艺术活动，便必然是各异而非一致的"①。在回答赖特叙事作品如何承载黑人自由的问题之前，先须弄清黑人对其存在的理解方式。赖特把黑人文学这种文学艺术形式看成一种特殊的世界存在方式。这里的"存在"指的是黑人在美国社会的存在（"此在"）和以黑人之视角出发的"他在"。因此，我们可以说：言语即个性化了的黑人英语，黑人文学即个性化语言的个性化组合，这两种独特的世界存在方式构成了黑人文化的重要部分。

赖特首先肯定了文学艺术是对世界的一种把握，认为作家可以通过文学创作来实现自己作为作家的自由。同时，赖特从事文学创作的目的

---

① 罗国祥：《萨特存在主义"境遇剧"与自由》，载《外国文学研究》2001年第2期，第55页。

之一就是用想象的世界来展现黑人的自由。再次，赖特界定了黑人现实主义小说的概念，以想象方式介绍世界；他所描绘的美国社会可以使黑人感到自己的自由，认为小说的题材只能是以黑人或白人寻求自由为主题。赖特的文学创作本质论完全基于这种存在主义自由观，充分肯定了黑人追求自由和社会正义的本性，要求叙事作品创作介入社会生活，使之成为争取黑人民主和自由的工具，具有鲜明的战斗性。从黑人的种族利益出发，强调黑人人权和公民权的必要性，是赖特叙事作品传统的宗旨。赖特在文学创作中把黑人作为小说描写的主要对象，像萨特等存在主义者一样把"文学应当讲人的一切"作为一条"反驳不了的真理"[①]，从而形成了赖特叙事作品的文学创作观。

赖特的文学创作观更是一种人生价值论，是一种直面人生而又超越人生的精神选择。它的意义和全部奥妙都在于为生活在种族偏见社会环境中的不幸黑人提供一种审美的人生方式。[②] 赖特的存在主义思想是对黑人在现实境遇中抗争的一种存在主义描写。从这个意义上说，他们的作品是对传统人生价值观的一种"颠覆"，挑战了美国社会的传统价值观、上帝的终极关怀和历史的未来许诺，确立了定式化的人生态度和价值选择，以个体的抗争来展示人之为人的伟大使命。

赖特叙事作品的存在主义哲学思想主要有两个来源：一个是萨特等哲学家提出和倡导的"理论层面"的存在主义哲学观；一个是以赖特和海姆斯（Chester Himes，1909—1989）等为代表的作家从自己的困难经历中领悟和体验而出的"原生态"的存在主义哲学观。

其实，赖特的文学创作观从属于自由价值论。受萨特存在主义思想的影响，他用"我写作故我存在"的哲学观替换了笛卡尔（Rene Descartes，1596—1650）的"我思故我在"的传统命题。笛卡尔的"我

---

① 张德兴：《萨特存在主义美学述评》，载《学术研究》1990年第5期，第57页。
② 参见马小朝：《萨特存在主义文学的价值论批判》，载《外国文学评论》1992年第4期，第24页。

思故我在"赋予人以超越上帝的权力，但同时又以思维的理性法则限定了自由的内涵。"我写作故我存在"的命题赋予赖特以生存意义和人格独立性。赖特的存在主义思想是美国社会的政治、经济、文化和种族危机在其精神上的反映。在美国种族主义社会里，面对不可理喻的荒诞世界和不幸人生，黑人失去了任何改造社会的希望，因而陷入彻底绝望之中。为了给绝望中的黑人以新的希望，赖特的存在主义作品通常会来个大转向，致力于引导黑人从主观内心世界寻求精神意义。

赖特的叙事作品可以说是美国社会的一面镜子，向人们展示了20世纪30年代至50年代这个时期美国黑人的生存状况以及他们在追求种族平等和社会正义过程中所遭遇的各种生存危机。这些作品描写的事件通常是荒谬的，所反映的社会面貌是扭曲的，但是，辩证唯物主义和历史唯物主义的观点有助于对这些作品进行合理的解读，从而透过这面镜子去了解美国社会的种族问题和人权状况。①

赖特叙事作品贯穿着以人的意识为本、以人的自由为核心的人本主义思想和人道主义思想，反映了当代西方社会中人们要求克服人的异化、争取人的自由的愿望。但是，赖特关于自由的思想根本不是建立在人对自然和社会的认识和改造的基础上的，而只是在人之意识的未来建构上，实际上这仍然是一种抽象的人性论，是一种反理性主义的理论。赖特也承认：虽然人是完全自由的，人总是不断地选择、行动，但在现实世界中人又不能实现其完美的理想。"人并不总是处在可能真正自由地作出选择和决定的境遇中的。可能相反，人十分严重地受到处境的影响。"② 因此，赖特在叙事作品中通常描写人物的冒险、盲动，同时也描写人物的悲观失望，时常把人物设定为走向片面、极端道路的人；这些

---

① 参见黄颂杰：《萨特存在主义哲学的逻辑的考察》，载《中国社会科学》1984年第6期，第61页。
② 〔法〕洛朗·加涅宾：《认识萨特》，顾嘉琛译，北京：生活·读书·新知三联书店1988年版，第126页。

人物最后会堕落成社会的敌人,甚至成为自我的敌人。

赖特叙事作品具有一定的政治进步性和觉悟局限性。赖特在年轻时曾加入美国共产党,为一些美国进步刊物撰写宣传共产主义的文学作品和时事论文,但其哲学思想的发展,从形式上看在向马克思主义靠拢,并试图对自己的自由理论作某些修正,但并没有从根本上放弃存在主义和个人自由的立场,与马克思主义学说和共产党的组织性要求显得格格不入。他无法达到无产阶级革命作家的政治要求,于是渐渐离开了共产党组织。他声称自己是坚定的马克思主义信徒,但拒不接受美国共产党组织的领导,也不愿接受党的纪律约束,认为美国共产党组织过分强调组织纪律性,扼杀了作家的主观能动性和艺术创造性。尽管如此,赖特以捍卫黑人权益和种族平等为中心的文学创作触及了美国社会许多迫切需要解决的现实问题。

赖特在叙事作品的创作中接受了萨特存在主义的基本理论,其叙事作品在一些程度上是对萨特存在主义哲学三原则的文学阐释:

第一,"存在先于本质",这是萨特存在主义三原则中的首要原则。其较为完整的表述是:"如果上帝不存在,至少有一种存在物,在他那里存在先于本质,他须是在任何概念被规定以前就存在的存在物,这种存在物就是人。"① 从非裔美国城市自然主义的角度来阐释,"存在先于本质"这项原则中的"本质"是指"黑人"的本质,"存在"则是指"黑人"所面临的不断变化的社会状况和人生境遇。赖特等作家把这项原则视为黑人作家的基本创作理念,认为文学创作应该显示黑人种族自身的本质,去追寻、创造黑人作家所认定的人生价值和人生意义,为发展黑人种族和捍卫黑人权益摇旗呐喊。

第二,"人人生而自由,人人都可以进行自由选择",这是萨特存在主义思想的第二个原则。萨特强调个人的绝对自由和与这种自由相伴随

---

① 转引自梯利:《西方哲学史》,葛力译,北京:商务印书馆2004年版,第396页。

的责任。"你想成为什么样的人是由你自己去选择去决定的,你的行为所导致的一切后果,正面的也好,负面的也好,都要由你自己去担当。"① 赖特把美国黑人在大萧条时期所面临的境遇和在二战后所面临的诸多选择视为十字路口,黑人的不同选择会产生不同的后果和命运。赖特的作品就常常将黑人置于困境来表现黑人的自由选择并显示其精神本质。例如《土生子》中别格在即将被白人发现的时刻是否该捂住玛丽的嘴?捂住玛丽的嘴,可能导致她窒息死亡;否则,别格有可能被人发现,并遭到残酷的惩罚,因为白人社会对黑人青年男子深夜出现在白人女子卧室的事件是零容忍的。由此可见,萨特的"自由选择"思想赋予个体的人以无限自由度,在任何存在境遇中,他都有多向选择的自由,但责任、后果或灾难也完全由他个人承受。赖特在小说里描写了人们在生存危机中的艰难抉择以及由此而引发的各种悲剧,在小说艺术的建构中营造出令人忐忑不安与兴奋刺激交织在一起的张力氛围。

第三,"世界是荒谬的,人生是痛苦的。"这是萨特存在主义思想的第三个原则,也是他对世界和人生本质的基本认知。相对于"人"而言,"世界"和"人生"都可以看成"自在的存在",也即"物"。既然是"物",它们就有已经被确定的先在本质。这个本质,在萨特看来,就是"荒谬"和"痛苦"。从存在主义哲学来看,既然是本质,那么任何人都是无法改变的。② 赖特把这个哲学理念引入文学创作,把种族偏见和种族歧视描写成美国社会的顽疾,揭露种族主义者导致的各种荒诞事件和悲剧,从多维度展现了黑人在美国社会的痛苦经历。赖特笔下的芝加哥更是黑人的人间地狱,痛苦和荒谬成为其小说的基调。

萨特的上述三个原则被赖特导入其叙事作品创作,表明一个美国黑

---

① 转引自詹志和:《萨特存在主义哲学思想的文学化阐释》,载《中南林业科技大学学报(社会科学版)》2007 年第 4 期,第 2 页。

② 参见詹志和:《萨特存在主义哲学思想的文学化阐释》,载《中南林业科技大学学报(社会科学版)》2007 年第 4 期,第 2 页。

人的生命过程就是在荒谬的世界和痛苦的人生中，通过一个又一个连续不断的自由选择或无奈选择，显示黑人自身本质和创造自身价值的过程。[①] 赖特叙事作品的存在主义思想之所以能在20世纪60年代中后期受到黑人特别是黑人青年的推崇，那是因为它在"民权"与"平等"被践踏的时代，向黑人和有进步思想的白人提供了新的精神指南：相信自己，瞩目未来，抛弃怯弱，摆脱自卑，强化对黑人文化的文化自信，通过自己的努力和奋斗，去创造"黑人"作为"人"的价值，体现"黑人"作为"人"的本质。总之，赖特作为作家的使命就是为黑人的自由而写作，为种族平等而抗争。在叙事作品创作过程中，赖特给人物以自由，给予读者多元化认知的自由，从而也给予了自己更大的自由表述空间。这样，赖特的存在主义哲学观给美国黑人文学理论批评注入了新的评论基础和学界视野。

因此，赖特叙事作品的产生与它所处时代的社会背景是密不可分的：美国大萧条和二战后美国民权运动的兴起是美国种族歧视和种族偏见终结的开端。随着美国民权运动的到来，美国社会进入了种族冲突、人权捍卫和民权改善的推进阶段。此时，虽然美国黑人拥有了前所未有的科技知识、人权意识、海外阅历和精神追求，他们同时也发现了自己的无归属感和局外人感。随着种族主义者对黑人人权的践踏，种族包容的社会框架沦陷，黑人不但在经济和文化方面成为隐身人，而且在政治和个人追求上进入了"社会死亡"状态。黑人的身份危机不但使黑人把自己视为这个社会中的"局外人"，而且还把自己异化成社会的反叛者。在他们迫切需要一种理论来消解自己的异化时，存在主义思想应召而至，成为非裔美国城市自然主义作家的主要哲学观和精神支柱。

---

① 参见詹志和：《萨特存在主义哲学思想的文学化阐释》，载《中南林业科技大学学报（社会科学版）》2007年第4期，第2页。

二、赖特叙事作品与欧美自然主义思想

美国的自然主义文学主张来源于欧洲,在美国的土地上生根、发芽、开花、结果,给19世纪末20世纪初的美国文坛刮来一股清风。这个文学主张与现实主义既有联系又有区别,成为美国文学发展史的重要组成部分。① 与法国自然主义一样,美国自然主义文学也将小说与科学相比,要求作家尽可能地像科学家那样去观察世界和分析文学素材,保持文学创作的绝对客观性。19世纪末20世纪初,美国正处于经济快速发展、社会发生重大变革的时期。资本主义经济战胜了传统的农业经济,工业和物质进步的同时也带来相应的社会和经济问题,阶级矛盾和种族矛盾加剧,底层人民在物质和精神上都受到剥削和压迫。因此,对社会问题的揭露及批判,对底层人民生存危机的真实反映成为这一时期美国自然主义文学的主题。弗兰克·诺里斯(Frank Norris,1870—1902)、斯蒂芬·克莱恩(Stephen Crane,1871—1900)、杰克·伦敦(Jack London,1876—1916)、西奥多·德莱塞(Theodore Dreiser,1871—1945)等是美国自然主义文学的代表人物。"他们借鉴左拉等欧洲小说家的创作手法,以新的科学哲学世界观、新的反叛文学观念与再现模式聚焦美国下层社会,客观真实地再现了普通民众的生存状况和精神面貌。"② 这种创作手法的出现标志着美国作家创作题材和文学观念的重大转变,但因意识形态取向问题在很长一个时期遭受美国主流评论界的抨击和否定。

赖特文学传统是在美国自然主义文学衰落时形成和发展起来的奇葩。赖特的哲学理念主要来源于欧洲的自然主义思想,在文学创作中借

---

① 参见苏新连:《从决定论到自然主义:美国自然主义文学创作》,载《中国矿业大学学报(社会科学版)》2002年第3期,第109页。

② 方凯:《传统与现状:美国自然主义文学研究反思》,载《英美文学研究论丛》2001年第1期,第232页。

鉴了美国自然主义文学的基本理论与创作手法。由于20世纪中期经济形势和种族生存空间的恶化，美国黑人处于社会的最下层，生存状况远远低于白人，许多黑人失业后流离失所。赖特叙事作品竭力真实再现美国黑人的生存窘境。与美国传统的自然主义理论相比，赖特的自然主义理论不但有所不同，而且在某些方面上还有所超越。首先，赖特叙事作品中自然主义思想的产生和发展与大萧条时期的经济衰退和二战后的种族形势有着密切的联系，其产生的根源是当时社会的黑暗现实和种族压迫，而不是受美国现实主义温情类描写的影响。其次，黑人城市自然主义未形成明确的自然主义团体或典型的文学运动，仅在赖特及其追随者的作品中体现。因此，黑人城市自然主义具有多样性，更少受制于美国自然主义中不切实际的理论，更富于灵活性。美国自然主义作家所推崇的宿命论在非裔城市自然主义作家中的影响有限，这避免了极端主义的出现；客观环境的细节描写也不同于欧洲自然主义作家，他们通常基于作品的需要和自身的人生经历来描写，而不是基于法国作家左拉所倡导的有目的、有意识的描摹。最后，赖特并没有彻底否定人的灵魂、自由意志和个性，没有完全贬低人的价值，也没有对人生持完全消极的态度。因此，在一定程度上，赖特对黑人的命运和生活的意义还是有所思考、有所认知的。赖特的《土生子》诞生于美国独特的社会土壤，由于作者深受德莱塞以及美国自然主义独特创作氛围的影响，该小说既体现出美国自然主义文学的一些特征，同时也显示出对传统自然主义理念的超越。

赖特的自然主义思想不同于威廉·迪安·豪威尔斯（William Dean Howells，1837—1920）所倡导的"温情生活"式现实主义，尝试以客观和坦诚的手法描写受环境和遗传控制的来自社会底层的黑人人物。赖特强调世界在道德上是中性的，人们没有自由意志，环境和遗传因素在他们的生活中起主导作用，宗教上的"真理"也是虚幻的。[①] 在赖特的笔

---

① 参见苏新连：《从决定论到自然主义：美国自然主义文学创作》，载《中国矿业大学学报（社会科学版）》2002年第3期，第111—112页。

下，黑人因来自南方或出生于穷苦家庭，难以获得较好的教育和工作机会，解决生计问题成为他们未成年时或成年后的头等大事。黑人青年生活在社会底层，美国梦成为他们心目中的玻璃天花板，可望而不可求，生活中所经历的各种挫折和所目睹的种族压迫激发了赖特的种族正义感和社会正义感，于是他采用性恶书写的方式揭露美国社会的黑人问题。

赖特是左拉倡导的自然主义学说的坚定支持者和实践者，也是将左拉的自然主义写作技巧运用到美国黑人叙事作品创作中的第一位黑人作家。他在青年时代深深地为左拉的理论所吸引，这为其后来的文学创作打上了自然主义的印记。他呼吁黑人作家在文学创作中要致力于探索未曾触及的人的内心深处和人性之恶的社会致因。非裔美国城市自然主义文学可以分为两类：心理城市自然主义和社会城市自然主义。心理城市自然主义以赖特的《杀影子的人》《住在地下的人》《野性的假日》和《成人礼》等作品为代表；社会城市自然主义文学则以赖特的《土生子》《长梦》《局外人》和《今日的主》等作品为代表。

赖特叙事作品具有丰富多彩的空间指向，这主要体现在作品表现题材的地域化特征与作家创作的地域性标志上。将赖特叙事作品从松散的个案研究上升到更广义的地域视角来进行审视，有助于宏观把握这一文学传统的整体特征，拓展以往相关研究的空间维度。[①]作为特定历史时期的产物，赖特叙事作品的触角异常敏锐地捕捉到美国社会的时代气息。二战前后，美国社会的大规模工业化与城市化进程席卷了美国大地，无论是城市还是农村，都无法脱离时代命运的舞弄，被裹挟进工业化的滚滚洪流之中。工业化给美国黑人社区的各个层面带来广泛、深刻、持久的影响，其中城市与乡村不同的际遇和命运顺应了这一时代变迁，目睹

---

① 参见刘秀玉：《当代语境下的美国自然主义文学概观》，载《解放军艺术学院学报》2014年第1期，第59页。

了社会带来的动荡与嬗变。① 在这样的背景下，赖特叙事作品自然而然地形成两个序列，即分别以城市和乡镇为背景展开创作。这种创作上的自觉使赖特叙事作品具备了二元组合的体系性，为我们对美国工业化进程的全景式解读和对深入探索这一时期文学创作与社会变迁的交互作用提供了极好的摹本。

赖特叙事作品大多以工业化进程中的城市为背景，这一情境设置构成了非裔美国城市自然主义文学一个独特的美学景观。赖特的小说《成人礼》（*Rite of Passage*，1994）被称为第一部纯粹的非裔美国城市自然主义小说。故事发生在 20 世纪 30 年代，黑人孤儿约翰尼·吉伯斯（Johnny Gibbs）因出身于妓女家庭，缺乏父母之爱，最后从品学兼优的少年变成了黑帮老大。该小说以自然主义笔调揭示了孤儿的生存窘境。当时的美国社会正处于现代工业的转型时期，随着城市的兴起和不断扩大，美国社会也在经历发展的阵痛，贫困和种族歧视成为不可避免的副产品。约翰尼就处在这样一个无法逃脱的世界中。作为一个十五岁的少年，他试图凭借自己的努力改变生存状态，过上体面的有尊严的生活，成为自己命运的主人。然而，梦想和追求被残酷的现实粉碎，他最后沦为街头流氓。

尽管赖特的大多数小说都铭刻着深深的大城市烙印，但是也有一些作品以广阔的美国乡镇为背景，农场生活和自然法则成为故事的焦点，其中《黑色长歌》（"Long Black Song"，1938）和《河边低洼地》（"Down by the Riverside"，1938）便是两部描写美国南方乡镇的优秀作品。以《黑色长歌》为例，该短篇小说选自赖特短篇小说集《汤姆叔叔的孩子们》，该作品描写了发生在美国南部农场的种族冲突和黑人的英勇抗争，抨击了白人对黑人女性的性剥削和对黑人男性的人权践踏。《河边低洼地》讲述了黑人父亲在洪灾泛滥之

---

① 参见刘秀玉：《当代语境下的美国自然主义文学概观》，载《解放军艺术学院学报》2014 年第 1 期，第 59 页。

际救助家人的感人故事，颂扬了主人公马恩的反抗精神和求真坦诚本性。

纵观赖特叙事作品的主题演绎，不难发现其所涵盖主题的延续性，它体现了一种社会认知方式，一种人文情怀，以及重建黑人价值观的一系列努力。① 作为美国大迁移②的必然产物，赖特叙事作品所呈现的价值体系，标志着美国社会价值观从理想化、人文化到物质化、工具化的变迁，揭示了美国资本主义生产过程作为生产欲望和消费欲望的文化转型所再现的主体"野性"。这个价值体系实则是资本主义社会最根本的"人性"所传承的市民意识和平等意识，已在文化移入中演绎成现代美国黑人的核心价值观。

赖特叙事作品保持其人文主义情怀的宗旨，热切关注大萧条时期和二战后的美国问题，表达黑人作家对人格尊严和人生意义的追问。广义上看，赖特叙事作品在文学史中的作用具有隐喻色彩，折射出美国历史进程中所经历的一段阴霾期。此时，大迁移初期带来的天真无邪与乐观向上逐渐被怀疑取代，新的自信还没有建立，赖特叙事作品以充满想象力的笔触表达黑人的精神诉求，一种颇具悲剧感的崇高精神油然而生。③ 与其他黑人小说一样，赖特叙事作品的内核依然是对黑人前途与命运的深切忧虑。

赖特叙事作品的自然主义特征主要表现在下面四个方面：

---

① 参见刘秀玉：《当代语境下的美国自然主义文学概观》，载《解放军艺术学院学报》2014年第1期，第60页。

② 美国大迁移指的是美国历史上的第一次规模宏大的黑人大移民运动。这次大迁移从1916年前后延续到1929年大萧条爆发后才基本结束。此次黑人大迁徙运动对于美国黑人的命运及整个美国历史进程都产生了深远的影响。在大迁徙的过程中，黑人在经济上进一步改善了自身的状况，在政治上则大大提高了自己的种族觉悟和抗争精神。大迁移为黑人后来发起民权运动奠定了重要的思想基础和政治基础。

③ 参见刘秀玉：《当代语境下的美国自然主义文学概观》，载《解放军艺术学院学报》2014年第1期，第62页。

(一) 人的动物性

《物种起源》宣告人类与其他物种相同，也具有动物的本能。赖特深受达尔文进化论影响，在文学创作中描写了人的动物性，从生物学的角度解释人类行为和人类社会，从而突出人的动物本性和遗传对人的作用。他从白人把黑人视为"动物"或"次人类"的现象入手揭示种族歧视的反人类性和反文明性，认为不把黑人视为"人类"的白人在歧视黑人的同时也丧失了自己的人性，从而沦入"非人类"的类别。

(二) 社会环境对人的影响

自然主义理论强调人作为一种生物受环境和时代的支配，人类一无所有，没有灵魂，没有自由的意志，甚至没有自己的性格，完全受制于社会，没有任何自主性，人类是环境力量的牺牲品。赖特也深受这个理论的影响。由于过分强调环境的重要性，他在小说中通常致力于描写客观环境和客观事物的细节，以此来凸显环境对主人公的影响，把黑人主人公在生活中的一切坎坷都归结于不合理的社会制度和种族偏见。这一创作理念在赖特的《土生子》《成人礼》《住在地下的人》等作品中有较为明显的体现。

(三) 宿命论

达尔文"物竞天择"的生存规律不仅启发了作家从动物性的角度去观察人类，而且由此衍生出的社会达尔文主义使得赖特开始从宿命论的角度看待人生。在赖特看来，黑人在命运面前是微不足道的，完全是被美国的种族主义社会环境和缺乏民权的时代控制的受害者，只能任由外力摆布。赖特描写了这种消极的人生观，但是他将其归结于白人社会的种族暴力和种族压迫。因此，赖特叙事作品中的宿命论是个别人物的宿命论，而不是作家本人的宿命论。赖特并不完全否定人的价值和自我完善的可能性。《"大男孩"离家》中"大男孩"的悲剧命运体现着自然主义式的宿命论，但从文本中可以体会出赖特对于人的命运是抱有希望的,对人的价值也是给予肯定的。因枪杀白人而陷入困境的"大男孩"在小说结尾时,没有因杀死白人而被捕,而是成功地潜逃到芝加哥去追求新的梦想。末尾的幸运结局给小说的宿命论片段描写注入了一点喜剧的色彩,突出了赖特叙事作品的趣味性。

(四) 客观写实和中立态度

美国自然主义作家认为文学作品要客观、真实地反映现实生活,从现实生活中提取素材,且素材应更多地反映社会底层人民的生活和肮脏丑陋的社会现象,同时还主张以科学研究的方式分析事实,重视写实,抛弃过分的夸张。自然主义作家在创作中不作批评和判断,也不发表任何议论。客观写实与保持中立态度则是自然主义作家创作过程中应着重体现的特征。然而赖特叙事作品却并没有体现出作者不偏不倚的态度,而是突破了美国自然主义客观公正且不带感情色彩的原则。赖特在《土生子》《长梦》和《今日的主》里以自然主义的笔调描写了黑人社区的各种人性之恶,真实再现了各个阶层黑人的生存状况。赖特对相关人物的人格缺陷和社会机制问题作了带有倾向性的评述,有利于读者解读当时的社会情境,但是有违自然主义作家在文学创作中的中立立场。

因此,赖特创造性地把将欧洲自然主义理论和美国自然主义思想应用于文学创作中,其小说在本质上仍然是自然主义文学,但作者打破了自然主义理论的局限性,让小说更具可读性,人物刻画更具心理冲击力,更凸显小说写作手法上的反权威性和主题上的反种族歧视性,让读者更深切地感受到作者想要传达的思想内涵和哲理寓意。赖特叙事作品塑造了一大批黑人和白人的他者形象,探讨了大萧条时期和二战后黑人与白人、黑人与社会、黑人与环境以及人与自身的生物局限之间冲突的主题,厚重的人学内涵洋溢其中。赖特不可能真正游离出他所生存的环境;相反,他深深地介入了美国社会的各种种族问题,探索种族冲突和种族疏离的致因和消解策略。时代的变化带来社会、性别、种族、民族、道德等方面的越界,由此引发一系列负面效应的集中爆发。赖特的作品聚焦于再现暴力犯罪的凶残、受害者的脆弱和旁观者的冷漠，活化出一群在种族关系恶化时期无力抗争的他者。他的不懈努力正是人文主义者重建社会道德与文化核心价值的体现，是黑人作家面对社会变迁带来的困惑而进行的艰难求索，是文学创作转型与社会生活转型相辅相成、相互呼应的结果。① 赖特叙事作品的精髓已经融入当代美国黑人文学的血脉中；赖特在对自然主义原则不同程度的坚持中不断发掘和表现新的素材，不断将行进中的世界糅合入其包罗万象的想象中，继续保持对黑人命运和人类文明进步的深切而热忱的关注。

赖特叙事作品是寻求重建黑人文化价值体系和黑人伦理道德观的成果，蕴含着丰富深厚的文艺思想和意旨深邃的价值维度。赖特在与时代变迁进行抗争的过程中，逐渐克服了从南方乡村向北方城市迁徙所必经的精神困惑与心理迷惘，重新确立了黑人的主体意识，重塑了以黑人民族利益为核心的黑人文化与价值体系，并拓展了其内涵和外延。在种族偏见和种族歧视猖獗之时，赖特没有像豪威尔斯等白人作家那样，陶醉于悠闲的写作实验而置身世外，而是积极地观察社会百态，体验黑人民众的生存危机，把自己对人性之恶的观察和认知融合到文学作品里。尽管大萧条时期和二战后赖特叙事作品呈现出与哈莱姆文艺复兴时期不完全相同的主题特色，但其本质依然是关于黑人与社会环境问题的探讨，充满理性的乐观主义精神。"无论这些作品探讨的话题如何千变万化，其核心价值没有根本性改变，那就是在社会转型时期寻求文化价值体系的重建。"②

总而言之，赖特叙事作品标记了美国20世纪中期意识形态、社会文化价值观和美国种族形势的变迁历程。对这些作品的研究可以认知那

---

① 参见刘秀玉：《当代语境下的美国自然主义文学概观》，载《解放军艺术学院学报》2014年第1期，第62页。

② 刘秀玉：《当代语境下的美国自然主义文学概观》，载《解放军艺术学院学报》2014年第1期，第62页。

个时期美国普通民众真实的"精神面貌",加深理解赖特的文学主题和形式所蕴含的社会认识意义,同时也有助于重新评估赖特文学理念的独特性和哲学传统。赖特叙事作品犹如一条涓涓细流,它追求种族平等和社会正义的不屈精神成为美国文学精神的重要组成部分。20世纪70年代以来的美国黑人作家,无论是伊什梅尔·里德(Ishmael Reed,1938—)还是爱丽丝·沃克(Alice Walker,1944—),大多受到了赖特文学传统的影响,在他们的作品中或多或少都有赖特的痕迹可循。毋庸讳言,赖特叙事作品曾经影响过、现在正在影响、将来仍会影响一代又一代的美国黑人作家,甚至一些白人作家。赖特叙事作品的精华已经融入美国文学的主流,成为美国文学和美国文化的重要组成部分。

第二章　种族关系张力与人性演绎

非洲黑人从 1619 年开始不断被西方殖民主义者以劫掠的方式卖到北美大陆为奴。由于当时运输条件差，白人奴隶贩子利欲熏心，许多黑人在途中丧命。从大西洋"中间通道"① 中幸存下来的非洲黑人被强迫在北美大陆十三个英属殖民地当奴隶。他们与非洲文化的直接联系从此被截断，他们本身所持有的非洲文化习俗也遭到欧洲裔白人种族主义者的歧视和打击。美洲白人需要的是黑人的劳力，而不是黑人的文化。来到美洲后的非洲人在奴隶制下被白人强行进行文化移入，他们竭力把黑人规训成永远顺从的终身奴隶。这些黑人的非洲根文化虽然遭受致命打击，但没有被完全灭绝。根文化对人的浸透性和依附性不是任何外来环境和人为因素能够消除的。"在美洲为奴的岁月里，这些黑人竭力保存黑人文化，如音乐、神话、有感染力的制度化结构，形而上学的次序系统和他们的实施方式。"② 美国黑人来自非洲大陆的不同文化圈、不同的地区和部落。在奴隶制社会环境里，他们的非洲文化显得支离破碎，残缺不全。可是，仍然有一些非洲文化成分的痕迹保留在美国黑人的语言、音乐或风俗习惯里。从这些黑人一落入奴隶贩子手里或登上美洲大

---

① "中间通道"（the Middle Passage）是指在奴隶贸易中横跨大西洋从非洲东海岸至美洲大陆西海岸之间的航道。由于船上卫生条件差和装载的奴隶过多，许多非洲人死在途中。据估计，先后有大约六万非洲人死在通往北美十三个殖民地和美利坚合众国的"中间通道"途中。

② Henry Louis Gates, Jr., *The Signifying Monkey: A Theory of African-American Literary Criticism*, New York: Oxford UP, 1988, p. 3.

陆，白人文化对他们的文化移入就开始了。他们在与白人文化的冲撞中一边吸收白人文化，一边固守自己的非洲本族文化。非洲根文化的核心是美国黑人坚信自己是人类，而不是动物或次人类。任何强迫性的或欺骗性的文化移入可能改变黑人的思维方式、语言、风俗习惯和宗教信仰，但难以改变黑人根文化中的核心信仰——黑人是人类。这个基本信条是美国黑人与种族歧视作斗争时必不可少的武器。黑人固有或残留的非洲文化成分已与他们吸收的白人文化融合成为一种新的文化，即：美国黑人文化。美国黑人不断接受白人文化移入，总的发展趋势是非洲文化传统逐渐衰落，以欧洲文化为源头的白人文化成分越来越多地进入黑人生活，影响甚至左右了黑人的意识形态和行为方式。

第一节 种族隔离之恶

不论黑人和白人的矛盾有多么深，他们在美国社会中始终处于共生关系。黑人因历史上的奴隶身份和生理上的黑肤色，一直被白人排斥在美国主流社会之外，遭受到严重的种族歧视和种族偏见。即使美国宪法的第十三①、十四②和十五个修正案③已赋予美国黑人以人的地位和美国社会的公民权，但是白人种族主义者仍然采用各种手段剥夺黑人的公权，把他们贬到二等公民的地位。在谈及美国内战后黑人社会地位的变化时，一名北卡罗来纳州白人很明确地表明了当时大多数白人的态度："如果黑奴获得解放后以平等的身份和我们生活在一起，我们是不可能

---

① 美国宪法第十三个修正案（Thirteenth Amendment to the United States Constitution，1865）宣布废除美国境内的奴隶制。从此，黑人在法律意义上获得了人的身份。

② 美国宪法第十四个修正案（Fourteenth Amendment to the United States Constitution，1867）宣布给予美国黑人以公民权，严禁任何州立法机构限制或剥夺黑人的公民权。

③ 美国宪法第十五个修正案（Fifteenth Amendment to the United States Constitution，1870）正式宣布：每个美国公民，不管来自哪一个种族或以前曾是奴隶身份，都拥有选举权。

高兴的。"① 因此，白人利用其政治优势，千方百计地制定各种各样的法律来限制黑人在奴隶解放后和南方重建②中已获得的人权和自由。早在 1865 年 11 月，密西西比州白人所颁布的隔离法就把黑人与美国主流社会隔离开来，强迫黑人生活在制度化种族歧视的社会环境里。在大迁移期间，成千上万的黑人移居北方；种族隔离导致北方城市里大量黑人聚居区的形成和发展。"合法"的种族隔离和自发性形成的黑人居住区不可避免地加深了黑人与白人之间的种族界限，引起白人与黑人之间无休止的冲突、仇恨和排斥。赖特在其代表作《土生子》中借用别格·托马斯之口指出了这种现象的野蛮性："他们［白人——作者注］画了一条线，叫你站在黑人那边，他们不管你的死活……一旦你想跨过那条线，他们就杀死你。那时他们也觉得有杀你的正当理由了。"(*Native Son*, 298) 很明显，种族界限的划定和种族隔离的实施是白人人性之恶的具体体现，其恶果导致黑人与白人之间难以消解的种族敌视心理。

正如赖特在自传《黑孩子》里描写的："内战后，一些南部州的立法机构颁布了《黑色法典》③ 来控制黑人，践踏他们的公民权。这些法典包括流浪罪条款，迫使黑人继续充当白人房主的体力劳动者。这些法典剥夺了黑人的政治、社会和经济权利。结果，当白人建立起合法的奴隶制时，所有的这三个修正案成为一纸空文。"④ 从 19 世纪 90 年代至 20

---

① Douglas G. Glasgow, *The Black Underclass: Poverty, Unemployment, and Entrapment of Ghetto Youth*, New York: Jossey-Bass, 1980, p. 27

② 重建时期（1863—1877）指的是美国内战后，前南部邦联所辖州在美联邦内重新获得特权的过程。1863 年美国第 16 届总统亚伯拉罕·林肯颁布了"大赦和重建公告"，从此开始了美国南部的重建时期。但在 19 世纪 60 年代共和党的南部州政府陆续垮掉。"1877 年的允诺"结束了重建时期。重建的失败摧毁了美国南部黑人充分获得公民权的希望。

③ 《黑色法典》是指在 1865 年至 1866 年这两年期间由前南部邦联数州通过的州立法律条款，这些法律规定是为控制前奴隶的行为而专门制定的。法典中的大多数条款都是限制获得自由身份的奴隶的如下行为：自由旅行、对工资讨价还价或拥有自卫火器。

④ Robert Felgar, *Understanding Richard Wright's Black Boy: A Student Casebook to Issues, Sources, and Historical Documents*, Westport, Conn: GP, 1998, p. 62.

世纪 60 年代，密西西比州一直否认黑人"公民"的公民权。而且，三K党①和许多其他白人恐怖主义组织经常采用殴打、棍击、绞刑和枪毙等方式对黑人实施私刑，使美国宪法的三大修正案（第十三、十四、十五修正案）成为没有法律效力的文件。1896 年美国联邦最高法院审理了"帕勒斯诉费古荪"一案②，做出了臭名昭著的裁决：美国最高法院支持公共设施种族隔离的合法性，认为"隔离但不失公平"。这项裁决极大地伤害了美国黑人的种族自尊，并且给黑人的生活带来了极大的破坏性影响。赖特的个人经历就是见证：他于 20 世纪 20 年代前后断断续续地上了几年学，就读的全是种族隔离制度下的黑人学校，他在校园内外目睹了种族隔离对黑人的各种伤害。在其从小到大的成长过程中，他几乎没有看到黑人与白人平等的政治、社会、经济或教育机会。

从大迁移时期到赖特叙事作品引以为背景的大萧条时期，美国社会的种族形势依然很严峻。在种族隔离区域内，黑人的生活条件仍然没有得到改善。在北方，种族隔离的行为和规定缺乏法律依据。在这里：

> 它［种族隔离——作者注］是由习惯或法律之外的措施通过正式或非正式的压力来实施的。种族隔离的主要方面是住宅区隔离，以臭名昭著的黑人区为象征。在黑人区里，广大的黑人城市居民集中处于一个永恒的社会疫区的状态。③

---

① 三 K 党（Ku Klux Klan）于 1866 年成立于美国南方，是一个奉行白人至上主义运动和基督教恐怖主义的仇恨黑人的民间团体；该党一直存续到现在，通常被认为是美国最悠久、最庞大的恐怖主义组织。20 世纪三四十年代，三 K 党中有一个称作黑军团的派系在美国中西部活动非常猖獗，以袭击和暗杀共产主义者或社会主义者而臭名昭著。
② "帕勒斯诉费古荪"一案：1896 年 5 月 18 日，美国最高法院确认了关于隔离铁路乘客的路易斯安那州法律。这项裁决确立了一个原则：（供白人和黑人使用的）种族隔离设施只要是平等的，就是符合宪法的，并且不违反美国宪法第十四修正案中关于法律面前人人平等的规定。
③ Harry Haywood, *Negro Liberation*, Chicago: Liberator Press, 1976, p. 75.

第二章 种族关系张力与人性演绎

在赖特叙事作品里，北方芝加哥城的黑人社区与南方克林顿维尔城的黑人区的模式极为相似。这两处的黑人区都是位于城市里最为破烂的贫民区。黑人居民居住在肮脏无比、摇摇欲坠、蚤虱横行的棚屋里，或居住在没有消防设施的公寓楼里。黑人区里，建筑物年久失修、破烂不堪，垃圾无人处理，街道无人清扫。这些黑人社区缺乏基本的卫生条件，居住面积狭小，时常一家人不分年龄大小、不分男女地居住在一间小屋里。此外，"住宅方面的种族歧视意味着高房租和压迫性房租。种族歧视还意味着劣质低等商品和食品在黑人区商店里以比白人区更高的价格出售"①。

在《土生子》里，赖特揭示出：在白人的高压下，黑人被迫居住在种族隔离区内。正如别格在沉思中想到：

> 他们［白人——作者注］使我们［黑人——作者注］像［动物园的——作者注］野兽一样在这里过着没有自由的生活。黑人不能走出黑人区去租房子；他们不得不居住在他们的"线"这边。除了在黑人可以居住的区域，白人房地产老板或业主不会把白人区的房子租给黑人的。
>
> （*Native Son*，211）

赖特指出：在黑人区的隔离生活使别格几乎没有机会接触白人，所以在现实生活中他很难与白人相处。后来，他得到了一份为白人资本家达尔顿家开车的工作，"他通过一层厚厚的滤色镜，带着害怕、焦虑和不信任的情感去看待达尔顿先生一家"②。他对白人世界的惶恐和焦虑使他在第一次近距离接触白人的短短几个小时之后，就闯下了弥天大祸，沦为数条人命的谋杀者。

---

① Harry Haywood, *Negro Liberation*, Chicago: Liberator Press, 1976, p. 76.
② Robert A. Bulter, *Native Son: The Emergence of a New Black Hero*, Boston: Twayne, 1991, p. 34.

赖特在《长梦》里描写了种族隔离问题。密西西比州克林顿维尔城的种族隔离法在黑人和白人之间建立起一条严格的种族界限。黑人被禁止与白人上同一所学校，饮用同一条公用水管流出的水，在同一公园玩耍，坐同一辆公交车或同一节火车车厢，在同一家医院就医，甚至死后也不能埋葬在公墓的同一区域。在种族歧视严重的克林顿维尔城里居住的美国黑人不得不小心翼翼地对待种族界限。否则，他就可能被白人伤害，甚至杀害。

除别格和泰瑞外，《今日的主》中的杰柯和《局外人》中的克洛斯也在芝加哥和纽约过着被隔离的生活。虽然是处于中下阶层的邮局职员，杰柯和克洛斯不得不居住在芝加哥黑人区。他们没有能力跨越种族界限，后来，克洛斯在纽约找到了新生活，但令他失望的是，在住宅方面仍然没能逃脱被隔离的命运。总的来讲，种族隔离和种族界限使黑人在地理位置、社会地位和心理感受等方面被排斥在美国主流社会之外。这种恶性排斥必然会导致黑人与白人之间的相互仇视。实施种族隔离的白人，漠视黑人大众的人权，把黑人视为"他者"。种族隔离的表征是白人讨厌黑人的黑肤色，但实际上是白人为了捍卫自己的经济、政治和文化利益，打着"维护种族纯洁"的幌子，企图把黑人逐出美国主流社会。

第二节　种族仇恨之恶

白人对黑人的仇恨主要是基于白人的种族霸权主义思想。白人认为：黑人在生理、智力和性格等方面不同于白人；黑人在进取心和主观能动性方面比不上白人；黑人与白人混血会导致一个短命而没有生命力的物种出现。这个物种会使白人失去高加索文明所赋予的进步性和创造性品质。①

---

① George M. Fredickson, *The Black Image in the White Mind: The Debate on Afro-American Character and Destiny*, 1817—1914, Hanover, NH: Wesleyan UP, 1971, p.321.

由此可见，当黑人企图摆脱被合法奴役的状况、追求平等地位时，种族偏见或种族反感是白人不可避免的自然反应。白人不愿给予黑人真正的平等地位，因此，黑人在现实生活中被逼入双重意识的窘境。

白人对黑人的仇恨主要表现在与黑人的关系问题上。白人限制黑人接受教育的层次，不让黑人进入联邦的警察队伍和地方的国民警卫队，在住宅方面把黑人隔离开，在公共场所歧视黑人，限制黑人就业机会和就业领域，建立起白人种族主义至上的意识形态，使任何捍卫白人统治的暴力行为合法化。而且，白人种族主义者的目的是："使黑人对未来几乎不抱希望，同时又使黑人不反抗地接受几乎没有希望的未来。"①

白人给黑人造成重大伤害的人性之恶主要表现在法律和法庭方面。白人在法律方面执行双重标准，白人总是被裁决为守法者，而黑人总是被裁决为违法者。尤其是，警察系统是专门用来对付黑人的，而且心照不宣地假定每个白人都是警察的一员。这样，在司法方面就出现了一个双重系统：在白人方面，过度宽容，甚至放纵白人违法者，导致手上沾满鲜血的白人罪犯逃避法律的制裁；在黑人方面，对黑人量刑过度、司法不公，时常做出带有种族歧视色彩的司法裁决。② 在《土生子》里，赖特把别格一案的审理描写成白人仇恨黑人的典型事例。别格一案在某年的2月中旬发生，可在当年的3月初法庭就以惊人的速度判处别格死刑。从白人对别格杀人案的法庭调查到法庭最后对别格处以极刑的整个过程不到一个月。可是在西奥多·德莱塞（Theodore Dreiser，1871—1945）的《美国悲剧》（*American Tragedy*，1925）里的主人公克莱德·格里佛斯也谋杀了一名白人姑娘，但因他是白人，所以法庭对这个案件的审理和判决持续了好几年。这个事件表明白人法庭在司法过程中对白人的生命更为重视。

---

① Richard Wright, "How 'Bigger' Was Born", In his *Native Son*, New York: Harper, 1966, p. xii.

② W. E. B. Du Bois, *The Souls of Black Folk*, New York: Bantam, 1989, p. 125.

白人仇恨黑人的另一个重要原因是对黑人已形成了严重的种族偏见，这个偏见经过数百年的实践和演变，已沉淀为白人文化的一部分。白人拒绝把黑人当作是与他们平等的人。在白人心目中，黑人是丑陋、肮脏和道德低下的生物。在其陈见里，白人习惯于把黑人看成是不识字的牲口，认为黑人虽然对白人温顺，但时常撒谎，爱小偷小摸。白人喜欢的黑人形象是平庸的、没有攻击性的、性格温顺的、咧开嘴傻笑的南方黑人。赖特在《长梦》中描写了一个典型的南方黑人形象——泰瑞。在泰瑞反叛之前，白人警察局长杰拉尔德·堪特利所看到的泰瑞和其儿子费西就是这样的形象。"在这类成见里，黑人不是被描述成忠实的奴仆，就是被描绘成愚蠢的野兽或天真的孩童。"[1] 在白人数代人的文化沉淀中，黑人已被想象为某种僵化的模式，而不是活生生的人；白人把黑人视为不配与白人讲平等的生物体。

白人对黑人仇恨和种族歧视妨碍了黑人的实现自我和满足自我，并且威胁到黑人的生存空间。在种族界限和种族隔离的背后，黑人遭受到物质和精神的双重压榨。白人对黑人的迫害必然导致黑人对白人的仇恨和不信任。黑人与白人之间的隔阂越来越大；白人对黑人的政治、社会和经济的压迫导致越来越多的黑人违法者出现。黑人对自己的犯罪行为有不同的看法：黑人拒绝相信白人证人的证词或白人陪审团的公正性。法庭越是惩处违法的黑人，黑人越是认为白人的裁决不公；随之，黑人蔑视法律的事件就更多。因此，杜波依斯认为：在任何社会犯罪率高的社区的首要问题不是惩罚罪犯，而是防止年轻人被培养成新的罪犯。[2]

赖特在其叙事作品中揭示出：由于被剥夺公民权和遭受种族歧视，他的黑人人物因其种族因素而被局限在美国社会的最底层。白人对黑人

---

[1] Michel Fabre, *The Unfinished Quest of Richard Wright*, Trans. Isabel Barzun, Chicago: U of Illinois P, 1993, p. 288.

[2] W. E. B. Du Bois, *The Souls of Black Folk*, New York: Bantam, 1989, p. 126.

的仇恨和偏见的结果是黑人以同样的仇恨和不信任来回敬白人。种族界限的存在使黑人难以获得社会正义和生存自由。白人放任自己的人性之恶,其对黑人的仇恨把美国社会的法律转变成了不公正的法律。然而,在黑人眼里,"不公正的法律就根本不是法律"①。因此,白人实施法律的双重标准本是想严厉地压制黑人,迫使他们成为被动的守法者,但事与愿违,种族主义者的政策引起更多发生在黑人社区和白人住宅区的案件,进一步加剧了黑人和白人之间的种族误解和种族矛盾。

此外,赖特在小说里还揭露了黑人从小就反感白人警察的现象。黑人对白人起初的态度是害怕,后是质疑,最后演变成了难以消除的仇恨。一个辛辣的讽刺就是:白人警察通常被黑人青年看成是恶棍、流氓和杀人狂。每个黑人社区长大的黑人青年都曾与警察发生过一些冲突。他可能是因在"禁区"(街上)踢球或因小偷小摸而被警方追捕。他们都曾有过被捕、被拘留或被讯问的经历。警察得到了强大的官方支持,而黑人缺乏强有力的政治手段来反击不公正的司法,所以警察对黑人滥用职权的问题长期得不到解决。在赖特的长篇小说《长梦》里,费西和朋友托尼因到白人领地打泥仗被警察逮捕。之后,警察从生理和心理两方面对这两个小男孩进行折磨。这两个小孩是土生土长的美国人,却因"非法入侵他人的私有地界"而被捕。美国小孩不能在美国的土地上玩耍,这是对美国社会司法不公和不合理社会制度的极大讽刺。白人警察对他们的虐待必然会引起和强化他们对白人的仇恨。

从社会心理学来看,针对下层黑人青年的就业歧视也会引起黑人对白人极大的仇恨。白人控制的企业、教育和培训机构大规模排斥黑人,导致大量黑人问题的出现。一个明显的结果就是"下层黑人青年的人数

---

① Roy E. Finkenbine, *Sources of the African-American Past: Primary Sources of American History*, New York: Palgrave Macmillan, 2011, p. 177.

在不断增强,甚至开始追究社会摒弃他们的责任"①。在《土生子》里,别格和他的朋友,都靠社会救济生活,他们几乎没有机会得到一份稳定的工作。在当时的种族主义社会环境里,一份好工作的获得,不是根据人的能力或才能,而是根据人的血统或肤色决定的。这样,黑人很难找到一份稳定工作,更不用说一份令人满意的工作。

作为对种族仇恨和种族歧视的自然反应,黑人在其头脑里隐藏了一个"坏黑鬼",即对白人的敌视心理。黑人对白人的愤怒和仇恨成为他们宣泄人性之恶的反抗性动因。黑人在这一时刻看起来温顺、唯唯诺诺、木讷,但是在另一时刻,他们可能成为令人恐怖的杀手。"一个人更多地接近有社会地位的美国理想,这个仇恨就该更多地被压抑。坏黑鬼是一个蔑视白人的黑鬼,具有彰显黑人男子气概的胆识。"②赖特认为,《土生子》中别格的仇恨和恐惧是黑人种族心理的精神象征。一方面,别格感受到白人的残酷统治剥夺了黑人智力发展的机会;另一方面,对白人的仇恨使他把白人视为仇敌和野兽。别格把一生中遭遇的一切不幸都归咎于白人的种族压迫。在其心目中,达尔顿夫妇、简、伯雷顿和巴克利等人都是黑人的死敌。美国作家切斯特·海姆斯(Chester Himes,1909—1984)认为,别格"知道如果不带仇恨地去屈服于他们[白人——作者注],他就会丧失开飞机或修桥的一切欲望。为了使自己成为一个真正的人,他不得不去仇恨他们"③。在不合理的社会制度里,仇恨能使人保持追求理想的信心和决心,甚至成为他追求理想的源泉。因此,如果白人对黑人的仇恨和厌倦是白人文化不可缺少的一部分的话,那么黑人对白人的仇恨和害怕也已演变成为非洲裔美国文化的一个重要组成部分。而且,当白人企图用对别格违法的惩罚来警告黑人种族

---

① Douglas G. Glasgow, *The Black Underclass: Poverty, Unemployment, and Entrapment of Ghetto Youth*, New York: Jossey-Bass, 1980, p. 16.
② William H. Grier & Price M. Cobbs, *Black Rage*, New York: Basic, 1968, p. 55.
③ Dan McCall, *The Example of Richard Wright*, New York: Jovanovich, 1969, p. 66.

时,别格对白人的仇恨更为强烈,因为白人的行为超越了对单个黑人仇恨的范围。他感觉到白人不仅打算处死他,而且想使他的死产生对单纯惩罚更大的意义。白人把他视为黑人世界的臆想物,想起到杀一儆百的作用。白人的恶毒目的激起他更强烈的反叛精神,导致他对自己的杀人行为没有趋善的反省。

在《局外人》里,赖特进一步揭露出,白人与黑人发生冲突时,白人就会失去正义感。不管黑人对错与否,白人总是站在自己种族这边反击黑人。例如,"因克洛斯未到庭作证,黑人鲍勃被公司开除了。白人从来不会在法庭上为黑人作不利于白人的证的。白人牧师不可能为鲍勃作证。"(*The Outsider*, 546)事实上,鲍勃在火车上为客人添加开水时,一个白人妇女因突然挥动手臂打翻了鲍勃的茶壶而被烫伤。在现场,除克洛斯外,白人牧师也是目击者,他完全可以证实鲍勃不是故意烫伤那位女乘客的,但是由于白人文化中对黑人的仇恨,白人牧师拒绝在法官面前说出真相。最后,鲍勃蒙受了故意烫伤乘客的不白之冤,失去了在火车上的那份工作。由此可见,善良的牧师也会因种族因素而丧失自己的人格而沦入人性之恶——不诚实。因深受种族主义的毒害,他不愿公正地对待一名陷入官司的黑人工人。白人牧师拒绝为黑人作证的事件引起鲍勃和克洛斯对白人的不满和仇恨。

黑人仇恨白人的另一个证据可以在《长梦》中的种族暴乱中看到。在这个暴乱中,因黑人青年克瑞斯与一名白人妇女发生了性关系,白人就疯狂伤害、迫害和屠杀克林顿维尔城的黑人。白人把克瑞斯的个人行为看作是黑人种族对白人种族的挑战。以此为借口,他们把对一个黑人的仇恨转化成了对所有黑人的仇恨。我们可以从泰瑞对儿子费西所说的话中发现黑人对这个事件的反响:"这是种族战争,生死攸关。他们在街上、教堂、学校、家产和生意等方面与我们搏斗。"(*Native Son*, 68)黑人对白人的仇恨也引起白人对黑人法律的不信任感。因此,任何被白人法律惩罚过的黑人通常被认为是黑人社区勇敢和骄傲的象征。可是,黑人社区并没有认为他们是坏人，相反地，他们被欢呼为"英雄"。显而易见，白人对黑人的肆意屠杀能压制黑人一时的反抗，但会引起黑人对白人的永久性仇恨。

总的来讲，黑人与白人的仇恨构成了美国社会的种族张力之源。这个张力威胁着美国社会的和平、稳定与和谐发展。在赖特的小说里，大多数黑人痛恨白人，主要是因为白人对黑人滥施权威，妨碍黑人的事业发展，对黑人的生活和工作冷漠无情。种族歧视和种族隔离使黑人与白人的关系格格不入，导致人际关系的隔阂越来越大。黑人不被白人认为是与自己同类的人类，然而在许多黑人心目中，白人是凶残的野兽，随时都会吞食黑人。白人统治美国社会所引起的严重后果是黑人害怕、仇恨和不信任白人，并引起黑人内部的自我憎恨、自贬和疏远。此外，白人对黑人的恨是白人至上论和种族霸权主义引起的后果，也是其人性之恶的具体表现。赖特揭示出黑人与白人之间的敌视是他们彼此恐惧和仇恨的结果，也是黑人种族张力的根源。黑人与白人的种族关系陷入一个怪圈：白人越恨、越压抑黑人，黑人越觉得暴力反击白人有理。相反地，黑人越恨白人，越反击白人，黑人与美国主流社会的关系也就越疏远。

第三节　文化移入之恶

黑人的民族心理是三百多年来生活在美国的自然环境与社会环境的制约与历史文化的积淀过程中形成的。"不同民族的接触和交往必然会引起文化移入。文化移入是指文化上有差别的种族群体之间持续而广泛的直接接触所导致的文化变迁"①。以非洲根文化为根基的黑人文化长期

---

①　王习发：《文化移入与当代中国民族心理的转型》，载《黔东南民族师范高等专科学校学报》2006年第1期，第37页。

经受以欧洲文化为中心的白人文化的压力和冲击。美国黑人的文化移入具有二元性：消极的文化移入和积极的文化移入。消极的文化移入是指黑人吸收了白人文化的糟粕后所产生的消极的、不利的影响。作为消极文化移入的结果，一些黑人对自己遭受到的不公正社会待遇麻木不仁，或者借酒消愁，或者沉溺于宗教；还有一些黑人甚至走上堕落、淫荡的道路，整日到处游荡，不务正业，时常参与一些犯罪行为或骚扰社会的事件。积极的文化移入是指黑人吸收了白人文化的精华后产生的积极的、有利的效果。作为积极文化移入的结果，黑人获得了勇气和信心去追求实现自我、男子气概和人格。在种族主义的社会里，文化移入的二元效果在一定条件下会发生错位，也就是说，会产生悖论。"悖论"（paradox）一词的字面意思为"荒谬的理论或自相矛盾的话"。在文化移入的悖论里，黑人的积极文化移入有时会产生消极的后果；反之，消极的文化移入有时也会产生积极的效果。

一、积极文化移入的悖论

在文化移入过程中，黑人传统文化价值的导向作用显示出明显的弱化、嬗变和转型趋势，在其小说里，赖特从黑人在文化移入中产生的人格心理变化入手，试图在这种阵痛中寻找移入文化与移入后文化产生的冲突点，揭示黑人民族精神新的生长点。赖特揭示了四类积极文化移入的悖论：教育背景与个人成功的悖论、媒体宣传与黑人现状的悖论、清教思想与社会束缚的悖论、生而平等与生而不平等的悖论。这四个悖论的致因是美国社会的种族主义制度、美国黑人的二等公民地位和对黑人人权的践踏。赖特在其文学作品中分别揭示了这四种悖论对黑人文化移入的影响，抨击了种族主义制度的罪恶和不合理社会制度对黑人生存和发展的束缚和制约。

在《土生子》里，赖特描述了教育背景与黑人个人成功的悖论。小说主人公别格·托马斯与其父辈不同，他读过初中，具有较强的读写能力，但仍然很难找到一份理想的工作。别格的不幸经历是对美国主流社会教育宣传的极大讽刺，因为美国主流文化对市民的承诺是：良好的教育会得到良好的回报。"教育机构正在企图对黑人实施文化移入，让他们接受主流社会的价值观和人生奋斗目标。"① 学校教育被看作光明前途、好工作或事业成功的敲门砖。可是，在种族主义社会里，黑人良好的教育背景并不意味着他一定会被给予一个实现自我的机会。这样，黑人社区的整个教育体系被看作鼓励黑人去追求不可能实现的目标。这"不是因为某个人能力不足，而是因为种族主义思想的猖獗，减少了黑人的就业机会……进一步截断了教育机构与用工单位的联系"②。例如，别格的白人雇主达尔顿先生捐了几百万美元去资助黑人学校办学，但是他的公司从来没有录用过那些学校的黑人毕业生。具有讽刺意义的是：白人文化向黑人学生灌输美国梦和个人主义等方面的思想，但是现实中的白人社会却拒绝给黑人提供任何实现自我的机会。在大多数情况下，受过教育的黑人遭到的精神折磨远远大于那些文盲黑人。知识越多的黑人，对社会的认识会更清醒，因此对社会的不满意度也会越高。

赖特在长篇小说《今日的主》里揭示了媒体宣传与黑人现状的悖论。小说主人公杰柯·杰克逊的积极文化移入悖论表现在两个方面：一个是"暴发户"梦；另一个是关于亚伯拉罕·林肯（Abraham Lincoln，1809—1865）的生日广播。杰柯看报时时常被暴富敛财的故事迷住，他也梦想成为暴发户。积极文化移入引起的发财梦使他寻求机会来提高自己的社会身份和实现自己的梦想。在其发财之路被断了之后，他孤注一掷地走上了赌博之路。结果是越赌越输，越输越想赢回来，不能自拔。在另一个方面，林肯的广播节目与杰柯的生活形成了鲜明的对比。《今

---

① Douglas G. Glasgow, *The Black Underclass: Poverty, Unemployment, and Entrapment of Ghetto Youth*, New York: Jossey-Bass, 1980, p. 65.

② Douglas G. Glasgow, *The Black Underclass: Poverty, Unemployment, and Entrapment of Ghetto Youth*, New York: Jossey-Bass, 1980, p. 60.

第二章 种族关系张力与人性演绎

日的主》的故事情节以一天二十四个小时的逐时叙述为基础,展示了杰柯毫无目的的生活。这些事件的日期(2月12日)是林肯的生日,赖特把林肯讲话和内战的战地报道与杰柯目前的空虚、浅薄的生活作了一个对比,充满讽刺意味。林肯生日的重大意义与杰柯生活的毫无意义构成鲜明的反差,这意味着尽管内战结束了奴隶制,迄今已过去了七十二年,但杰柯仍然是一个"奴隶"。赖特选用黑人的伟大解放者林肯的生日为背景揭露出:杰柯接受的积极文化移入仅是一个从来都无法实现的白人承诺。这个承诺的失败使杰柯在生活中更加消沉、更加郁闷。

赖特通过杰柯和长篇小说《长梦》中泰瑞·塔克父子的生活经历来揭露清教思想与社会束缚的悖论。杰柯在其积极的文化移入中吸取了白人的清教思想,认为人只要勤奋、上进,就有可能发财,实现自己的人生目标。这种思想影响了杰柯的世界观,有时会产生消极的效果,使其把黑人的贫穷、落后都归咎于黑人没有很好地遵循清教思想。当杰柯的妻子妮鸸告诉他"最南部的黑人正在挨饿",杰柯毫无同情心地说:"除了懒人外,没有人会在这个国家被饿死的"(*Lawd Today*, 37)。杰柯话语的悖论表现在:在种族主义社会里,如果黑人勤奋,也许他不会饿死,但是,没死的黑人实际上在社会上也是行尸走肉,因为他们被剥夺了实现自我的机会,他们终生都得干他们并不喜欢的事。赖特以此表明黑人的生存状况是生物意义上的活着,社会意义上的死亡。此外,杰柯关于清教思想方面的积极文化移入使他更加看清了种族主义社会的阴暗面。按照清教思想,辛勤劳动与收获是成正比的,付出越多,得到的回报也越多,可是杰柯在邮局的工作情形并不是这样。他在邮局干最重、最累的活,工资也很低,而且永远没有升迁机会。杰柯在邮局的经历与他吸收的清教思想严重抵触,因此,对事理明白得越多,他心里就越失落、越消沉。其巨大失落感导致其内心淤积的人性之恶——懒惰之心——越来越严重。直接的后果是他对工作和生活的兴趣就大为下降,不但不料理家务,而且连上班也不尽职。最后,他清醒地意识到了种族社会之恶：因为自己是黑人，不管多么努力地工作也得不到升迁的机会。这形成了一个悖论：鼓励人节俭、勤奋、上进的清教思想在种族主义盛行的美国反而会使黑人更加消沉；因为在种族主义社会环境里，黑人的任何努力和付出都是难以得到回报的，反而会引起黑人更多的不幸和挫折。《长梦》里的主人公泰瑞是清教思想的忠实信徒。他想通过经济实力的扩张来改善自己的社会地位。他认为挣钱是黑人在种族主义社会里生存下来的唯一方法。但是泰瑞对金钱的过分追逐使他陷入了拜金主义的泥潭。通过二十年的努力，他积累了大量钱财，但他最后还是被种族主义势力摧毁了。赖特揭示出：泰瑞的谋生方式是黑人个人奋斗失败的一个案例。在白人种族主义眼里，富裕黑人与贫穷黑人是没有区别的，不论他们干什么职业，有多少财产，黑人处处被贴上"黑人"标签。

在《长梦》里，赖特通过泰瑞的儿子费西的文化移入情况揭示出"人生而平等"与"人生而不平等"的悖论，折射出美国种族主义社会的体制之恶。费西关于"人生而平等"的积极文化移入给予了他积极的生活信心，使他产生了对美好生活的憧憬；但种族主义社会的种族歧视和种族迫害黑人的政策给他的文化移入带来许多消极影响。事实上，在美国，"平等权是针对白人而言的"[①]，黑人还没有被包括在白人关于平等权的概念范畴里。但是，人权平等理念的积极文化移入成为黑人反击种族主义偏见的有力武器，引导黑人更为强烈地抨击白人关于黑人愚蠢且非人类的恶毒偏见。费西内化了人生而平等的美国价值观，但残酷的社会现实给他当头一棒，他目睹了两个使他终生难忘的事件：一个是好朋友克瑞斯遭受私刑的惨状；另一个是看白人姑娘事件。当费西不经意中瞧了白人姑娘一眼时，白人警察就恶狠狠地发出警告：再看就阉割了他。他渐渐地明白：平等是白人享用的权利，与黑人无关，因为黑人是

---

① William H. Grier & Price M. Cobbs, *Black Rage*, New York: Basic, 1968, p.121.

《美国宪法第十四个修正案》赋予了公民权而实际上又享受不了公民权的美国人。不管费西在意识形态、行为举止等方面显得多么美国化,他永远不可能以与白人平等的身份融入美国主流社会。他吸收的平等意识使他瞧不起并且憎恨自己的父亲,因为泰瑞在白人面前老是奴颜婢膝,总是以低人一等的身份与白人交往。这极大地伤害了费西的个人脸面和种族自尊心。在其心目中,父亲就成了一个不诚实的、狡诈的、道德败坏的、没有家庭责任感的男人。费西对父亲不感恩的态度就像乔治·奥维尔笔下的羚羊①,他瞧不起父亲在白人面前的献媚讨好,但同时又享受着父亲以如此不光彩手段挣来的舒适而富裕的中产阶级生活。

简而言之,黑人积极文化移入的一些思想时常产生事与愿违的消极后果。这种现象揭示了美国黑人在种族主义美国所处的不利地位,同时也表明了赖特塑造这些黑人人物遭到了非理性的种族歧视和种族压迫。这种积极文化移入的悖论揭露了双重意识身份对黑人生活的束缚和桎梏,同时表明种族欺压是种族关系张力和人性之恶的根源,使黑人丧失了人生追求的目标。

二、消极文化移入的性恶表征

消极文化移入是指黑人内化白人种族主义思想,给黑人的生活和工作带来消极的效果和影响。在种族主义氛围里,黑人对白人文化中歧视、贬低黑人思想的蓄意内化,做出一副与白人偏见相吻合的黑人形象,有时会给黑人带来有利的后果,这是黑人有意识利用白人偏见为自己牟取好处的现象,也是在社会高压下顺从白人的人格变异现象。这种

---

① 英国著名作家乔治·奥维尔(George Orwell, 1903—1950)讲述了一个摩洛哥马拉喀什公园给羚羊喂食的故事:"它[羚羊]很快地啃了一口面包,然后低下头,试图用角抵开我,然后又啃了一口,接着又开始抵我。也许它的想法是:如果它能把我赶走,面包也会以某种方式悬挂在空中"("Marrakech" 14)。其实,在《长梦》里,费西对待其父亲的心理也与这里羚羊的心理很近似,因为也许费西也同样觉得他把对白人卑躬屈膝的父亲赶走,他仍能过富裕生活。

现象是对白人不合理社会制度的极大讽刺，同时也是欺诈类人性之恶的表现形式之一。作为积极文化移入的结果，一些黑人已认识到保持男子气概和个性人格的重要性，因此他们通过戴假面具的方式学着在种族主义美国如何保护自我，如何去追求黑人利益的最大化。这些黑人经历了长期与白人的共生关系，深刻了解白人看待黑人的心理和白人心目中对黑人的偏见。赖特长篇小说中的黑人人物是奴隶解放以后的第三代或第四代黑人。1916年后，他们逐渐在大迁移中移居北方城市或南方城市，他们在意识形态和行为举止方面越来越美国化。尽管他们没有能力消除美国社会的制度化种族歧视，但为了保护自己免遭白人迫害，他们假装内化了白人的种族歧视思想，按白人的偏见来调整自己的行为，装扮成白人想见到的黑人形象，也就是装扮成愚昧温顺的旧南方"黑鬼"形象。这些黑人的思维模式是其双重意识思想占据其心灵后所产生的结果，以白人的想法当作评判自己的唯一标准。以这样的方式，他们能够一方面保护自己，另一方面又满足了白人"带嘲笑的蔑视和怜爱"① 的心态。赖特在文学作品中，从四个方面来探讨消极文化移入的性恶表征：内化白人种族主义思想的益处、天生懦夫的残暴、谎言的益处和傻中的精明。

黑人表面上的内化种族主义思想是由于冷酷的白人世界对黑人迫害所造成的黑人不得已而为之的现象。黑人知道，即使他们知道某个白人的行为不对，也决不能与他发生冲突。"如果黑人不知道自己的位置——如果他举止'冒失'或'失礼'，他就会给自己的生命带来危险，甚至给黑人社区的其他黑人带来灾难。"② 美国南方决不允许白人的权威遭到挑战。为了在这个充满敌视的世界生存下来，"黑人经常不得不绞尽脑汁地揣摩白人上帝脑袋里想的是什么，以免自己的不慎招致麻烦或灾难。一旦某个黑人冒犯了白人，每个白人，不管他是房东还是穷人，

---

① W. E. B. Du Bois, *The Souls of Black Folk*, New York: Bantam, 1989, p. 3.
② Hazel Rowley, *Richard Wright: the Life and Times*, New York: Henry Holt, 2001, p. 3.

第二章 种族关系张力与人性演绎

都会是这个黑人的死敌"①。在种族歧视严重的社会里,黑人特别容易成为白人的牺牲品。黑人在美国社会的悲惨身份不仅起源于黑人的黑皮肤,而且起源于黑人在历史上曾经为奴的经历。为了生存下来,并获得实现自我的机会,黑人不得不学会保护自己的策略和方法。"他〔黑人——作者注〕……必须不顾颜面地活下去,因此他学会了超乎寻常地仔细了解他的折磨者〔白人——作者注〕。他显示出自己的悲哀,苦难已成为黑人的特征。这就是文化消沉论和文化自虐现象。"② 这种黑人的文化消沉论和文化自虐现象已逐渐演变成了黑人的假面具。这个假面具的功能就是表面上以否定的形式保护黑人或给黑人带来好处,这是对种族主义的辛辣讽刺。对黑人基本人权的剥夺引起黑人的求生本能,他们学会戴上面具,掩盖自己的真实情感,表面上讨好白人,与白人周旋。因此"假面具是求生的一种手段——以某种形式戴上面具使白人欢心——更进一步说,假面具是躲避暴力的一种防卫措施"③。假面具使黑人装扮出白人希望看到的黑人形象;在白人眼里,不戴面具的黑人或者是不足挂齿的或者是对白人社会有危害性的。以内化白人种族偏见为主要特征的假面具的悖论在于:一方面,黑人故意强化了白人对黑人的偏见;另一方面,借强化白人的偏见,弱化白人对黑人的警惕和控制,黑人从中获得令人心酸的好处。这种内化的蔓延可能会消磨黑人的种族自豪感,走上舍大义取小利的道路,会加剧黑人与白人的矛盾,恶化黑人的生存环境。

在文学作品中,赖特刻画了不少戴假面具的黑人人物,如《土生子》中的别格、《局外人》中的克洛斯、《今日的主》中的杰柯和《长梦》中泰瑞和他的儿子费西。他们怀着从白人那里捞好处或实惠的心

---

① Gounard, Jean-Francois, *The Racial Problem in the Works of Richard Wright and James Baldwin*, Trans. Joseph J. Rodgers, Jr. Westport, Conn: GP, 1992, p. 27.
② William H. Grier & Price M. Cobbs, *Black Rage*, New York: Basic, 1968, p. 149.
③ Nathan Irvin Huggins, *Harlem Renaissance*, London: Oxford UP, 1971, p. 260.

理，在白人面前奴颜婢膝，竭力讨好奉承白人。他们的面具近似于卡尔·容格提出的"社会人格"概念。社会人格处于自我与外部世界之间，假面具是黑人用来糊弄白人的手段，因此，它就成为黑人的社会人格，这个人格与黑人的真实自我相去甚远。这也是白人逼迫黑人为了生存而诉诸性恶策略的典型事例。

在《土生子》里，赖特形象地描述了别格消极文化移入所引起的悖论。为了在白人世界生存下来，别格也学会掩盖自己的真实情感和真实意图。在家人和朋友面前，"他［赖特］生活……在一垛墙之后，一道帘子之后……他否定自己，举止粗鲁"（*Native Son*, 9）。在白人面前，他也否定自己。可是，与白人在一起时，别格像白人要求的那样举止，显得殷勤而温顺。每当达尔顿夫妇、柏吉管家或玛丽小姐吩咐他做什么的时候，他总是回答"是的，先生"或"是的，夫人"等话语，从不说"不"。因此他给白人留下的总体印象是"一个温和的黑人孩子"（*Native Son*, 220）。他杀害玛丽小姐之后，没有立即逃走，而是发出了绑票，企图从达尔顿先生那里敲诈一笔巨款后出逃。当警察和新闻记者来到达尔顿先生家时，别格仍以温顺仆人的面孔出现。他表面上的温顺是因其内化白人歧视黑人思想后，按白人的想象和白人的期望做出自己的举止和奴才相。这时，他表面的懦弱和愚昧在其反抗意识的作用下转化成了强烈的种族自豪感。白人总是认为黑人愚蠢、低贱、懒惰，这次，黑人杀了白人后仍以愚蠢的面孔出现，自以为聪明的白人在寻找杀害玛丽的凶手时无计可施，别格嘲弄道：白人怎么也没想到凶手就在身边，而且还是一个"小丑般的黑鬼"（*Native Son*, 170），"胆小如鼠的黑鬼"（*Native Son*, 214），"像他［别格］一样温顺的男人"（*Native Son*, 218）。别格关于白人歧视黑人思想的消极文化移入一次又一次地逃过了白人和警方的怀疑，他的行为挑战了法律和道德，伤害了白人世界，但对别格来讲却带来了有利的效果和影响。这种现象显示出不合理社会制度引起了消极的文化移入或所产生的滑稽性悖论。

第二章 种族关系张力与人性演绎

在《局外人》中,克洛斯精于利用白人对黑人的歧视性偏见来掩盖自己的真实意图。更确切地说,克洛斯知道怎样充分利用白人的偏见来保护自己,达到自己的个人目的。一般来讲,黑人内化了白人对黑人的种族偏见是不好的,但是克洛斯的假面具证明了白人对黑人的种族偏见的荒谬性,他利用假面具愚弄白人,实现自己不戴假面具就无法实现的目的。例如:当克洛斯到市政厅去冒名办理出生证复印件时,他像一个傻子那样猛击自己的眼眶,以示弄掉了出生证的悔恨。他发现自己的假装愚蠢之举还真的逗乐了市政厅的职员,满足了他们的种族优越感,使他们觉得黑人就是那副傻相。克洛斯故意以黑人的蠢样出现在白人面前,使他在冒领他人出生证复印件时能麻痹白人职员,使其丧失警惕性,以为这样愚蠢的黑人不至于干违法之事的。这时,赖特通过全知叙事者之口指出:"当克洛斯以一名愚蠢、胆怯的黑鬼形象出现时,每个白人……皆会按自己的心目中对黑人的成见来提出自己的看法,这样,克洛斯才能安全躲在白人的成见之后。"(*The Outsider*, 543)以扮傻的方式,克洛斯成功地从市政厅冒领了尼厄诺·兰恩的出生证复印件。复印件加盖的市政厅公章等于宣告了克洛斯以尼厄诺·兰恩的身份的复活。尼厄诺·兰恩是刚患病去世不久的黑人。通过冒用他的身份,在芝加哥地铁颠覆事件中已宣告死亡的克洛斯获得兰恩的"合法身份"。特别具有讽刺意义的是:克洛斯办好证离开后,市政厅的那个白人职员还在以屈尊的蔑视和怜悯的口吻与他的同事谈论克洛斯的傻样。但事实上,这些自以为"聪明"的白人被克洛斯的假面具愚弄,并且斗智上输给了克洛斯。克洛斯的所作所为是对白人种族主义压迫的一种另类抗争。

赖特在《局外人》中塑造了另一个消极文化移入引起悖论的例子——克洛斯事件。一次,克洛斯对纽约州地区检查官厄利·豪斯顿说:"黑人就像你说的那样感受的,但是他掩饰了自己的感受,因为其社会经济地位过于低下。在白人心目中,黑人是天生的懦夫。黑人害怕显示自己的真实感受，怕遭到白人邻居的报复。"（*The Outsider*，505）就在克洛斯这样说的时候，读者也正感受到他所掩饰的诸多情况。在以后的生活中，他犯下了一系列凶杀案，他的伪装迷惑了警察、白人种族主义者和他的白人情人。没有人能洞察他的面具之后的真实面孔。假面具成为他追求上帝般无限自由的有效工具。克洛斯内化了白人头脑里的"黑人是天生懦夫"的思想，因此，为了迎合白人的自大心理，他故意处处扮成一个懦夫的形象，但懦夫形象不是他的本我。他的本我以自我为中心，在关键时刻会不惜一切代价地保护自我。在充满敌意的白人世界里，保存本我的艰难使他们渐渐发展成为一个蔑视生命的极端个人主义者和存在主义者。在种族主义社会里，懦弱时常是残暴类人性之恶爆发的前奏或伏笔。赖特在此以感伤的笔调揭露了消极文化移入所引起的令人触目惊心的悖论。

在种族主义社会里，白人时常以高人一等的姿态对待黑人，无视黑人的权益和人格。白人经常用谎言来愚弄和欺骗黑人。长期的谎言氛围和欺骗对黑人产生了消极的文化移入。在《今日的主》中，邮局黑人职员杰柯内化了关于黑人惯于说谎的消极文化，并利用说谎来谋求对自己有利的形势。按邮局规定，职员对妻子实施家庭暴力的行为可能导致该职员的开除。因此，为了保住自己在邮局的工作，他公然颠倒是非地向上司撒谎："斯旺逊先生，我是黑人，你可见我的黑皮肤。我热爱自己的种族。做黑人，我很自豪。我决不会干有损种族荣誉的事。我不是打了妻子，还敢站在你们这些绅士面前的那种人。"（*Lawd Today*，110）杰柯说"我爱我的种族"，但他实际上一点也不爱。他说："做黑人，我很自豪"（*Lawd Today*，110），但实际上他为自己是黑人感到无比的羞愧，他把在生活中所遇到一切不幸都归咎于他的黑人身份以及由此而导致的二等公民地位。他说："我决不会干有损于我的种族声誉的事"（*Lawd Today*，110），但事实上他会不择手段地追逐钱财和女人。他是一个完全被愉悦原则①支配的男人。他说:"我不是爱打妻子的那种人"(*Lawd Today*, 129),但实际上他每天都打骂妻子。他把上司称为"白人绅士们",但在他们背后,他大骂他们为"白人杂种"(*Lawd Today*, 129)。显而易见的是,杰柯的谎言不仅掩饰了他的真实情感和思想,而且消磨了他采取暴力反抗的勇气。他在面具后的心理状态类似鲁迅先生笔下阿Q的精神胜利法。这种心理状态有助于杰柯平抑他的种族悲愤和对社会的强烈不满,使他能够免遭白人毒手。

在其作品中,赖特塑造得最生动的戴假面具的黑人是《长梦》中的泰瑞。赖特以此揭示了种族主义社会傻与不傻的悖论,强调了泰瑞与白人当权人物的微妙关系。白人当权者参与了泰瑞经营的酒吧和妓院等产业,充当泰瑞的黑保护伞。他们之间的关系是:不是白人当权者把泰瑞当成弱智的婴儿一样,而是泰瑞故意扮出一副无能的婴儿相,以此为手段谋求白人当权者的青睐。泰瑞能够巧妙地调节分裂的自我,扮好自己的角色。"扮演温顺黑人的角色成为泰瑞手中的利器;他带有表示强烈忠诚情感的话语像标枪一样深深地扎进白人的心里"(*The Long Dream*, 264)。正如保尔·吉尔洛依所说:"从白人那里谋取短暂而变幻莫测的同情心的能力就是赖特明确地追溯到以前奴隶主与奴隶的关系,这种关系在密西西比仍是社会生活中最核心的结构性特征。"②泰瑞是使用假面具的大师,他平时总是以一副哀诉的神态出现。在白人面前,他的脸上总是挂满献媚的微笑,背也微微地前倾,以示对白人的恭敬。例如,在小说开头部分,当得知警察局长杰拉尔德·堪特利要来见他时,泰瑞马上取消了与一个情人的幽会。在他反抗白人官员的欺压之前,他一直被当局认为是一个好"黑鬼",因为每当他遇到白人打击或白人官方刁难的时候,从不去向警察局长或市长请愿;遇事需采取新措施时,他总是

---

① 愉悦原则是指鼓励人们不顾社会规则、法制伦理、道德准则去满足自我对愉悦追求的本能。这个原则的关注点纯粹就是不顾后果的本能满足。人们的伊德受制于这个原则。

② Paul Gilroy, *The Black Atlantic*, Cambridge: Harvard UP, 1993, pp. 184–185.

要先等候白人当局的指示。泰瑞在经济上的成功很大程度上取决于如何在白人面前贬低自己的能力。泰瑞深知白人对黑人的偏见，知道白人不放心与任何精明的黑人做生意，因此，他就装出一副愚昧的样子来骗取白人当权者的信任。这样，泰瑞通过与白人官员的勾结，肆无忌惮地从事非法生意，获得了发横财的机会。以泰瑞为例子，赖特在美国文学史上第一次揭示出南方黑人资产阶级的发财之道。这些黑人资产阶级利用种族主义的等级制度，借用白人不愿为黑人提供服务业的机会，自己创办了以黑人为服务对象的行业，同时靠雇佣和剥削黑人同胞发财。可以说，黑人资本家的每一个铜板都滴着黑人同胞的血。种族隔离制度为黑人资本家垄断黑人区的产业提供了机会，也孕育和催生了黑人资产阶级的出现。作为黑人资本家，泰瑞是无权、无资格、无机会去剥削白人的。如果他想发财，他只得去剥削和压迫他的黑人同胞。黑人区是种族歧视的产物，但它给了泰瑞一个发财的地方。泰瑞也不喜欢自己所扮演的角色，但是他认识到：如果他想生存下去，想发财的话，他必须以牺牲自己的人格尊严为代价去顺从白人社会。因此，泰瑞内化了白人关于黑人傻的思想，并以此装傻，获得了致富的机会，但却丧失了黑人的人格。

在《长梦》里，黑人在密西西比的克林顿维尔城过着二等公民的生活，被剥夺了社会、经济和政治权利，法律只保护白人，漠视黑人的基本人权。格罗屋酒吧火灾之后，警察局长堪特利怀疑泰瑞私留了有他亲笔签过名的盖销支票，这是他从泰瑞那里收取贿赂的铁证。他怕泰瑞被捕后，抗不住刑讯，把这些证据交给法官。因此，他命令泰瑞把那些东西交给他。可是，泰瑞明白，一旦交出那些证据，白人当局就会遗弃他，使其成为火灾事件的替罪羊。因此，他不得不装扮成一个幼稚的黑鬼，并发誓那些盖销支票一张也没有保留下来。他的伪装骗过了堪特利，成功地保存了揭发堪特利犯罪的证据，为泰瑞将来的复仇埋下了伏笔。泰瑞被警方暗杀后，堪特利又把怀疑的矛头指向了泰瑞的儿子费西。为了保留为父亲复仇的唯一证据,费西像其父一样戴上假面具,扮成幼稚、温顺的黑人。费西的成功扮演不但保全了自己的生命,而且还保全了揭露堪特利犯罪的证据。在这里,我们可以发现特有讽刺意义的一个现象:黑人故意吸收白人文化中对黑人的偏见,使其成为黑人在种族主义社会里寻求自我保护的一项黑人专利。不诚实本是人性之恶的一种表现形式,在这里却成了黑人捍卫自我的重要策略。

泰瑞向儿子费西讲授如何充分利用双重人格的假面具:"与白人相处的唯一方法就是在白人令人诅咒的面孔前咧开嘴笑,使他们感觉良好,然后,你就可以在他们令人诅咒的背后干你想干的任何事!"(*The Long Dream*,142)费西脑海里马上浮现出泰瑞的双重人格。当白人狱警在的时候,"他[泰瑞——作者注]的露齿而笑就像公鸡的啼叫",但当狱警走开的时候,"当他在牢房里看到我的时候,他又温柔得像只羔羊"。(*The Long Dream*,142)长大后,费西渐渐明白泰瑞为什么老是弯着腰走路,老是对白人献媚的原因。"为了误导白人,使自己处于有利的地位,泰瑞掩盖他的真实动机;他做出一副屈从相,就像一个老是说'是'的被阉割过的影子男人。"(*The Long Dream*,238)泰瑞向费西解释他伪装的妙处:"你看到我哭泣、乞求——那是一种斗争方式。当那个方式不灵验的时候,我就不得不另寻他法"(*The Long Dream*,259)。因此,戴假面具成为泰瑞在种族主义社会谋生的必要手段,他在白人面前故意戴上假面具表明了他头脑里的反抗意识的主观能动性。泰瑞表面上的温顺并不意味着他心灵深处在白人面前是真心顺从的。后来,儿子费西继承了父亲的假面具手艺,躲过了堪特利的监视,秘密逃到巴黎。

总之,赖特叙事作品里所有主要黑人人物的温顺外表表明:为了不给白人惩罚自己的口实,他们尽力压抑自己的反抗意识。虽然他们的温顺有利于自我保护,但在很大程度上阻止了他们以积极的姿态融入主流社会,使他们在心理上越来越疏远白人。赖特强调说:这些黑人被迫内化了白人至上论,认为白人是不可冒犯的;因此,黑人自觉地按白人的要求约束自己，对白人敬而远之。因此，种族霸权主义导致黑人形成自我概念和黑人对现实世界的看法；充满敌视的社会环境引起黑人个人对白人种族主义者的顺从。这些黑人的顺从是迫于白人种族主义者强权之下的一种自我保护措施。

第四节　内化种族歧视之恶

非洲文化传统的衰落是指随着白人文化的移入，美国黑人越来越怀疑、不满、厌恶甚至摒弃自己的本源文化。内化种族歧视①、内部种族歧视②、黑人自主意识和自决能力的缺失直接导致黑人在美国社会的生存危机，激活其人性中的恶，做出与美国法制和社会规则格格不入的行为。

在文化移入过程中，黑人对非洲文化传统的依附感越来越弱，其人性中恶的元素被不断激活。黑人根文化的衰落在一定程度上是由黑人对种族歧视的内化引起的。在赖特的长篇小说《土生子》里，主人公别格内化了白人的种族歧视思想，时常在白人面前表现出一副奴才相。当他与白人雇主达尔顿先生说话时，不敢抬起头看达尔顿先生，因为他对白人有一种莫名的恐惧和胆怯。每当别格回答白人问话时，他惯用的是"是的，先生"或"是的，夫人"之类的话语。很明显，这些话语带有黑人奴隶制文化的烙印。当别格为了谋生不得不放弃黑人尊严、在白人面前奴颜婢膝的时候，他对传统非洲文化的依附感相应地减弱。在《今

---

① 内化种族歧视（internalized racism）产生于心理编程，种族社会以这种编程来向有色人种灌输白人至上论。内化种族歧视的受害者总是觉得自己比白人低下，没有白人优秀，没有白人有用，没有白人能力强，经常梦想变成白人或外表上看上去更白。这种偏见的盛行会摧毁或消损黑人的种族自豪感和种族尊严。

② 内部种族歧视（intraracial racism）指的是在黑人社区内出现的一部分浅肤色黑人对另一部分皮肤更黑、非洲人生理特征更为明显的黑人的歧视。

日的主》里，主人公杰柯内化了白人种族主义思想，对非洲文化的依附感减弱，时常情不自禁地站在白人的立场看待社会问题。当妻子郦鸸告诉他在美国最南部地区的黑人同胞正在挨饿，他对那些黑人不但没有同情心，反而责备她多嘴。杰柯对黑人同胞的冷漠态度表明了其非洲文化意识的衰落。杰柯内化了"贫困之源在于懒惰"的清教思想，认为南部黑人的饥饿是由懒惰引起的。种族主义思想的内化使他对种族压迫问题缺乏清醒的认识。杰柯看问题时常情不自禁地从白人的角度来观察，认为一切批评、抨击白人社会的话语都是"赤色宣传"或激进行为。因此，杰柯粗鲁地责备郦鸸说："女人，你是赤色分子吗？"（*Lawd Today*，38）在另一部长篇小说《长梦》里，主人公泰瑞也内化了白人的种族偏见，在白人面前献媚讨好，曲意奉承。泰瑞的儿子费西在其成长过程中内化白人种族主义思想后，更加瞧不起黑人，更加崇拜白人。因此，他总是抱怨自己生不逢时，成了黑人。他梦想哪一天能突然变成白人。对种族歧视思想的内化使黑人越来越背离自己的非洲本源文化，以白人的文化标准为评判黑人生活的依据。这种现象导致黑人把自己在生活中遇到的一切不顺都归咎于黑肤色，进而嫌弃自己的非洲根文化。

来源于内化种族歧视的种族内部歧视加快了美国黑人文化传统的衰落。赖特在《长梦》《今日的主》和《局外人》里描写了这种现象。在文化移入中，黑人逐渐接纳了白人审美观，开始不满或厌恶自己的非洲人生理特征，如厚嘴唇、卷发、黑肤色和女性肥胖等。众所周知，肤色差异在黑人社区里起着重要作用，影响着黑人社区的择偶标准。当费西和他的朋友去格乐屋酒吧嫖妓时，故意只挑与白人肤色近似的混血儿。黑人深受内部种族主义的影响，梦想哪天会突然变成白人或自己的肤色突然变得像白人的一样。这些黑人的"崇白心理"引起他们对白种女人的性崇拜，渴望能有机会与白种女人发生性关系。可是，白人种族主义社会特别痛恨黑人与白人的混血事件，制定了许多法律条文禁止黑人与白人的通婚，特别是禁止黑人男性与白人女性发生性关系。因为有严禁混血的法律规定，黑人几乎没有机会接近白人女性。为了满足他们对白种女人的心理需求，他们时常挑选的是混血儿妓女，而不是黑人妓女。这些黑人男性的行为遭到格乐屋酒吧的一名黑人妓女的痛斥：" 见鬼去吧，你们这些白人长相的婊子！……我又不是瞎子！我知道他们在做故意的挑选。他们要白种肉！但是你们这些淫妇不是白种呀！你们和我们是一样的黑鬼！只因你们的肤色接近白人而成为他们的首选！"（*The Long Dream*，177）黑人妓女的责骂揭露了费西等黑人头脑里非洲文化意识严重衰落，同时也象征了黑人社区对一些青年黑人遗弃黑人根文化的忧虑和不满。黑人接纳白人审美观后，会渐渐欣赏白人肤色，厌恶自己和黑人同胞的卷发和黑皮肤。在《长梦》里，费西和好朋友希克每天都要花很长时间来拉直自己的天生卷发。当费西坐飞机去巴黎时，他坐在一个白人青年旁边，"无意识地，偷偷地……把手缩回来，用黑色的右手捂着黑色的左手，徒劳地想抹掉手上使他羞愧无比的黑色"（*The Long Dream*，380）。费西对自己黑色皮肤不安的自我意识，以及他想盖住它的想法，表明了他头脑里非洲根文化意识的衰落。日裔美国评论家白谷先生认为，把自然卷发拉直的行为或对自己黑皮肤的羞愧心理是黑人心理自杀的显性表现。①

在《今日的主》里，主人公杰柯主要从白人中产阶级的角度看问题。他喜欢穿白人爱穿的时尚服装，喜欢偷窥金发碧眼的白人女郎。因为深受白人审美观的影响，他对任何黑人女性产生不了真正的爱。他与黑人女性发生性关系，包括他与妻子的夫妻生活，皆是为了满足性的生理需要，而不是爱的情感需要。他毫无选择性地吸收在生活中遇到的一切白人文化，喜欢看有关白人生活的电影，读有关白人的报道，听有关白人的无线电节目。他盲目崇拜一切与白人有关的东西。对黑人电影和非洲人生理特征的厌恶标志着其头脑里黑人文化意识的衰落。

---

① Yoshinobu Hakutani, *Critical Essays on Richard Wright*, Boston: G. K. Hall, 1982, p.183.

在《局外人》里，主人公克洛斯的内化种族歧视表现在对白人妇女的爱和对黑人妇女的漠视上。对白人审美观的内化引起他对黑人妇女的强烈厌恶，后来他对黑人女性完全丧失了兴趣，无心维持与黑人妇女的夫妻之爱或与黑人妇女的情人之爱。最后，他抛弃了黑人妻子格莱迪丝和黑人情人朵特。使他真正动情的女人只有白人妇女伊娃。他对黑人女性的摒弃和对白种女性的青睐表明了他对传统黑人文化的背弃和疏远。

最后，黑人根文化的衰落表现为黑人自主意识和自决能力的缺失。关于黑人在文化移入中的消极性，W. E. B. 杜波依斯说：美国黑人"具有这种意识，即：用他人的眼光来看待自己，以另一个世界的尺度来测量自己的灵魂，而这个世界又是以嘲弄般的蔑视和怜悯来看待黑人"①。赖特在其小说里解释了这种现象，并指出：美国黑人已完全西化，但他们中大多数人缺乏自我意识或独立判断能力。黑人自我意识的缺失表现在黑人对白人的盲目崇拜或把白人偶像化的行为上。

在《土生子》里，白人电影用非洲人的裸体、野性、原始性来衬托白人的老练、有教养和富有。在小说的开头部分，别格一口气连看了两场电影《淫荡女人》和《贸易角》。这两部电影分别以白人至上论为假设，提出了种族的对立性问题。当别格回想起《淫荡女人》的电影情节时，叹息道："白人是聪明人，他们知道如何挣钱，如何挣成百上千万的钱。……当然，捞钱是游戏，白人知道如何玩这个游戏。"（*Native Son*, 36）别格认为白人比黑人精明，但他也不是真正地认为自己愚蠢。他把自己看作普通人，而把白人看作超级精明之人。令人惋惜的是：别格对白人才干羡慕的同时，降低了自信心，引起他的自主意识和自决能力的丧失。

在《今日的主》里，杰柯头脑里非洲文化传统意识的衰落主要表现在对黑人的贬低和对白人的赞扬等方面。杰柯对白人种族主义思想的内

---

① W. E. B. Du Bois, *The Souls of Black Folk*, New York: Bantam, 1989, p. 3.

化导致其丧失了是非观,产生了贪婪类人性之恶。他竟然佩服官员收受贿赂的诡计,欣赏抢劫弱势群体的歹徒。由此可见,杰柯深受白人拜金主义思想的毒害,以金钱为人生的唯一奋斗目标和为人处世的唯一标准。因此,他向朋友吹牛说:"我们有色人种应该与富裕白人团结在一起。"(*Lawd Today*, 58)他声称黑人应该站在有钱白人那边,但他们的身上充满铜臭。这里,我们可以发现:"即使他们[杰柯——作者注]在身体方面摆脱了束缚,但在心理上他们没能成为品德良好、有主见的人。"① 我们还可以从杰柯与其朋友们的对话中观察到他们对白人智力的倾慕:

> "他们[白人——作者注]发明了电灯……"
> "……像农夫犁田一样,白人制造了避雷针。"
> "东西总是白人发明的。"
> "他们真精明。"
>
> (*Lawd Today*, 170)

内化白人的种族主义思想后,黑人盲目相信白人比黑人聪明。事实上,一个种族或民族的智力不能简单地根据某些社会现象来作出判断。在其小说中,赖特揭示了一个可悲的现象:每当黑人需要对某事作出判断和评估时,黑人总是把权威让渡给白人。例如,当杰柯和朋友们热烈谈论某个黑人冒充上帝在纽约传教一事。杰柯的一个朋友问:"白人说了什么?"(*Lawd Today*, 81)他的话语表明:黑人缺乏自我决断和独立判断的能力。因此,他们总是以白人的话为标准来衡量和评估自己的生活和工作。黑人自决能力的缺乏必然导致他们对白人的依赖,对白人的依赖不可避免地引起黑人在事物判断方面的优柔寡断。种族主义者是黑

---

① Yoshinobu Hakutani, *Richard Wright and Racial Discourse*, Columbia: U. of Missouri P., 1996, p. 105.

人此类问题的始作俑者。在《长梦》里，沙姆对朋友们说："黑鬼是不知道自己为何物的黑人……黑鬼是白人使他信什么他就信什么的东西。"(*The Long Dream*, 32) 沙姆的话语揭示黑人的双重意识思维方式，表明黑人总是通过白人的眼睛来评判自己。黑人自主权的缺失和在自我评价方面依赖白人的做法促生了白人至上论的消极文化移入，极大地摧毁了黑人的文化自信心。

黑人对白人文化的大量吸收加速了非洲根文化的衰落，引起黑人在白人社会勇敢地追求男子气概、建立自我和实现自我。黑人为消除这些欲望引起的精神饥饿进行了不懈的斗争。他们的这些斗争成为一股重要的驱动力，促使他们冲破双重意识的束缚，形成自己的反抗意识。在追求自我的斗争中，白人的压制、限制和打击导致黑人的人性被扭曲，致使一些不为社会所容的情形出现，如不信奉宗教，不尊敬父母，挑战法律，离家出走；黑人渐渐形成自己的存在主义思想。这些黑人的叛逆行为是在种族主义社会里对没有前途的生活所做出的自然而正常的反应。他们在反抗过程中呈现出的人性之恶对社会来讲可能是危险、有害甚至是摧毁性的。

不满社会是黑人反抗意识出现的第一个阶段。在《土生子》中，赖特引导读者从别格和好朋友葛斯的对话来观察黑人对白人世界的不满和抱怨。别格说：

"他们不让做任何事。"
"谁？"
"白人。"
"你说起来好像是刚发现似的。"葛斯说。
"不。我知道我不该想这事，但是我忍不住。每当我一想到这事，我就觉得仿佛有人把火热的烙铁伸进我的喉咙。上帝，你诅咒吧，看！我们住在这里，他们住在那里；我们是黑人，他们是白人;他们拥有财产,我们一无所有;他们有工作干,我们没有。真像住在监狱里,我经常感觉到自己处于这个世界的外面,通过篱笆的小孔往里窥视。"

(*Native Son*, 17)

别格对黑人和白人关系的二元解构揭露了黑、白世界的不同社会状况。他的关于"有人正把一块火红的烙铁伸进我[别格——作者注]的喉咙",显示了别格藏在心里的强烈不满和对白人种族主义的不容忍。白人对黑人实施种族隔离,剥夺黑人的人权,激起了他对白人主宰一切的社会制度的怒火。

"啊,天啊!对这事,你毫无办法。你怎能去增添你的烦恼呢?你是黑人,他们制定的法律……"

"他们[白人——作者注]为什么把我们限制在城市的一角?他们为什么不允许我们开飞机,驾轮船。"

葛斯用肘部碰了别格一下,好意地劝他说:"哎,黑鬼,别再想了。你会发疯的。"

(*Native Son*, 17)

别格的话语表明:他对白人的仇恨埋藏在心理,但这种仇恨一直活跃在他的大脑里,正在寻找机会,随时可能爆发。"那就是当我感觉到什么事要发生在我身上……似乎我将去干那些我自己都控制不了的事"(*Native Son*, 19)。别格自己觉得难以抑制的那个无名的"东西"就是在其头脑里随时都可能出现的反抗意识。这时,对社会的叛逆和反抗心理犹如一座活火山,每时每刻都有爆发的可能,在爆发中时常伴随一些与社会法制和道德伦理格格不入的人性之恶。

赖特叙事作品里几乎所有的男性黑人主人公都摆脱了对宗教的幻想

和依赖,其人性之恶主要呈现在自私或以自我为中心方面。别格、克洛斯和费西都拒绝信奉宗教,主要原因是上帝没有采取行动来改善他们的生存处境。这三个人与以前的宗教影响割断了联系,不仅成为粗鲁而朴实的个人主义者,而且还成为敌视白人社会的勇敢抗争者。在现实生活中,他们都难以与其虔诚的母亲相处融洽。在《土生子》里,托马斯太太劝儿子别格在监狱里皈依基督教。"听着!儿子……当没有人在身边的时候,当你单独一人的时候,跪下,把一切告诉上帝。请他指引你。那就是你现在能做的事。儿子,向妈妈保证:你会皈依上帝的"(*Native Son*, 259)。虽然别格也非常需要精神寄托,但他接触到的宗教形式给他带来的仅是廉价的幻觉而不是真正的信仰。"别格嘲笑母亲和汉蒙德牧师的原教旨主义宗教,因为他觉得宗教引起的是精神贫瘠,使黑人接受了异化了的顺从角色"[1]。在《局外人》里,克洛斯之母经常给他说教,指责他是"一个追求快感的放荡之徒",并诅咒他"正在收获罪孽的报酬"(*The Long Dream*, 389)。托马斯太太的宗教思想和忠告引起克洛斯的逆反心理。为了追求自己的自由,他放任了心中的自私类人性之恶。因此,他不顾忌对他人的伤害,抛弃母亲和妻子儿女,隐姓埋名到外地生活。在《长梦》里,费西之母艾玛也是一个虔诚的基督教徒。她发现儿子荒废学业去嫖妓时,愤怒不已。因此,她就整天无休止地唠叨儿子:"别再陷入肉的陷阱,去寻找天堂吧。"(*The Long Dream*, 82)可是,关于人权的白人文化移入使费西对母亲的提醒置若罔闻,他竭力寻找与白种女人发生性关系的机会,因为在其心目中,与白人妇女的性关系标志着黑人人权的获得和黑人男子气概的建立。

白人的压迫和种族歧视当然会促使黑人去挑战白人社会的法律,促进其反抗意识的形成。"别格·托马斯已成为叛逆的永恒象征,代表着

---

[1] Robert A. Butler, *Native Son: The Emergence of a New Black Hero*, p.114.

蔑视社会法令、企图颠覆社会的那类人。"① 别格是被社会驱逐的那类黑人的典型代表。社会的叛逆者把法律和司法视为种族压迫的源泉，而不是人权的保护神。在种族主义社会里，法律是由对黑人漠不关心的白人制定的；黑人的死刑通常由从未善待过黑人的白人来执行。最后，"犯罪嫌疑人受审，不是由同等地位的公民来执行，而是由宁可错杀十个黑人也不放过一个的白人来执行"②。由不能公正对待黑人的白人来立法、司法和执法必然引起法律的不公正和对黑人人权的践踏，形成系统力量之下的人性之恶。白人制定蔑视黑人的法律必然会引起黑人对法律的蔑视、不信任和挑战。在赖特的笔下，别格、克洛斯、杰柯、泰瑞和费西很难遵守白人法律，因此他们总是被白人称为"罪犯"或"坏人"。

如果黑人不甘心于"社会死亡"般的生存状态而追求更美好的生活，他们内在的存在主义冲动，会促使他们为自己的应得权利而斗争。在赖特的小说里，黑人主人公的存在主义思想有两个来源：书本和黑人经历。《局外人》主人公克洛斯的存在主义思想主要是从哲学书籍和自己的生活经历中提炼出来的。《土生子》中别格的思想与克洛斯的人生态度都是典型的存在主义思想的表现。美国黑人的基本生存状况使别格和克洛斯看到白人社会的道德价值观很难在种族主义氛围浓烈的美国运用到黑人身上。因此，别格和克洛斯对价值观的追求不会超越个人对自由和人权追求的范畴。在《长梦》里，泰瑞以牺牲黑人尊严和自豪感为代价挣大钱，发展自己的产业，为自己的人生目标服务。可是，当他的财产遭到白人当局的觊觎时，他的反抗意识在法律面前人人平等的白人信条的激励下做出迅速的反应。简而言之，积极的文化移入有助于反抗意识的形成，促使黑人意识从双重意识转变到反抗意识，引起黑人对白人社会的反应从逆来顺受发展到暴力抗争。反抗意识激励黑人为争取种

---

① Houston A. Baker, Jr., "Racial Wisdom and Richard Wright's *Native Son*", *Critical Essays on Richard Wright*. Ed. Yoshinobu Hakutani, Boston: G. K. Hall, 1982, p. 77.
② W. E. B. Du Bois, *The Souls of Black Folk*, New York: Bantam, 1989, p. 123.

族平等和社会公正进行不懈的斗争，努力以与白人平等的社会身份和地位融入美国主流社会。

在赖特的小说里，文化移入引起了黑人主人公冲破双重意识的束缚，形成自己独特的反抗意识，激励他们加入实现自我和满足自我的斗争中，使他们敢于公开质疑美国社会的黑人问题和黑人社会的诸多内部问题。头脑里已形成了反抗意识的黑人越来越不能容忍种族歧视、种族隔离和其他形式的种族、社会、经济和政治等方面的压迫。他们中的许多人不惜诉诸暴力或犯罪手段来追求自己的人生理想，从而导致了诸多恶性事件的出现。在种族主义社会里黑人与白人之间的仇恨指的是由愤怒、反感和伤害对方的欲望所构成的复杂情感。仇恨引起赖特笔下主要黑人人物头脑里的性恶张力，时常做出一些违背法律和伦理的行为。白人通常把黑人的违法行为归咎于黑人的人性之恶；其实，黑人也把白人实施种族歧视和种族偏见的暴行归咎于白人的人性之恶。在美国种族主义社会，白人的人性之恶引发了黑人的人性之恶，同时，黑人的人性之恶加剧了白人的人性之恶和白人对黑人的误解。

第三章 自然主义视阈下的人性之恶

　　自然主义是 19 世纪末至 20 世纪初席卷欧美的美学运动。该运动接受了达尔文主义的基本主张，采用了自然科学的原则和方法，对文学创作产生了巨大的影响。自然主义在文学方面发展了写实主义传统，以更忠实、不加选择的手法反映现实，并以不带道德评价的方式表达作者对社会的认知。一般来讲，自然主义文学作品中的人物典型性格是由人类生活中的遗传和环境所决定的。自然主义起源于法国，主要代表人物是左拉（Emile Zola，1840—1902）。在美国，该运动与史蒂夫·克莱恩和西奥多·德莱塞的作品联系在一起。自然主义作为一个历史运动，持续时间不长，但它丰富了写实主义，扩大了题材的新领域，形成了接近生活且不拘一格的风格。20 世纪四五十年代，赖特继承和发展了自然主义文学传统，主张让美国社会真实的黑人人物在真实的种族主义环境里活动，给读者一个美国黑人生活的真实写照。他还摒弃了传统自然主义关于文学与政治和道德脱钩的主张，认为文学应该为黑人的种族利益服务。他不满足于记录现实生活的表象，而是致力于通过对美国黑人生存状况的现实主义描写来深入地揭示美国种族主义社会的本质，探求种族平等和社会正义的真理。

第三章　自然主义视阈下的人性之恶

第一节　双重意识折射出的人性之恶

1903年美国思想家 W. E. B. 杜波依斯在《黑灵魂》中多次指出美国"20世纪的问题仍然是种族问题"①。他在这本书里总结了非洲黑人被卖到美洲大陆后的生活经历，指出黑人在美国生活了三百多年，为美国社会的建设和发展作出了巨大的贡献，但白人种族主义者因他们的黑皮肤而把他们排斥在美国主流社会之外。杜波依斯把黑人既是美国人又不被美国社会接纳的难堪身份归纳为黑人身份的双重性，进而把这种双重性形象地比喻为"双重意识"。由此可见，这种意识是一种消极的社会现象，折射出美国种族主义社会里白人欺凌黑人的人性之恶。美国黑人被夹在白人文化和黑人文化之间，长期遭受到白人种族主义者的歧视和凌辱。黑人不但要遭受白人的经济剥削和政治压迫，而且还要承受种族隔离和种族歧视带来的各种压力和屈辱。杜波依斯给双重意识下了一个定义：

> 它是一种奇特的感觉，这个双重意识总是通过别人的眼光来看待自己，以另一个世界的尺度来衡量自己的灵魂，而那个世界又是以嘲弄的蔑视和怜悯来看待黑人。黑人总是感觉到自己的双重性——一面是美国人，一面是黑鬼；两个灵魂，两种思想，两个不可调和的奋斗目标；在黑人头脑里不断冲突中的两个理想，靠黑人自身的顽强力量才使其身体未被撕裂开来。②

美国黑人对待生活的能动性和主观性已在三百年的奴隶生涯中消磨

---

① W. E. B. Du Bois, *The Souls of Black Folk*, New York: Bantam, 1989, p. xxxi, p. 10, p. 29.
② W. E. B. Du Bois, *The Souls of Black Folk*, p. 3.

殆尽，杜波依斯的定义正好揭示了他们的独特心理。小亨利·路易斯·盖茨说，"黑人没有真正意义上的自我意识，只有双重意识，他们像白人隔着棉纱看黑人那样看自己"①。纳桑·欧文·哈根斯进一步指出："黑人总是通过白人的眼睛来看待自己，尽力想成为他想象中白人应该是的样子，或者尽力干他以为白人想他干的事。"② 这样，黑人的身份最终取决于白人看待他们的态度。奴隶制时期的文化沉淀对20世纪的美国黑人仍有着重大的影响，造成的心理创伤仍然折磨着一代又一代黑人。尽管奴隶制早在1865年已被废除了，美国宪法的第十四个修正案确立了黑人的公民权，第十五个修正案确立了黑人的选举权，但是美国黑人要摆脱白人的影响和对白人的依赖仍然困难重重。白人种族主义者漠视黑人对美国社会的发展和繁荣作出的巨大贡献，拒绝黑人融入美国主流社会。不管白人如何排斥黑人，事实上，黑人居住在美国并与白人形成了长达三百多年的共生关系。这种既成事实是无法改变的。尽管白人不愿承认，但黑人的确已成为美国社会不可或缺的重要组成部分。白人种族主义者放纵自己的人性之恶，把黑人置于一个卑下、低贱的社会地位，迫使黑人陷入双重意识的心理状态。

双重意识不是所有少数族裔美国人或从世界各地移居而来的美国人都体会或经历过的。这种意识既是美国黑人的独特经历，也是有非洲血统的美国人复杂的双重视角。黑人的人格和文化在历史上一直被白人贬低，黑人成为美国社会的边缘人。美国学者伯纳德·W.贝尔曾在1992年指出：

> 它［双重意识］是一个神秘的祝福和社会负担，是搞明白人生真谛的祖传之物，是制度化种族歧视的产物，是美国社会涉及文化

---

① Henry Louis Gates, Jr., *The Signifying Monkey: A Theory of African-American Literary Criticism*, New York: Oxford UP, 1988, p. xix.
② Nathan Irvin Huggins, *Harlem Renaissance*, London: Oxford UP, 1971, p. 245.

第三章 自然主义视阈下的人性之恶

携带者的辩证过程——一方面是残余次撒哈拉非洲文化的携带者；另一方面是残余西方文化的携带者。许多当代美国黑人努力调和非洲古历史与美国现实的关系，尽管非洲的过去显得那么遥远，那么神秘，那么神圣；他们还调和黑人身份与现实身份的关系，调和局外人与局内人的关系。①

从人类学的角度看，黑人是有非洲血统的人类，但在大多数白人眼里他们算不上是人类。事实上，美国黑人是美国人口的重要组成部分，但白人种族主义者以白人至上论为理论依据对美国黑人实施种族隔离；这种隔离造成黑人与白人在心理、情感、文化、政治等诸多方面的隔阂和对立，直接导致这两个种族的敌视和隔阂。双重意识是黑人观察和体验美国社会的两个彼此敌视但又互相依存的文化后所形成的新意识。这两个互相敌视的文化是指占统治地位的白人文化和处于被压迫地位的黑人文化。黑人的双重意识导致他们看待世界的双重视角。黑人被美国法律承认为美国人，但白人种族主义者却拒绝把黑人看作与他们平等的美国人。黑人在种族歧视和社会的压迫下，生活困苦，工作无保障，只得时常搬迁。为了找工作，黑人从南方迁居到北方或西部，从农场或村庄迁居到城市。这种被夹在两个文化之间又被排斥在主流社会之外的文化现象被称为"无归属感"。泰森说："无归属感不同于没有住房。无归属感是指你即使在家也没有在家的感觉，因为你自己心里没觉得在家或没有感受到家庭温暖，你的文化身份危机使你成为一个心理避难者。"② 因此，无归属感刺激和加深了黑人在美国社会的身份危机，引起他们对白人施加的生理和心理折磨的极大不满。为了争取和捍

---

① Bernard W. Bell, "*Beloved*: A Womanist Neo-Slave Narrative; or Multivocal Remembrances of Things Past", *African American Review* 26 (1992), p. 7.
② Lois Tyson, *Critical Theory Today: A User-Friendly Guide*, New York: Garland, 1999, p. 368.

卫自己的权益，一部分黑人率先冲破双重意识的束缚，追求自己的美国梦。

　　杜波依斯提出双重意识理论的三十七年后，赖特在《土生子》里揭示了黑人遭受种族偏见和种族歧视后所产生的特殊心理，并把这种特殊心理称之为双重视角，其实这种双重视角与杜波依斯所提出的双重意识现象极为相似。赖特一直宣称从未读过任何黑人作家写的书，包括杜波依斯的书。赖特在小说中揭示的双重视角现象与杜波依斯几十年前的观察如此相近。这表明双重意识这种现象是黑人遭受种族压迫后形成的一种普遍心理。赖特在描写黑人的双重意识时，并没有把所有的黑人主人公都局限在这种意识里。因此，赖特作品中最有意义的地方是塑造了一批新型黑人主人公。这些黑人不满美国社会的种族压迫，毅然冲破双重意识的精神束缚，去追求与白人平等的人权和公民权，追逐黑人美国梦。我们可以把赖特的文学贡献视为对杜波依斯理论的图解和发展。赖特指出了美国社会的种族危机，警示白人社会即将来临的危险。尤金·E. 米勒在《一个土生子的愿望》一书中提及赖特发展了杜波依斯的理论，赖特把接触到两种文化环境的"我"一分为三，即：强烈的自我意识、对自我游刃有余的控制力以及对"我"所处的两个文化环境中所产生的双重意识。"'我'的巨大推动力是利用这三个要素，而不是被这三个要素利用。"[①] 赖特对黑人"自我"的认识来源于他在美国南方和北方的生活经历以及他对美国社会的仔细观察。赖特一生都在从事反对美国白人种族主义者的斗争，一直都在进行着与两种文化的斗争，而这两种文化都牢固地植根于他的人格和个性。他在小说里描写黑人的身份时，认为大多数黑人仍然被双重意识的冲突所烦扰，仍然受制于存在主义的生存环境。然而，他塑造的小说主人公已觉醒，并开始为男子气概和自我身份的建立进行不懈的斗争。这些黑人的觉悟导致其头脑里反抗

---

① Eugene E. Miller, *Voice of A Native Son: the Poetics of Richard Wright*, Jackson: UP of Mississippi, 1990, p. xx.

意识的形成。反抗意识是赖特在描写黑人人物形象时出现的一种新精神。这种新精神来源于赖特关于"自我"的概念,扩展了杜波依斯关于男子气概的概念。因此,赖特在这里提倡的是建立和维护在黑人双重意识中的"自我",促使三元概念的产生,从而发展了杜波依斯的二元性理论。赖特的三元概念有助于黑人在双重意识的冲突过程中恢复和保存"我"的意识。

杜波依斯认为,黑人从非洲大陆来到美洲大陆以后,大量吸收白人文化,在不断的文化移入中渐渐失去了"自我",但赖特在其小说中揭示出 20 世纪前半叶的一些黑人在积极的文化移入过程中获得了"自我"。因此,赖特叙事作品不仅反映了大多数黑人的双重意识,而且还反映了一部分黑人的反抗意识。

在赖特的笔下,黑人的反抗意识具有以下主要功能:第一,它有助于黑人调节已吸收的白人文化与已保留的非洲根文化之间的关系。当吸收的白人文化占优势时,他在思想和行为动作方面更加西化;当他对非洲根文化的坚守占优势时,他就会有更强的黑人种族荣誉感。第二,反抗意识有助于黑人对已吸收的白人文化成分进行挑选。这样,他就可能按照他个人的需要或社会阅历来吸收他最为欣赏的那部分白人文化。第三,反抗意识有助于黑人形成强烈的求生意志和对美好生活的强烈渴望。这种意志和渴望正成为黑人的"顽强力量",阻止"黑色躯体"在激烈的双重意识斗争中被"撕裂"。[①] 第四,反抗意识鼓励黑人去追求自我利益的最大化,激励他们去追求自己的美国梦。第五,当黑人对完善自我的追求和对融入美国主流社会的渴望遭到白人种族主义者的强烈反对和阻挠时,反抗意识促使黑人挑战法律和社会道德准则,以暴力实现自我的方式向白人社会发起反击。黑人的反抗意识可以在不断的文化移入中得到加强,成为黑人追求美国梦的巨大驱动力。

---

① W. E. B. Du Bois, *The Souls of Black Folk*, New York: Bantam, 1989, p. 3.

白人社会对黑人反抗意识的压制或镇压会导致黑人的精神绝望和生存危机。在美国的种族主义社会环境里，大多数黑人被淹没在自恨的泥泽里，过着双重意识左右下的无奈生活。但是有些黑人冲破双重意识的束缚，形成自己的反抗意识，一往无前地追求自己的美国梦。赖特在小说里对这些黑人反抗意识的描写粉碎了种族主义者宣传的旧黑人形象。在种族主义者的眼里，黑人满足于现状，愚昧无知，对白人主人的父亲般的指导充满了感激；没有白人主子的指引，黑人似乎就可能成为迷途的羔羊或堕落成危险的野兽。这样，赖特对这些黑人反抗意识的揭示摧毁了美国黑人低下论的骗人鬼话。这个怪论曾是美国许多种族主义政策和实施行为的一个重要理论基础。赖特的小说表明：种族偏见和种族压迫导致黑人的悲哀和苦难；文化移入引起反抗意识在赖特塑造的黑人主人公头脑里率先形成。种族隔离和白人至上论引起了黑人与白人之间相互恐惧、仇恨和误解。反抗意识是一种重要的精神力量，激活黑人的种族尊严和种族骄傲感，在黑人争取社会平等、完全融入美国主流社会所进行的斗争中发挥着重要的作用。虽然赖特叙事作品中仅是一些有叛逆性的、有胆有识的人物具有反抗意识，但这表明黑人意识从双重意识向平等人权意识发展的新趋势，也预示了马丁·路德·金（Martin Luther King, 1929—1968）领导的20世纪50年代中期民权运动的到来。在赖特叙事作品里，具有反抗意识的黑人不是被白人种族主义者杀害，就是被驱逐出国，但他们的反抗意识就像海明威笔下的桑地亚哥精神一样，可能被摧毁，但不可能会被击败。正是这种不屈不挠的精神激励一代又一代黑人为争取种族平等和社会正义而奋斗，推动着美国社会种族问题的改善和最后解决。

赖特的叙事作品图解和发展了杜波依斯的双重意识理论，从黑人的双重意识深化到新黑人形象的塑造，为以后的评论家沿着杜波依斯开辟的理论道路前进提供了依据。黑人的反抗意识是黑人以恶制恶的过程中生成的新意识，通常会促使黑人采取暴力手段与白人种族主义者抗争。

虽然其行为对社会造成的危害不可取，但对黑人自我意识的形成和发展具有积极的建设性作用。

第二节 美国黑人的隐形性与局外性

黑人的身份形成于文化移入过程之中。黑人种族身份的变化与文化移入过程中产生的意识形态的变化密切相关。这种变化是理解文化移入和种族身份的关键。W. E. B. 杜波依斯于1903年提出的黑人双重意识现象与大萧条时期黑人的思想和生存状况几乎一样。美国黑人困惑于自己身份的"二元性——一方面是美国人，另一方面是黑人"①。有时，他们不是把自己等同于美国人，就是把自己等同于黑人；有时，他们认为自己同时是美国人和黑人，而有时又认为自己既不是美国人也不是黑人。杜波依斯提出的问题仍然没有答案：美国黑人能同时成为美国人和黑人吗？在赖特的小说里，一些黑人在文化移入中形成自己的反抗意识后，变得越来越焦虑不安，越来越痛苦万分，在捍卫自己的人权和公民权时不时制造与社会伦理格格不入的恶性事件。他们觉得不合理的社会制度使自己生活在美国社会的边缘，是白人的人性之恶把黑人逼入人性之恶的深渊。赖特在其作品里从隐形性和局外性两个方面描写了黑人的身份危机。

一、美国黑人的隐形性与盲目性

隐形性是黑人在美国社会没有获得公民权所产生的身份危机。在美国种族主义社会里，白人在政治、经济、文化等方面剥削和压迫黑人。黑人的隐形性是由白人对黑人的"盲目"所引起的，同时也引起黑人对

---

① W. E. B. Du Bois, *The Souls of Black Folk*, New York: Bantam, 1989, p.3.

白人的"盲目"。这里的"盲目"不是指生理上的失明，而是指心理上的失明。在一个社会里，政治、经济、文化等因素导致一部分强势群体对弱势群体的漠视或视而不见。这种看不见的现象也就是所谓心理"盲目"。"盲目"引起人与人之间的隔阂、疏远和视而不见。正如尼哥尔所言："这样［盲目］的意象说明了中心主题：对个人身份的否认是最恶劣的压迫形式。"① 白人对黑人真实生活的"盲目"导致白人难以理解美国黑人内心的不满。美国黑人直觉地知道他们在社会里的挫折和不幸皆是由美国社会的种族歧视和种族偏见所导致的。"就他们［白人——作者注］所看到的社会状况，一些白人有内疚感，而更多的白人却感到恐惧和愤怒。结果，他们［白人］的表现是竭力否认真相，为自己行为辩护，或进一步遏止黑人的追求。"② "盲目"现象充斥于赖特的叙事作品，已成为黑人与白人间缺乏相互理解的一个比喻。

在《土生子》中，别格的女主人达尔顿夫人在生理上是盲人，而赖特又同时把她描述成一个心理上的盲人。居高临下的种族主义思想使她不能把别格看作与她同样的人。假设她不是盲人，她也只是把黑人看作种族主义者的臆想物。她的丈夫达尔顿先生不是盲人，但他看不到别格是一个活生生黑人青年的事实，而是把别格看成是掩饰自己虚伪性的工具或是一个安慰自己肮脏灵魂的媒介。他给别格这样的下层黑人青年提供工作岗位，想借此把自己伪装成黑人社区的朋友。达尔顿夫妇的女儿玛丽小姐受共产主义思想的影响，试图把别格当作与她同等身份的人，但是她没有顾及别格的感受：一个长期遭受种族歧视的黑人突然得到白人老板的美丽女儿的史无前例的礼遇，这给别格带来了巨大的心理震惊和困惑。从来没有认真了解过黑人的玛丽天真地以为黑人过着与白人差

---

① James Nagel, "Images of 'Vision' in *Native Son*", *Critical Essays on Richard Wright's Native Son*, Ed. Keneth Kinnamon, New York: Twayne, 1997, p. 92.
② Douglas G. Glasgow, *The Black Underclass: Poverty, Unemployment, and Entrapment of Ghetto Youth*, New York: Jossey-Bass, 1980, p. 116.

不多的生活。玛丽头脑简单地认为：别格会接受她的友好表示，因为她认为自己支持的政治事业就是为别格这类人服务的。可是，她忽略了对别格的个人品质、思想或情感的考虑，只是机械性地对他表示友好。她对别格的友好是她单方面的想当然的行为。她的简单逻辑是：因为别格是黑人，所以她要对他好。她对别格的态度来源于其男朋友宣传的共产党主张。在她看来，共产党是受压迫者的朋友，黑人是受压迫者，所以黑人是朋友。她注意了黑人的共性，却忽略了别格的个性。她虽然想以种族平等的方式对待别格，但是她对别格言行的自作主张显示出她的无意识种族主义思想。赖特揭示出玛丽的无意识种族主义思想与其父母表面上的虚伪性具有同样的破坏性。

当玛丽和她的男朋友简努力去赢得别格的信任时，他们只是把别格看作黑人，而忽略了每个黑人的个体差异和独特思想。埃德温·B.伯尔冈还指出这两个人渴望的社会平等在别格眼里已转化成了种族傲慢。[①]当他们以不适当的方式去改善种族关系时，玛丽和简的言行实际上扩大了他们之间的种族界限。玛丽和简想用别格来填充一个他们定义好的角色，简单地把别格的身份从黑人奴仆上升到黑人无产者的地位。他们的臆想与达尔顿先生拒绝把白人区的房子租给黑人的行为是一样的，因为达尔顿认为"黑人待在一块更快乐一些"[②]。律师波瑞斯·A.迈克斯对其委托人别格也是盲目的，因为迈克斯的视野受到其马克思主义阶级论的局限，他仅是把别格看成是受压迫阶级的一员，而不是以个人暴力方式来谋求实现个人价值的具体个人。在小说快要结束的时候，别格终于理解了生活的寓意。他认识到自己的生活是黑人种族生活的缩影，白人杀他是为摧毁黑人追求社会平等和种族平等的欲望。迈克斯没能把带有

[①] Jean-Francois Gounard, *The Racial Problem in the Works of Richard Wright and James Baldwin*, Trans. Joseph J. Rodgers, Jr. Westport, Conn: GP, 1992, p.69.

[②] Kathleen Gallagher, "Bigger's Great Leap to the Figurative", *CLA Journal (College Language Association Journal)*, 27 (1984), p.296.

寓意的别格与现实生活中的别格区分开来：他以为别格接受了对他罪行的指控，但实际上别格所接受的是被白人强加的没有选择的生活。作为白人，迈克斯不论多么有同情心，也不可能真正了解黑人的心理和黑人的生活，因为他们彼此之间的隐形性。别格也向他解释不清自己的生活态度。当迈克斯向别格了解其杀人的真实动机时，别格仅是安慰迈克斯说："我没事。说真的，我就那样。"（*Native Son*，323）别格的话语表明他的杀人行为是有价值的，也是必需的，因为这是追求生存和种族平等的一种斗争方式。他把自己看成是为黑人而死的"烈士"，为黑人殉难的耶稣，因此对即将来临的死亡并不感到后悔。迈克斯也注意到别格是阶级压迫和社会环境的受害者，但是他看不到别格是美国梦的受害者。迈克斯言辞恳切地向法庭陈述了别格所处的社会窘境，但是令人遗憾的是：他没能把别格看成是一个有思想的人，看不到其头脑里反抗意识的活动。

因为白人种族主义者对黑人思想的视而不见，所以白人在追寻杀害玛丽的凶手时起初对别格并没有给予足够的重视。当达尔顿先生的私人侦探布雷顿向管家帕吉了解别格在玛丽失踪后的表现时，问道："他［别格——作者注］说'是的，夫人'或'不是的，夫人'吗？"（*Native Son*，162）在布雷顿的心目中，经常把"夫人"等类词语放在答语里的黑人是有礼貌的，也就是守法的，因此他忽略了别格的内心世界。另外一个"盲目"的白人种族主义者是州检察官巴克利，其人性之恶主要表现在对个人建功立业的疯狂追求上。他只把别格看成是一个单纯的罪犯，把对别格的公诉看作是自己升官的政治资本。他根本不在乎别格杀人的潜在动机是什么。像布雷顿一样，巴克利也被黑人的隐形性蒙住了眼。别格的案子超出了巴克利的理性推理。他无论如何也想不到像别格这样温顺的黑人怎么敢在没有得到共产党组织的支持下杀害白人女青年玛丽，并发出绑票，企图敲诈。

别格生活在一个很难接触到白人的黑人区，这样的环境极大地限制

第三章 自然主义视阈下的人性之恶

了他的视野和情感。当他第一次面对面地见到白人时,心里对白人充满了恐惧和不信任感。在种族隔离的社会里,黑人与白人没有平等、自由的交往。这种现象导致这两个种族之间的心理隔阂和彼此之间的隐形性,其结果是"鼓励人们把其他人简单地看作是一些带有成见的模块,而不是复杂的人类"①。的确,"别格后来意识到,在某种意义上,他一直很盲目,总是把白人看作是一个专门欺压黑人的群体,而不是具有不同个性的人"②。就像白人种族主义者对他的人性"盲目"的时候,别格也一直没能把玛丽和简看作是与他一样的人。种族仇恨和种族恐惧同样也是一直埋藏在他心中,尽管他渴望消除与社会的疏远感,过与其他人一样的正常生活。如果说别格的肤色给他带来隐形性,玛丽和简等白人看不见他的内心世界,那么,玛丽和简等白人的肤色也使他们具有隐形性,导致别格也看不懂他们的思想和行为。一直遭受白人歧视的别格不明白这两个白人为什么突然想成为他的朋友。这从未有过的稀罕事使别格得出结论:他们是来给他找麻烦的。当他在达尔顿办公室见到玛丽的时候,别格的直觉告诉他这个漂亮的白人女青年不可信任,因为一见面,她就问他是否加入过工会。玛丽的问题使他很尴尬,也使他大吃一惊,因为别格知道达尔顿之类的白人老板是不会喜欢工会这类组织的。玛丽的话语使他感受到:如果对她掉以轻心,他的新工作会很快失去。他对玛丽的真诚和坦率无法理解。"把这青年妇女与年轻黑人分隔开的社会使这些意图危险起来"③。就像白人未能把别格看作是一个个体的人一样,别格也不能真正把他接触到的白人当作个体加以区分。对他来讲,在其生活中遇到过的所有白人都是一样的,令人恐惧,不值得信赖。

---

① Robert A. Butler, *Native Son*: *The Emergence of a New Black Hero*, p. 71.
② Selena Ward & Dave Purcel, *Today's Most Popular Study Guides*: *Native Son*, Tianjin: Tianjin Science and Technology Translation Company, 2002, p. 46.
③ Jean-Francois Gounard, *The Racial Problem in the Works of Richard Wright and James Baldwin*, p. 70.

此外，赖特把隐形性还描写成一堵把黑人与白人分隔开来的墙，这道墙时常引起他们之间的误解和仇恨，导致人性之恶事件的爆发。在《今日的主》里，因为杰柯的黑人隐形性，邮局审查委员会主任斯旺逊对杰柯的家庭经济危机和婚姻危机视而不见。斯旺逊未采取任何有效的行动来调解他们的夫妻关系或解决他们的经济困难；每次杰柯对妻子实施家庭暴力后，他仅仅是口头上声称要开除杰柯而已。他对杰柯的盲目是由其对黑人的贫困和性格视而不见所引起的。同样的，杰柯对斯旺逊也是盲目的，因为他把斯旺逊看作是黑人种族的敌人，与其他白人种族主义者没有两样。因此，在杰柯的心目中，斯旺逊是白人恐惧和恐怖的象征。

在《局外人》里，纽约州检察官厄利·豪斯顿没能消解他对克洛斯的盲目，尽管他声称自己因为背驼，与克洛斯一样也是美国社会的局外人。由于克洛斯的黑人隐形性，豪斯顿始终明白不了克洛斯系列杀人案的真实动机，他不能充分理解克洛斯头脑里反抗意识的成因、规则和活动规律，也理解不了黑人追求实现自我的心理需要。豪斯顿是一名资深犯罪问题专家，但他一直破不了吉尔·布朗特和蓝勒·亨顿的同时遇害案。他对克洛斯说："法雷尔［警察中尉——作者注］，和法医一样，一直在嘀咕当这两人在打架时，有个人突然出现并袭击了他们，杀死了他们俩。那是可能的，但又极不可信。如果这样，杀手的动机是什么呢？那正是困惑我的地方。"（*The Outsider*, 699）所有的白人警察和官员对这个案件都迷惑不解。豪斯顿接着说："但是，当我们考虑这个第三人的想法时，假设布朗特或亨顿先杀死对方，然后第三人出现，并袭击了胜利者，并把他杀死。"但是，豪斯顿仍然困惑于自己的逻辑推理，因为他找不出"那个第三者"。（*The Outsider*, 671）如果仅是激进种族主义者蓝勒·亨顿被杀，豪斯顿就有理由怀疑克洛斯，因为黑人克洛斯可能成为种族报复的凶手。可是，克洛斯的保护人吉尔·布朗特也在同一地方同一时间遇害。因此，豪斯顿对这个连环案的侦破一筹莫展。同

第三章 自然主义视阈下的人性之恶

时,克洛斯对豪斯顿也是盲目的,因为他把豪斯顿视为追杀黑人的恶徒,而不是正义的保护神或法制的捍卫者。在克洛斯眼里,豪斯顿是白人的保护者,而不是黑人的。因此,不论豪斯顿表面上对克洛斯多么友好,克洛斯也不会被感化。

在《长梦》里,白人警察局长杰拉尔德·堪特利对黑人商人泰瑞及其儿子费西也是盲目的。因为泰瑞和儿子的黑人隐形性,堪特利看不清他们的真实想法和内心世界。堪特利觉得与泰瑞打交道麻烦而且棘手,他看不透泰瑞老于世故的伪装,因此他叫喊道:"上帝诅咒你,泰瑞!……我向上帝发誓,我不知道我们如何与你们打交道……我们让你们害怕我们,然后请你们把真相告诉我们。"(*The Long Dream*, 250)他搞不清楚泰瑞是否保存了可能毁掉他前程并使他进牢房的盖销支票。在谋杀泰瑞之后,他也看不清楚费西"隐形"的思想。他怀疑费西还保留有泰瑞留下来的另一部分盖销支票。可是,费西的精明度不亚于其父亲,仍然在堪特利面前一问三不知。他用尽手段也未能获取余下的盖销支票。费西知道:一旦他交出盖销支票,白人并不会罢手,还会向他索取没在他手上的盖销支票,没完没了地索取,一直会把他逼死为止。为了自保,他向堪特利一再发誓:手上没有任何支票。但堪特利难以放心,于是就捏造罪名把费西送进监狱关押了两年。不管白人警察采取什么花招,采取什么手段,费西对支票一事守口如瓶。实际上,泰瑞和费西对堪特利也是盲目的,因为他们把堪特利看成是随时都可能吞食黑人的猛兽。

正如白人看不见黑人人性的一面,这些黑人也看不到白人人性的一面。因此,所有的白人,无论同情黑人与否,皆对黑人是盲目的。黑人对白人的态度也一样。然而,白人的盲目象征着他们对黑人人性和个性的忽略,而别格对白人的精神盲目也象征着黑人对白人恐惧的短见性。

除了白人与黑人之间的彼此"盲目"外,赖特还揭示出黑人之间彼此盲目的现象。这种现象是黑人内化白人至上的种族主义思想所产生的结果。内化了白人种族思想的黑人以与白人相同的观点看待其他黑人。在《土生子》《局外人》和《长梦》中，读者可以观察到黑人之间彼此的盲目性，同时也表现在安于现状的黑人与已形成反抗意识的黑人之间的思想和行为的冲突。

在《土生子》里，别格与母亲托马斯太太之间的盲目性导致彼此之间的隐形性。别格的隐形性不仅使母亲伤心，而且还使儿子越来越疏远母亲和黑人世界。托马斯太太是一个下层黑人寡妇，在大萧条时期的困难时刻，养育着两个儿子和一个女儿。家庭的赤贫使她迫切希望大儿子别格尽快担负起家庭重任，为养育弟弟和妹妹尽力。她要求别格接受到达尔顿先生家当司机的工作，并警告说："如果你不接受这份工作，救济部门就会停止对我们家的救济。我们将没饭吃了。"(Native Son, 11)她接着对别格说："你现在有机会了，你总是说你没机会。现在，你有了。"(Native Son, 8)可见，她对儿子是盲目的，因为别格根本不想去当一名平庸的司机。文化移入使他对生活树立了更大的抱负，他想当飞行员或干其他体面而高尚的工作。可是，在种族主义社会里，好工作都是白人才能干的。然而，在美国文化熏陶下长大的别格认为自己是美国的土生子，应该拥有与白人一样的平等权利，做一名真正的美国公民。头脑里反抗意识的酝酿使其越来越疏远其母亲，形成自己独特的隐形性，母亲明白不了他的真实思想，他的思想和行为也不为母亲所接受。母亲警告他说："如果你不停止与你那伙人鬼混，不去干点正经事，你会以你想象不到的方式结束的……绞刑架就在你走的路的尽头，孩子。"(Native Son, 8)托马斯太太已经接受并习惯了黑人没有希望的生活，因此她认为别格所有的希望和野心不仅是不实际的，而且还是危险的。除对母亲外，别格对弟弟和妹妹也是盲目的。在其心目中，弟弟巴迪"像瞎子一样，在一个椭圆的圈里转呀转，什么也看不见"(Native Son, 103)。他的妹妹薇娜也被别格视为一个令人生厌的、胆小怕事的小姑娘，似乎她"做的每一个动作都是畏畏缩缩的"(Native Son, 140)。别

第三章 自然主义视阈下的人性之恶

格对家庭成员的"盲目"使他更加疏远了白人世界。

而且,赖特在《局外人》中揭示出中下阶层的母亲和儿子的彼此盲目。达蒙太太是一名退休小学教师,在经济上比托马斯太太富裕,没有太多的经济困难。像托马斯太太一样,她也是从密西西比州移居到芝加哥的。因此,早在南方的时候,她就已内化了白人至上的思想,并且目睹过白人对黑人的残酷种族迫害。她对儿子的欲望感到害怕,因此她对儿子说:"你在毁掉你自己。我知道,你只信奉自己的快乐,但你一定伤害他人?如果你觉得控制不住自己的行为,那就把你的问题带去向上帝请教……你在干什么,克洛斯?"(The Outsider, 391)她害怕充满敌意的白人社会会杀掉她那野心勃勃的独子。可是,克洛斯对其母亲的好意视而不见,反而他把母亲的忠告看作是"密西西比种族主义和南方黑人怜悯的产物"①。在克洛斯心目中,达蒙太太已成为种族压迫和性压迫的化身。为了防止母亲的消极态度磨灭了他的反抗意识的焚烧,"他在其心中抹杀了对她的情感"②。克洛斯与母亲之间的盲目不仅显示出他们彼此之间的隐形性,而且还显示出他对毒害母亲的白人社会的愤慨。母亲训诫他说:"我按耶稣的十字架的含义给你取名为克洛斯(Cross)。"(The Outsider, 391)克洛斯忍受不了母亲对他的压抑和宗教要求。除此之外,克洛斯对其妻子格莱迪丝和情人朵特也是盲目的。在种族主义社会里的挫折引起他漠视妇女对安稳生活和幸福婚姻的正常要求。对母亲和妻子的疏远感使他在黑人世界里没有得到"家"的感觉。

最后,父子之间的彼此盲目体现在《长梦》里泰瑞和儿子费西之间的关系上。他们彼此的盲目性是由种族社会的高压所导致的。赖特揭示出:在《长梦》中的自由与压迫之间的辩证关系没有它表面上的那么简单。实际上,费西的个人自由在种族压迫的社会环境里很难实现。泰瑞

---

① Edward Margolies, *The Art of Richard Wright*, Carbondale: Southern Illinois UP, 1969, p. 133.
② Hazel Rowley, *Richard Wright: The Life and Times*, p. 83.

是一个老于世故的黑人商人,因此他非常明白黑人应该如何在种族主义社会里生活,但他对儿子费西也是盲目的。泰瑞坚决反对儿子对男子气概的渴求,因为儿子把能与白人女性发生性关系作为自己男子气概建立的标志。泰瑞努力按照自己的生活经验来塑造儿子的未来,可是,他给儿子的前途规划与儿子自己渴望的前途发生了猛烈的冲突,父子之间出现了难以逾越的代沟。这个代沟不断扩大,引起他们之间的彼此盲目。左右逢源的泰瑞利用白人实施的种族隔离,在黑人区实现了自己的发财计划,但同时他也遭到白人当局腐败官吏的利用和压榨。费西是在美国一战后的白人文化移入中成长起来的新一代美国黑人,他热爱白人世界,喜欢白人女性。泰瑞越不准他去想白人女性,他越想冲破这个禁区去尝尝禁果。儿子的冒失使父亲一直担心不已。由于他们彼此之间的盲目性,疼爱儿子的泰瑞对儿子的忠告和警告换来的不是儿子的感恩,而是误解和厌恶。

老一代黑人对年轻一代黑人的盲目显示出:已形成反抗意识的黑人青年不为其家庭成员所理解和接受,更不用说被整个黑人世界所理解。赖特叙事作品中的主要黑人人物,如别格、克洛斯和费西,不为白人社会所接纳,也不为黑人同胞所接纳。这样,他们不可避免地陷入双重意识的窘境:黑人世界通过压抑他们的反抗意识来把自己禁锢在双重意识身份里,而白人世界竭力打击那些拥有反抗意识和叛逆精神的黑人。因此,黑人与白人之间的彼此盲目在总体上强化了美国黑人的孤独感和作为美国公民的危机感,尤其是加重了这些黑人的生存困境。

二、美国黑人的局外性

局外性指的是某人、某个群体或种族被排斥在主流社会之外的一种生存状态,具有反文明性和反人类性。在美国,白人和黑人居住在不同区域;低收入的白人与高收入的白人也通常居住在不同的社区。这种情形可看作是白人社会财富和社会地位与黑人的差异,也可看作是阶级的差异。不同收入层次的黑人皆住在相邻的地方。地域性的种族隔离意味着：黑人作为一个种族被白人划归为美国主流社会的局外人。在赖特的小说里，局外性是美国黑人身份危机的另一个重要方面。实际上，白人与黑人是生活在谁也离不开谁的共生关系中的，但这种关系是剥削性的，并不能同时给双方带来均等的好处或利益。平时，黑人为白人干体力活，为白人社会的发展和白人生活的便利作出了巨大的贡献，但白人在享受黑人的劳动果实的时候，又歧视黑人文化，瞧不上黑人的肤色，拒绝给予黑人任何社会权利和政治权利。赖特把所有的黑人人物，不论贫富，皆描写成美国社会的局外人。黑人被迫为社会作贡献，却又不被赋予基本人权。赖特叙事作品中的主要黑人人物头脑里的局外感促使他们把对白人的反抗作为发泄其种族愤怒和种族仇视的手段。在赖特叙事作品中塑造的主要黑人人物里，我们可以发现白人不惜一切代价地把黑人排斥在美国主流社会之外。这些遭到排斥的黑人包括《土生子》中的别格、《今日的主》中的杰柯、《局外人》中的克洛斯和《长梦》中的泰瑞和费西。

作为一名下层黑人，"别格总是以白人世界局外人的身份出现"①。虽然别格在身体方面是一名合格的劳动者，但是在就业方面他并没有多少选择机会。别格的窘境非常接近于他在家里杀死的那只老鼠的窘境。那只老鼠只有待在墙裙边的鼠洞里才安全，但如果一直待在里面他又会被饿死。像那只老鼠一样，别格努力冲破家庭的束缚去寻找更好的谋生机会，而黑人一旦想冲破黑人区的束缚，从事某些白人才能获准干的工作，这些黑人像走出了鼠洞的老鼠一样，随时都会遭到灭顶之灾。可是，他在生活中的不断碰壁使他意识到这样的机会对黑人来讲是并不存在的。正如他告诉朋友葛斯："他们［白人——作者注］不让我们干任何事。"（*Native Son*, 22）别格知道黑人的命运像老鼠一样陷入了困境，

---

① Michel Fabre, *The Unfinished Quest of Richard Wright*, Trans. Isabel Barzun, Chicago: U. of Illinois P., 1993, p. 183.

因为黑人被迫居住在拥挤的黑人区,而这个黑人区又不能给他们提供在政治、经济或事业上发展的机会。赖特愤怒地指出:"他〔别格——作者注〕是美国人,因为他不仅是土生子,而且还是一名黑人民族主义者,在某种意义上来讲,他没有被给予美国人一样的生活权利。"① 很明显,别格既不是外国人,也不是外来移民,而是美国土生土长的人。可是,他周围的白人拒绝给予他们公民权,总是强迫他生活在社会的边缘。

赖特描写的另一个局外人是《今日的主》中的杰柯·杰克逊。家庭经济困难恶化了他在种族主义社会里没有前途的生活。每个星期他的账单在垒高,他的妻子需要一千元做切除肿瘤的手术。"如果鹂鹋去做了那个手术,我〔杰柯——作者注〕又将欠那个医生一千元。还不算我欠下的其他账单。如果我不付钱,他们会使我失去工作。"(*Lawd Today*, 23)杰柯必须工作十六年以上才能还得清这些账单,还不算那些维持家庭基本开支的账单。犹如现代奴隶般的生活使他疏远了美国主流社会。他在邮局的升迁机会渺茫,加剧了其局外人感。"他的双眼迷茫地挂着泪花,挂着仇恨鹂鹋的眼泪和可怜自己的眼泪。我〔杰柯——作者注〕的生活糟透了。"(*Lawd Today*, 23 - 24)他知道自己没有未来。他感受的生活之苦是巨大的:他意识到黑肤色使他不能像白人同事那样拥有美好的未来。他知道对许多白人雇员来讲邮局不是他们事业的终点,但对像杰柯这样的黑人来讲,这就是终点。因此,他觉得自己是美国社会的局外人。

美国社会的种族歧视和经济压迫使《局外人》中的克洛斯·达蒙成为一名比杰柯更悲哀的局外人。像杰柯一样,他也在邮局累死累活地工作,像麦尔维尔(Herman Melville, 1819—1891)笔下的巴托比一样每天干着分拣信件的工作。他越来越厌倦这份没有前途的工作;无论他多么辛勤地工作,因为是黑人,他永远也得不到升迁的机会。他对生活的

---

① Richard Wright, "How 'Bigger' Was Born", In his *Native Son*, New York: Harper, 1966, pp. xxiii – xxiv.

第三章 自然主义视阈下的人性之恶

厌倦直接导致了他与家人和与黑人女性关系的危机。他不愿继续保持与黑人情人朵特的关系。克洛斯是美国社会的局外人,竭力想进入美国社会成为局内人。他"想被白人按有个性的人对待,而不是笼统地当作二等公民对待,或是被当作智力低下的人看待"①。他对黑人生活的极端厌倦导致他最后抛弃了在芝加哥的黑人生活,到纽约去开始新的人生。可是,当他到达纽约后不久,他的黑人身份仍然引起他与白人共产党组织和白人当局的严重冲突。克洛斯第二次人生的失败进一步加深了他对社会的仇恨,导致他漠视法律和道德,放任自己心里的人性之恶,做出了不少践踏法制、剥夺他人生命和违背社会伦理的事件。

最后,在《长梦》里,赖特通过费西的好朋友沙姆之口揭露出美国黑人的双重意识身份危机源于他们的局外人身份。一次,沙姆大声对费西叫嚷道:

> 你不是美国人!你过着种族隔离的生活。难道你不是坐种族隔离的火车吗?坐种族隔离的公共汽车吗?难道你不是去种族隔离的餐馆吗?上种族隔离的学校吗?去种族隔离的教堂吗?难道你死后不是葬在种族隔离的墓地吗?你敢去克瑞斯工作过的那个"西端宾馆"订一个房间吗?他们白人会把你们这些黑人傻瓜私刑处死!……那么你是什么?什么也不是!
>
> (*The Long Dream*, 35)

沙姆的话语表明黑人在美国社会的局外人生活是美国制度化种族歧视之恶的直接后果。黑人到处遭受种族隔离和种族偏见,社会地位低下,在美国没有归属感。赖特描写道:白人医院拒绝接受黑人病人的惯例直接导致了《长梦》中格乐屋酒吧黑人经理法兹的死亡。这个事件反

---

① Yoshinobu Hakutani, *Richard Wright and Racial Discourse*, p.154.

映了美国社会制度化种族歧视对黑人的迫害。

不仅普通黑人是种族主义的受害者,即使是最富有的黑人泰瑞也不能逃避其美国社会局外人的命运。泰瑞已经在美国社会获得了物质上的成功,但是仍被剥夺了其作为美国公民的政治权利和社会权利。在其审判前,他要求陪审团由白人和黑人共同组成。他的合理要求遭到白人当局的拒绝,因为在克林顿维尔城还没有黑人进入陪审团的先例。他儿子费西也感觉到自己是美国社会的局外人。即使他来自城里最富有的黑人之家,甚至比很多白人都富有,但因为其黑人血统,他没有资格和可能向白人姑娘求爱或求婚。由此可见,黑人经济地位的提高并不意味着他们的政治和社会地位的相应提高。白人把黑人当作美国社会的局外人在很大程度上引起了黑人在追求实现自我和满足自我斗争中的挫折感,引起了黑人的生存危机。

第三节　黑人的他者身份与
　　　　白人的人性之恶

在种族主义社会里,美国白人通常将自己视为"自我",把"自我"之外的黑人视为"他者",并将两者截然对立起来,宣扬白人至上论。白人把自己视为文明、聪明、先进和高雅的种族,把黑人视为不文明、愚钝、落后和粗俗的民族。白人至上论中的"他者"观念所隐含的自我中心主义有着严重的缺陷或弊端,也是对"自我"的错误认知,呈现出白人的人性之恶。"他者不能被错误地再现,因为他者(本身)永远都已经是一种错误的再现。"① 他者是白人种族主义者传播和实施种族歧视和种族偏见时横亘在白人社会和黑人社会之间的魔障,广泛林立在20

---

① 张兴成:《他者与文化身份书写:从东方主义到"东方人的东方主义"》,载《东方丛刊》2001年第1期,第20页。

第三章 自然主义视阈下的人性之恶

世纪上半叶美国的大众传媒、商务、政治、经济、科技、教育和文化交流之中。解拆他者,成为文化沟通、文化交流与对话必须首先破除的魔障,也是美国黑人完全摆脱种族主义压迫和心灵创伤的迫切需要。也许最值得注意的是,这些被刻意塑造和传播的形象在一定程度上已经内化为美国黑人真实塑像的一部分,犹如统治阶级的意识形态大多为被统治阶级所欣然接受一样。因此,清理这种自我镜像迷误,是至为艰难的事情。美国黑人身份中最令黑人难堪和苦恼的方面就是他们的"他者"身份。赖特在其小说里,从黑人的次人类身份、黑人的牲口地位和混血现象与私刑三个方面来揭示白人种族主义者建构他者的本质、动机与结构方式,展现他们践踏人权的人性之恶。

一、黑人的次人类身份

在美国种族主义社会里,白人没有把黑人真正看作是自己的同类,也没有把黑人种族看成是人类大家族的一员。W. E. B. 杜波依斯在《黑灵魂》中指出:"许多白人坚信在人与畜生之间的某个地方,上帝制造了一个中间物,他把它称为黑人。"① 白人普遍认为黑人不应该被包括在上帝平等制造的"人群"里。白人种族主义者把黑人贬到很低的社会地位,相信黑人没有白人聪明。他们声称:黑人在生物学方面和精神方面比白人低下。黑皮肤作为黑人永恒的种族特征是难以改变的。正如露易斯·L. 斯尼德所说:"对种族主义者来讲,正如豹子无法改变身上的斑点一样,埃塞俄比亚人也无法改变他的肤色。"② 白人种族主义者借口黑人性爱能力强,类似野兽,因此把黑人贬为次人类。白人以黑人性能力至上论为借口,竭力把黑人比作动物。"黑人文化表明黑人有很强的性能力,在行为举止方面无修养。这个文化引起白人对他们的蔑视,白人

---

① W. E. B. Du Bois, *The Souls of Black Folk*, New York: Bantam, 1989, p. 63.
② Louis L. Snyder, *The Idea of Racialism: Its Meaning and History*, Princeton: D. Van Nostrand, 1962, p. 68.

惊讶黑人的性交能力。"① 很多白人公开宣称《独立宣言》所提及的"所有人"当时并没有把黑人包括在内。1857年美国最高法院在德瑞得·斯哥特案件②中否认所有黑人具有美国公民权。美国第十六届总统亚伯拉罕·林肯虽然在美国内战时期为美国黑奴的解放作出了不朽的贡献，但他本人头脑里仍有不少种族主义思想。他解放黑奴的真实动机在很大程度上是出于当时南北战争的政治和军事需要。我们可以说他是一名保守而有政治远见的种族主义者。正如乔治·M. 弗雷迪克森指出："虽然林肯也认为黑人低下，但他不愿公开支持把黑人从人降级为牲口的学说。"③林肯建议说：黑人是否是人的问题取决于将来科学研究的最后结果。

白人歧视黑人的一个重要原因就是黑人的黑皮肤。黑皮肤成为黑人与白人的区别性特征。可是，从医学的角度来看，肤色的不同是由皮下脂肪中更深层的各种颗粒的频率所引起的。"人类学家认为，色素沉淀的程度取决于环境的效果，特别是取决于阳光、湿润度，或者阳光和湿润的结合。的确，最黑的肤色出现在赤道，最白的肤色出现在西欧的气候温和地带。"④ 作为最新研究成果，美国人类学家协会于1961年9月20日发布了一项声明⑤，否认了黑人在身心方面的低下论。这个声明的

---

① William H. Grier & Price M. Cobbs, *Black Rage*, pp. 159 – 160.
② 德瑞得·斯哥特案件（Dred Scott case）：1857年3月6日，德瑞得·斯哥特向美国最高法院申诉：他是自由的，其原因是他和其主人于1834年至1838年期间居住在伊利诺伊和威斯康星。根据1897年政府法令和密苏里妥协案，这两个州都是禁止奴隶制的。最后，法院作出裁决：斯哥特无权再向联邦法院申诉，不仅是因为奴隶无权要求宪法的保护，而且还因为获得了自由的奴隶无法得到美国公民的合法身份。然后，法院还宣布密苏里妥协案违反了美国宪法的第五个修正案，因为未经过适宜的司法程序，没有人能被剥夺私有财产。
③ George M. Fredickson, *The Black Image in the White Mind: The Debate on Afro-American Character and Destiny, 1817 – 1914*, Hanover, NH: Wesleyan UP, 1971, p. 91.
④ Louis L. Snyder, *The Idea of Racialism: Its Meaning and History*, p. 16.
⑤ 这项声明把由哈佛大学教授戈登·R. 威利提出的决议当作美国人类学协会在种族问题上的基本立场。威利决议的主要内容如下：美国人类学协会摒弃任何在美国出现的关于黑人在生理上和在心智上比白人低下的谬论，重申目前没有任何科学依据来证实，剥夺美国宪法赋予给黑人的权利。机会均等原则和法律面前人人平等原则与人类生物学相吻合。所有种族都有能力充分参与美国的民主生活方式和参与美国的现代技术文明。

第三章 自然主义视阈下的人性之恶

最重要之处是:以科学的态度宣布黑人是人类,是和白人一样的人类。很遗憾的是:这项研究成果来得太迟,黑人属于人类的科学认定被延迟了几百年。在这几百年里,黑人受尽了种族歧视和种族偏见的折磨,被白人当作次人类或半人半兽。黑人低下论的谬论深深地扎根于美国白人的心里。这种谬论给黑人留下难以抹掉的烙印,模糊了黑人是被压迫民族的基本概念。对黑人非人类的指控把黑人逼入一个脆弱的防守境地,导致他们把许多精力都消耗在对黑人基本人性和人权获得的辩解上。"为了迎击这些邪恶的攻击,他们聚集在种族平等和种族团结的口号下,口号虽然有战斗性,但未能击中目标的中心——种族压迫。"[1]赖特在文学作品里揭示了黑人被白人当作动物的社会现象,揭露了白人把黑人当作动物或次人类的反文明行为。

关于黑人是次人类的意识形态为白人虐待和迫害黑人的恶行提供了理论依据。白人把黑人当作动物对待的例子在《土生子》中随处可见。当一群白人警察在旧楼顶逮捕别格·托马斯后,像拖死狗一样把他从楼上拖下来。赖特描述道:"他们[警察——作者注]抓起别格的小腿,把倒地的别格拖过客厅,拖过平滑的地毯,歇了一会儿,他们就开始拖他下楼梯,他的头沿途叩击楼梯的每一步台阶。"(Native Son,228)当围观的白人见到被捕的别格时,马上表达出他们把黑人看作次人类的思想。这些白人高喊:"杀死那黑猿!"(Native Son,229)不但普通白人把黑人看成次人类,连白人政治家或政府官员也把黑人看成是次人类。州检察官巴克利声称别格是次人类的怪物。城里的大众媒体也大肆污蔑、辱骂黑人。所有的白人报纸充满这样的词句:"他[别格——作者注]看起来真像猿人!"(Native Son,238)在监狱里,别格发现其他黑人也被白人当作动物对待。"在走廊上他[别格——作者注]看见六名白人警察在抓一名深黑肤色的黑人。他们拖着他的脚在地上走,一直拖

---

[1] Harry Haywood, *Negro Liberation*, Chicago: Liberator Press, 1976, p.153.

到别格的单身牢房。"(*Native Son*, 290) 拎着人的脚把人拖着在地上走的行为，不论在任何社会都是对人格尊严的巨大亵渎和对人权的无耻践踏。因此，白人社会对别格的妖魔化是白人种族主义社会的独特产物。不是别格能成妖，而是白人社会的不合理制度把别格逼成妖魔鬼怪。通过别格这个人物形象，赖特向读者揭示种族主义是如何把黑人从人变成非人的。

在长篇小说《局外人》里，赖特揭示了黑人对种族关系和黑人社会身份的自我意识。"对白人来讲，黑人是什么？上帝造来伐木、抽水的猿人，或者是有强奸白人女孩癖好的猿人。"(*The Outsider*, 396) 因被白人剥夺了人权和公民权，克洛斯·达蒙与美国社会日益疏远，成为美国社会的局外人。他不仅成为白人社会的局外人，而且还成为人类社会的局外人。白人不把黑人看作人，相应的，黑人也不把白人看作人。这就是为什么克洛斯杀死白人吉尔（美国共产党中央委员）、赫尔顿（白人房东）、希尔顿（另一个美国共产党中央委员）后没有一点悔意的原因。白人对黑人人性的剥夺引起白人人性在黑人心目中的完全消失。正如袁岳在《新京报》里所说："歧视的收获是歧视。"① 因此，剥夺他人人权者的相应收获是自己人权的失落。费西在回家的路上碰到一个白人司机出了车祸，连人带车翻在路边的深沟里，费西出于人道主义考虑，本想救助那个白人司机，但那个司机的种族歧视话语激怒了他，费西放弃了救助，最后那个白人因得不到及时救助而身亡。由此可见，不把黑人当人看的白人最终自食其果，同样也不被黑人视为同等的人看待。

赖特在其文学作品里揭示了白人种族主义者践踏人权、不把黑人当作人类的暴行。白人的种族偏见严重破坏和损害了黑人与白人的种族关系。种族关系的恶化虽然严重伤害在黑人与白人关系中处于劣势的黑人，但对处于强势地位的白人也会产生消极的反作用，给白人社会带来

---

① 袁岳：《歧视收获的也必将是歧视》，载《新京报》2005 年 5 月 1 日，时事专栏 A03。

损害和负面影响。

二、黑人的牲口身份

黑人的牲口身份是白人借助其政治、经济和文化优势强加给黑人的一种身份,给黑人的身心健康造成了恶劣的影响。在文学作品里,赖特揭露了黑人被迫成为为白人干活的牲口的社会现象。黑人仅能干白人主人叫他干的事。他对自己干的活没有选择权,不知道自己在干什么,也不知道将要干什么。在《土生子》里,别格向他的律师波瑞斯抱怨说黑人干最辛苦的体力活,挣的钱却填不饱肚子。别格非常不满黑人的牲口身份,曾对迈克斯说:

> 一个小伙子会厌倦被人呼来唤去的生活。你在这里干一会儿,你在那里干一会儿。你擦皮鞋、扫街。你做任何事……你挣不到活命的钱。你不知道你何时被解雇。一旦被解雇了,你不能再希求什么。为了生存,你得一直不停地干下去。老是干别人叫你干的事,你就不再是一个人了。你日复一日地干活,这个世界才能运行,其他人才能活下去。
>
> (*Native Son*, 299)

别格渐渐感到白人越来越不把黑人当人看,白人总是命令黑人像牲口一样干活。在白人的指令下,黑人没有男子气概,唯白人马首是瞻。如果黑人想要活下去,他们就得服从白人的指令。黑人除了能干体力活外,对白人来讲是没有其他用途的,但是像别格那样的黑人对这种当牛做马的生活是极为不满的。

在赖特的其他小说里,黑人人物的命运也没有好转。《今日的主》中的主人公杰柯和《局外人》中的主人公克洛斯都是像牲口一样在邮局里长时间枯燥乏味地分拣信件。在《今日的主》里,美国北方黑人债务缠身，遭受白人的残酷经济剥削和掠夺。实际上，黑人的生活与以前黑奴的生活极为相似。杰柯常感叹道："我就像奴隶。"（*Lawd Today*, 21）杰柯的邮局被赖特描写成一个圆形监狱："职员的手必须不停地工作八小时，反反复复地分拣信件。不时还有工头出来巡查。在工头手下还有一帮鬼鬼祟祟的监工和坐探。沿着墙边有许多小孔供监工们偷窥。"（*Lawd Today*, 129）为了重现邮局里的紧张和不快氛围，赖特把邮局描写成一个奴役黑人的地方。在这里，邮局雇员变成了失去自由的像牲口一样干活的人。杰柯的苦役窒息了其智力发展，毁灭了他为自己建构一个独特身份的欲望。《局外人》的主人公克洛斯在邮局的情形与杰柯几乎是一样的。尽管他努力工作，但由于是黑人，永远没有升职机会。他知道自己的生活没有前途，自己的未来掌握在白人手里。他已意识到黑肤色阻止了他做与白人同事一样的美国梦，整日生活在无所作为的消沉氛围里。美国社会是白人的社会，白人总是凌驾于黑人之上的。由于对生活感到绝望，克洛斯每天下班后，通常以嫖妓和酗酒来发泄对社会的不满。因为挣的钱不够养家，因此，他不得不时常从邮局借高利贷。不久后，他的债务越垒越高，难以还清。他恨自己的工作，但又没有能力离开这份工作。他在邮局里牛马不如的生活最后导致他遗弃了家庭、工作和自己长期生活的城市——芝加哥。

牲口身份强化了黑人的他者身份。白人以社会统治者自居，压榨和剥削黑人，从不考虑给予黑人任何前途和希望，使黑人生活在一个没有奋斗目标的社会里。白人对黑人智慧和能力的漠视必然导致黑人对自己工作没有热情和责任，甚至导致黑人的堕落和沉沦。黑人在美国社会的牲口地位抑制了黑人的聪明才智，剥夺了黑人为美国社会作出更大贡献的机会。在种族主义社会里，白人把黑人当作牲口；虽然赚取了黑人的廉价劳动力，但是毁灭了黑人像白人一样热爱生活的心境，同时也把白人从社会文明促进者沦为美国文明进步的妨碍者。

三、混血现象与私刑

从社会学来看,混血现象是人类社会各民族交往中必然会出现的一种正常现象,对人类的进化和多元化文化发展有着重要的影响。然而,在美国民权运动之前的一个相当长的历史时期里,美国白人在混血方面颁布了成文或不成文的法律来禁止黑人男性与白人女性之间的婚姻和性行为。白人美国社会制定了"一滴血"规则,大意是在人体内即使是最少量的非洲血液也是玷污物,也能使一个人"变黑"。白人的"一滴血"规则引起美国社会对混血的禁止。① 黑人与白人的正常关系被无情截断。黑人男性与白人女性的交往更是被认为是社会禁忌。如果黑人男性与白人女性发生了性关系,那么黑人就闯下了弥天大祸。在黑人与白人的性关系方面,白人实施双重标准。白人男性与黑人女性发生性关系不犯法,而黑人男性与白人女性发生性关系就违法了。事实上,从奴隶制以来,黑人女性就一直遭受白人男性的性剥削。杜波依斯在《黑灵魂》中痛苦地指出:"你们〔白人——作者注〕这些绅士们蔑视你们自己的法律,强奸无助的黑人妇女,这个事实显现在两百万混血儿的额头上,成为他们血液里不可抹掉的部分。"② 在整个奴隶制时期,黑人妇女被白人奴隶主大肆奸污。奴隶虽然在 1865 年获得解放,成为自由人,但是他们的命运并没有得到彻底的改变。即使是在 20 世纪二三十年代,美国南方的黑人姑娘也一直被认为是白人绅士们合法的性猎物。那些黑人女

---

① 限制种族间通婚和种族隔离的相关规定记载在密西西比州的《种族歧视法》(1865)里:"第三部分:所有获得了自由的奴隶、自由黑人或混血儿现在和迄今为止以丈夫和妻子的名义生活和同居在一起将按法律认定为合法婚姻……任何获得了自由的奴隶、自由黑人或混血儿与任何白人的通婚将是不合法的;任何白人与获得了自由的奴隶、自由黑人或混血儿的通婚也是不合法的;在种族间通婚的任何人都会被认定犯了重罪;一旦定罪,将被判处在州监狱里终身监禁;那些纯粹黑人血统的人和前三代是黑人血统的人(含其中一位祖先是白人)将被认定为获得了自由的奴隶、自由黑人或混血儿"(Felgar, *Understanding Richard Wright's Black Boy*, 89 - 90)。

② W. E. B. Du Bois, *The Souls of Black Folk*, New York: Bantam, 1989, p.74.

性既得不到舆论的同情，也得不到法律的保护。"在南方，黑人的家不被白人看作是神圣的地方。没有白人因为侵犯它而受到惩罚，也没有白人因奸淫黑人妇女或姑娘而遭到私刑。"① 这类混血被看作是历史，而不是神话。可是，如果黑人男性与白人女性发生了性关系，不管白人女性是否是自愿的，这个黑人会被白人社会处以私刑或监禁，而且白人社会还会利用这个事件来迫害整个黑人群体。私刑是白人之人性之恶的极端表现形式。在赖特的小说里，黑人在白人社会里遭到的私刑可以分为三类：实体私刑、精神私刑和行政私刑。

首先，实体私刑是指白人非法残害黑人的一种暴行，经常发生在种族主义猖獗的南方，白人暴徒强行把黑人疑犯从监狱或法院抢出来，以极端恐怖方式把黑人处以绞刑、枪毙或者涂上柏油活活烧死。"它［私刑——作者注］在 19 世纪 90 年代达到顶峰，此后一直延续到 20 世纪。"② 私刑摧毁了法律的尊严和社会的正常秩序，使南方社会陷入无政府主义状态。在实施种族隔离的南方，白人惯用恫吓和暴力方式迫使黑人不敢做出有违种族隔离之事。如果黑人违反了种族隔离的法律条文，白人种族主义者经常采取法律以外的私刑来警告黑人社区的所有黑人。许多白人认为一般的法庭审判难以威慑有叛逆精神的黑人。因此，"这样的私刑是公开的仪式，由暴徒实施，发生在法定范围之外"③。参与实施私刑的白人不仅看不到自己行为的残暴和非人性，反而极端不满那些对私刑有微词之士。"私刑的狂欢和节日般气氛不断刺激私刑执行者和旁观者的折磨人或杀人的欲望。私刑的确威吓着整个黑人社会，起着迫

---

① Roy E. Finkenbine, *Sources of the African-American Past: Primary Sources of American History*, New York: Palgrave Macmillan, 2011, p. 108.

② Roy E. Finkenbine, *Sources of the African-American Past: Primary Sources of American History*, pp. 271–272.

③ Roy E. Finkenbine, *Sources of the African-American Past: Primary Sources of American History*, p. 104.

第三章　自然主义视阈下的人性之恶

使黑人'待在原处不动'的功能。"① 在赖特的长篇小说《长梦》里，旅馆服务员克瑞斯因与一名白人妇女发生了性关系而成为私刑的受害者。当泰瑞等人为克瑞斯收尸时，被白人的残暴惊呆了：克瑞斯的右耳不见了，脖子被多处折断，鼻子几乎掉了，脸颊被枪托打裂开，生殖器被割走了。白人的暴行揭露白人种族主义者的人性之恶，同时也揭露了其暴行的反人类性和反文明性。

其次，心理私刑是指实体私刑对黑人特别是黑人青年所造成的心理创伤，这个创伤会终身折磨和影响当事人的一生，让他们对白人种族主义的相关法规产生本能的恐惧。在《长梦》里，黑人青年费西是一个典型的心理私刑受害者。当他站在克瑞斯遭私刑后的尸体边时，他看见"在［克洛斯——作者注］双腿之间有一个张着口的洞，呈黑色凝结血块，随着本能性的条件反射，他下意识地紧张地用手捂住自己的生殖器"（*The Long Dream*, 78）。此后，无论任何时候，只要他一看见白人姑娘，克瑞斯被阉割后的血淋淋尸体就浮现在眼前。这类私刑会严重损害黑人青年的身心健康，导致严重的后遗症，如：黑人一站在白人女性身边就害怕和恐惧。如果站在他身边的白人女性一惊叫，他就有口难辩，继而遭到白人社会的残害。对费西和赖特来讲，克瑞斯之死使他们更加清楚地认识到黑人在种族主义社会里的男性危机，更加明白了性与种族的关系。正如爱德华·玛格利斯所说："屈从白人压迫的黑人男性，就像克瑞斯所遭到实体私刑一样，无疑被白人实施了心理阉割。"②

最后，行政私刑是指白人政府和法院对白人迫害黑人的种族主义暴行采取行政和司法不作为或放任自流的行为。在《长梦》里，克林顿维尔城的白人借口克瑞斯事件打击和残害黑人，可是白人政府和警察对白

---

① Robert Felgar, *Understanding Richard Wright's Black Boy: A Student Casebook to Issues, Sources, and Historical Documents*, Westport, Conn: GP, 1998, p.126.
② Edward Margolies, *The Art of Richard Wright*, Carbondale: Southern Illinois UP, 1969, p.156.

人暴徒的暴行视而不见，没有一个白人暴徒受到法律制裁。因此，在这种情形下，全城的黑人都遭遇了白人社会的行政私刑。赖特在《土生子》和《局外人》中进一步揭示了行政私刑对黑人的巨大迫害和对美国人权的极大践踏。在《土生子》里，白人以别格杀人事件为借口，在全城疯狂报复或毒打黑人；白人雇主也肆意解雇黑人。那时，白人政府和警察并没有采取任何有力措施去制止或惩罚那些白人暴徒，而是听任他们对黑人的欺压和伤害。当时，黑人还没有资格获得在法庭上起诉白人的权利。因此，全芝加哥的黑人都被白人社会实施了行政私刑。行政私刑使黑人对他们在美国的二等公民地位感到无比的悲哀和失望。在《今日的主》和《局外人》中，杰柯和克洛斯也是行政私刑的受害者。因为在种族主义制度下不管他们多么努力地工作，由于他们是黑人，他们永远不会得到升职的机会。行政权力制约着他们的发展，迫使他们长期处于邮局职员最低一级的位置上。作为行政私刑的后果，克洛斯和杰柯都对工作失去了激情和兴趣，他们在芝加哥过着"社会死亡"般的生活。

赖特对心理私刑和行政私刑的兴趣和关注远远超过实体死刑。"他[赖特——作者注]很明确地表示私刑一直是一种无声的威胁，这样私刑就像一种恐怖阴霾笼罩在黑人社区的上空。"① 私刑对黑人有如此之大的心理压力，以至于《土生子》中的主人公别格不敢让玛丽的母亲知道他半夜还待在玛丽房间里。别格认为，一旦他在玛丽的卧室里被抓住，他就有口难辩，死亡将是他唯一的结局。这种恐惧心理形成于早年在密西西比州的少年生活，对私刑的恐惧使他在慌乱中把玛丽窒息死亡。南方白人实施私刑时，通常采用焚烧的方式把对白人女性有性侵犯的黑人活活烧死。这一情景对别格产生如此之大的影响，以至于后来他也模仿白人暴徒的私刑，把玛丽放在厨房锅炉里焚烧了。别格的行为类似黑人对白人的私刑。别格案件是实体私刑和心理私刑对黑人青年产生有害影

---

① Robert Felgar, *Understanding Richard Wright's Black Boy*, p. 126.

第三章 自然主义视阈下的人性之恶

响的重要事例之一,同时也揭露了黑人在违法过程中为捍卫自我而显现出的人性之恶。

白人在种族间通婚或性行为方面实施双重标准的理论基础是白人至上论。白人种族主义者把黑人看作是美国社会的他者。私刑犹如达摩克利斯之剑悬在黑人男性的头上,阻止黑人男性与白人女性之间亲密关系的建立和发展。用私刑阻止黑人与白人通婚的不成文法是世界上最荒谬的法律之一。白人对黑人实施私刑的主要借口之一就是要维护白人种族血统的纯洁性。白人种族主义者认为血统纯洁的种族是高尚的,种族的衰落与种族的杂交有必然的联系,一个种族的历史命运有赖于保留种族纯洁性的能力。种族主义者总是宣扬"纯洁种族的神圣性"[1]。种族主义者认为,种族纯洁、种族不平等和种族优越感都是人类社会的正常现象;人类混血一般有消极和积极两种效果,种族杂交会使一个种族失去稳定而和谐的品质,并导致一系列的社会罪恶和不道德倾向。可是,反种族主义者认为种族主义者关于种族交融的立场不仅不科学,而且不人道。种族主义者禁止混血的规定是种族霸权主义的表现。根据反种族主义者的宣传,混血现象自人类一开始就一直存在着。实际上,种族融合会引起人们在身体外形和精神表现等方面的多样性,会有助于多样化新基因混合体的出现,以此增加新生人群的遗传特点。种族融合本身并不会自动引起生物学意义上的坏效果。种族融合的社会效果,无论好坏,应该可以追溯到社会因素。"从生物学的观点来看,种族融合既不好也不坏,它总是取决于杂交发生的人群里的个性特征。"[2]

白人关于混血的双重标准必然会遭到黑人的抵制和挑战。在《长梦》里,费西不同意其父观点的最重要原因不是费西在性方面更被白人

---

[1] Louis L. Snyder, *The Idea of Racialism: Its Meaning and History*, Princeton: D. Van Nostrand, 1962, p.20.

[2] Louis L. Snyder, *The Idea of Racialism: Its Meaning and History*. Princeton: D. Van Nostrand, 1962, p.23.

女孩所吸引，而是他觉得在一个标榜民主自由的社会里，他有权与心仪的女孩交往，不管她是黑人还是白人。费西的心态使读者联想起《局外人》里克洛斯与白人妇女伊娃的关系。克洛斯冲破社会禁忌，爱上了一名白人妇女。费西面临的混血问题也与《土生子》中的别格所面临的问题类似，因为白种女人对费西和别格来讲都是禁果。在种族主义社会里，种族间的性关系，不论多么自然和自发，在当时社会里是不被接受的。正如白谷所言："像费西那样的黑人仅能做做关于这个经历的梦，这个经历在美国文化里处于神话的地位。"① 在别格、克洛斯和费西等人的心目中，与白人妇女发生或保持性关系已成为黑人在生活中是否成功或是否有力量的象征，也是他们是否实现了青春梦想和欲望的象征。这些象征被融入到关于人权和平等的大象征之中。赖特笔下的黑人主人公普遍把与白种女性发生性关系看作是黑人融入美国主流社会的重要手段之一。

与黑人男性的叛逆相呼应，赖特在文学作品中描写了一些有叛逆精神的白人女性，她们也开始挑战种族主义社会关于混血的法律。许多白人妇女对黑人男性具有性好奇感。白人妇女认为黑人是一个更具性吸引力的性伙伴，因为禁忌也引起了白人女性的好奇和冒险心理。在《土生子》里，赖特把玛丽描写成这类白人妇女的先驱。她很明显想与白人女性的禁果——别格发生性关系。当别格扶着她上楼时，"她把一个身子都倚在他身上，双臂绕着他的脖子"（*Native Son*，71），头发扫着他的嘴唇。当别格亲吻她的时候，她也有积极的性生理反应。如果不是玛丽的妈妈突然出现，玛丽很可能就与别格发生了性关系。在《长梦》里，赖特也提及白人妇女对黑人男子的性好奇心。当克瑞斯被执行私刑时，许多白人妇女都盯着他的生殖器看。布鲁士医生对泰瑞说："她们对我们的爱充满恐惧，泰瑞，我知道克瑞斯的事。他告诉我是那个白人妇女

---

① Yoshinobu Hakutani, *Richard Wright and Racial Discourse*, p. 255.

主动向他示爱。我警告他别碰她。因为她是白种人,与黑人不一样,但是最后他是没能经受起诱惑的考验。"(*The Long Dream*, 78)布鲁士医生的话语表明白人关于混血的双重标准阻止了黑人男性与白人女性的正常交往,引起双方的心理压抑和性压抑。黑人男性喜欢白人女性的思想和行为遭到白人社会的禁止和打击;白人女性对黑人男性的好奇和喜爱是人类性爱的本能反应之一。按常理,有男女的地方,就会出现情和爱。赖特描写的白人女性对黑人男性的倾慕和喜爱在美国文学史上也是极为罕见的。由于种族主义制度的阻挠,白人女性对黑人男性的爱也是社会禁忌。她们对黑人男性的爱通常会导致黑人的灾难和不幸。因此,美国黑人的他者身份引起和加剧他们的男性危机,使黑人男性遭受到美国种族主义制度的社会阉割。

像别格、克洛斯、泰瑞、费西和克瑞斯那样的黑人男性和像玛丽、克瑞斯的白人情妇、泰瑞的白人性伙伴和克洛斯的白人情人伊娃那样的白人女性,违反并挑战了关于混血的不合理法律,成为有意识或潜意识的反种族主义者。在黑人男性的叛逆中,克瑞斯是唯一一个因此而被白人处以私刑的黑人男子,但赖特通过《长梦》中主人公泰瑞之口升华了克瑞斯在反社会禁忌斗争中的重要贡献,并宣称:"他〔克瑞斯——作者注〕是为我们而死的。"(*The Long Dream*, 72)在赖特塑造的白人女性叛逆者中,玛丽是唯一一个在潜意识中挑战社会禁忌而死于非命的白人女性。限制黑人与白人自由通婚的法律窒息了黑人男性与白人女性的人性,肆意践踏了他们的人权。这个社会禁忌降低了黑人在美国社会里的地位,加剧了一些有叛逆精神的黑人的生存窘境。以种族间通婚或性关系来促进种族融合的策略是美国黑人在无奈中的一种期望和抉择,美国白人强加给美国黑人的他者身份,使美国黑人成为美国社会的次人类、牲口和强奸犯。白人社会严禁混血的法规恶化了黑人的他者身份,使黑人成为美国社会的一个被阉割了的群体,造成了美国黑人的男性危机。白人种族主义者的如此暴行践踏了美国社会的民主,是人性之恶的典型表现，降低了美国的社会文明制度。因此，消除美国黑人的他者身份，解脱美国黑人的男性危机是衡量一个国家的社会文明程度和民主进步的重要尺度。

第四节　美国梦与黑人噩梦

美国梦是一个被众多美国人普遍信仰的信念，即只要拥有非凡的勇气与意志力，通过不懈的努力和个人才能的充分发掘，每个人都可以成功，实现自己的梦想。机会均等是美国梦的灵魂；聪明、勤奋与坚忍不拔是美国梦实现的必要条件，而幅度巨大的社会阶级纵向流动，尤其是从下层阶级向上层阶级的社会流动则是美国梦最为显著的特征。追求美国梦的观念可能是千差万别的，但追求金钱、声望、社会地位和实现自我是所有美国梦的共性。美国梦激励一代又一代美国人为实现自己的理想和抱负而奋斗。美国黑人在文化移入的过程中也形成了自己的美国梦。黑人也渴望像白人那样追求成功、名誉和财富。然而，美国社会现实总在背离美国人的理想。美国人在倡导人权和民主的同时，却忽略了美国黑人的人权，不承认黑人的追求是他们"美国梦"的一部分。黑人难以享有美国宪法赋予所有美国公民的政治和社会权利，成为美国社会的局外人和二等公民。在美国社会里，黑人从生下来就处于与白人不平等的地位，因此，"人生而平等"就成了黑人追求美国梦时最期望达到的理想与目标。赖特在其小说里描写了 20 世纪上半叶处于严酷种族主义环境里的美国黑人的生存状况和人生追求，从下层黑人、中下层黑人和中产阶级黑人三个层面来探究黑人与美国梦的相互关系。

一、下层黑人的美国梦

实现美国梦也是美国下层黑人的人生追求，希望自己能像白人一样发挥自己的聪明才智，获得更好的生存环境，过上丰衣足食的生活。然后，在美国大萧条时期，"在芝加哥黑人区，找不到工作的黑人青年的人数不断增加，他们在贫困和社会腐败中煎熬"①。这些黑人青年没有文化，没有劳动技能，没有工作，也没有求职资质，因此，他们丧失了在美国社会施展才华的机会，被社会认定为无用之人。成千上万的黑人青年构成了黑人下层阶级的主力军。这些黑人青年被警察、学校、企业和社会救济机构摒弃，并被贴上"问题人物"的标签。实际上，他们是美国20世纪形形色色种族主义的受害者。他们的窘境、希望、抱负和最后的绝望都是赖特的第一部长篇小说《土生子》的聚焦点。种族主义社会对小说主人公别格·托马斯之类文化程度不高的黑人关闭了就业的大门。尽管如此，他也做着自己的美国梦，希望在就业机会方面与白人平等，获得应有的人权和公民权，构建有尊严的自我。

别格在生活中缺乏获得成功的真正机会。黑人社区提供的就业机会非常有限，而白人社会对黑人就业又百般刁难。虽然从"街头学校"学到的东西有助于别格厮混于黑人青年的小团伙，但却不能培养他真正适应和融入主流社会的能力。他想融入主流社会，但困难巨大。"除了要求具备不同于在黑人社区获得的品质和能力，白人社会的公共机构按照自己的筛选方式、标准和要求来系统性地阻止或限制黑人进入。"②虽然别格后来找到一份为白人开私家车的工作，但他不适应在白人社区的工作环境，无法与白人进行正常的人际沟通，因为在黑人社区学到的东西在白人社区派不上用场。

别格在种族主义社会里处境艰难，但他在文化移入中也逐渐形成了自己的追求和理想。像其他人一样，别格每天读书、看报、看电影，在繁华的街道上散步时浮想联翩，踌躇满志。别格渴望"与其他人融合在

---

① Douglas G. Glasgow, *The Black Underclass*: *Poverty*, *Unemployment*, *and Entrapment of Ghetto Youth*, p. vii.
② Nathan Irvin Huggins, *Harlem Renaissance*, London: Oxford UP, 1971, p. 10.

一起，成为这个世界的一部分；生活在这个世界里不迷失自我，尽管他是黑人，也会被给予一个像其他人那样生活的机会"（*Native Son*, 226）。在《土生子》的开头部分，赖特特意描写了别格与黑人青年葛斯扮演"白人官员"的游戏，他们一会儿扮演将军，一会儿扮演美国国务卿，一会儿扮演美国总统。赖特通过这两个黑人青年的嬉戏，揭示美国黑人在文化移入中已内化了的美国民主思想，向美国社会展示黑人也渴望像白人那样获得参与国家管理的公民权。别格在游戏中表现出的远大抱负是黑人渴望政治权利的自然流露，但这与黑人温饱尚未解决的生存状况构成极大的反差。别格的政治理想在当时种族歧视严重的社会环境里似乎是痴心妄想，但是赖特以此表明黑人是与白人一样的正常人，有着自己的深层次美国梦，白人敢想的事，他们也敢想。从现代美国文学史来看，赖特是最早揭示"黑人国务卿梦"和"黑人总统梦"的美国作家之一。

别格形成了自己版本的美国梦，他想通过自己的努力提升自我。然而，严酷的社会环境却使他的美国梦变成了无休止的噩梦，他在追求自我和男子气概时不断遭到白人社会的迫害和打击。赖特把别格的凶杀案描写成黑人冲破种族束缚的创造性行为，以讽刺白人社会对种族问题的麻木不仁。在杀死一名无辜白人女孩之后，别格的男子气概才真正建立起来，他意识到：只有不断杀人的时候，他的自我才能得到发展。因为在白人社会里，黑人一切都得听白人的；如不听，黑人会遭到白人的残酷迫害；杀人是别格第一次不听白人的话，按自己的需要做出的行为。所以，为了保全自己的生命，他不得不一次又一次地漠视和违反法律和社会准则。他的叛逆行为使他越来越背离美国主流社会，他的美国梦也就离他越来越远。赖特通过别格追求美国梦的悖论辛辣地嘲讽了美国种族主义的非人性。

二、中下层黑人的美国梦

黑人虽然于1865年从奴隶制中解放出来，但是仍然遭受白人种族

第三章　自然主义视阈下的人性之恶

主义者的歧视,过着被隔离的生活。然而,种族隔离刺激了黑人社区新兴行业和各种职业的出现和发展,这构成了对美国社会的极大讽刺。正如约翰·荷蒲·富兰克林所说:"不能说黑人在行业上的兴起完全是内战后的成就,其实主要是分隔开来的黑人社区的发展最大限度地促进了这样的发展。"① 黑人社区不仅需要教师、牧师,而且还需要医生、药剂师、护士、律师、社会公益服务人员、乐队指挥、丧葬业者和其他各种各样为黑人生活提供服务的行业。白人因种族偏见不屑于充当这些角色为黑人提供服务;白人的种族偏见为黑人打破白人的经济垄断和行业垄断提供了契机,也催生了大量的黑人产业和从业人员。黑人的自立有利于黑人的自身发展和黑人社区的繁荣。"第一次世界大战后,黑人职业阶层迅速扩大,每个行业的从业人员数量持续上升。"② 在黑人遭受种族偏见和种族压迫的大环境下,黑人内部开始出现阶级分化。许多黑人专业人士在黑人社区出现,他们以自己的方式冲破种族主义的束缚,勇敢地去追逐美国梦。在大迁移前后,黑人资产阶级开始形成,他们居住在城市,主要从事保险、小银行、房地产、丧葬业和黑人社区的其他服务性行业。"黑人资产阶级也逃脱不了遭受种族压迫的命运,他们希望在经商方面获得与白人平等的机会和权利。"③ 在赖特的小说里,我们能找到许多黑人专业人士,如:《土生子》里的哈门德牧师,《今日的主》里的杰柯·杰克逊(邮局职员)和豪尔德(邮局高级官员),《长梦》里的布鲁士医生、泰瑞·塔克(丧葬铺老板)和莱瑞·海斯(泰瑞的私人律师),《局外人》里的达蒙太太(退休教师)、格莱迪丝(护士)和克洛斯·达蒙(邮局职员)。总体上来看,许多黑人专业人士,像杰柯和克洛斯一样,表面上过着绅士一般的生活,而实际上负债累累。因此,

---

① John Hope Franklin, *From Slavery to Freedom. A History of Negro Americans*, New York: Knopf, 2006, p. 416.

② John Hope Franklin, *From Slavery to Freedom. A History of Negro Americans*, p. 416.

③ Hazel Rowley, *Richard Wright: the Life and Times*, pp. 145–146.

尽管他们是黑人中为数不多的专业人士，但其生活并不富裕，仅属于中下层阶级。中下阶层黑人的生活环境和受教育程度都大大优于下层黑人。他们中的大多数人都有一技之长或者供职于政府部门，都相信"从衣衫褴褛者奋斗成百万富翁"的传奇故事。这些黑人已有较体面的职业，他们的美国梦是渴望得到更高的社会地位，追求更多的财富，享受更好的物质生活，并获得更强的社会认同感。然而，种族主义的社会环境使黑人靠勤劳、毅力和智慧获得财富的道路行不通，即使是在政府部门上班的黑人也几乎得不到升职的机会。但是，这些种族主义行为实际上刺激而不是削弱了黑人对美国梦的渴望。

为了展现中下层黑人的美国梦，赖特塑造了两个典型的中下层黑人形象：《今日的主》里的杰柯·杰克逊和《局外人》里的克洛斯·达蒙。在《今日的主》里，杰柯是一名邮局职员。虽然邮局职员当时属于政府雇员，但他的收入却维持不了家庭的正常开支。因此，他时常面临着巨大的经济压力。他的美国梦就是在邮局里得到升职，这样他就能挣到更多的钱，过上舒适而体面的生活，这是资本主义制度下所有小资产阶级所希求的。在《今日的主》的开头部分，赖特用描绘梦的形式来表达杰柯的心愿。某天清晨，杰柯梦到自己被老板指引，攀登一段没有尽头的台阶；不论他怎么努力，最后发现自己仍在原地，永远爬不到台阶顶部。"这个梦很清楚地再现了他那枯燥而无意义的工作。作为一名芝加哥黑人，在大萧条时期，他是很难有机会像白人职员那样获得升迁的。"[①] 从广义上解析，杰柯的梦似乎反映了所有中下层美国黑人的生存状况。针对黑人没有升迁机会这种社会现象，美国学者阿夏·苏瑞说："即使是贫穷的白人也有更为光明的前途，从下层阶级上升到中产阶级，再从中产阶级上升到上层阶级。"[②]

---

① Keneth Kinnamon, ed., *Critical Essays on Richard Wright's Native Son*, New York: Twayne, 1997, p.17.
② Usha Shourie, *Black American Literature*, New Delhi: Cosmo, 1991, p.7.

第三章 自然主义视阈下的人性之恶

可是,黑人在美国社会的各个角落干白人不愿干的那些最脏最累的活,但在社会等级榜上永远处于最低一级。这种状况会自然而然地引起黑人与白人之间的种族敌视状态,也会引起黑人的仇"白"心理和自我憎恨,甚至会导致黑人人格中人性之恶的爆发。因此,在《今日的主》里,杰柯总是"以自己的方式,当然,大多数时候他都在否认自己是黑人——他深知:就是因为自己是黑人,才被剥夺了追求自己生活目标的机会的"①。黑人美国梦的窘境使杰柯一类黑人更加沉沦、更加仇视社会。

赖特描写的另一个中下阶层黑人青年是《局外人》里的克洛斯。克洛斯是赖特塑造的唯一受过高等教育的黑人,其人性之恶主要表现在贪婪、狡诈和没有家庭责任感。为了过上像白人那样的好生活,他赊购了洋房和汽车;为了融入美国主流社会,他无情地抛弃了黑人妻子和情人,主动去追求白人妇女伊娃。然而,残酷的美国社会现实与他的美国梦产生了巨大的冲撞。赊购的汽车和房子满足了他一时的虚荣心,但沉重的债务压得他喘不过气来;对白种女人的偏爱使他断绝了归家之路。他挣扎在自己的美国梦难以实现的精神痛苦之中。之后,一次意外的地铁列车颠覆事件给予他摆脱困境的机会。他从颠覆的车厢里死里逃生后,发现媒体和警方都误传他死亡,并把他列入了遇难者名单。深受经济危机和家庭危机折磨的克洛斯巧妙地利用这个事件诈死,随后隐姓埋名地逃亡到另一个大城市纽约去寻找新的生活。他想以一种新的方式完成他在芝加哥无法实现的美国梦。在其心目中,芝加哥的日子毫无意义,必须另寻新的生活。之后,他的一生都是在否定过去,寄希望于未来。"这样的态度象征了美国黑人的传统,这个传统就像灵歌里表达的一样,是根深蒂固的黑人经历。"② 生活中的窘境使克洛斯厌恶社会强加于他的任何限制,促使他梦想成为无所不能、有无限权威的上帝,超越自我和他人。他的美国梦的实质就是要过上一种不受任何限制和约束的

---

① Edward Margolies, *The Art of Richard Wright*, pp. 95 – 96.
② Nathan Irvin Huggins, *Harlem Renaissance*, London: Oxford UP, 1971, p. 152.

生活。这样，他在追求美国梦中不顾法律和社会道德的制约，最后发展成为以自我为中心的存在主义者。他对美国梦的激进追求导致他无情地实施了一系列凶杀案。其美国梦的不现实性和对他人的攻击性导致他不为社会所容，最后死于非命。克洛斯美国梦的破灭表明黑人凭借个人英雄主义的莽撞与强大的白人种族主义势力抗争是难以获得成功的，同时还表明以恶行或暴行来追求个人幸福和事业成功的道路是行不通的。

三、中产阶级黑人的美国梦

第一次世界大战后，大量黑人专业人士的出现为少量黑人中产阶级的诞生奠定了社会基础。这些黑人中产者通过勤劳和智慧，冲破了种族主义的压迫和种族偏见的束缚，积累了大量资财，跻身美国社会富裕阶层之列。赖特是美国文学史上最早描写黑人中产阶级的作家之一。中产阶级黑人接受了白人的世界观、思维模式和行为方式，主要靠剥削黑人同胞发家致富。中产阶级黑人的美国梦就是希望继续发展壮大自己的产业，渴望拥有与白人平等的政治权利和公民权利。由于黑人的二等公民地位，富裕黑人的美国梦也是难以实现的。赖特在《长梦》里揭示了在种族主义社会里黑人中产阶级的美国梦及其破灭。小说主人公泰瑞通过行贿克林顿威尔城白人当权者的方式，成功地绕过了许多阻碍黑人产业发展的关卡，获得了巨额财富。最后，泰瑞成为黑人社区最富有的人，甚至比城里的许多白人还富有。以追求财富为终极目标的美国梦促使他不顾一切地去勾结白人警察局长，残酷地剥削和压榨黑人同胞，表现了贪婪、自私和为了个人利益不择手段的人性之恶。

泰瑞是黑人通过个人奋斗获得经济成功的典型例子，但是经济成功并不意味着黑人社会地位的真正提高。最后，在与白人当权者的冲突中，他被警察谋杀，财产也被白人夺走。赖特以他为例子来证明：当黑人被剥夺了公权后，命运就是如此。泰瑞的悲剧表明黑人走藐视社会法制的拜金主义道路也是行不通的。这个悲剧同时也显示了布克·T. 华盛顿（Booker T. Washington，1856—1915）学说的双重荒谬性：华盛顿倡导黑人放弃政治斗争，鼓励黑人工匠追求个人事业的发展，成为商人或业主，但是这在现代竞争手段下是完全行不通的，因为没有政治权利，黑人工匠或业主是无法捍卫自己的权益的；华盛顿鼓吹节俭和自尊，但同时又劝黑人认命，接受二等公民的身份。① 可是，从长远的观点来看，他的思想只会削弱甚至破坏黑人对自我和男子气概的追求。

泰瑞的儿子费西也有自己的美国梦，他渴望获得与白人平等的人权。他把与白种女人发生性关系看作是一个黑人应该拥有的公民权。可是，费西对白种女人的爱慕在种族主义势力猖獗的密西西比州是不可能实现的梦想。泰瑞在美国南方生活了几十年，经历了很多关于美国梦的人和事。为了保护他的儿子，使其免遭白人的迫害，他把自己毕生的经验体会传授给儿子：

> 我通过埋葬黑人梦来挣钱……也许你不明白我的意思，哈？黑人的梦，儿子，是一个实现不了的梦。做梦，费西，但是你得小心你做的是什么梦。只能做那些可能实现的梦……如果你发现做的梦不可能实现，你就得阻止它，因为有太多黑人实现不了的梦。别强迫自己做无法实现的梦，儿子；如果你做了，你会死的；你只会是又一个离开人世的黑人，又一个死亡的黑人梦……黑人该干的主要事情就是活下去，不要像克瑞斯［与白种女人发生性关系而被白人私刑处死的黑人青年——作者注］那样终结自己的生命。……费西，靠智慧战胜法律才是你生活的主旋律。
>
> (*The Long Dream*, 79)

这段话中泰瑞总结了其一生作为美国梦追逐者和旁观者所得到的经

---

① 参见王恩铭：《美国黑人领袖及其政治思想研究》，上海：上海外语教育出版社 2006 年版，第 66—67 页。

验教训，表明他很清醒地认识到美国南方种族状况的实情。借泰瑞之口，赖特指出黑人美国梦是有限的、有条件的。泰瑞仅是通过经营白人不屑一顾的黑人丧葬业发的财，他宣称不是所有的美国梦对黑人来讲都具有可行性。一些不现实的梦会使黑人追梦者失去生命。"在种族主义社会里，不管一个黑人多么富有，他在社会地位和政治权利上与白人是不可能平等的。如果富裕黑人胆敢利用他的经济优势去和白人妇女发生性关系，那么他也活到头了。"① 因此，为了防止儿子被白人私刑处死，泰瑞忠告儿子放弃与白人女性发生性关系的美国梦。

综上所述，赖特通过对美国黑人主要阶层的美国梦的描写，一方面抨击了美国不合理的社会制度，揭示了黑人美国梦破灭后可能给社会带来的危机和危害；另一方面指出黑人在追逐美国梦中存在的问题。赖特对美国黑人问题的曝光，有助于美国社会审视自己的种族政策，也有助于美国民众调整自己的种族心态。美国的种族问题不单是美国黑人的问题，而且也是美国白人和美国文明的问题。赖特所描写的黑人美国梦在其文学作品里一个一个地破灭，但梦的破灭，并不是梦的放弃。赖特笔下的黑人主人公别格、克洛斯和泰瑞等人在追逐美国梦的过程中付出了生命的代价，但是所体现出的那种不屈不挠的奋进精神犹如海明威笔下"宁被毁灭，也不认输"② 的桑地亚哥精神。黑人对美国梦的追逐其实就是美国黑人向往人权、平等和社会正义所发出的黑色呐喊，其艰难历程也是美国社会文明进步的奋进历程。赖特的作品影响了一代又一代美国黑人，激励他们前仆后继地为实现自己的美国梦而奋斗。赖特在六十多年前描写的"黑人国务卿梦"和"黑人总统梦"在21世纪的美国成为现实。美国黑人鲍威尔（Colin Powell, 1937— ）于2001年1月就任美国第六十五任国务卿，接着美国黑人妇女赖斯（Condoleezza Rice, 1954— ）于

---

① Yoshinobu Hakutani, *Richard Wright and Racial Discourse*, p. 321.
② Ernest Hemingway, *The Old Man and the Sea*, New York: Charles Scribner's Sons, 1952, p. 76.

2005年1月就任第六十六任美国国务卿；在2009年1月20日奥巴马（Barack Obama，1961— ）就任美国第四十四任总统，成为美国首位非洲裔总统，并在2013年1月20日连任总统。奥巴马成功当选两届美国总统的事实有力地颠覆了白人主导美国政坛的传统。这种突破，与黑人几百年来对美国梦的不懈追逐分不开。黑人政治家在美国政坛的崛起，表明黑人在美国的政治和社会地位的提高，但种族偏见问题在今天的美国还没有完全根除，黑人问题也没有彻底解决。2009年7月16日哈佛大学黑人教授小亨利·路易斯·盖茨因与警察争辩而被逮捕①，这个事件具有明显的种族歧视倾向。因此，"种族平等的法律精神真正深入人心，形成一种道德力量，仍然需要一个漫长的过程"②。黑人是美国社会的有机组成部分，黑人美国梦也是美国梦不可分割的一部分。没有黑人参与的美国梦是不完整的、是不和谐的、是有重大缺陷的。因此，黑人美国梦的能否实现和黑人文明程度的能否提高，也是衡量美国文明进步和社会发展的重要尺度。

第五节 《几乎是个男子汉》：身份危机的另类呈现

赖特是美国文学史上揭露美国社会种族关系真相的第一位作家。他认为种族隔离和种族偏见已经把美国黑人和白人的关系推到种族冲突的边缘，种族误解和种族仇恨达到了危机时刻。黑人种族在美国社会处于弱势地位，总是想用带有人性之恶色彩的暴力手段来修正或修补不合理

---

① 2009年7月16日，美国著名黑人学者、哈佛大学教授盖茨因为自家的门被什么东西卡住，用钥匙打不开，就只好强行撞门而入，结果被白人警察逮捕，控以行为扰乱治安的罪名。盖茨指责查案警员种族歧视，警员则指责他在查案过程中一直喧闹。（中新网）

② 雷少华：《奥巴马赢得大选靠什么》，载《文摘周报》2008年11月7日第1版。

的种族关系和种族政策。种族问题是美国的一个十分敏感的社会问题,许多美国作家都知道这个问题的严峻性,但大多数作家因各种原因都采取了回避的态度,而赖特认为回避不但解决不了问题,反而会酿成更大的祸端。因此,在其小说里,赖特大肆揭露美国的种族问题,引起不少白人作家和黑人作家的恐慌;白人作家指责他以文学作品搞政治宣传,渲染人性之恶,旨在挑起种族冲突;而一些黑人作家则认为他过度揭露了黑人的阴暗面,会恶化黑人的名声,不利于黑人融入主流社会。因对美国种族形势的失望,赖特于1946年移居法国巴黎,但仍然关注美国和世界各地的种族问题。他在1961年出版的文集《八个人》(*Eight Men*)里讲述了在种族主义社会环境里八个黑人的故事,实际上是黑人所遭遇的八种命运或悲剧。《几乎是个男子汉》("The Man Who Was Almost A Man")是收录在《八个人》里的第一个短篇小说,揭露在种族主义南方黑人少年的成长挫折,抨击了种族、阶级和愚昧对黑人少年的非人性压抑,引起读者对"人"这个概念的重新思考。赖特在这个短篇小说里从枪与梦想、骡子寓意和枪人合一等方面展现了美国黑人乡村少年身份危机的另类呈现,揭示了自然主义生存语境里的成长窘境。

一、枪与梦想

《几乎是个男子汉》是一部典型的存在主义作品,讲述了小说主人公戴维·桑德斯与种族主义和贫穷的斗争。赖特把戴维描写成种族压迫的受害者,展示黑人在不利社会环境和经济窘境中的无奈状态,抨击白人对黑人的各种压迫。像其父亲一样,戴维在生活中也不得不顺从像地主霍金斯或杂货店老板乔那样的富有白人。他没有受到足够的学校教育,也没有起码的经济条件来开发自己的潜能。最后,他相信,只有野蛮的力量(即开枪的能力)会为他挣得荣誉和人们的敬重。戴维想在自己的生存圈子里建立自我,而不仅仅是当一名种地的农夫。拥有一支枪的强烈愿望反映了他内心的心理需求和精神上的孤注一掷,以为拥有枪

第三章 自然主义视阈下的人性之恶

就拥有了尊严和地位。

戴维拥有自己的梦想，这是无可挑剔的。梦想是人类对于美好事物的一种憧憬和渴望，有时梦想是不切实际，但毫无疑问，梦想是人类最天真、最无邪、最美丽、最可爱的愿望。梦想是一种有意识的追求，是动力的源泉。在《几乎是个男子汉》里，拥有一支手枪是主人公戴维从小就怀有的梦想。戴维出生在美国南方的一个黑人家庭，爸爸妈妈都是种植园工人。戴维刚满十七岁，也在种植园工作。由于生长在种族歧视氛围严重的南方，戴维总觉得生活没有安全感。在其心目中，枪是力量和权力的象征，似乎拥有枪，自己才算真正成为一名男子汉，不会再被他人当小孩看待。他对枪的强烈追求源于黑人的自卑情结和信心缺失，希望用杀戮来捍卫自己的权益。

自卑是一种因过多地自我否定而产生的自惭形秽的情绪体验。在人际交往中，自卑主要表现为对自己的能力、品质等自身因素评价过低；心理承受能力脆弱；经不起较强的刺激；谨小慎微、多愁善感，常产生疑忌心理；行为畏缩、瞻前顾后等。心理学家阿尔弗雷德·阿德勒（Alfred Adler，1870—1937）认为，每个人都有先天的生理或心理欠缺，这就决定了每个人的潜意识中都有自卑感存在。自卑容易销蚀人的斗志，长期被自卑感笼罩的人，不仅心理活动失去平衡，而且还会在一定外界刺激下采取极端或过激行为。[①] 在《几乎是个男子汉》里，戴维的自卑心理与其所经历的南方种族隔离和种族偏见有着重大的关联。南方种植园的高强度体力劳动和无前途的人生之路加剧其种族自卑感，导致其性格出现了以下几种特征：小心、内向、孤独、偏执。在种族主义社会里，戴维的心理极为脆弱，一旦遇到挫折，便会一下子失去信心，觉得自己太无能。但是当这种自卑感突破其心理极限时，他就走向了另一个极端：渴望拥有一支威力巨大的枪，威慑其他人。枪成为他重建自信

---

① Alfred Adler, *The Neurotic Constitution: Outlines of a Comparative Individualistic Psychology and Psychotherapy*, London: Routledge, 1921, p. 45.

心和自尊心的必需之物。因此，戴维希望用枪来驱逐其内心的社会恐惧感。

戴维与压得他喘不过气来的各种社会恶势力作了英勇的斗争，他的行为代表了被社会忽略和遗弃的所有年轻人的心声。因此，他成为赖特笔下的"不可靠"人物，因为他拒绝在社会高压下苟且偷生，同时也不负责任地躲避自己的债务和承诺。尽管读者们都知道也许戴维永远实现不了他渴望的成功、自立或权力，但是他情愿冒着被社会吞噬的风险，孤注一掷，进行一名男子汉应该尝试的拼搏。他的拼搏既不壮观，也不惊天动地，但那是他向自己心目中的"男子汉形象"迈进的关键性一步。

二、骡人合一

从生物学上来讲，骡子是一种没有生育能力的动物，它是马和驴交配产下的后代，具有驴的负重能力和抵抗能力，也有马的灵活性和奔跑能力，是非常好的役畜。在 19 世纪下半叶的美国南方，骡子是帮助农民耕种土地的主要牲口。骡子性情温顺，忠于主人，劳动力强。美国黑人在 1865 年从政治和法律地位上获得解放之后，由于没有土地，他们大多只能继续留在南方，在原奴隶主的种植园继续工作。由于黑人大多没有受过良好的教育，能干的工作就是种地之类的重体力活。因此，在当时美国南方的田野上，见到最多的就是骡子和黑人。就命运而言，黑人与骡子没有太大区别。骡子一长大就到地里去干活，黑人也是这样。骡子的劳动换来的就是基本的食物；而黑人终日劳累换来的也是基本的食物，也不可能靠给种植园主干活而挣下大笔的积蓄。在《几乎是个男子汉》中，主人公戴维在地里试枪时，不幸把种植园主霍金斯的骡子打死了。霍金斯要求戴维赔偿，也就是要求戴维为他做两年的工来抵债。这样，骡子就成为这个短篇小说的中心象征。下面可以从戴维的骡子式人生和杀骡两个方面来探索骡子的深刻寓意。

一方面，小说主人公戴维就是庄园主霍金斯家的一头骡子。他整天在种植园干活，没有任何休闲或娱乐。每天都有耕不完的地，干不完的活。工作之后，毫无精神寄托。戴维在种植园工作的挫折感在于他没有实现自我的机会。如果他不逃走，他无疑会在南方的土地上度过余生，像其父亲一样无所作为。戴维的骡子式人生使他看不到人生的前途和意义。从本质上来讲，戴维就是霍金斯家的另一头骡子。

在另一方面，骡子就是戴维失去自我后的象征。在他没有开枪射杀骡子之前，他和骡子没有多大区别，都是为庄园主干活的牲口。因此，从某种程度上来讲，骡子就是戴维，戴维就是骡子。戴维有了枪后，就自以为拥有了主宰自己的力量。他开枪杀死骡子，也就是开枪杀死了过去的戴维，标志着新的戴维的诞生。开枪后，戴维是一个拥有自我和主见的黑人，杀骡子也是自己的第一次大胆之举。

因此，骡子的死标志着戴维真正人格的诞生，枪对戴维人格的上升起到了积极的推动作用。戴维的行为是黑人青年在不合理社会制度下的一种反抗，体现了黑人在困境中的斗争精神；杀死骡子的行为看起来是无意的，但是这是当事人在恶劣社会环境中的必然选择。黑人在南方种植园里的骡子式生活是美国奴隶制在南北战争后的又一个翻版。黑人争取到的自由不过是从戴枷锁的奴隶变成了不戴枷锁的奴隶，黑人的社会生活状况和政治经济地位没有得到根本的改变。

三、枪人合一

枪是武器，是现代社会重要的暴力工具之一。弱者拥有枪就具备了打败强者的手段和条件。戴维从小希望拥有枪，其实就是希望拥有战胜强者的能力。枪是人的胆，人是枪的魂。胆魂结合就可以建构新的人生。在《几乎是个男子汉》里，赖特讲述了枪人合一的故事，揭示了黑人青少年对权力和自我的执着追求。

对枪的迷恋象征了黑人青少年对自由和社会身份的强烈渴望。戴维非常喜欢手枪，经常从杂货店老板乔那里借有手枪图片的画册。看着画册上的手枪，他想道："天呀，如果有一支这么漂亮的手枪就好了。他几乎能用手指去感受到枪身的光滑。如果有这样一支手枪，我会给它擦干净，保持光洁，永不生锈。上帝为证，我要让它上着膛。"("The Man Who Was Almost a Man"，7）后来，戴维以两美元的价格从杂货店老板乔那里买了一支左轮手枪，手枪里还装有五发子弹。从老板乔借给他看的画册上的手枪到实实在在的手枪，手枪梦的实现让他激动不已。买到手枪后，他就把手枪看成是其生命的一部分。为了保护手枪，他撒了两次谎。他妈妈答应给他买枪的钱后，告诉他：买了枪，就迅速把枪拿回家，交给他；枪的所有权属于其父亲鲍勃。但是，戴维买到枪后，没有立即回家，而是到山野去闲逛，等到父母睡觉的时候，才悄悄回家。当妈妈问他要枪的时候，他撒谎说，枪藏在外面，答应第二天一早就取回来。当天晚上，戴维对枪爱不释手，把枪放在枕头下，睡得很香。第二天一早，他伸手从枕头下摸出枪，心中产生了拥有"权力"的感觉。他想："能这样地用枪杀人了。杀任何人，不管是黑人还是白人。如果他有枪在手，就没有人敢欺负他了，他们不得不尊重他。这是一把大手枪，长长的枪筒，重重的枪柄。他用手举起来，放下去，惊叹它的重量。"("The Man Who Was Almost a Man"，10）这把拿着有一定分量的枪给他壮了胆，以为自己有了枪就成了世界的主宰。为了把枪保留在身边，戴维不惜撒谎，违背父母的意愿。在开枪打死骡子后，戴维向父亲谎称枪已经扔进河沟里了。实际上，他怕父亲知道枪的下落后夺走他的枪。其实，他是把枪埋在一棵树下。他身边的人都把他的枪视为祸害；父亲视其为两美元的物品，希望戴维把枪找到后到杂货店老板那里把两美元换回来。但是，戴维把枪视为自己的伴侣，把自己的生命和枪的生命融为一体，认为枪帮助他摆脱了自己的骡人合一的悲惨命运，从而拥有了自我。

戴维拥有枪后，大胆地去追求自己的人生。晚上，戴维激动得夜不能寐，最后他在全家人熟睡之际溜出家门，来到树林，取出了埋在树下的手枪。为了克服自己的胆怯，他睁着眼睛放了四枪。这四枪标志着戴维男子汉人格的最后形成。之后，他采取了两个行动。一是用枪瞄准霍金斯家的白色大房子。他想道："上天呀，如果还有一粒子弹的话，我会射向那座房子。我想吓唬吓唬老霍金斯……就是要让他知道戴维·桑德斯已经成为一名男子汉了。"（"The Man Who Was Almost a Man"，18）戴维的这个举动表明他的强烈反叛心理，彰显出其内心对白人剥削者的无限仇恨。之后，他不愿意待在家里以出卖苦力的方式来赔偿农场主死去的骡子，于是就离家出走了。他来到铁路边，见一辆火车路过，便跃上火车，躺在火车车顶上。赖特在小说的最后一段描写了戴维离家出走时的心情。"他摸了一下衣袋：手枪还在。火车在月色下往前行驶，一直往前开，开到某个地方，开到某个他能成为男子汉的地方。"（"The Man Who Was Almost a Man"，18）

美国黑人留在农场租种白人的土地，过的日子比奴隶时代好不了多少。白人暴行、私刑和种族隔离法导致黑人在政治追求和社会生活方面仍然"待在原地"，毫无进步。可是，在第一次和第二次世界大战期间，社会结构发生变化，成千上万的黑人脱离南方的贫困生活，到北方大城市去寻求更好的生存环境。戴维在故事结尾处的突然逃亡印证了当年的大迁移。由此可见，他的深夜出逃成为其农奴生活的转折点，也是他摆脱贫困、重塑希望和未来的新起点，具有浓郁的象征意义。戴维已冲破种族歧视和种族偏见的阻挠，勇敢地去追求新的生活。

因此，赖特在《几乎是个男子汉》里揭示了戴维与种族压迫的斗争，反映了自美国内战以来黑人追求人权、自由和平等机遇的正义要求。黑人追求民权的要求一直到20世纪初才形成一定的气候。以W. E. B. 杜波依斯和马卡斯·贾维（Marcus Garvey, 1887—1940）为代表的黑人社会活动家号召黑人大众，挑战白人的统治地位，努力争取自己的合法权益。赖特在这个短篇小说里所提及的枪并不是杀人的武器或战争的工具，而是黑人追求社会权利的政治意识。拥有这样的意识，黑人才有可能建立自信心和自尊心，才能与压迫黑人的各种社会恶势力作坚决的斗争。有这样的"枪人合一"，黑人才能真正摆脱"骡人合一"的人生悲剧，才有可能获得与白人平等的社会权利，真正成为美利坚合众国大家庭中平等的一员。

总而言之，赖特通过对黑人双重意识、隐形性、局外性、他者身份、美国梦和存在主义追求等问题的描写，揭示了自然主义视阈下人性之恶的各种表现形式，向世界传递了一个重要启示：任何人如果遭到主流社会的排斥，实现自我和完善自我的机会又被不合理的社会所剥夺，他们都会陷入像黑人双重意识一样的心理状态。任何一个国家里的较弱民族，如果长期受到主流社会的剥削和压迫，像反抗意识一样的革命精神会首先出现在这个民族的一些先驱者的头脑里，最后引起整个民族的觉醒。这个觉醒促使他们的思想发生重大的变化，改变听天由命的生活态度，积极追求自己的理想。

第四章　反启蒙化语境下恶的繁衍

　　启蒙的本质是用知识来取代偏见，它最终表现为以知识的探寻为根本目的的努力。美国种族主义社会的启蒙是在种族隔离和种族压迫语境里针对黑人群体的一种思想教育活动，涉及的时间段是从17世纪二三十年代非洲黑奴初到美洲时期至20世纪五六十年代美国民权运动前夜。黑人的启蒙是建立在对欧洲裔白人宗教、法制思想和社会习俗等文化移入之上的，大多数黑人的生活也必然是以移入的白人文化为基础的。然而，白人文化所倡导的"人生而平等"的思想和基督教博爱思想极大地影响了黑人的世界观和社会习俗，但是当黑人接受了白人移入文化后却发现，这些带有启蒙性的白人文化在种族主义社会没有实现的可能性，从而形成了许多令人困惑无比的悖论。白人向黑人宣传读书的重要性，可是受了良好教育的黑人仍然难以找到理想的工作；虔诚的黑人基督徒每时每刻都在向上帝祈祷，但是他们蒙受的苦难却并没有减少；黑人接受了白人的法制思想，却发现白人执法者对黑人实施司法的双重标准，使黑人成为社会的打击对象。这些悖论构成了种族主义社会的反启蒙化语境，展现了黑人有时候不得不借助于恶的手段来谋求生存和捍卫自我的生存窘境。

第一节　黑人母亲的母性异化

赖特在小说中对传统的神圣、崇高的黑人母亲形象进行了彻底颠覆，黑人母亲担负起养家糊口的重担，填补丈夫离家出走后的真空。为了呈现种族主义社会的生存窘境，温柔、纯洁、善良的传统母亲们在他的笔下变成了迷信、冷漠、粗暴的偏执狂，母性被犀利的笔锋彻底撕裂，远离了和蔼可亲的母爱温情。赖特塑造的黑人母亲形象都是其童年时代接触到的女性长辈的缩影和折射。这些女性一直都生活在赖特的头脑里，影响着他的创作和生活。赖特在叙事作品里从家庭、宗教和女权等角度探究了黑人母亲的母性异化问题。

一、黑人母亲在家庭中的地位和作用

黑人在强大的社会、经济和政治压力之下，竭力顺应白人社会的文化传统和生活准则。黑人在文化移入中汲取的白人文化越多，对非洲根文化的依附性就会越少。赖特的文学作品主要涉及20世纪30至50年代初期的美国黑人生存状况。此时，大多数黑人已从乡下移居城市，从南方移居北方或西部。这期间，科学技术、文化艺术、工业发展、城市扩张、交通工具、收音机、报纸和其他许多现代发明已开始影响到美国普通老百姓的生活，当然也影响到黑人的生活和工作。高度发展的社会催生了丰富多彩的文化，对黑人产生了巨大的冲击力。赖特笔下的黑人母亲在大迁移的浪潮中也分化成中产阶级、中下层阶级和下层阶级。所处阶层的不同导致黑人母亲在家庭中的地位和作用有着巨大差异。

在《长梦》里，以艾玛为代表的中产阶级家庭的黑人母亲纯粹就是一个传统的家庭妇女，丈夫在外挣钱养家，她就待在家里做家务、带小孩。她对丈夫从事的工作没有知情权和参与权，妻子成了丈夫的"笼养

第四章 反启蒙化语境下恶的繁衍

鸡"。艾玛是赖特在其文学作品中塑造的唯一一位中产阶级母亲,其他作品里的黑人母亲大多数生活在下层、中下层的黑人家庭里。大多数黑人家庭是黑人母亲当家,有些评论家把这些现象称为"黑人家庭的母权制"[①]。在当时的美国社会里,黑人母亲比黑人父亲更容易找到工作。她们可以在白人家当佣人和厨师,而黑人男性只能找到挑夫之类的体力活,而且工作还极不稳定。由于在经济收入上的优势,黑人女性在家庭事务中比较有发言权。黑人男性因经济收入上处于劣势而时常产生自卑感,种族社会限制了黑人男性在社会上与白人男子同等的就业机会,因此,许多黑人男子生活消沉和颓废,没有家庭责任感,有钱便嫖妓、酗酒。消沉和颓废导致他们或抛妻别子,自行寻欢作乐;或打骂妻子,以放纵人性之恶的方式来发泄自己心中的苦闷或无奈。下层男性被家庭外部力量剥夺了在家里的权威,妇女不得不填上父权制社会男性弱化后留下来的"家庭权力真空",也就是要承担起养家糊口的重任。黑人男性也曾作出各种努力去寻求挣钱机会,但遭到的挫折比黑人女性更多。在短篇小说《什么工作都能干的人》("Man of All Work",1989)中,男主人公因找不到工作,就穿上妻子的衣服,化装成女人,到白人家去当女佣。这个故事表明男人被种族主义社会阉割,成为美国社会的多余人。由于黑人男性的沉沦,担负不起养家糊口的重担,黑人母亲只好以自己柔弱的肩膀为子女和丈夫撑起生活中的大半边天。怀着对白人种族主义者的极大愤恨,赖特以苦涩的笔调揭示了母亲在黑人家庭的重要作用,同时也表明种族社会"恶"的社会环境在剥夺黑人男性工作机会的同时,加重了黑人母亲的工作和生存负担。

在赖特叙事作品中,黑人父亲因不堪社会和家庭的重压而逃逸或被逼上绝路,抚养子女的重担就不可避免地落在了母亲的肩上,这造成了黑人社区单亲家庭的大量存在。黑人单亲家庭多是父亲缺失,由母亲单

---

① William H. Grier & Price M. Cobbs, *Black Rage*, p. 51.

独养育孩子。在长篇小说《土生子》中,托马斯太太的丈夫早年死于南方的种族暴乱,她不得不担负起养育三个子女的重担。在长篇小说《局外人》中,丹门太太被负心的丈夫抛弃,只得独自抚养儿子克洛斯。在《长梦》中,艾玛由于丈夫常年在城里忙于生意,教育费西的重担也就在她的肩上。托马斯太太和丹门太太是赖特童年时母亲和外婆的翻版。家庭是孩子行为举止自然形成的重要场所,由于父亲的缺位,赖特叙事作品中黑人母亲只得担负起教育子女如何在白人社会生活的重担。黑人小孩的文化移入主要是通过其母亲的管教来实现的。"黑人母亲对小孩在家里和社会上的行为举止给予比白人家庭更多的直接控制。"[1]

黑人家庭教育孩子采用的主要方法就是殴打和责骂。黑人母亲通常简单粗暴,抹杀孩子个性,给孩子的身心成长留下难以消解的后遗症。其实黑人母亲打骂孩子的本意是为了规训孩子,让他们远离白人,防止孩子因言辞冲撞白人而遭受白人的毒打和残害。黑人母亲对孩子的殴打引起了孩子们强烈的逆反心理,长大后,这些孩子或者把早年遭受的暴力施加到他们妻子或情人身上,或者疏远甚至抛弃他们的母亲。在赖特的短篇小说《现实种族偏见中的伦理》的第一个片段里,叙述人"我"与白人扔石块"打仗",耳根被白人小孩扔过来的牛奶瓶砸出血;他的母亲不但不安慰他,反而大声斥责他,并把他痛打了一顿。因为他母亲深知:黑人与白人发生冲突,黑人永远是受害者;伤了白人,会受到白人警察的严惩;被白人打伤,黑人是无处申冤的。所以,黑人母亲唯一能做的就是采取暴力手段,怒打自己的孩子,迫使他们不与白人小孩玩,避免与他们发生冲突。在自传《黑孩子》中,赖特也提及母亲和外祖母对他的暴力教育,其目的是培养黑人孩子表面上恭敬白人,畏惧白人,最好是远离白人。黑人母亲经常把内化的种族歧视思想传输给子女后会产生了两个最直接的结果:第一,黑人孩子不理解母亲的苦心,产

---

[1] Chun, Kevin, et al., eds, *Acculturation: Advances in Theory, Measurement and Applied Research*, Washington, DC: American Psychological Association, 2003, p. 98.

第四章 反启蒙化语境下恶的繁衍

生仇母心理;第二,黑人孩子从心理上和行为上会疏远白人,甚至终身恐惧、不信任白人。在《土生子》《局外人》《"大男孩"离家》等作品中,读者可以发现黑人孩子在情感上不亲近自己的母亲,对白人有着深深的畏惧和仇恨。因此,黑人母亲的"恶"在本质上是一种"善",但这种"善"的表达方式过于简单,故而成为孩子心中的"恶"。

二、宗教对黑人母亲的影响

赖特在作品里塑造的黑人母亲几乎都笃信宗教,其原因是她们在生活、工作和家庭中都遇到过各种各样的挫折。她们普遍对现实社会失去信心,把对美好生活的追求和希望寄托在下一世,而宗教正好迎合了她们的这一心理。因此,黑人母亲在宗教方面的性恶表征是迷信、误信和丧失自我。在短篇小说《明亮的晨星》中,苏大娘是两个成年儿子的母亲。她笃信基督教,后来皈依了共产主义,原因是共产主义对更好生活的憧憬吻合了她的宗教信仰,使她渐渐认同了她儿子献身的共产主义事业。为了儿子的组织不被破坏,她有预谋地舍身刺杀了共产党内部的叛徒白人青年布克。苏大娘是把共产主义学说宗教化的母亲形象。任何主义或学说,只有与她心目里的基督教义相吻合,她才可能接受并为之献身。因此,她把共产主义主张加以庸俗化,这也揭示了赖特本人对共产主义学说认知的局限性。在短篇小说《"大男孩"离家》中,"大男孩"的母亲也笃信宗教,但她只会责备孩子,而不知如何拯救处于危险中的儿子。在短篇小说《黑色长歌》中,萨娜面对杀害其丈夫、焚烧其家园的白人暴徒束手无策。为了儿子的生存,她只好忍受一切灾难。在众多虔诚的黑人母亲中,《土生子》中的托马斯太太和《局外人》中的达蒙太太是赖特笔下最生动的两个母亲形象。

别格的母亲托马斯太太是虔诚的基督教徒,早年过着动荡不安、穷困潦倒的生活。小说一开始,她就警告别格:如果他不改变愤世嫉俗的生活态度和行为方式,是不会有什么好下场的。托马斯太太沉溺于宗教；一听到别格因杀白人姑娘被逮捕的消息，就一下子跪在地上，央求上帝保佑，责怪自己，后悔生下别格。她乞求上帝：如果她生别格有什么过错的话，就让她一个人来承受这一切吧。虽然托马斯太太在家里时常责备别格，但她内心还是深深爱着他的。当别格被法庭宣判死刑后，托马斯太太对别格说："听着，儿子，你可怜可怜老妈吧，有一件事求你……亲爱的，当你身边没人时，当你单独一人时，跪下，把一切告诉上帝吧。请他指导你，现在这是你唯一能做的事了。儿子，答应我，你去找上帝吧。"（*Native Son*, 254）作为一个穷苦的母亲，她没钱请更好的律师帮儿子打官司。为了缓和儿子临死前的恐惧和痛苦，她用宗教原理来开导别格，以人死后升入天堂的前景来宽慰儿子。托马斯太太把宗教当作灵魂的避难所。为了安慰即将行刑的儿子，她把与儿子的生死离别升华为母子俩在天堂的再会。为了帮助儿子解脱临死的精神痛苦，她希望儿子时常祷告，以此换取上帝的宽恕和怜悯。因此，她对别格说："儿子，不远的将来，我们会在一个地方再次见面。上帝已为我们找好了地方。他给我们安排了一个会面的地点。在那里，我们不会生活在对白人的恐惧之中。不管在这里我们遇到什么事，我们都能在天堂相会。别格，你的老妈乞求你答应她——以后一定要做祷告。"（*Native Son*, 254-255）托马斯太太把上帝渲染成一名慈善的老人，希望别格能皈依基督教，获得灵魂的拯救。托马斯太太的性恶表征是企图把自己的盲目宗教观传承给儿子，这无疑是对儿子临刑前的一种精神毒害。

达蒙太太也是一名虔诚的基督教徒。她信仰约拿逊·爱德华兹的说教，认为谁不信任上帝，谁就会引起上帝的愤怒，遭到恶的报应。她曾是乡村教师，年轻时因对军人的盲目崇拜，痴情地爱上了一名黑人士兵。不幸的是，那名黑人士兵是花花公子，无情地抛弃了她和刚出生的孩子。因自身遭到男性的伤害和遗弃，她对儿子的教育特别严格，给儿子取名为"克洛斯"（意为"十字架"），旨在教育儿子行善积德，别伤害女人。达蒙太太的教育和期望引起克洛斯的逆反心理，克洛斯长大成

第四章 反启蒙化语境下恶的繁衍

人后不但不信教，反而在好色方面比其父有过之而无不及。面对儿子一天天的堕落，达蒙太太大声指责儿子："你还敢笑！上帝会惩罚你的！他会的！你哭的日子会来的！上帝就是上帝！上帝是无情且报复心强的！如果你嘲笑他，他会对你显示他的能量的！"（*The Outsider*, 389）达蒙太太对克洛斯抛弃妻子和三个儿子的行为痛恨不已，又听到他勾引少女朵特，更是怒不可遏。达蒙太太教训克洛斯道：

> 你在毁灭你自己。我知道你只在乎你自己的欢乐，但你怎能伤害他人呢？如果你控制不了自己，那就把你的问题带到上帝那里去，他会教你如何与人相处，不会让你悔之晚矣。儿子，生活就是承诺；上帝把生活承诺给我们，我们也必须对他人有生活方面的承诺。没有承诺，生活就不存在……啊，上帝，想想你才二十六岁，就失落了。你打算今后干什么呢，克洛斯？
>
> （*The Outsider*, 391）

克洛斯是达蒙太太唯一的儿子。她面对儿子的好色和道德伦理缺失，感到极为痛心和担心。她向克洛斯指出了遗弃妻子儿女和情人可能出现的后果，并对他说："你的孩子们呢？他们需要你……克洛斯，你会因此失去工作，格莱迪斯会毁了你，那个女孩（朵特——作者注）也会毁了你。受到不公正待遇的女人会变得情感冷酷的，克洛斯。"（*The Outsider*, 391）达蒙太太对克洛斯的严格家庭教育的结果是事与愿违的；她对儿子的管教和责骂引起克洛斯内心的反感。在他心目中，母亲成了"社会压抑和性压迫的象征"[①]。达蒙太太把上帝描述成"愤怒的上帝"，威胁克洛斯说：如果他不遵从、不信仰上帝，他会遭到报应的。克洛斯的母亲来自于种族歧视严重的密西西比，她对克洛斯灌输的思想都是从

---

① Yoshinobu Hakutani, *Richard Wright and Racial Discourse*, p. 146.

其生活经历中总结出来。她把自己对白人社会的恐惧心理和内化的种族歧视思想以宗教的名义强迫儿子接受，但儿子的叛逆使信教的母亲更加痛苦不已，大有恨铁不成钢之感。达蒙太太的性恶表现在对儿子失去耐心后，其话语从最初的善意规劝到最后的恶意诅咒。最后，异化的母爱成为儿子离家出走的主要原因之一。

三、女权主义思想对黑人母亲的影响

女权主义思想是近代资产阶级启蒙思想运动和妇女解放运动的产物，提倡妇女在社会生活的各个领域与男子享有同等的权利。这个思想具有广泛的文化内涵，涉及政治、经济、法律、教育、宗教、伦理等方面，对妇女的生存环境和价值观取向皆有着重大的影响。女权主义思想在美国黑人妇女的生活中也起着重要作用，激励她们勇敢地去捍卫女性的人权和公民权。在赖特塑造的母亲形象中，有两个叛逆者，敢于向父权制传统观念开火。一个是《局外人》中克洛斯的妻子格莱迪斯，另一个是《长梦》中泰瑞的妻子艾玛。

格莱迪斯是一个很有个性和主见的女性。她在一家医院当护士，丈夫克洛斯是邮局的正式职员。年轻时，她在克洛斯的追求下坠入情网，不顾家庭的反对与克洛斯结婚，生下了三个孩子。她和克洛斯组建家庭后，赊购了汽车和房子，基本上达到中下阶层的小资生活。原本幸福的家庭生活，由于克洛斯的婚外恋而开始破碎。格莱迪斯是赖特在文学作品中塑造的第一个带有女权主义思想的黑人女性人物。在家庭关系中，虽然她不能改掉丈夫的花心，但她知道怎样利用自己的优势去捍卫自己和孩子们的利益，和没有家庭责任感的丈夫作坚决的斗争。她的女权主义行为主要表现在三个方面：第一，把家庭特别是孩子的安危放在第一位。克洛斯为了达到与格莱迪斯分居的目的，故意出其不意地回家给格莱迪斯几耳光后又溜走，回家后又否认打人之事。他的多次无缘无故的打人使格莱迪斯误以为他神经出了问题。精神病人的暴力会危及她和孩

第四章 反启蒙化语境下恶的繁衍

子们的安全,她只好把他驱赶出家门。第二,捍卫自己的婚姻权。名存实亡的婚姻对格莱迪斯并没有什么好处,但保住孩子们名义上的父亲有利于孩子的身心健康。因此,当克洛斯与少女朵特的事暴露的时候,格莱迪斯愤怒地指责克洛斯:"你别指望我为你和你的麻烦着想。你很聪明,你知道你在干什么。我将采取行动来捍卫我的权利。我可以直接去告诉邮局局长:鲍尔丝小姐[朵特——作者注]正要以强奸幼女罪在法庭上控告你。"(*The Outsider*,438)为了让孩子们有一个完整的家,为了让孩子们有父亲,格莱迪斯在任何情况下都拒绝离婚。第三,为了家庭和孩子,为了维护自己的权益,在婚姻名存实亡的情况下,格莱迪斯以要和朵特联手控告他为由,要挟克洛斯答应她提出的三个条件:"第一,你必须马上签字把房子过户到我的名下;第二,你必须签字把小汽车过户到我的名下;第三,你必须今天晚上到邮局从你的工资里借支八百元。我已与邮局局长联系了,他已同意了。我必须要那笔钱去支付办理房和车的转户手续。"(*The Outsider*,437)她站起来,举手制止克洛斯说话。"我知道你想说不,"她说,"但是,你没有资格这么说。克洛斯,你清楚这个事实:就我所知,你完了!我就要像拧柠檬汁一样榨干你。如果你不按我说的办,早上我就约见朵特。我、朵特和她的律师将一块去49号大街的警察局。我将帮助她指控你。我不是去为我的行为辩解,也不是去道歉。我是要去控告你。这就是我们之间所处的状况,克洛斯。"(*The Outsider*,438)作为三个小孩的母亲,格莱迪斯对毫无家庭责任感的好色丈夫深恶痛绝,她的话语咄咄逼人、有理有据。如果小情人朵特仅对克洛斯构成威胁的话,那么有文化、有法律知识的格莱迪斯协助朵特指控他,必然会对他形成摧毁性的打击。如果情人和妻子在法庭上的共同起诉,他不但会失去邮局的工作,还可能因强奸幼女罪而被判处重刑。但是,如果答应格莱迪斯的条件,他将永远是格莱迪斯的经济奴隶,永远摆脱不了格莱迪斯对他的榨取。格莱迪斯采用了"恶"的手段来打击花心的丈夫,不惜让丈夫失去工作,并让其担负难以承受的经济负担。

格莱迪斯的"恶"是捍卫女权的一种手段。在与男权思想严重的克洛斯作斗争时,格莱迪斯虽然显得有点冷酷无情,但她自始至终都是一个称职的母亲。在克洛斯遗弃家庭和诈死的时候,她勇敢地担负起家庭责任,担负起抚养三个小孩的重担。此外,虽然她没能和公婆和睦相处,但是她为了家庭一直未再婚,时刻盼望负心丈夫的回心转意。她与克洛斯的最后一面是在纽约州检察官厄力·豪斯顿的办公室里。她带着三个孩子来见失踪几个月的克洛斯,克洛斯否认认识他们。这是克洛斯男权制思想对格莱迪斯的母亲和妻子身份的无情亵渎。性格刚强的格莱迪斯在与克洛斯的斗争中,最终赢得了经济权利,获得了女性的尊严。

在赖特笔下另一个有女权主义思想的母亲是黑人资本家泰瑞的妻子艾玛,她也把"恶"当作捍卫女权的手段。泰瑞虽然对艾玛不打不骂,但他整天待在城里经营他的丧葬铺、妓院、歌舞厅和房产,极少和她相聚。他感兴趣的东西主要有两个:一是钱;二是女人。只要有机可乘,不论白种还是黑种女人,他都玩弄。就连来为死去儿子买棺材的黑人老太太,他也不放过。他乘她买棺材钱不够之机,胁迫她发生了性关系。除此之外,他还包养了白皮肤的混血儿格洛莉娅。他的淫乱是对艾玛妻子身份的无情践踏,也是对其女权的严重侵犯。泰瑞在世的时候,艾玛对泰瑞的行为略有所闻,但敢怒不敢言。作为一名有良好教养的中产阶级女性,艾玛把妓院看成是淫荡之地,对丈夫死于妓院之事感到莫大的耻辱和愤怒。她拒绝进妓院去看死于非命的丈夫。她的反叛是对男人淫荡之恶的强烈抗议。丈夫的去世使艾玛变成了一个新人,连儿子"费西也发现一个新艾玛从泰瑞死去的阴影中走了出来"(*The Long Dream*, 303)。在丈夫死后,艾玛勇敢地担负起这个家庭的领导责任。她的女权主义思想表现在三个方面:第一,她迅速从悲痛中站起来,不顾儿子费西的反对,与丧葬铺的工人吉姆公开结婚;第二,她要求费西返回学校,继续学业;第三,为了家人的安全,她吩咐费西把泰瑞遗留下来的涉及警察局长堪特利受贿的盖销支票交还给他。此后，由于儿子费西的自行其是，不听她的安排，她只好利用自己继承的财产与新丈夫吉姆另开了一家丧葬铺，开始自己的新生活。她是赖特塑造的黑人母亲中唯一一位在丈夫死亡或离异后勇敢再婚的妇女。笔者认为，这也是女权主义思想的胜利。艾玛为了自己的幸福和快乐，冲破了从一而终的父权制思想的束缚，成为20世纪新型黑人母亲的先驱之一。

赖特所塑造的黑人母亲的生活经历、社会地位和经济状况各不相同，但她们的共同特点是热爱家庭和子女。美国社会的种族歧视和性别偏见制约着她们的发展。她们以自己柔弱的肩膀担负起家庭重任，是美国黑人家庭当之无愧的重要基石。赖特本想描写黑人母亲的伟大，但由于受父权制思想和男性作家的偏见，他描述的母亲形象给读者的总体印象是令人可敬、可怜、可畏。实际上，赖特对女性人物的创作深受他童年时代所接触的一些女性特别是她的母亲、外祖母和其他女性亲戚的影响。他刻画的母亲形象的原型主要是他童年时接触的女性长辈的化身。托马斯太太的原型是赖特的母亲，达蒙太太的原型是他的外祖母，格莱迪斯的原型是他的伯母乔迪，艾玛的原型是赖特的姨妈玛吉。赖特塑造的女性人物生活在20世纪上半叶动荡不安的社会环境里，文化移入对黑人母亲有着巨大的影响。女权主义思想的文化移入改变了黑人母亲的生活，有助于女性维权意识的强化，但是她们在捍卫女权的过程中也有一些恶的表征呈现出来。

第二节　父权制与黑人女权沦丧中的性恶表征

赖特的文学创作处于黑人文学从和平的"黑人文艺复兴"时期转入更具反抗与革命精神的时期，标志着黑人文学的一个重要转折。他的作品揭露了美国社会的种族危机，塑造了一批敢于与种族主义作暴力斗争的新黑人。他开创了美国黑人文学暴力反抗白人种族主义的新传统，因此被称为现代美国黑人小说之父。在成功刻画了一批黑人男性主人公的同时，他也塑造了一些黑人女性人物，但是这些黑人妇女缺乏勇敢、智谋和进取心，没有男性人物那么生动、有力。他塑造黑人妇女人物的目的是为了让她们作为边缘人物或陪衬人物，以助于黑人男性人物的刻画。赖特的写作方法沿袭了"妇女是为男人而创造的"① 父权制观点。因此，在对女性人物的刻画过程中，赖特不可避免地把男性优越感和女性低下论融入进去。这样，赖特虽然强调了女性人物的某些方面和突出了黑人妇女的女性特点，但漠视了女性人物的人权和尊严，没有以平等的观念看待和描写女性人物。佐拉·尼尔·赫斯特（Zora Neale Hurston，1891—1960）指责赖特的作品是为黑人男性读者写的。她认为：赖特的作品中所有的情节都是围绕男性人物的愿望满足而展开的。② 近年来，学界开始关注赖特的女性人物的描写手法。在《理查德·赖特的文论反响》一书里，加尔文·亨顿以《土生子》为例，提出他的观点："黑人女性经历的复杂性"在现代黑人小说中"基本上被忽略了"。③ 对女权主义批评家来说，研究男性作家笔下的"妇女形象"，实际上就是研究虚假的妇女形象。④ 因此，赖特在女性人物描写中性恶表征主要表现在三个方面：被夸大的女性弱点、男性的玩偶和男性的祸水。

首先，赖特夸大了女性的性恶弱点。他塑造的女性人物有家庭主妇、职业女性、妓女等，尽管她们性格各异，生活经历不同，但在赖特的笔下通常被描写成目光短浅、性格软弱和愚昧无知的异类。这样，女性的个别特征被夸大为普遍性特征，女性的性格弱点被夸大成女性的本

---

① 〔英〕玛丽·沃斯通克拉夫特：《女权辩护》，王蓁译，北京：商务印书馆1996年版，第33页。
② Robert A. Butler, *The Critical Response to Richard Wright*, p. xxvi.
③ Robert A. Butler, *The Critical Response to Richard Wright*, p. xxxvi.
④ 参见唐正果：《女权主义与文学》，北京：中国社会科学出版社1994年版，第41—42页。

第四章 反启蒙化语境下恶的繁衍

质,女性被描写成不同于男性的"他者"。文学作为客观世界的镜子,反映了当时社会的主流态度:经常高估男性和男性特征的同时,贬低妇女和女性的追求。由于男性价值、男性观念、男性问题和男性窘境是文学关注的焦点,因此,女性人物经常被用来揭示、陪衬男性人物。辛丝娅·格丽芬·伍尔夫说:

> 更清楚地讲,偏见是用来为某些男性行为模式作辩护的。陈旧的妇女形象有多种多样,但都是用来迎合男性的不同需要的。最后,出现在文学作品中的妇女形象的迎合率总是令人眼花缭乱。妇女不是按她们的本来面目出现的,当然也不是按她们对自己的看法,而是把她们作为解决男性窘境的工具。①

因此,妇女形象不仅是男性想象的产物,而且是为了满足男性的愿望而创造的东西。在赖特的笔下,女性人物具有的共同特征如下:"低下的智力、本能的淫荡、小孩似的情感、被人夸大的性能力、满足于现状、狡诈的欺骗习惯、掩饰自己的情感……奴颜婢膝或乞求怜悯的举止。"② 赖特刻画的大多数女性人物通常被描写为幼稚、小气、愚蠢,带有心智欠成熟的表征。

赖特在《长梦》中描写了一个典型的父权制家庭之恶。父亲泰瑞是家中说一不二的权威,在黑人社区拥有很多产业,与白人警察头子关系密切。他从没把妻子艾玛放在眼里,在外包养情妇、嫖妓,与任何有求于他的女人发生性关系。他长期在城里上班,很少回家;此外,他原则上不允许妻子到城里找他,妻子成了他圈养在家的奴仆。泰瑞死之前,艾玛是温顺的、没有主张的家庭妇女,绝对没有反抗精神。当丈夫被警

---

① Thomas Wrig, *Urban Underworlds: A Geography of Twentieth-Century American Literature and Culture*, New Brunswick, N. J.: Rutgers UP, 2011, p. 207.

② Kate Millett, *Sexual Politics*, Urbana and Chicago: U. of Illinois P., 1952, p. 57.

察打死、儿子被警察诬陷入狱时,她不但没有做出任何反抗的行为,而且为了自保,还严厉要求儿子费西把警察头子的受贿证据交给警察。她不知道如果交了唯一的证据后,警察马上就会杀人灭口。赖特把她描绘成为一个自负、愚昧且没有远见的妇人。因此,她的人性之恶主要表现在其对待丈夫和儿子的自私和无情方面。

赖特在作品中把黑人母亲描写成盲目信教、对危机缺乏处理能力的女性。在短篇小说《"大男孩"离家》里,"大男孩"在自卫中杀死了一名白人军官后逃回家,见到的第一个人就是他的母亲。得知发生的事后,她被惊呆了:"白种女人?……老天爷呀!我知道你们这些孩子不改正自己的行为,会走到这一步的!"("Big Boy Leaves Home", 32-33)接着,她不是想方设法保护自己的儿子,而是消极地仰望苍天,乞求上天保佑。在《土生子》中,别格被捕后,他母亲托马斯太太能做的就是跪在道尔顿夫妇面前乞求他们饶了别格的命。她的行为就像一个奴隶乞求得到主人的宽恕。在《长梦》中,当丈夫被白人枪杀、儿子被白人诬陷入狱之后,艾玛从未想过反击白人,为丈夫报仇、为儿子申冤。相反,她软弱得只能用宗教去麻痹费西:"祷告吧,儿子……上帝会拯救你的。"(Lawd Today, 315)艾玛的宗教态度使读者情不自禁地联想起赖特在《黑孩子》《土生子》和《局外人》中所描写的黑人母亲形象。在赖特的笔下,软弱无能成了这些女性的代名词。

在《长梦》《局外人》《土生子》和《今日的主》中,主要女性人物的生活经历揭露了赖特在文学创作中流露出的歧视妇女、贬低女性的父权制思想。在《长梦》中,白肤混血黑人女性格莱迪丝被描写成一个头脑愚钝、处事消极的妇女形象。格莱迪丝是母亲遭白人强暴后生下来的私生子。上中学时她母亲的命运在她身上重演,她也被白人校长糟蹋怀孕,成为一个未婚妈妈。为了养活孩子,她被迫沦为妓女。因她的肤色浅,黑人社会不愿接纳她;白人社会因其黑人血统也排斥她。黑人少年费西,因种族禁忌,无权与白种女孩自由恋爱。为了满足自己对白种

第四章 反启蒙化语境下恶的繁衍

女人的追求，他就选择了浅肤色的混血儿格莱迪丝当情人。费西看上了她类似白人的肤色，但他的男权制思想使他瞧不上女性的智力。他认为："她［格莱迪丝——作者注］的头脑没有理解种族关系复杂性的能力。"（*The Long Dream*，190-191）他对格莱迪丝的轻蔑是男权制社会歧视女性思想的具体表现，他时常叹息道："是啊，可怜的小格莱迪丝就只是一个女人，什么也不懂。"（*The Long Dream*，192）赖特用歧视性的语言把格莱迪丝描写成一个头脑简单、对种族压迫麻木不仁的女性，以衬托费西作为男性的智慧和种族责任感。

《土生子》中的贝丝和《今日的主》中的郦鹋都像格莱迪丝一样，被赖特刻画成愚钝、没有思想和进取心的妇女形象。因生活中的挫折，贝丝消沉于酒色之中，郦鹋借宗教逃避现实。赖特把这两人都描写成消极、胆怯地面对生活的小妇人。《土生子》中，贝丝用酒来麻痹自己的神经。她身上的盲目和消极在别格的妈妈和妹妹身上也有体现，因此，别格特别讨厌她们的软弱和对生活的逃避。赖特把贝丝描绘成愚蠢的酒色之徒。赖特对贝丝匮乏的见识作了如下的描述："他［别格——作者注］看着贝丝，发现她好盲目。他感受到她人生轨迹的狭窄：从自己家的房间到白人家的厨房就是贝丝曾经走过的最远的路。"（*Native Son*，131-132）赖特还把贝丝刻画成一个贪财、没有主见的姑娘。当别格杀害玛丽后，来到贝丝租住的小屋子，她对别格的到来并没有特别的欣喜。但当别格把从玛丽死尸上偷来的一卷美钞交给贝丝后，她对别格的态度马上好转，立即就愿意和别格上床发生性关系了。此外，赖特把贝丝描写成一个没有主见、缺乏勇气与邪恶作斗争的黑人女性。当别格策划给道尔顿夫妇发绑票时，贝丝虽不愿意，但在别格的强迫下屈从了。贝丝的无主见、无原则最终导致了她的灭顶之灾。在《今日的主》中，杰克根本不把妻子看成是一个与他平等的人，总觉得自己高她一等。刚做了妇科手术的郦鹋整日做家务，伺候丈夫，换来的却是丈夫的鄙视。杰克时常怒斥郦鹋："女人，什么使你这么笨？难道你没曾想过用你的脑子？"（*Lawd Today*，31）郦鹂面对丈夫的性别歧视和蔑视话语，毫无办法，最后在丈夫拒绝给她伙食费的时候，才忍无可忍跑到丈夫工作的邮局老板那里去告了状。告状的后果是遭受更为狠毒的家庭暴力。赖特把郦鹂描写成一个离开了男人的赡养就活不下去的旧式妇女形象。她消极地面对生活，只想如何让丈夫供养她，而不是主动积极地去寻找工作，自食其力，靠自己的能力改变生活和命运。在小说末尾部分，甚至当杰克发酒疯毒打郦鹂的时候，她也没有想离开这个痛苦的家庭和婚姻，而是消极地瘫坐在地板上呜咽道："天啊，我怎么还不死呀！"（*Lawd Today*，189）赖特把郦鹂描写成一个不知用自我努力去摆脱男人控制的消极女性，似乎女人离开了男人，就难以生存。

女性人物的扭曲性描写的第二个方面表现在男性人物把女性当成男人的性玩偶。由于受父权制思想观念的影响，赖特没把女性看作是与男性一样平等的人。女性的性功能被他无限夸大，女性成为满足男性性欲望的工具。因此，他的男性人物在性问题上均以贬低、侮辱女性为荣，而没把女性看成是一个在性生活方面与男性平等的、有血有肉的人。作者本身的厌女思想导致其塑造的男性人物对女性在行为上和思想上的蔑视，他们仅把女性看成是能给男人带来感官刺激的鲜美的"肉"。

赖特对女性的极端偏见使其在《土生子》里能够把别格描写成冷酷的杀人狂。别格在谋杀贝丝前也不忘对贝丝进行最后一次性剥削。当别格带着贝丝逃亡到一幢废弃的危房时，别格淫心又起，"贝丝是安静的、惰性的、没有抵抗、没有反应。他又吻了她，她马上发出了不是一个单词，而是长长的温顺的声音，表达出自己的恐惧。"（*Native Son*，219）这个性行为描写仅是从别格的角度进行的。实际上，赖特对性行为的描写皆是从男性的视角出发，而不是从女性的角度来进行阐述，这也显示了男性作家的局限性和褊狭性，同时表明因性别差异，赖特欠缺对女性性心理感受方面的体验。赖特以男性肉欲享乐观为主导描写男女之间的性关系。赖特以轻快的笔调描述道："受男性霸权的驱使，他〔别

第四章 反启蒙化语境下恶的繁衍

格——作者注］不顾她呜咽的抗议，骑在她［贝丝——作者注］身上，就像在逆风中，快马加鞭似从山坡上冲下来。"(*Native Son*, 219) 这样的描述揭露了别格好色的人性之恶，同时还显示了男性对女性的压迫和歧视，同时也揭露了赖特作为作家对女性的轻蔑。正如西蒙娜·德·波伏娃所说："女人身体的功能就被降级为接受注射的容器和小马。"① 别格对贝丝实施的最后一次粗暴性行为与强奸无异，因此，在以后的法庭审理中，别格也被法官认定为强奸了贝丝。"在强奸中，侵犯、仇恨、蔑视、破坏和违反人格的欲望等方面的情感采用了完全适合于性政治的一种形式……父权制的力量，还特别有赖于性特征的暴力形式，这个形式在大多数情况下是通过强奸来实现的。"② 侵犯和剥夺女性的人身权利是父权制社会赖以生存的基石。

在《长梦》中，赖特还把女性描写成为维护男性利益的牺牲品。费西和托尼因被白人警察以非法侵入白人私人土地的罪名逮捕。在警察局里，警察们摆弄刀子开玩笑，威胁阉割费西，费西被吓得昏死过去。泰瑞把费西保释出来后，为了预防费西今后的性功能出现障碍，泰瑞把十五岁的费西带到他开设的妓院，让费西与一个与他同龄的小妓女发生了性关系。在离开妓院时，泰瑞对儿子说："女人就是女人……当你与一个女人发生了性关系，也就等于和所有的女人发生了性关系。"(*The Long Dream*, 137) 这句话暴露泰瑞把女人当成男人泄欲工具的思想，这也是对女性人格和尊严的践踏。赖特对父子两人同时嫖妓的片段描写在美国文学史上也是鲜见的。这种描写也反映了赖特男性中心论的写作特点：把妇女放到一个从属于男性的地位，把妇女看作是解决男性性需求的工具。

赖特作品中，许多男性人物常常展现自己的淫荡之恶，把他们的性

---

① Simone de Beauvoir, *The Second Sex*, Trans. by Jonathan Cape, New York: Alfred A. Knopf, 1953, p. 232.

② Kate Millett, *Sexual Politics*, p. 44.

经历当成夸耀和吹嘘的资本，把女性当成生活中取乐的工具，在性关系中漠视妇女的情感和自尊，以能暴力占有女性为骄傲。在他们心目中，"强奸的难度越大，获得的荣誉感就越大"①；性就是战胜或智胜女性的行为，同伴们的赞赏和羡慕刺激着他们的虚荣心，增强他们对女性性侵犯的欲望。在《长梦》中，费西的伙伴们彼此夸耀自己第一次性经历的辉煌战绩，与此相似的描写也出现在《今日的主》中，阿尔、杰柯、斯林和鲍勃在鲍勃家聊天时，把女人看作"肉"，彼此吹嘘自己第一次是怎么把女人搞上手的，他们感兴趣的是女人的身材和床上功夫。第一次性胜利成了他们乐此不倦的吹牛本钱。后来，在邮局上班时的间歇休息时刻，他们又把淫秽图片拿出来观赏，边看边讨论男人在与女性发生性行为时占上风的动作："他像一头公鹿在骑她！""他像骑自行车一样骑她！"(*Lawd Today*, 161) 作家在这里显现出来的写作幽默是以牺牲女性尊严为代价的幽默，他是站在男性的角度看这类问题。这类幽默是基于一些男性共享的性幻想、性神秘感和性渴望感。在这类幽默里，作为"肉"的女性被描写成傻傻的、任人摆布的玩偶。对女性读者来讲，这类幽默极大地伤害了她们的人格和破坏了女性应有的形象。赖特的这类描写带有明显的性别歧视。

在谈及男性对妇女的性虐待和性剥削时，妓女问题不得不被提及。嫖妓是贬低妇女的一个具体表现。男人用钱可以买走女性的尊严和身体，这是对女性情感的极大亵渎。卖淫会使男人得出这样的结论：女人天生低劣于男人，而且是为男人创造的。"嫖妓中，男性为了满足自己的欲望是不会顾及女人身体的。这样的欲望是特有的，对目标没有个性化的要求……只要妓女被剥夺了人的权利，她身上马上就呈现出女性奴隶制的各种形式。"② 在赖特的作品中，妇女的身体都是男性寻欢作乐的工具，找不到平等参与性行为的男女关系。赖特把妇女描写成"满足男

---

① Kate Millett, *Sexual Politics*, p. 33.
② Simone de Beauvoir, *The Second Sex*, p. 619.

第四章 反启蒙化语境下恶的繁衍

性感官需要的有女人身体的女人"(*The Outsider*, 326)。嫖妓体现了这种对妇女的性剥削和性压迫。妓女频繁地出现在赖特的小说里,如《今日的主》中的布兰淇和罗丝、《长梦》中的格莱迪丝、梅贝尔、莫德和薇拉以及《局外人》中的詹妮。除了格莱迪丝和詹妮外,其他的妓女都是以边缘人的身份出现的。

赖特在《局外人》中把妓女詹妮描写成一个唯利是图、不知廉耻、头脑简单的堕落女孩。詹妮向克洛斯"推销自己"(*The Outsider*, 92),克洛斯看着这个"迷人的小妓女"(*The Outsider*, 93),他的色欲被刺激起来。在克洛斯眼里,她是"有女人身体的女人"(*The Outsider*, 236)。赖特对这场色情交易的描写进一步揭示了父权制社会对女性的性剥削,把女人当作泄欲的工具,强化了社会上本已严重的性别歧视思想。詹妮对克洛斯说:"听着!我在卖,你在买,现在付钱,否则拉倒,我知道你们男人完事后就想赖账。"(*The Outsider*, 94)克洛斯用钱买了她的身体,表面上是公平交易,但实际上他并没有把她看成是一个与他平等的人,而是把她作为调节心绪的工具。值得注意的是,克洛斯在与妓女詹妮和情人伊娃发生性关系时,把她们都看成是"有女人身体的女人"(*The Outsider*, 93, 236)。这两个女人都是以自己的身体给克洛斯"心神错乱的头脑"带来"慰藉"。(*The Outsider*, 114, 321)虽然詹妮是妓女,伊娃是克洛斯唯一喜爱的女人,但赖特在描写她们与克洛斯发生关系时所用的词语几乎雷同。由此表明,在父权制社会的男女关系中,男人们通常的观念是强调"性"是第一位的,认为"情"是第二位的。女人永远处于从属地位,是男人泄欲和取乐的工具。克洛斯和别格一样都喜欢和女人发生性关系,但完事后又都迫不及待地想马上摆脱女人。在未得到女人的身体之前,他们不遗余力地奉承讨好女人,向女人献殷勤;在得到女人身体之后,马上就视女人为瘟疫,迫不及待地想离开,害怕被女人缠上。克洛斯与詹妮发生性关系后,就假装愿意带她去西部发财,然后借机摆脱她,独身奔向东部的纽约;别格与贝丝发生性关系后,马上操起砖头砸扁了她的头,把她扔到几米深的垃圾井道下面,让她活活地冻死。在这些男性人物看来,自己要干的事是第一位的,可能妨碍他们的女人,哪怕刚给他们带来性快乐的女人,也难逃其厄运。

赖特对女性人物的扭曲性描写的第三个方面表现在男性人物把自己在社会上的挫折和不幸皆归咎于女性,把女性看作是祸水。女人是祸水的观念是父权制社会歧视和侮辱妇女的陈旧思想。在这种思想的毒害下,男性把生活中出现的一切不好或不幸的事件都归咎于女人。在《长梦》中,文盲资本家泰瑞吃尽了没文化的苦头,因此他积极支持、鼓励儿子费西认真读书,期望他将来能上大学,发扬光大他开创的产业。但费西在读中学时,迷恋上妓女格莱迪丝,之后费西时常逃学,最后因学业成绩太差,被迫辍学。费西的辍学破灭了泰瑞为儿子规划的大学梦。赖特按父权制的观点把费西的学业荒废归结为女人的性诱惑,从而使读者对妓女格莱迪丝产生了讨厌的感觉。赖特在这个故事中似乎想说明:女人是祸水;如果女人控制不住自己的欲望,会给家庭和丈夫带来毁灭性的灾难。赖特的这个描写迎合了基督教憎恶肉体的传统。"基督教认为:女人的肉体能唤起男人身上的兽性,因此,把女人的肉体视为罪恶的渊薮。"①

在《局外人》中,妇女被描写成男人事业发展的敌人。赖特刻画了三个妇女形象:母亲克洛斯太太、妻子格莱迪丝和情人朵特。这三个女人从三个方面窒息着克洛斯对自由生活的追求:母亲克洛斯太太总是不断地唠叨,指责他乱搞女人,在他眼里,母亲是性压抑的象征;妻子格莱迪丝拒绝离婚,以要与朵特联手控告他为由,敲诈他的钱财,欲把他变成她的经济奴隶;情人朵特威胁他:如果不与她结婚,就要控告他强奸幼女。赖特把克洛斯的母亲、妻子和情人描写成促使他堕落、走上不归路的祸水。母亲使他觉得生活没有乐趣,妻子使他觉得家庭没有温

---

① 唐正果:《女权主义与文学》,北京:中国社会科学出版社1994年版,第61页。

暖，情人使他危机四伏。赖特认为，克洛斯在芝加哥的女人危机使他再也待不下去，最后走上了逃亡纽约之路。

赖特把自己的个人主义思想灌输到他塑造的黑人男性人物的大脑里，以文学创作的形式来张扬自己的个性，实现自己在现实生活中无法实现的幻想和理想。他痛恨种族主义的最重要原因之一就是白人社会和种族主义者不仅剥夺黑人的人权，而且漠视黑人的个性。他以作品中男性人物来作为表达自己个性发展的愿望和想象。不可取的是，赖特在塑造女性人物时，把她们描写成缺乏个性、对男性盲目服从、没有反叛精神的软弱女性。他总是把妇女置于一个受压迫的境地，抹杀妇女的个性，按父权制社会歧视妇女的观念来刻画和描写女性。赖特在《"别格"是如何诞生的？》一文中声称：他在为《人权宣言》宪章的实现而作不懈的奋斗，以便每一个男性和女性都有机会实现自我、追求自己的个性化的命运和目标，追求他的独特的不可改变的命运。[①] 可是，赖特在塑造女性人物形象时，没有给予她们自由思考、勇敢行动和释放情感的机会和条件，没能克服他本人的父权制观念中歧视、贬低妇女的成分，忽视了女性在美国种族主义社会里所遭受的种族压迫和性别压迫。赖特对女性人物的扭曲性描写显示出男性作家在刻画妇女人物方面恶的表征之一。

第三节 《黑色长歌》：种族关系冲突中的路西法效应

赖特的成名作是1938年发表的短篇小说集《汤姆叔叔的孩子们》(*Uncle Tom's Children*, 1938)。这部短篇小说集由四个短篇小说组成，每

---

① Richard Wright, "How Bigger Was Born", p. xxv.

个故事从各自的方面描写了美国黑人在 20 世纪初的生存困境和种族主义的非正义性和反人类性。他的作品揭露了这样一个社会现实：在种族主义社会环境里，无论白人还是黑人，都可能在一定环境里释放出人性之恶，从而做出一些危害社会和挑战法律的行为，凸显人格中恶的一面。善恶的界限不是固定的，而是可变动、可逾越的。《黑色长歌》是《汤姆叔叔的孩子们》中的第三个故事。赖特在其中所揭露的社会现象类似于菲利普·津巴多所提出的路西法①效应，揭露出种族主义社会里"恶"的各种表现形式。从心理学来看，"恶"是行使权力，故意对他人进行心理伤害或身体伤害的一种心理内驱力，旨在毁灭他人的生命或理想，通常具有反人道性质。个体的权力存在于社会系统之中，社会系统造就出腐化个性的情境，这个社会系统是指一个社会的法制、政治、经济和文化机构。路西法效应指的就是某种情境系统的力量，经由"心理动力"而将好人转变成为恶魔，而这些心理动力包括：服从权威、去个性化与去人性化、被动面向危险、自我保护与合理化。因此，赖特在《黑人长歌》里从三个方面揭示了种族关系中路西法效应与人性演绎的内在关联：系统力量与"敌人"的创造、情境力量与恶的生成、个性与人性。

一、系统力量与"敌人"的创造

系统力量指的是社会系统的力量。社会系统包括社会人与他们之间的经济关系、政治关系和文化关系，通过自上而下的决策来影响人们的行为。在种族主义社会系统里，种族偏见成为主要的社会意识形态，种族歧视成为种族偏见的主要执行手段之一。美国南北内战结束后，

---

① 《圣经》中的"Lucifer"（路西法）是拉丁文，由"lux"（光）和"ferre"（带来）所组成，意思是光之使者。在古希腊神话中，路西法名为晨曦之星。路西法原为上帝身边最美丽、最权势者，因不满上帝要求其下跪于神之子而叛变，最终堕落为魔王，成为地狱主宰之一。

第四章 反启蒙化语境下恶的繁衍

美国黑人获得公民权,但白人种族主义者不甘心自己的失败,总想把黑人的生存处境恢复到奴隶制时期。于是,种族主义者总想推行实施种族压迫和种族歧视的计划。让一个白人社会群体憎恨黑人社会群体,隔离黑人,使黑人陷入极度贫困之中,甚至杀害他们,这主要是通过"敌意想象"心理的建构来实现的。"敌意想象"经由种族主义的宣传而深植于白人心中,让已被视为"他者"的黑人转化成不共戴天的"敌人"。[①]"敌意想象"是新一代白人仇恨黑人最有力的动机,而这种惧怕黑人的心理同时也侵扰着白人的内心安宁和社会的安全。赖特在《黑色长歌》里从两个方面描写了系统力量所导致的黑人与白人之间的种族仇恨。

普通白人也深受当时社会的意识形态和舆论导向的影响,对黑人充满疑惑、不信任、恐惧感和仇恨感。伴随着强烈的恐惧和愤恨情绪,对黑人的"敌意想象"刻进白人脑海深处。这个过程起始于对黑人的刻板印象,把一切黑肤色的黑人都视为在人格和品格方面无差异的黑人,先排除黑人的人性,认定黑人是邪恶的化身,是不可教化的怪物;通常把一个黑人犯下的过错视为整个黑人民族的过错,从而对所有黑人实施打击和报复。白人对黑人也产生了群体性恐惧,对黑人抗争的误解和曲解加剧了他们对黑人的恐惧,原本理性的白人也开始变得不理性,在情境力量的作用下很可能从和平爱好者变成种族迫害事件的实施者或赞誉者。在《黑人长歌》里,赖特通过男主人公塞拉斯之口揭露了白人的暴行:"白人们都很高兴,第一次世界大战结束了。但是镇里的情况似乎更糟糕了。你往四周一看,到处都是白人士兵和黑人士兵。昨天那些白人在街上毒打了一名黑人士兵。他刚从法国回来,还穿着军服。有人指责他对白人女性出言不逊。"("Long Black Song",341)白人的暴行表面上是对一名黑人退伍士兵的毒打,实际上是对

[①] 〔美〕菲利普·津巴多:《路西法效应:好人是如何变成魔鬼的》,孙佩妏、陈雅馨译,北京:生活·读书·新知三联书店2010年版,第10页。

整个黑人民族的鞭笞。在当时的种族歧视社会氛围里，黑人总是被白人当成"非人"的他者。当塞拉斯奋起反抗白人暴行时，来寻仇的白人没有采用法律的手段来逮捕或审判塞拉斯，而是采用19世纪下半叶南方最为流行的私刑手段，放火把塞拉斯的房子点燃，而后把他活活烧死。

当系统力量袒护白人暴行的同时，黑人对白人也充满了恐惧和仇恨。在《黑色长歌》里，黑人女主人公萨娜不得不面对种族性暴力的严苛考验。一个白人座钟贩子进入萨娜的家里讨水喝时，他一次次地把咸猪手伸向萨娜的肩头、乳房和乳头。她只是竭力躲避，但没有高声呼救。赖特以细腻的笔触描写了当时的场景："白人从后面抱住她，紧紧的。她没动。因为他是白人。白人呀！她感受到他炙热的气息喷在肩头上，他的双手抓住她的双乳，她的全身都似乎僵硬了。"（"Long Black Song"，337）种族主义的系统力量压碎了她作为黑人的反抗之心，恐惧感摧毁了她作为女性的反抗之力。当白人极力想亲吻她时，她本能地拼死躲避。"她竭力使自己别倒下。但他是白人！他是白人！不！不！她仍然拼死不让他吻到嘴唇。"（"Long Black Song"，338）萨娜的反抗含有她对白人的强烈恐惧和仇恨。对白人的仇恨和反感构成了她在困境里拼死反抗的心理动力之一。因为在当时的黑人社区里，黑人女性与白人男子发生性关系会遭到整个黑人群体的鄙视和唾弃。

因此，在赖特的笔下，20世纪初的美国种族主义社会犹如一个庞大的机器不断地创造和传播歧视黑人的思想，形成种族主义意识形态，加剧了白人和黑人之间的种族隔阂、种族误解和种族仇恨。种族主义社会系统在美国社会的影响范围很大，涉及社会的各个层面和黑人的生存空间。

二、情境力量与恶的生成

在特定情境下，情境力量远远胜于个体力量。想要全面且完整地了

第四章 反启蒙化语境下恶的繁衍

解人类行为动力,就必须先能辨识个人、情境以及系统力量的范围与限制。要改变或避免不恰当的个体或团体行为,就必须了解他们把什么力量、优点和弱点带入到情境之中。社会心理学家在试图了解非常态的行为原因时,尽量会避免这些对特质的论断,社会心理学家以自提的问题开始,寻求是"什么"造成结果,在"什么"情况下会造成特定的反应,"什么"事件会引发行为,"什么"情境下最接近当事者状况。社会心理学家会问,何种程度的个体行为可以追溯外在因素,如情境变项和特定安排下的环境历程。人会因情境力量的释放而改变性格。情境力量在一定的语境下以一种不可抗力促成人性之恶的形成和演绎。赖特在《黑色长歌》里从三个方面描写了情境力量与恶之生成的相互关联:色欲、家暴和复仇。

色欲是七宗罪之一。七宗罪的排序准则在于对爱的背弃程度,其顺序为:傲慢、妒忌、暴怒、懒惰、贪婪、暴食及色欲。赖特在《黑色长歌》里把小说悲剧的起因归咎于白人男子的色欲。一名十八九岁的白人大学生到南方乡下去推销座钟,路过萨娜的房子,前去讨水喝。见家里只有一位年轻漂亮的黑人母亲和一个两三岁的男孩,得知其丈夫到镇上去卖棉花时,白人青年色心顿起,先是用肩头碰撞萨娜,后是用手碰她的胸部,然后得寸进尺地抱住她,并抚摸她的乳头。见她没有大声呼救,强行奸污了萨娜。那名白人男子利用自己的种族优势和黑人女性对白人的恐惧感实施了违背萨娜意愿的犯罪行为。事后,他还试图把售价五十元的座钟减价十元卖给萨娜,企图把自己的强暴行为转变为嫖妓行为。他不仅玷污了萨娜的身体,还企图侮辱她的人格。他肆无忌惮的动因都来源于白人心中"黑人女性都是性玩具"的种族主义观念。丈夫不在家的场景促成了白人男子性侵萨娜的情境力量。

家庭暴力是指发生在家庭成员之间的,以殴打、捆绑、禁闭、残害或者其他手段对家庭成员从身体、精神、性等方面进行伤害和摧残的行为。家庭暴力直接作用于受害者身体,使受害者身体上或精神上感到痛苦，损害其身体健康和人格尊严。家庭暴力发生于因血缘、婚姻、收养关系等生活在一起的家庭成员之间，如丈夫对妻子、父母对子女、成年子女对父母等。妇女和儿童是家庭暴力的主要受害者，有些中老年人、男性和残疾人也会成为家庭暴力的受害者。家庭暴力会造成死亡、重伤、轻伤、身体疼痛或精神痛苦。赖特在《黑色长歌》里描写黑人丈夫塞拉斯对妻子实施的家庭暴力。塞拉斯表面上是爱家爱妻的模范丈夫，但实际上不过是把妻子视为个人私有财产的父权主义者而已。为了发家致富，他借钱从白人农场主博格斯那里买了十英亩土地，打算来年雇工，扩大生产规模，成为像白人地主那样的乡绅。当他从镇里卖完棉花回家的时候，发现家里出现了一些陌生的物品。先是发现了一个座钟、一顶男人的帽子，后又在被子上发现了一只黄色铅笔和男人手绢。当他追问萨娜发生了什么事的时候，萨娜说有个白人以四十元的价格卖钟给她，但塞拉斯发现座钟上的标价是五十元。塞拉斯认定妻子出轨的场景构成了他实施家暴的情境力量。他不但用牛鞭抽打萨娜，最后还把妻子和孩子逐出家门。塞拉斯是一个父权制思想极为严重的男子，认为妻子的出轨侵犯了他的男性尊严，采用家暴的方式折磨自己的妻子，企图以伤害妻子来弥补自己受伤的自尊心。

复仇是在社会交往中以攻击方式对那些曾给自己带来伤害、挫折和不愉快的人发泄怨恨和不满的行为。这种行为通常潜藏着极大的危险性，在伤害他人的同时也可能伤害到自己。《黑色长歌》里，塞拉斯发现妻子被人奸污的第二天早晨，卖钟的那个白人男子和另一个白人开车来了。当卖钟人看见自己的座钟被塞拉斯砸得粉碎时万分愤怒，用手指着塞拉斯的脸，盛气凌人。这个场景促生了塞拉斯暴力复仇的情境力量，于是，他用鞭子猛抽卖钟人，原本待在车上的白人也下车来帮忙，三人在塞拉斯家前的院坝里猛烈地打斗。塞拉斯见打不过两个白人，于是转身进屋拿出一支步枪，当场打死一个白人，另一个白人侥幸驾车逃走了。塞拉斯没有逃走，而是等在家里。当大批白人赶来复仇时，他在

第四章　反启蒙化语境下恶的繁衍

自己的房子里与白人展开枪战，打死了多名白人。白人的欺凌和报复生成了塞拉斯不畏强暴的情境力量，宁愿战死，也不屈服。

由此可见，不论是细微或明显的情境因素，皆可支配个体的抵抗意志。一系列心理动力运作过程，包括去个人化、服从威权、被动面对威胁、自我辩护与合理化，都是诱发好人为恶的因素。"去人性化"是让卖钟白人在色欲的支配下性情大变、冷漠无情甚至肆无忌惮地骚扰和强奸单身女性的犯罪的主要运作过程之一。当个人尊严和人格遭到外界侵犯时，人们可能会利用个体力量来挑战情境与系统力量。使人丧失理性的情境成为人们反社会系统的潜在力量，构成抗拒、挑战及改变社会系统的负面情境力量。"美国著名社会心理学家津巴多认为，只要给予适当的条件，好人也会做邪恶的事。社会心理学家认为行为所发生的社会情境的性质是行为的首要决定因素，社会情境极大程度地控制着个体行为，并往往主宰着人格和一个人过去学习的历史价值观和信念。"① 在情境力量的作用下，像卖钟人那样的白人青年学生和像塞拉斯那样勤劳憨厚的黑人也会做出一些违法犯罪的事情。

三、种族主义者人性之认知机制

虽然不少人自信个人的力量能够战胜强大的情境和系统力量，但是维持这样的错觉通常会让一个人掉以轻心，无法对抗那些隐晦的、不合乎社会标准的影响力，而使他们更加易于被操纵。违背伦理的贪欲和极度的自我维护能够激发人性中极恶的一面。赖特在《黑色长歌》里描写了个性与人性的相互关系，揭示了危机中盲从性和报复心理的社会危害性。

首先，人们在一定语境里将伤害行为重新定义为荣誉的行为，也就是采纳暴力神圣化的道德命令，把野蛮的违法行为赋予道德的正当

---

① 云祥：《路西法效应与刑讯逼供——社会心理学视野下的刑讯逼供》，载《西南石油大学学报（社会科学版）》2013年第1期，第71页。

性和社会的合法性。在《黑色长歌》里，放火把塞拉斯烧死在房子里的白人将自己的暴行定义为正义的行为，认为自己是种族主义社会伦理的忠实代表者，杀死敢于反抗的黑人被视为一种英雄行为。参与杀害塞拉斯的白人在现实生活中并不一定都是十恶不赦的坏人。他们是受到白人同胞的召唤而来的，是怀着消灭"黑人杀人犯"的动机而来的。他们包围塞拉斯的房子时，高声地叫喊道："烧死那个杂种！""火烧那个杂种！""把那黑熊煮了！""把他熏出来！"("Long Black Song", 353) 这些白人在把塞拉斯当作"野兽"的同时，自己也丧失了人性，堕落成以杀"人"为荣的刽子手，成为十足的"野兽"。在"邪恶的平庸性"的概念里，平凡人要对其同类最残酷与堕落的卑劣行为负责，而"英雄主义的平庸性"则是对每位随时愿意尽人性本分的男男女女挥动"英雄"的旗帜。当人们面对情境和系统的强大压力时，很难坚持人类本性中善良的本质，通常是顺应系统力量，采用以恶制恶的手段。

其次，借助分散或推卸个人责任，认为自己的行为和行动的有害后果之间并没有那么直接的关联。如果我们并不觉得自己犯下了惨无人道的罪行，就可以逃避自我谴责。在《黑色长歌》里，从塞拉斯枪下逃生的那名白人为了给死去的同伴报仇，心里唯一的信念就是回去报信，召集更多的白人来报复，通过杀死塞拉斯来达到复仇的目的，根本不考虑该事件的是非曲直。

再次，种族主义者忽略、扭曲、削弱，或者根本不承认其所作所为所造成的任何负面后果。在《黑色长歌》里，白人推销商调戏、侮辱和奸污黑人女子萨娜后没有愧疚之心，以为自己还是浪漫的风流公子，完全忽略了其行为给萨娜和塞拉斯所造成的严重伤害。强奸完萨娜后，那个白人卖钟人居然说："钟卖给你四十元，不收五十了。我明天一早来看你丈夫是否在家。"("Long Black Song", 339) 他把良家妇女视为妓女，似乎他强奸萨娜一次就值十美元。事后，他不但没有负罪感，反而

第四章　反启蒙化语境下恶的繁衍

还声称第二天去萨娜家收款。

最后,白人种族主义者通常在暴力事件后重新建构对受害者的认识,把他们所受的苦当作是罪有应得。当白人暴徒边放火烧塞拉斯的房子,边大声叫喊道:"怕烧死,就跑出来呀,黑杂种!""现在你认为你是白人了吗?黑鬼!"("Long Black Song",353)白人暴徒杀害塞拉斯后,不但没有后悔过,反而认为黑人因反抗而死亡是应该的。他们把杀害黑人视为碾死一个蚂蚁那么简单,显示其人性之大恶。

因此,大多数白人在不得不面对社会力量的严格考验时都会出现重大的性格转变。一旦进入社会系统的网络中,平时的伦理素养与情境危机下所做出的实际行为相差甚大。正如情境感染相同处境的其他人一样,情境具有"感染我们"的潜在力量,任何人在有意识或无意识状态下皆有可能做出违背人性和社会正义的行为。

赖特在《黑色长歌》里揭露种族主义社会的人性之恶,认为善与恶的分界取决于加害者和受害者各自的立场,老实人或善良人在一定情境下也可以变成恶魔。"邪恶是建立于涉及伤害、虐待、命令、缺乏人性、毁灭无辜他者的刻意行为,或是使用权威、系统力量鼓励且允许他人这么做,并从中取得利益。"① 赖特虽然强调人们容易受到环境的影响而作恶,但他乐观地指出,白人种族主义者的暴行有助于有正义感的白人和黑人认识到人性之恶。种族仇恨中人性的冷漠和残忍带给我们更多的是反省:"人性固然有其恶的一面,但是社会性是人的本质属性,每个人都在渴望关爱与被关爱,人性中体现出的路西法效应固然有其存在的合理性甚至是必然性,但是这种效应需要每个人通过提高自身的修养有意识地去避免。"② 人们在系统力量和情境力量的作用下都会有多面的性格

---

① 〔美〕菲利普·津巴多:《路西法效应:好人是如何变成魔鬼的》,孙佩妏、陈雅馨译,北京:生活·读书·新知三联书店2010年版,第4页。
② 张彦军、李梅:《近期社会热点事件中的路西法效应》,载《社会心理科学》2011年第11—12期,第1392页。

和行为特征，对特定环境作出特定的反应。

第四节 《火与云》：政府的路西法效应

政府的路西法效应指的是政府官员因为贪婪和渎职，从为市民服务的公仆变成了置民众的生死而不顾的恶魔。赖特在短篇小说《火与云》里描写了美国南方一个市政府在处理粮食危机时的不作为和乱作为，以市长和警察局长为代表的官僚阶层，不但不顾广大市民的哀求，反而出动警察镇压在街上游行示威的饥民。这些官员的暴行表明整个政府已经从具有市民公信力的机构变成了变相屠杀市民的机器，从而完成了其路西法效应的演变。

一、政府的冷酷性

政府的冷酷性是指在行政权力运行中的政府行为违背权力运行的基本规约，以消极方式表现自己。政府是国家权力的执行机关，是国家政权体系中依法享有行政权力的组织体系。如果政府不作为，违背权力运行的基本规约，脱离道德要求，那么从本质上来说，这样的政府运作状态就是一种行政伦理的失范。冷酷，表示人的一种道德情感和道德品质的概念，意即冷淡苛刻、残酷无情、毫无同情心。政府的冷酷性是政府不履行自己应该履行的职责，对百姓表现出居高临下的冷漠和无情。赖特在《火与云》中从三个方面揭示了政府的冷酷性问题：无视饥荒、推诿责任和麻木不仁。

饥荒通常是指某个地方因粮食危机导致大量人员饿死的状况。尽管没有一个世界性统一的定义，但大多数研究此类问题的专家都认同，当某一国家或地区"超过半数的人口直接或间接由于饥饿原因出现死亡或者病危的情形时"，可以视之为"饥荒"。当一个国家或地区由于缺乏食

第四章　反启蒙化语境下恶的繁衍

物而出现死亡率翻倍以及当地超过百分之二十的儿童出现营养不良的情况时，全球最大的粮食援助配发机构——联合国世界粮食计划署一般会把上述情况定义为正在遭受"饥荒"。出现饥荒时的最大灾难是政府的漠视和不作为。赖特在《火与云》的一开始就描写了一个南方小镇饥荒爆发的事件，当地最有威望的黑人牧师泰勒专门到白人控制的州社会救济部门汇报灾情，希望得到粮食救助。社会救济处的白人负责人冷漠地拒绝了泰勒的请求，大声说道："对不起，泰勒。你只能尽自己最大的努力去解决了。给他们作解释，让他们理解我们无能为力。每个人都在挨饿，你们黑人的日子不好过，我们也一样的。告诉他们必须等等。"("Fire and Cloud", 356) 那个白人女官员不愁衣食，根本不知道饥饿是什么滋味，其话语充分显示了白人官方的冷漠，无视黑人的饥荒，让陷入饥荒的人们再等等无异于让他们活活饿死。

高压手段指的是政府采取国家机器的暴力手段来逮捕、毒打、关押甚至杀害那些敢于抗议政府人士的行为，旨在威慑民众的反抗。在《火与云》里，当地政府不采取措施解决两万五千市民所遭受的粮食危机，而是不择手段地镇压和阻止前来请愿的民众。赖特举了两个例子来说明这个情况：一是政府威胁饥民的请愿团。黑人社区选举了十名代表到市政府请愿，强烈要求政府采取措施解决眼下的饥荒问题，但白人市长不但不解决问题，还威胁请愿代表说，不准再来他的办公室了；如果再来，必将请愿者关入大牢。二是想用教会的力量从精神上愚弄和压制饥民。白人市长要求黑人教会领袖泰勒阻止黑人因饥荒而爆发的示威游行。市长声称，黑人一上街示威游行，就派警察镇压。市长针对饥民的高压政策表明了政府的冷漠和无视饥荒的严重后果。这样的市长必然把政府推向社会的对立面，成为人类文明的敌人。

从医学来看，麻木不仁指的是一个人失去感觉能力或没有知觉的状态。在这种状态下，肢体神经失去感觉，对刺激没有感觉。后来这个词语被引入社会学领域，形容一个人的思想不敏锐，对事物反应迟钝，漠不关心。赖特在《火与云》里描写了市政府在全市人民陷入饥荒之际却囤积了大量粮食，采用各种借口不向饥民赈济，显示出了官府草菅人命的恶劣行径。政府在危机中的麻木不仁表面上是执政者对自己职责的亵渎，实质上是对政府公信力的毁灭，这样的政府官员无异于穿上官服的恶徒和罪犯。

政府及其官员处理危机时表现出来的冷酷性和麻木性不仅是执法者的职责履行问题，而且是民众对政府失去有效监督后可能产生的恶果。赖特的描写表明在倡导社会正义和民主选举的美国社会也有不少死角。政府工作人员的冷酷行为严重抹黑了人们心目中的政府形象，使人们在危机中陷入更深的灾难。政府不作为现象是导致社会危机的主要因素之一，它损害政府形象，引发信任危机；影响行政办事效率，损害政府与市民的关系；不利于构建社会公共行政体系和"人生而平等，保障生存权"的民主社会。

二、政府的恶棍性

政府本来与恶棍是扯不上关系的。但是在现实生活中，如果政府不遵纪守法，不依法办事，其结果必然是：把以法人资格出现的政府转化成一个无异于市井恶棍的角色。恶棍是指丧失道德规范、胡作非为、作恶多端的人。政府的恶棍性指的是政府从维护社会公平和正义的高度下降到不遵守法律，仅维护少数特权阶层的利益，把警察等社会治安力量变成政府的黑打手，做出与恶棍无异的卑劣行径。赖特在《火与云》里从威胁利诱、绑架毒打和收买叛徒三个方面描写了政府行为恶棍化的暴行。

威胁利诱是街头流氓常用的手段之一。地痞流氓为了达到巧取豪夺的目的，时常会以各种方式威胁受害者，榨取受害者的钱财。在《火与云》里，市长博尔顿、警察局长布鲁登和"工业分队"① 队长洛厄先生

---

① "工业分队"指的是20世纪二三十年代在工厂里执行"破坏工人运动"任务的一个组织。

第四章 反启蒙化语境下恶的繁衍

专门赶到泰勒牧师家,他们想借泰勒之手阻止黑人上街示威游行。市长和警方向泰勒施压,市长唱白脸,用话语利诱泰勒,承诺对泰勒的家人和孩子在入学和将来的个人发展方面给予照顾;而警察局长和队长则不断施压,硬逼泰勒答应政府要求,取消黑人的全市示威大游行。

绑架毒打是街头流氓采用的另一个重要手段。市长和警察局长见泰勒软硬不吃,于是就派人绑架泰勒。一辆黑色大轿车开到泰勒的家门口,骗泰勒上车,然后把他绑架到远郊的树林里,然后,把他绑在树上严刑拷打,威逼他答应官方的要求。泰勒被打得遍体鳞伤,之后被白人暴徒遗弃在树林里。为了活命,他一步一步地走出树林,顺着大路往北走,穿过白人居住区,回到了家。泰勒获悉:当天晚上挨打的不只是他一人,黑人社区里几乎所有的黑人领导人或居民都遭到了白人暴徒的毒打,赤色分子哈德利和格林也被投进监狱。白人绑架和毒打打消了泰勒对白人的最后幻想,激发起其强烈的反抗精神,其他黑人被毒打的事件加剧了他的反叛之心。其实,绑架和毒打都无法解决当时的饥荒问题。

叛徒是一个集团内部的成员违背该集团的宗旨或团体利益,把本集团的利益出卖给对方,并给本集团造成一定损失。叛徒是一个为人所不齿的角色。在泰勒的教会里,有一个黑人执事史密斯为了自己的私利成为叛徒,后来成为白人安插在黑人教会的"间谍"。他的叛徒行径主要表现在三个方面:把黑人内部情报出卖给白人,肆意破坏黑人的示威游行和其他政治活动,并把共产党领导当地穷苦白人加入黑人游行的情报告诉了白人当局。在现实生活中,史密斯处处与泰勒作对,并借泰勒被白人绑架之机,蛊惑其他执事投票罢免了泰勒的教会领袖职务,并且出卖了帮助过黑人的赤色分子,为自己担任教会领袖打下了基础。他的夺权成功把黑人的抗议运动几乎引入歧途。

白人政府的恶棍行径使身处大饥荒的黑人民众的生活雪上加霜,表面上对黑人的抗议活动产生了一定的遏制作用,但在另一方面却促使了以泰勒为代表的黑人大众的觉醒。政府的恶棍性能在短时间里威慑抗议民众，但最终会导致人民以革命的方式来推翻政府。因此，白人政府的恶棍性不可避免地把黑人和穷苦白人造就成自己的掘墓人。

三、政府的流氓性

政府的流氓性主要表现在政府领导人利用社会公权颠倒黑白，混淆是非，挑拨离间国民的内部关系，使政府成为违法机器，走上反社会、反文明和反法治的道路。赖特在《火与云》里从挑拨种族关系、恶化警民关系和逼反饥民等方面描写了一个南方小镇政府的倒行逆施，揭露政府的流氓性和冷漠性。

种族关系是美国社会最为敏感的问题之一。由于历史原因，公开的种族偏见和歧视越来越少，但隐藏的种族问题并没有得到根本的消除。种族矛盾成为美国社会很难处理的问题。在《火与云》里，白人政府不但没有设法处理好黑人和白人的种族矛盾，而是处处打着白人也在挨饿的旗号，拒绝给予黑人粮食救济；这必然导致黑人对白人的不满。其实，穷苦的白人也未得到真正的救济。白人政府总想离间穷苦白人与黑人的关系，企图用种族矛盾来化解当时的粮食危机。然而，在共产党组织的领导下，黑人和穷苦白人成为同盟军，共同抗议白人政府的暴行。

一般来讲，在法制社会里，警察和百姓本应处于和谐共生的关系中。警察是法律的执行者，但在《火与云》里，赖特把警察描写成白人政府的御用工具，成为流氓政府的帮凶。只要有黑人上街示威游行，警察必然前去驱散和镇压。警察越镇压，反抗的黑人越多，反抗的强度也越大。随着警民冲突的扩大，警察渐渐从"执法者"沦为"犯法者"或"违法者"。

赖特在该作品里还描写了白人政府把黑人和穷苦白人逼上反叛之路的事件。如果少数黑人上街，必然会被警察逮捕或殴打。因此，黑人抗议的组织者想方设法地扩大游行示威规模。黑人社区有一个共识，只要示威游行的人数达到五六千人,白人政府就无法镇压了,也许有利于促使政府采取措施解决民生问题。泰勒被白人暴徒毒打后,儿子吉米马上拿起手枪,打算召集朋友去找白人拼命。白人的暴行迫使黑人走上以暴制暴的道路。吉米认为与其坐以待毙,还不如奋起还击。泰勒的意识流思绪揭露了当时的社会状况:"如果黑人反抗,就会被白人视为惹麻烦的坏黑人。如果黑人不反抗,那就会被活活饿死"("Fire and Cloud",358)。在小说的末尾,赖特通过泰勒之口喊出了广大黑人民众的心声:"自由属于强者!"("Fire and Cloud",406)

通过对政府流氓性的揭露,赖特指出黑人大众要赢得斗争的胜利,必须打破种族界限,和白人穷苦人联合起来,与白人当局进行英勇的斗争。泰勒以自己的亲身经历告诉读者:黑人必须团结,才有出路,才能捍卫自己的基本人权和生存权。

在《火与云》里赖特揭示出政府也会像上帝最爱的天使路西法一样,对统治下的人民做出违背法制和社会正义之事,从而堕落成魔鬼撒旦。政府路西法效应的三大表现形式有助于认知美国种族主义社会里政府违背美国价值观和美国法制所犯下的违反人伦的行为。赖特在这个作品里所揭示的政府路西法效应问题具有很大的社会启示性。那些不遵守法制的当权者把国家机器演绎成少数利益集团和权贵们的家丁和政府打手。放眼 21 世纪的今天,世界上还有不少"路西法效应"语境下的政府,唱着勤政为民的高调,干着欺世盗名的勾当,把人类文明一步一步地逼向倒退。

总之,启蒙的目的是促进一个国家、地区、种族和个人伦理和道德进步的一种思想解放措施,但是由于不合理社会制度的存在和种族偏见的泛滥,美国黑人没能从所谓的"启蒙"中获得真正的启蒙,黑人母亲在女权捍卫中失去了自己的母性,从疼爱子女异化到规训子女;善良黑人也会因不堪种族欺凌而变成杀戮者,政府也从社会灾难的救助者变成了穷苦大众生存权的剥夺者。社会上各种不幸事件的出现促使人们反思不合理的社会状况和各种人性之恶的泛滥，抨击了路西法效应始作俑者，斥责了美国种族社会启蒙问题的虚伪性和荒谬性，倡导民生思想、种族平等思想和性别平等思想。

第五章 文化认同危机中的大千世界之恶

美国黑人在文化移入中认同了自己的美国人身份,期望获得与白人平等的社会身份,实现美国开国之父们倡导的"生而平等"理想。但是,由于美国种族歧视和种族偏见的特殊背景,黑人所接受的美国政治观念和社会伦理与美国社会的现实格格不入,导致了黑人对美国白人文化双重标准的认同危机,最后引起黑人对美国社会的认同危机。赖特在叙事作品里描写了黑人在美国所遭遇的各种种族歧视和偏见,同时也描写了黑人在文化认同危机的窘境和抗争中呈现出的性恶问题。种族主义社会导致白人和黑人在文化冲突中显露了各自的人性之恶,由此表明,不合理的社会制度和非理性的伦理规则会导致黑人和白人在文化认同中的各种危机。这些危机涉及社会的各个层面和各个阶层,严重地破坏了正常的种族关系和和谐的人际关系。

第一节 黑人的身份认同危机

赖特把自己在美国社会所遭受的种族歧视和种族压迫以文学作品的形式表达出来,抨击不合理社会制度对黑人人权和个性的扼杀,揭示了美国社会里美国黑人的身份危机。美国黑人在文化移入过程中形成的双重意识使他们对美国社会产生了既爱又恨的复杂情感,深深悲哀于自己身份的二元性——美国人身份和黑人身份。由于种族主义的阻挠,他们既不能成为与白人平等的美国公民,也不能脱离白人社会建立纯粹的黑人社会。黑人想进入美国主流社会,但总是受到白人的排斥和打击;在无数次努力失败后,他们把对白人社会爱恨交织的情感转化成对黑人的自我憎恨。这一社会心理的变化使黑人在美国社会中的生活显得更加消沉、更加无助、更加无奈。赖特在叙事作品里描写了美国黑人的爱恨交织情感以及由此产生的自我憎恨,揭示出种族主义社会的种族心理状况和人性之恶的表现形式。

一、爱恨交织

爱恨交织是指在一个人头脑里同时存在的性质相悖的情感、态度或品质,或者是指一个人对另一个人的既爱又恨情感的快速转换。在赖特的文学作品里社会化爱恨交织指的是"对待生活的一种流动的、既爱又恨的、强作欢颜的观点,这个观点表现在对反语和拙劣模仿的创造性运用上"[①]。例如,某个黑人热爱白人世界仅是因为那个世界的物质繁荣和丰富强大的文化力量深深地吸引住了他;同时,他恨这个世界,因为这个世界的强权被用来剥夺他的尊严和人权。"社会化爱恨交织"这一术语是美国人类学家麦尔维尔·J. 赫斯科维茨于1937年在《海地山谷的生活》一书中首次使用的。这个术语原指海地人在欧洲殖民主义文化传统与非洲传统的社会心理发生冲突时所作的人类思想方面的调整。[②] 当把这种模式用来分析赖特叙事作品中的黑人主人公时,我们发现社会化爱恨交织是双重意识中两种文化成分冲突的结果,把美国黑人的黑色躯

[①] Bernard W. Bell, "Beloved: A Womanist Neo-Slave Narrative; or Multivocal Remembrances of Things Past", *African American Review* 26 (1992), p.7.

[②] Bernard W. Bell, "Beloved: A Womanist Neo-Slave Narrative; or Multivocal Remembrances of Things Past", p.7.

第五章 文化认同危机中的大千世界之恶

体撕裂,但是这些黑人的反抗意识所产生的"顽强力量"起着把那些撕裂了的黑色躯体凝聚在一块的功能。爱恨交织是美国黑人在考虑融入美国主流社会还是与此分离的混合情感中表露出来的,这个情感不断地转换于白人霸权主义文化体系与黑人非霸权主义文化体系之间,而这两个文化体系都是制度化种族歧视的产物。黑人痛恨白人造成的社会不公正和种族偏见,同时他们又崇尚、珍惜白人文化,因为他们相信他们能从白人文化学到知识、受益良多。黑人与美国大陆具有不可分割性,因为他们的祖先已在此居住了数百年,他们不想摒弃生活于其中的美国文明。黑人热爱美国国土和西方文明,但是他们仇视美国的白人种族主义者。赖特在《土生子》《局外人》《长梦》和《今日的主》等小说中描写了黑人表现出来的各种爱恨交织情感。

在《土生子》里,主人公别格·托马斯热爱美国,因为融入的可能性引起他对美国生活方式的渴望,然而同时他又恨美国。他认为白人没有给予他任何实现自我的机会,因此,他就把自己对社会的不满用"恶"的方式表现出来。他痛恨像达尔顿的私人侦探布雷顿和州检察官巴克利之类的白人,然而他又热爱芝加哥,总想以体面的方式融入这座城市。别格对白人玛丽也是爱恨交织,爱她是因为受白人审美观的影响,玛丽是白人社会美的象征;他恨她是因为她是迫害黑人的白人社会的一员。因此,他看着她时的情感是崇拜、失望、爱和恨的复杂交织。

在《局外人》里,主人公克洛斯对美国的爱恨交织情感更为明显。他热爱美国,不论遇到什么艰难险阻都未想过抛弃美国。他在地铁车祸中幸免于难,但却被官方误报为死亡。这时,他有机会逃离芝加哥甚至美国,去寻找新的生活。由于他对美国的爱,所以他仅是离开芝加哥,来到美国的另一个城市纽约重新开始生活。可是,他也憎恨美国,因为美国不能满足他对无限权力和个性独立的追求。就具体的人来讲,他恨共产党员吉尔·布朗特和杰克·希尔顿,也恨白人房东蓝勒·亨顿,但是他不顾社会禁忌而爱上白人女性夏娃。夏娃是他一生中的第一个也是唯一的真爱。他热爱白人女性夏娃是其想融入美国主流社会的显性表现。在其心目中，像吉尔·布朗特和杰克·希尔顿之类的共产党员是白人，与其他白人种族主义者没有两样。因此，他对共产主义的意识形态也是既爱又恨。

与克洛斯的爱恨交织心理不同，《长梦》中主人公泰瑞对美国的既爱又恨情感主要来源于其商人利益的考虑。他热爱美国，是因为他能在克林顿维尔城做生意、发大财；但他也恨美国，其原因是城里的白人种族主义政治氛围妨碍并限制着黑人生意的繁荣和发展。他痛恨白人警察局长堪特利和白人市长威克菲尔德，因为他们不但平时敲诈他，在关键时刻还企图夺走他的全部家产。他对美国的幻想已破灭，因为美国缺乏一个公平公正的社会环境，在这样的社会里黑人是不能像白人那样做生意的。在某种意义上，泰瑞是黑人投影在白人社会的影子，他热爱白人社会的强权，但痛恨这个强权对黑人的打击。

在《今日的主》里，主人公杰柯对美国的既爱又恨情感表现在他对待美国的复杂情感上。他对美国的热爱表现在其拒绝加入马库斯·卡维发动的"返回非洲"运动，驳斥其他黑人旨在颠覆美国政府的言行。但同时他恨美国，因为他发现自己总是被白人当作是局外人或他者，被迫生活在美国社会的边缘。他不满邮局老板总是以开除他来威胁他，但他又热爱邮局，因为其他黑人羡慕他的邮局职员工作，他时常为自己的政府雇员工作自鸣得意。不过，对美国的盲目之爱导致他对美国共产党的漠视和反感。杰柯认为，共产党员的一切革命活动旨在破坏美国社会的安定生活，因为共产党的目标就是推翻资本主义制度，而杰柯还指望从这个制度中获得对自己有利的东西。此外，杰柯恨美国是因为美国的种族主义环境阻碍了黑人在个人前途上获得更大的发展。不管他多么勤奋、多么认真地工作，仍然会被剥夺升迁的机会，因为邮局的行政政策既不能给黑人带来利益，也不会以升职的方式来奖赏黑人的杰出工作。

杰柯认为不合理的美国社会制度消耗了他为实现自我而奋斗的信心和勇气,并使他以机械的、没有热情的态度对待他的邮局工作。因此,他对工作既没有热忱,也没有责任心。社会地位低下的杰柯无处发泄自己的不满,没有能力缓解自己的工作压力和家庭危机。最后,他把对社会的仇恨转嫁到妻子身上,时常毒打妻子,释放对美国的不满和仇恨。因此,他的人性之恶主要表现在冷酷和残暴方面,时常把对社会的不满和仇视转化成家庭暴力。

社会化爱恨交织的心理进一步强化了赖特叙事作品中主人公的生存张力,在很大程度上烦扰和折磨了这些黑人主人公。可是,反抗意识是黑人躯体的脊梁和精神,产生了巨大的能量来维持黑人内心世界的黑人根文化传统。他们的反抗意识激发他们去追求主流社会倡导的社会主张,为改善自己的生活和社会地位而斗争。因此,当他们为最后融入美国主流社会而奋斗的时候,反抗意识给他们带来了希望、勇气和自信心。

二、自我憎恨

赖特截取了20世纪30至50年代这一段时间的美国状况来作为其小说的历史背景,展现他的黑人主人公是如何在种族歧视和种族偏见的环境中获得男子气概的。在种族歧视的社会环境里,美国国民性的一个基本部分就是贬低黑人。大多数白人逃避不了种族主义的现实,黑人也不例外。"他们[黑人——作者注]受白人种族主义的毒害,产生了自我憎恨的心理,如果在某些方面他们发现自己成为这个仇恨的目标,他们面临一个由白人导致的现实——黑人逃避不了被蔑视的命运。"[①] 自我憎恨是黑人反抗意识的一种逆向表达。黑人的自恨可以分为两类:黑人对自己的恨和对黑人同胞的恨。黑人表面上身体健康,充满男性活力,但

---

① William H. Grier & Price M. Cobbs, *Black Rage*, pp. 166 - 167.

是由于在政治上、经济上和文化上被白人阉割，他们无力履行任何男人的角色。"他们很难为家庭挣来食品，很难在政治上获得权力，甚至难以履行为家庭提供保护的基本角色。"① 黑人自我憎恨的原因是地位低微和胆小怕事。当一个黑人遭到白人歧视或迫害时，他几乎从黑人同胞那里得不到什么帮助或支持。由于不少黑人觉得自己无力帮助自己的同胞，于是就内化白人至上论，在心理上与白人压迫者站在一起歧视黑人。内化了种族主义思想的黑人时常站在白人的立场，敌视反抗种族压迫的黑人。在其文学作品里，赖特向我们揭示了这两种自我憎恨的表现形式。在第一种自我憎恨里，黑人对自己反击种族主义压迫的无效努力感到失望；在第二种自我憎恨里，他对黑人在与白人发生冲突时表现出来的软弱和胆怯感到失望。

在《土生子》里，赖特描述了别格的自我憎恨是如何在种族主义环境中加剧黑人双重意识的张力的。城市环境制约着别格的发展，抑制了他作为人的最深层次的冲动，迫使他像动物一样生活。别格的自我憎恨表现在三个方面：他对自己的恨，他对家庭成员的恨和他对黑人同胞的恨。首先，他痛恨自己，因为已长大成人的他却没有办法改变家庭的贫穷状况，感觉自己被白人种族主义者实施了社会阉割。别格在达尔顿家遭遇的第一次文化休克也导致了他走向自卑和自我憎恨。当别格来到达尔顿时，发现他家的空间就像未见过的外国土地，"是一个冷漠而又遥远的世界，是一个白人秘密得到精心保护的世界"（*Native Son*, 37）。达尔顿宽敞堂皇的房子使别格目瞪口呆，引起了他生活中的第一次文化休克：达尔顿的家与别格的家形成鲜明的对照。达尔顿的家犹如天堂般的高雅，而别格的家仅是一间带厨房的卧室。别格一家四口，不分男女，不分老少，一起居住在这个狭小的空间里。这次文化休克引起别格的自我憎恨，因为他觉得自己当牛做马一辈子也不可能买得起像达尔顿

---

① William H. Grier & Price M. Cobbs, *Black Rage*, p73.

第五章 文化认同危机中的大千世界之恶

家那样的豪宅。

另一点值得注意的是他对自己的恨导致对其家庭成员的恨。别格有意识地与其家庭成员保持一定的情感距离。他知道家人的生活艰辛,所以不愿过多地考虑母亲的困境,不满母亲把改变家境的重担压在他肩上。别格时常故意粗鲁地对待家人。

> 他恨他的家人因为他知道他们在受苦,而他又无力帮助他们。他知道一旦让自己充分感受他们是如何生活的,以及他们生活中的耻辱和苦难,他就会陷入满带恐惧的绝望心理,进入不能自拔的状态。因此,他只得用钢铁般的冷酷态度对待家人。他和他们住在一起,但 [心理上] 隔着一堵墙或一个帘子。对自己,他甚至更加苛刻。他知道一旦他允许他的生活状况完全进入他的意识,那么他就会或者杀掉自己或者杀掉他人。
>
> (*Native Son*, 19)

别格的自我憎恨和社会阉割感使他意识到作为一个男人对家庭应负有的责任感。然而,在种族主义社会里的无助状态使他一生一事无成,产生了一种仇视自己家庭成员的变态心理。他憎恨家庭成员的主要原因是他们在白人压迫者面前的过度软弱。

最后,别格对其好朋友葛斯的憎恨是由于别格惧怕白人的心理引起的。这种心理引起一个黑人对另一个黑人的攻击。黑人社会的人们都知道:黑人抢劫白人会遭到白人当局的严厉打击和残酷惩罚,而黑人抢劫黑人时,白人警察却不太管。赖特在此生动地描写了这种现象:

> 他们 [别格和他的三个黑人朋友——作者注] 感到抢劫黑人要容易得多,安全得多,因为他们知道白人警察从来没有认真搜捕过伤害黑人的黑人疑犯。几个月来,他们都在商量抢劫布朗商店一

事，但一直没有采取行动。他感觉到抢劫布朗商店会违反一个很严重的社会禁忌，这就好像是非法进入白人领地似的，为此，他们会受到白人世界的愤怒打击。简而言之，这会是对统治他们的白人世界的一个象征性的挑衅。是的，如果他们真的抢劫了布朗商店，那会是一场真正的抢劫。

(*Native Son*, 12)

这里，他们想通过抢劫白人商店来显示他们的反抗性。可是，对白人的巨大恐惧感导致了别格的自我憎恨，摧毁了他的男性自控力。在别格的一帮朋友里，对白人的恐惧感营造了充满野性的氛围。别格羞辱葛斯，迫使他舔自己的刀尖。别格想以与葛斯打架的方式来拖延和阻止抢劫布朗商店。当别格与葛斯打架时，他就发觉"一种惧怕抢劫白人的感觉传遍全身"(*Native Son*, 36)。别格通过与其他黑人发生冲突的方式来掩盖自己对白人的惧怕心理。事实上，他害怕去抢劫白人商店，但他又不愿让朋友观察到他的胆怯。因此，他以暴力攻击葛斯的方式来显示自己外在的勇气，并掩盖自己内在的胆怯。此外，别格的女朋友贝丝代表了他身上被贫困和种族歧视困扰的部分。他不满贝丝的理由与不满其他黑人的理由一样。他杀害贝丝的动机与要杀葛斯的理由一样：掩盖自己内心对白人的恐惧心理，同时还担心自己的胆怯被黑人同胞识破的虚伪心理。

别格恨自己的程度超过恨白人的程度。像马克·吐温（Mark Twain, 1835—1910）在《哈克贝利·费恩历险记》(*The Adventures of Huckleberry Finn*, 1885) 中的逃亡黑奴吉姆一样，别格感觉到黑人过着甚至比最穷白人更差的生活。他的苦难生活激励他去追求更美好的生活。可是，一堵墙矗立在别格与他所追求的理想之间。别格在其白人文化移入过程中形成了自己的反抗意识，竭力去追求他的生活目标。"可是，他发现自己像一条狗那样，向桌子伸起头，而不是等白人的面包屑掉到地上；这

第五章 文化认同危机中的大千世界之恶

样,黑人不仅遭受到剥削,而且还遭受到蔑视。"① 他在生活中遭受的频繁挫折通常引起他对自己的仇恨。为了生存,他总是被迫牺牲自己的黑人尊严。在种族主义社会里,别格感受不到自己的实体存在,他认为自己就是自己痛恨的那个东西,认为自己是耻辱的徽章,他知道这徽章是附在黑人的黑色皮肤上的。

在《局外人》里,克洛斯在生活中遭受到许多束缚,他把自己在生活中遇到的一切不幸都归咎于种族主义社会不合理的社会制度。因其黑人身份,他对个人理想的追求时常失败。因此,他憎恨自己的主要原因是:他无法也无能力改善自己的处境。他在芝加哥时的自我憎恨表现在对邮局工作的懒散态度,半夜酗酒,对家庭不负责任,并且冷酷地对待自己怀孕的情人。克洛斯的自我憎恨导致他失去了实践自己诺言的能力。他的谎撒得越来越大,现实与他的距离也越来越大,一直发展到他被迫离开自己的生活环境。"自爱和自我憎恨伴随着他的一生,他没有能力战胜他命运的预定模式。"(*The Outsider*, 805)克洛斯对无限自由的追逐使他成为自己的受害者,因为他把对白人的恨转化成对自己的恨。他的自我憎恨是指在联想到想象中的美好自我时,对现实中的自我产生憎恨。作为黑人大学生,他知道更多关于人权方面的知识,了解人应该怎样生活在现在都市里才有价值。可是,种族主义者限制了黑人的应得权利,激起黑人冲破社会束缚,按照自己的意愿追求自由。在芝加哥的地铁倾覆事件之前,克洛斯就已经发现他几乎没有可能改变他的困难而又没有前途的生活。他的自我憎恨显示了一个黑人的绝望和无助,并成为他以后在纽约的一系列暴力杀人事件的重要原因之一。

赖特在《长梦》中描写了黑人为了发财被迫与白人腐败官员勾结后而产生的自我憎恨心理。泰瑞和费西痛恨自己因为他们在生活中不得不对白人奴颜婢膝。自我憎恨是他们在面临巨大社会压力时产生的无助感,因为

---

① Andrew Delbanco, "An American Hunger", *Critical Essays on Richard Wright's Native Son*, Ed. Keneth Kinnamon, New York: Twayne, 1997, p.141.

这个社会压力击碎了他们的信心和尊严。泰瑞和儿子都遭到白人警察局长的控制,并被白人施与暴政。泰瑞被白人警察暗杀,而儿子则被警察无故关押了两年。他们两人都无力改变这种状况。在一定程度上,他们应为自己的处境负责。他们与堪特利勾结在一起,并不是出于被迫或强迫。他们与警察勾结的目的是赚取这非法勾结可能带来的巨额利润。他们痛恨自己的原因是:如果想在黑人社区发财,他们不得不依靠他们仇恨的白人。

在《今日的主》里,杰柯在与白人世界的斗争中的软弱无力引起他的自我憎恨。杰柯是一个种族主义社会环境的受害者。过着靠白人怜悯才能生存的生活。杰柯憎恨自己,因为他在邮局的工作没有升迁的可能。邮局里一些黑人女孩与白人职员的调情加剧了他的自我憎恨。在其双重意识中形成的自我憎恨引起他对妻子鹂鹇的虐待,这也是白人社会冷酷社会压力所引起的后果之一。杰柯不能很好地与妻子和睦相处,把自己在生活中遇到的一切挫折都归咎于妻子,把妻子视为实现自我的障碍。他强迫她去做了人工流产手术,因为他不愿花钱养育下一代。手术后,鹂鹇不能满足杰柯的性要求,杰柯就借题发挥,对妻子拳打脚踢。工作和家庭生活中的不顺加剧了杰柯的自我憎恨心理,强化了他的自私心理,对妻子的日常生活漠不关心。杰柯从密西西比州来到北方的芝加哥,也许他希望充分利用北方给他带来的一切。那就是为什么他只愿把钱花在自己身上,而不愿要小孩。最后,杰柯的自我憎恨产生于种族主义环境。黑人的不团结和黑人之间的嫉妒性内斗引起杰柯的自我憎恨。杰柯和他的三个黑人朋友在小说里起着评论员的功能。当他们表扬白人勤劳、制度完善时,佩服白人团结得就像一支军队,与此相对照,他们对黑人的状况感到极为悲哀:"如果三个黑鬼要尽力做某事,其中一个会去把其他两个人绊倒。"(*Lawd Today*,144)按他们的观点:"白人是马基雅维利式的人物,而黑人是'叛徒'。"[①] 杰柯把自我憎恨转向黑人

[①] Yoshinobu Hakutani, *Critical Essays on Richard Wright*, p. 30.

同胞的原因是他不敢与白人作公开的斗争,但同时又对背叛或毁损黑人种族的黑人感到极端的失望和仇恨。

总的来讲,黑人的自我憎恨通常引起自暴自弃,有时还会引起对自己家庭成员甚至整个黑人种族的仇恨。别格、克洛斯、泰瑞、费西和杰柯是黑人自我憎恨消极后果的受害者。因此,当这种自我憎恨发展到极端时会引起部分黑人在充满敌意的种族主义社会中激进的声张自我。自我憎恨是一种负向的心理取向,不但使自我沉沦,而且在现实生活中经常成为人性之恶行径的驱动力,给他人和社会造成危害。

第二节　黑人的理想认同危机

理想一方面指的是让人们对未来事物的美好想象和希冀,另一方面指的是对某事物臻于最完善境界的观念。理想是人们在社会生活中克服困难生存下去的理由和动机,通常有助于从下而上的社会流动。然而,在美国黑人的头脑里,时常有两个理想在发生冲突,互相搏击,都想战胜对方,但是哪一个理想也不能以消除另一个理想来达到自己的独存局面,形成了理想的认同危机。这两个矛盾而又并存的理想是:第一个理想是黑人要成为与白人平等的美国公民,希望最后能以和谐的方式融入美国主流社会;第二个理想是防止黑人的灵魂"在美国白人习俗的浪潮中"[1]被漂白。在这具有双重目标的斗争里,黑人以吸收白人文化的方式来充实自己,尽力逃脱白人对黑人种族的蔑视,并保持美国黑人的非洲根文化。"双重目标的损耗在于……引起令人悲伤的灾害……使他们[黑人——作者注]经常拜错神,乞求错误的拯救手段,有时看起来要黑人对自己感到羞愧。"[2] 杜波依斯希望黑人获得与白人平等的人权,希

---

[1] W. E. B. Du Bois, *The Souls of Black Folk*, p. 3.
[2] W. E. B. Du Bois, *The Souls of Black Folk*, pp. 3–4.

望生活在一个更好的社会里。这个社会"有可能使人既是黑人又是美国人,既不被黑人同胞咒骂和唾弃,又不会被白人迎面关上机会之门"①。黑人头脑里的这两个相互矛盾但又不可能调和的理想通常导致黑人的生存张力。形成于文化移入过程中的反抗意识使黑人在种族主义社会里追求更好生活时认识到他们的种族尊严和自豪感。作为蒙耻、羞辱和仇恨的结果,一些黑人率先摆脱黑人的种族低下情结,为人权平等与白人作斗争。他们的斗争不可避免地遭到白人世界的打击和压制。赖特叙事作品中的黑人主人公双重理想的冲突引起一系列悲剧,这些悲剧表明黑人的生存张力是由美国不合理的社会制度造成的。赖特在其小说中从理想认同危机的角度来描写黑人的双重理想搏击问题。

在《土生子》里,别格也有两个相互冲突的理想:一个是想以与白人姑娘结婚或当上飞行员的方式融入白人社会;他的另一个理想是在融入过程中保留自己的非洲根文化。为了向读者更好地展示黑人双重理想的冲突状况,赖特使读者意识到在别格的头脑里"有两个别格",一个是外在的人,他受制于野蛮的宿命论和自然主义环境;另一个是内在的人,他勇敢地与白人种族主义者作斗争,最后战胜了环境的制约,获得了一定的自主权。第一个别格因受双重意识身份的约束,过着逆来顺受的二等公民生活;第二个别格觉得"杀死玛丽和贝丝的实际情况不是他所关心的事,他想搞明白的是什么东西驱使他那样干的"(*Native Son*, 286)。第二个别格的塑造者赖特对探索其双重意识生活更加感兴趣,耸人听闻地渲染主人公外部行为的哥特式恐怖只是作者为探索反抗意识所作的铺垫。赖特把别格描写成一个"分裂而又矛盾的人"(*Native Son*, 27)。作为一个与宿命论力量抗争的人,他发现宿命论与他基本的人类驱动力发生冲突。事实上,别格头脑里两个"别格"之争指的是受双重

---

① W. E. B. Du Bois, *The Souls of Black Folk*, p, 3.

第五章 文化认同危机中的大千世界之恶

意识制约的第一个别格与第二个被反抗意识支配着的别格之间的斗争。这个斗争象征着别格的双重意识之争。

别格双重理想的搏击困惑着他,使他游离于痴迷白人文化与坚守非洲文化传统之间。"在其一生中,被打上黑人的烙印,他的两个世界——思想与情感、意志与头脑、追求与满意——从未统一起来,他本人也从未有过思想一体化的感觉。"(*Native Son*,225)他与这个世界之间的黑色鸿沟使他难以达到"整体性、一元性,或二者的交汇"(*Native Son*,351)。的确,赖特本人经常强调说:作为双重理想交战的结果,别格在心理上悬于"一个充满阴影的地区,一个无主荒地,一个黑人与白人隔离开来的地方"(*Native Son*,264)。然而,因其具有反抗意识,别格遭受到以巴克利为代表的白人社会的排斥,同时也遭受到以母亲托马斯太太为代表的黑人社区的排斥。别格不同程度的恐惧、羞耻和仇恨表明了理想尚未完全丧失的黑人在追求自我过程中呈现出的绝望、无助和孤注一掷。

双重理想搏击的另一个后果是使别格疏远了与白人的正常联系。一见到玛丽,别格就被玛丽的美貌和优雅的举止所吸引,因为那时别格早已内化了白人的审美观。玛丽和其男朋友简·厄洛恩热情地邀请别格和他们一起到一家黑人区的餐馆就餐。玛丽和简想通过邀请别格吃饭的方式表达他们对黑人的真诚友谊。别格头脑里双重意识的冲突使他不愿与白人共同进餐,这样,别格便陷入了尴尬的局面。在其心中,别格希望与白人建立紧密的关系作为融入白人世界的标记,但是由于心目中的黑人自豪感占了上风,因此,他不愿太靠近白人。玛丽和简忽略了种族长期隔离所带来的负面影响,他们一厢情愿的友好表示使别格觉得与现实的反差太大,甚至产生了逆反心理,把这两个白人的好意误解为对黑人的戏弄。另外,别格还觉得让黑人区的朋友们看到他与白人打得火热,会降低他在黑人朋友中的人格和尊严。因此,两个白人的邀请对别格来讲是难以言状的羞辱,因为"他不能就两个白人〔陪着他吃饭——作者注]一事向朋友们解释清楚。当别格被迫陪着白人进入黑人餐馆时,觉得自己背叛了黑人种族"①。别格担心朋友们会讥笑他和白人坐在一块吃饭的事。事实上,别格一直梦想进入白人世界,希望得到白人的平等对待,但是,当这个机会来临时,他却又感到胆怯、不安和畏缩。别格在初次近距离接触白人时表现出的恐惧可以看作是种族隔离和种族歧视所导致的严重后遗症。他处于交战状态中的双重理想会导致两个极端行为的出现:一个是坚定不移地墨守非洲文化传统;另一个是采用暴力手段打击那些威胁自己生命安全的人或群体。别格在无意识中杀死了玛丽,同时也杀死他心中谋求融入美国主流社会的那个"别格"。白人世界对别格的审理和宣判是对黑人企图融入白人社会行为的一种讽刺。白人平时不把黑人当人看,只有当黑人犯罪时,白人才会把黑人当"人"一样来审判。别格是以死为代价来融入所谓白人社会,获得"人"的身份的。

在《局外人》中,克洛斯的双重理想是指:一个理想是获得无拘无束的完全自由;另一个理想是克服他心中的耻辱、仇恨和自我憎恨。克洛斯的反抗意识促使他挑战美国的社会和道德规则。作为黑人,他的自由受到限制。他猜想白人的自由是无限的。因此,他决定在行为上遵循由陀思妥耶夫斯基、海德格尔、休日诺等人提出的追求无限自由的学说。克洛斯对这种自由的疯狂追求导致六个人失去了生命,他们是乔·托马斯、吉尔·布朗特、蓝勒·亨顿、杰克·希尔顿、夏娃和他本人。不管克洛斯如何奋斗,但由于是黑人,他始终被白人当作是美国社会的局外人。

克洛斯被头脑中双重意识的斗争逼入窘境:是不顾非洲文化传统的失落而拼命融入美国社会,还是不顾融入能否成功而坚持保留其非洲根文化?白人文化并不像宣传中的那么美好。实际上,白人文化通常以白

---

① Jean-Francois Gounard, *The Racial Problem in the Works of Richard Wright and James Baldwin*, p.71.

第五章　文化认同危机中的大千世界之恶

人至上论为基础，在生理认知上和精神传播上都是排斥黑人的。因此，黑人可能会从其文化移入中获得益处，但同时也可能在融入主流社会的过程中遭到伤害和打击。

赖特叙事作品中关于黑人双重理想互相搏击的另一个例子就是《长梦》中的泰瑞·塔克。泰瑞头脑中双重理想的搏击表现在两个方面：像白人那样发大财和保留黑人的尊严。他受困于自己的双重理想：如果他不放弃其黑人尊严，他就会失去发财机会；如果他想发财，他就得放弃黑人的尊严，去献媚讨好白人。他的反抗意识调节着他的双重理想的交战状态，允许他为了挣钱而牺牲黑人的尊严，但是当他的生命财产遭受到白人种族主义者威胁时，其反抗意识敦促他反戈一击，保护自己的利益。

泰瑞头脑里的双重理想的斗争可用于解释黑人在融入白人社会过程中的难堪局面。赖特详细分析了黑人泰瑞与白人警察头子堪特利之间的复杂关系。泰瑞是克林顿维尔城黑人社区经济力量的代表，而警察局长堪特利是总想奴役黑人的白人政治权和司法权的代表。双重理想的搏击使泰瑞产生了复杂的心理状态：时而傲气十足，时而谦卑不已；时而恐惧万分，时而信心百倍；时而坦诚如小孩，时而狡猾如狐狸。泰瑞在白人社会左右逢源，在夹缝中求生存。正是他多变的性格救了他。赖特对泰瑞与白人作斗争中的主观能动性作了很好的心理描写。正如美国评论家罗伯特·哈奇所说："泰瑞的两面瞬间转换为这两个角色：令人痛苦的小丑和令人鄙视的恶徒。这两面是对生存艺术的绝妙研究。"[①] 泰瑞与堪特利的勾结表明了黑人在种族主义社会里挣钱的无助状况。在小说里接近尾声的部分，泰瑞向白人政治家和律师迈克威廉斯毫无保留地描述了双重理想是如何在其头脑里发生冲突的：

[①] Jean-Francois Gounard, *The Racial Problem in the Works of Richard Wright and James Baldwin*, p.125.

>我没有变坏。我是黑鬼。黑鬼没变坏。黑鬼没有权利,但他们买权利。你说我买了一些权利,错了?你认为我们黑鬼该如何生活?我需要妻子、小车和房子。白人都拥有这些。那我为什么不能拥有这些呢?当我以自己的方式获得了这些,你却说我变坏了。迈克威廉斯先生,如果我们黑鬼不从白人手上去买法律,我们就永远别想得到什么……当然,我干的事错了,但是我的这种错误是正确的;当你生存于不得不干错事的时代,错就变成对的了。
>
>(*The Long Dream*,273)

泰瑞的话语揭示了黑人受其双重意识生活限制的悲伤,解释了他在不合理社会里谋求生存的信条。可是,泰瑞的积极文化移入引起他对人权和种族平等的渴望。他想过上像白人那样的生活,拥有家庭、汽车和房子。他想融入白人社会的理想鼓励他在种族主义严重的环境里发家致富。当白人妨碍了他的致富之路时,他就用钱来收买白人官员,使自己的发财之路顺畅。在其反抗意识的激励下,为了实现其发大财的理想,泰瑞只好牺牲了其保留黑人自豪感的理想。反抗意识是有叛逆精神的黑人追求利益最大化的意识形态的基础。双重理想斗争的最后结果引起了他以牺牲黑人尊严为代价的疯狂挣钱;当白人企图霸占他的财产时,泰瑞毫不犹豫地撕下其奴颜婢膝的面纱,英勇地反击白人。

泰瑞的儿子费西也遭到双重理想争斗的烦扰:他的一个理想是以与白人女孩保持恋爱关系的方式来融入白人社会;另一个理想是在与白人打交道中保持黑人的传统文化。因为费西老是想白种女人,泰瑞劝他别去触及社会禁忌。白人女人在黑人社会是死亡的象征。因此,泰瑞对费西说:

>当你在一名白人妇女面前时,记住:她与死亡同义!白人恨我们,打我们,杀我们,制定法律来迫害我们;他们借用白种女人之

第五章 文化认同危机中的大千世界之恶

事来达到听起来正确的目的。别给他们借口,儿子。从你一生下来,他们就开始恨你。在你的一生里,他们总想找什么理由来杀死你。但是别让他们因那件事杀了你。黑人因与没什么好的白人女孩厮混而被杀掉,对黑人来讲,没有什么是比这更大的耻辱。你在听我的话吗,费西?

(*The Long Dream*, 64 - 65)

泰瑞的严峻话语当然摧毁了费西想与白人女人做爱的理想。他把与白种女人做爱看作是融入白人社会的手段,但是他的这个理想被白人社会的反混血法所阻止。作为一个折中的解决方法,费西找肤色呈白色的黑白混血儿为情人。这时,赖特揭示说:费西找到格莱迪丝做情人,原因是"他仍然被那白色火焰所吸引,但又对那白色火焰感到恐惧"(*The Long Dream*, 179)。他最后选择了一名白肤混血儿为情人,这表明了其心理在双重理想冲突中表现出来的折磨或扭曲心理。

克林顿维尔城的种族歧视氛围很浓烈,费西瞧一眼白人姑娘都会遭到白人的怒斥或威胁。因此,他感觉到自己的黑人自豪备受伤害和打击。他对黑人自豪感的苦涩维护特别表现在他与其小伙伴托尼的君子协定上。当他和托尼从监狱释放出来后,费西担心托尼把他被警察用刀子吓昏的事告诉其他黑人孩子,而托尼也担心自己被警察吓哭的事传到黑人社区,在黑人朋友面前丢脸。最后,这两个孩子达成协议,彼此为对方保密,严禁把丢脸的事传到黑人社区。然而,在他们幼小的心灵里,白人的虐待极大地伤害了黑人的尊严,加深了他们对白人世界的仇恨。

费西头脑里的双重理想的激烈斗争使他不能在克林顿维尔城继续生活下去了。因为他的积极文化移入已使其头脑里形成了强烈的黑人尊严感。为了逃避双重理想斗争给他带来的窘境,他逃亡法国。他的朋友惹克曾告诉他法国是一个自由的乐土。在那里,黑人男性可以自由地与白人女性交往或相爱,希克而且不用担心遭受种族主义的打击和迫害。费西的逃亡表明他能够充分利用反抗意识的主观能动性来避免他无法战胜的白人暴力。与其父亲的不同之处在于：他认为自由和黑人尊严比钱更重要。因此，为了逃避白人的种族主义恐怖，最后他抛下父亲的产业，逃到没有种族歧视的法国。值得注意的是：费西的主观能动性比其父亲更灵活，因此他的反抗意识能够促使他离开美国，来到一个没有种族偏见的国家。费西解决双重理想搏击的方法为黑人摆脱种族迫害开辟了一条新的道路。事实上，费西逃亡法国是赖特逃亡法国的自身经历的文学描写，费西和赖特都不愿再忍受美国社会的种族压迫。

与别格、克洛斯、泰瑞和费西一样，《今日的主》里的主人公杰柯也因其头脑里双重理想的冲突而遭遇其双重意识的张力。杰柯是一个屡遭挫折且带有偏见的小资产阶级分子，但是他却喜欢用中产阶级的观点来看待问题。他想在邮局获得升迁，挣到更多的工资。然而，种族主义环境妨碍了他所有的理想的实现。他既不能很好地与环境相处，也不能拒绝。受其双重意识身份的束缚，他想象不出一个与现实生活不同的生活。"不顾他所有的局限性，赖特赋予他一个错误的感觉，这个感觉就在其乏味的生活表面下酝酿着。"[①] 杰柯希望以发财的方式融入主流社会，但他又容忍不了其黑人尊严可能受到的伤害。杰柯和他的朋友们为他们传统的非洲文化感到骄傲。在鲍勃的公寓里，杰柯等人对黑人的自豪感高谈阔论，尽管有时他们也同样欣赏白人文化。他们相信黑人是一个伟大的民族，并宣称黑人曾在古代统治全世界。杰柯辩论说："你看，每个种族都有自己的机会。先是黑人，后是黄种人，再后是希腊人，顺着这条线往下走……白人掩盖了我们的历史记录，因此我们不知道我们有多伟大。"（*Lawd Today*，186）他们坚信耶稣是黑人。同时，因为杰柯对黑人尊严的敏感，他不能容忍其他黑人在白人面前对黑人的自豪感的伤害。一次，在邮局审查委员会办公室里，当杰柯被白人老板斯旺逊

---

① Edward Margolies, *The Art of Richard Wright*, pp. 90–91.

训斥时,旁边的一名黑人官员豪尔德居然当着白人的面称他为"黑鬼"。那时,杰柯觉得自己的黑人尊严遭受到巨大的伤害,他感到极端的愤怒和耻辱。黑人可以彼此称"黑鬼",白人可以称黑人为"黑鬼",这都是正常的;但是如果某个黑人当着白人的面称另一名黑人为"黑鬼",那就会伤害那个黑人的尊严。

简而言之,黑人的反抗意识激励他们去追求个人利益最大化,鼓励他们去追求美国梦。在这些故事里,白人社会的压迫是黑人暴力或黑人犯罪的直接原因,也是黑人人性之恶爆发的重要致因。赖特叙事作品中黑人主人公的双重意识斗争在很大程度上加深了他们的生存张力。

第三节 "别格"众生相与自我维权中的人性之恶

别格·托马斯是赖特在美国南方和北方生活多年所观察到的一些有个性黑人的综合拼图。在《"别格"是如何诞生的?》里,赖特勾画出他在南方生活时所熟悉的"别格"原型。这些黑人都公开蔑视制度化种族歧视,最后都因其反叛而受到各式各样的打击。"他们被枪毙、绞死、肢残、私刑,或被逼死,或被逼得精神崩溃"[①]。沿着这条思路,赖特在其长篇小说里主要塑造了四个"别格"类型的黑人——别格·托马斯、克洛斯、泰瑞和费西。他们心里充满恐惧和挫折感,与社会疏远,并极力帮助维护自己的权利,为实现自我而奋斗。这些黑人在其拥有了反抗意识后,不管白人愿意与否,开始以自己的方式去争取与白人一样的公民权和人权。美国自由主义传统教育启蒙了他们,促使他们追求自我,实现自己的美国梦。他们的反叛行为很难被白人接受,即使是"最慈

---

① Richard Wright, "How 'Bigger' Was Born", p. xix.

善"的白人也接受不了。这些黑人的自行维权震惊了白人世界，迫使白人认真考虑黑人问题。因为如果黑人在现代社会里继续遭到如此虐待，他们特别容易走向暴力类自行维权。在其长篇小说里，赖特揭示出：种族主义社会对黑人反抗意识的压抑必然会导致他们的自行维权。尽管黑人的自行维权会给社会造成一定的损害，但是他们的行为表明在争取人权的斗争中取得了有意义的进步：黑人从自我意识的缺乏发展到自我意识的形成，从温顺屈从发展到对抗反叛，从生活态度消极转变到对人生目标的积极追求。黑人对消除精神饥饿的斗争和黑人实现自我的斗争都有助于反抗意识的形成和出现。反抗意识是黑人自行维权的脊骨。因此，自行维权"仅是反对各种形式民族压迫斗争的逻辑表达。它是民族问题范畴维护持续民主不可辩驳的要求"①。赖特在其文学作品里描写了别格·托马斯型黑人的自行维权及其所产生的性恶事件。

一、下层穷困黑人青年别格的自行维权

自行维权指的是在国家司法机构不作为的情况下，当事人采取一定的措施伸张正义，按照自己的见解纠正社会之"恶"，从而维护自己的合法权益。《土生子》的主人公别格·托马斯是小说主题的化身或具体体现：种族主义施加在黑人受害人身上的有害心理效果。别格是一名快满二十岁的黑人青年，他对白人充满了恐惧和愤怒。他对自己家庭的贫困感到羞愧，害怕那些控制着他生活的白人。他极力压抑自己对社会的不满情绪，有时甚至进入了自我麻木的状态。当这些情感快压碎他的时候，他会以带有性恶色彩的暴力方式奋起反抗。当白人威胁到别格的生命时，他的反抗意识会促使他运用智慧去逃避社会惩罚。他的反抗意识的生存意志促使他不惜以消除他人生命为手段来保护自己的生命和利益。维护自我权益的反抗使他陷入了一个无奈的怪圈：为了逃避白人社

---

① Harry Haywood, *Negro Liberation*, p. 160.

第五章　文化认同危机中的大千世界之恶

会的惩罚，他越想掩盖自己的违法行为，越容易导致新的更严重的犯罪事件出现。结果越掩盖，犯下的罪行就越多。为了掩盖自己半夜待在白人姑娘卧室的行为，他在慌忙中用枕头捂死了白人女孩玛丽；因担心贝丝向警察告发自己，别格残忍地杀害了她。当他在一幢旧楼顶拒捕时，他开枪打死了发现自己藏身之处的白人警察杰瑞。由此可见，他越是想掩盖自己的罪行，犯下的杀人案就会越多。社会对其反抗意识的压抑迫使他不得不冲破自然主义环境对他的制约，使他成为一名以自我为中心的存在主义者和唯我论者。

别格杀死玛丽的行为不是蓄意的。他半夜送玛丽到卧室的行为在客观上违反了种族主义社会的禁忌，所以特别害怕被当场抓住。因此在慌乱中，他用枕头捂住她的嘴，结果由于捂得太重太久，使她不幸窒息死亡。别格害怕被白人误解为他想强奸玛丽。别格知道黑人男性在被白人女性卧室里被抓的严重后果，因为在种族主义社会里，所有的黑人男性都会被白人认为是威胁白人女性纯洁的潜在强奸犯。他还知道白人从来是不会听取黑人的解释或辩解的。这种恐惧促使他采取行动，不顾一切地焚烧了玛丽的尸体。别格杀死玛丽的行为是他第一次违反白人指令，独自采取的第一个行动。因此，从某种意义上来说，他的杀人行为标志着其男子气概的建立。可是，"别格杀玛丽的过程缺少引起偶然事件的一系列有关情感发展的阶梯"①。性侵犯白人女性的黑人男性一般会被处以重刑或极刑，时常会被白人暴徒从法庭拖走以执行私刑。所以，黑人男性都害怕近距离地接触白人女性。有白人女性在身边，黑人男性的举止时常显得乖僻的现象也是不足为奇的。

别格的自行维权最先是从其无意杀死玛丽的事件开始的。可是，他杀死女朋友贝丝的事件却是有意的、有预谋的。他害怕被贝丝出卖，杀

---

① Eugene E. Miller, *Voice of A Native Son: the Poetics of Richard Wright*, Jackson: UP of Mississippi, 1990, p.206.

贝丝是为了灭口。值得注意的是：如果别格仅像纳特·特纳①那样专杀白人，那就意味着他的思想还是黑人心理；如果他仅杀黑人，那就意味着他已内化了白人至上论。不过，他既杀了白人，也杀了黑人。这就表明他已形成了非种族化的马基雅维利思想，他会在其反抗意识的激励下为了保护自己的生命不惜杀掉任何人。别格告诉律师波瑞斯·A. 迈克斯说："真的，我从来没有想过去伤害他人。那是真的，迈克斯先生，我伤了人，那是我不得已而为之呀，就那样。他们把我挤得太厉害，又不给我空间，许多时候我尽力忘掉他们，但我又忘不了。他们不让我。"（*Native Son*, 388）别格对白人社会的极度害怕引起他的自我维权和不惜一切代价保卫自己的生命和自由。这个杀白人事件使别格"感觉到自己成了与他们［白人——作者注］平等的人，就像一个一直受欺骗的人，但是现在已拉平了"（*Native Son*, 155）。贝丝谋杀案有助于别格男子气概的发展，标志着其反抗意识中主观能动性的滥用。

别格杀害玛丽一案表面上是偶然的，但实际上是必然的。种族主义者对黑人的压抑抑制了黑人追求实现自我的自然冲动力，但是受阻后产生的愤怒随时都可能以性恶的方式爆发。别格认为他的犯罪不是偶然的，实际上，"在之前，他已杀过很多人，只是因为那时没有适宜的受害者或环境来使他实现和演练他的杀人意志"（*Native Son*, 299）。恶劣的社会环境已把别格逼迫到用暴力自行维权的边缘，他像一座随时都可能爆发的活火山。他的话语给读者一个暗示：即使当时没杀玛丽，他迟早也会被迫诉诸暴力。因此，他的杀人行为是不可避免的。一旦生命遭到威胁，他采取暴力手段捍卫自我的时刻就会来到。事实上，在其反抗意识的强大驱使下，别格一直遭受到这种心理因素的折磨。

杀死玛丽之前，别格也幻想过杀死葛斯、达尔顿先生、简和玛丽。

---

① 纳特·特纳（Nat Turner，1800—1831）是美国弗吉里亚州南安普敦县的奴隶，他于1831年组织了一次反抗白人的武装起义。在这次暴动中，特纳和他的战士们杀死了五十多名白人。

第五章 文化认同危机中的大千世界之恶

在他杀了玛丽之后,其男子气概才得以形成。为了捍卫自我,他随时准备着杀死那些可能给他带来危险的人。他甚至幻想杀死帕吉、布雷顿和调查玛丽失踪案的新闻记者。后来,在逃亡路上,为了逃避警方的追捕,他杀害了贝丝和杰瑞。被捕之后,他臆想杀死巴克利和所有法庭上旁听的人。因此,杀人已成为其生活的中心,因为他总觉得自己生活在一个危机四伏的环境里,认为只有杀死他人,才能生存。他的生存意志时刻敦促他在自己被杀之前杀死对方。充满敌意的社会环境已把他从温顺的黑人变成了无所顾忌的存在主义反叛者。

在《土生子》里,赖特猛烈地抨击了种族主义社会,借用别格的经历来对"强奸"一词提出新解释。当贝丝获悉别格杀了玛丽一事后,她告诉别格:他会被白人冤枉成谋杀者和强奸犯。经贝丝一提醒,别格大吃一惊。因为他已焚烧了玛丽的尸体,再也没法证明自己不是强奸犯了。在这种严酷的社会压力之下,他的反抗意识使他对白人指控的强奸罪名有了新的理解。他沉思道:

> 他已强奸了她?是的。他已强奸了她。每当他像那天晚上的感觉那样感受的时候,他强奸了。但强奸不是指某人对妇女实施的那种行为。强奸就是某人对着墙,必须冲出去的时候所产生的感觉……每当他细看白人的脸,他就犯了强奸罪。他是一根长长的、绷紧了的橡皮绳,成千上万的白人把它拉紧到临断的时刻。当橡皮绳绷断之时,强奸就实施了。但是,当他感觉到日复一日的生活压力时,在心中发泄出仇恨时,那就是强奸。

(*Native Son*, 193)

在沉思中,别格把"强奸"一词的意思从字面解释转化到象征性含义。从字面含义来看,"强奸"一词是指违背妇女意志、强迫妇女性交的行为。可是,在别格眼里,"强奸"一词已被赋予新的含义:

暴力袭击冷酷而残忍的种族主义社会的行为就是强奸。如果他被指控犯了强奸罪，这也合乎他的心意，因为在其心目中，即使他没强奸玛丽，他的行为已违反了白人世界的意愿。因此，他对"强奸"一词的理解已上升到了新的高度——黑人违背白人世界意愿的行为在总体上就是强奸白人的行为。他把"强奸"一词从字面意义发展到了比喻意义。在这种新的"强奸"意义下，别格在其超验幻想中已获得了精神上的胜利。

别格与其他没有叛逆精神的黑人的区别是他拥有反抗意识。别格是一个典型的黑人，因为他仇恨白人，仇恨被人冤枉，仇恨没有自由的生活，仇恨自己心中反击白人的强烈愿望，反抗意识的骚动使他没有能力控制自己的行为。其他黑人，如别格的朋友葛斯，也处于种族主义环境的高压之下，但是他们既没有展示暴力，也没有犯下严重的罪行，其原因是他们头脑里尚未形成反抗意识，他们仍然受制于自己的双重意识身份。因此，他们能表现出来的最大形式就是不满，而不是别格干出的叛逆行为。

在小说末尾部分，别格不再害怕即将来临的死亡。他能够客观地评价自己过去做的事。"我不想杀人！……但我为什么杀人，那是为了自我的生存。驱使我杀人的念头一定是深深地藏在我心头！"（*Native Son*，358）别格对其隐性特征的披露显示出他杀人的直接原因。他意识到他所有的暴力皆是由种族主义社会环境对黑人的残酷限制所致的。杀人既不是他的爱好，也不是他的目的。他前后杀害了三个人，其动机是为了捍卫他好不容易才获得的男子气概，避免过早地结束了他的黑人自豪感和黑人美国梦。他的著名存在主义话语——"我为什么杀人，那是为了生存！"（*Native Son*，338）——表明他的男子气概的最后形成和成熟。"那是为了生存"表明别格建立起了自己作为人的个性。"我为什么杀人"指的是他所采取的一切行为皆是为了保住已建立起来的男子气概和个性。一句话："别格的文化是美国黑人种族的文化，他的智慧犹如体现了一个文化生存价值观的民间英雄的有意识的文学投影。"① 对白人社会的巨大讽刺是："只有通过违反这个不人道的白人法律，他才能为他的生存提供理由，才能获得男子气概。"② 赖特没有把别格描述成一个令人敬佩的英雄，而是描写成一个由种族主义制造的令人恐惧和不安的人物。的确，白人种族主义社会施加给别格的压力超过了别格能承受的极限，使他沦为野蛮的杀人者。

二、知识化的"别格"——克洛斯·达蒙的自行维权

在《局外人》里，赖特以克洛斯为模子来描写更强大型的自行维权。克洛斯是比别格更聪明、更有心计的黑人，他通过一系列杀人案来声张自我。为了掩盖自己的诈死，他杀死了好朋友乔·托马斯；为了毁灭他偷走征兵记录的证据，他无情地纵火烧了征兵局大楼；为了释放自己的种族仇恨，他谋杀了吉尔·布朗特和蓝勒·亨顿，并伪造了假现场，把他们的死伪装成在自卫中的互伤而亡。为了替朋友鲍勃报仇，为了毁灭犯罪证据，他谋杀了杰克·希尔顿，并把他的死亡伪装成自杀，并为自己编造了一个不在犯罪现场的借口。有趣的是：纽约城检察长厄利·豪斯顿知道克洛斯是凶手，但却找不到有效的证据来证明他有罪。这样，克洛斯的所作所为表明黑人在智商方面并不逊色于白人。别格一案和克洛斯一案表明：种族主义能把温顺的黑人逼迫成存在主义的"怪兽"。已有反抗意识的黑人可能会不顾其他人的生命和社会的稳定而去追求自我表现和自我实现。这两个案件还揭示出：对黑人反抗意识的社会压抑是黑人暴力事件发生的近因。

通过对凶杀案的描写，赖特把别格塑造为小说主题的化身。从别格的暴力事件，读者可以联想到克洛斯在《局外人》里的骚动。克洛斯是"以个性化的现代人的身份每天都居住在美国社会里"，但他蔑视一切的

---

① Houston A. Baker, "Racial Wisdom and Richard Wright's Native Son", p. 74.
② Yoshinobu Hakutani, *Richard Wright and Racial Discourse*, p. 254.

行为使赖特的读者们联想到"黑人也能成为法西斯"。(*The Outsider*, 345)别格的野蛮暴行在无意识中暗合了存在主义的生存原则。此外,赖特还制造了一个新"别格",即《局外人》中的克洛斯。克洛斯不再受任何道德约束,把美国共产党组织作为个人牟利的工具,做出了许多违反法制和伦理的行为。由此可见,赖特把克洛斯塑造成了这样一个人——"没有团体、没有神话、没有宗教信仰、没有地域感、没有文化、没有思想"(*The Outsider*, 377)。

赖特把克洛斯描写成一名黑人知识分子。克洛斯一直都在思考人生的意义和人类景况的荒谬性。同样的,爱德华·马格利斯把克洛斯看成是一名"更高级的、更知识化的别格·托马斯"①。克洛斯信奉没有神的宇宙,在那里每个人都可以制定自己的法律。在纽约,他以假身份与一些共产党员交往,发现自己卷入了共产党与种族隔离主义者的政治斗争。克洛斯把共产党看成是一个专制组织,认为共产党学说实质上就是权力意志。为了捍卫自己的黑人尊严和个人自由,克洛斯采用以"恶"制"恶"的方式,谋杀了那些企图把自己意愿强加于他的白人共产党领导人。

克洛斯发现,共产党员和种族隔离主义者都已明白了生活的无意义性。他们运用权力是为了填补空虚的生存空间。克洛斯得出结论:对人生无意义的洞察力就是允许共产党员和种族隔离主义者高效运用权力。在他对种族主义的愤怒中,克洛斯杀死了种族主义者亨顿和共产党员布朗特。他对这些人的谋杀是他声张自我时的象征性行为。日裔美国学者白谷评论了克洛斯杀死这两人的原因:"如果他的纽约房东使他痛苦地联想起南方的三K党徒,那么他的共产党朋友同样挡在他通往自由和独立的路上。"②对这两人的谋杀引起他更加漠视生命,把谋杀作为解决一切问题的手段。克洛斯"获得了陀思妥耶夫斯基式的解放,但是在

---

① Edward Margolies, *The Art of Richard Wright*, p. 120.
② Yoshinobu Hakutani, *Richard Wright and Racial Discourse*, p. 111.

第五章　文化认同危机中的大千世界之恶

他竭力成为上帝和烧毁把他与人类连接的桥梁时,他犯了一个致命的错误"①。

克洛斯谋杀白人希尔顿的行为有两个目的:一是为鲍勃报仇;二是为了保住与夏娃的爱情。希尔顿时常对克洛斯构成潜在的威胁。因鲍勃拒不执行共产党组织的指令,美国共产党中央委员会负责人希尔顿向警察告密说鲍勃是非法移民,导致鲍勃被警察逮捕并被判处十年徒刑。克洛斯对希尔顿的出卖行径愤怒不已,决定找机会为鲍勃报仇。当得知希尔顿想夺走其情人夏娃时,克洛斯对希尔顿的报复之心更为强烈。自从吉尔·布朗特死后,希尔顿想占有夏娃的欲望越来越强烈,这使克洛斯如坐针毡。他知道,希尔顿身为美国共产党组织的主要领导人之一,必然会运用自己的权力夺走夏娃,也会制造各种借口打击他。这时,"他[克洛斯——作者注]再也不能和希尔顿走在一块,希尔顿像一块乌云笼在他心中"(*The Outsider*, 684)。为了维护自己的权益,克洛斯找到了希尔顿该杀的诸多理由,如为鲍勃报仇、为鲍勃的妻子萨娜泄愤、为夏娃不被欺负、为解除希尔顿对他的要挟等。

为了消除在追求无限权力时出现的障碍,克洛斯采用强有力的措施来执行自己的意志,维护自己的权力。克洛斯反抗社会的原因是社会剥夺了他的生存价值。像别格一样,克洛斯也不得不作出存在主义式的选择,通过可怕的暴力事件来维护自己的权益,获得自己的生存空间。克洛斯创造的自我是一个噩梦。值得注意的是:别格为自己制造了一个"自我"后,他在监狱里活了不到一个月;克洛斯通过地铁车祸事件和系列杀人案建立了一个新的"自我",但他也仅活了两个多月,最后死于暗杀。他们千辛万苦挣来的"自我"在白人社会里的丧失表明白人种族主义者是不会容忍头脑里已形成反抗意识的黑人的存在。克洛斯对自由的追求是权力意志的一种外在表现形式。他反对共产党组织,是因为

---

① Michel Fabre, *The Unfinished Quest of Richard Wright*, p. 374.

他对完全自由的追求不可避免地会与共产党的组织纪律性相冲突。而且,"自从克洛斯把自由等同于权力,自由就实际上意味着对别人意志的成功征服;这样,普通意义的自由之梦在逻辑上是不可能的"①。

　　存在主义为人们创造个人价值和实施个人主义追求开了一扇大门。克洛斯与功利主义环境和宿命论彻底决裂,表明了他一举跃进了存在主义式自由,并进入到法制之外的一个荒诞世界。克洛斯会撒谎、杀人、烧办公楼、逼死他人、像"上帝"一样为所欲为。克洛斯自封的神性并不局限于基督的生或死。他的神性具有更广泛的意义:因为没有了上帝,人们可以自由地给自己下定义或按自己的意愿行事,而不是把自己禁锢在宿命论上。换句话说,既然上帝死了,人人都有自由成为自己的上帝。按存在主义的话语,克洛斯成了自己的上帝。他经历了"各式情感"——孤独感、焦虑感、犯罪感和自由感——这些都是典型的存在主义者所经历的,他发现自己存在于一个没有上帝的空间里。② 事实上,克洛斯超越法律成为上帝,有恃无恐地夺走他人的生命,其原因是在克洛斯心目中种族主义社会的不正义之法就不是法。他对法律的漠视引起他对生命、权力、社会道德和习俗的漠视,放任自己人性之恶的泛滥。克洛斯是非洲裔美国文学史上描写得最好的存在主义主人公之一。他信奉尼采的学说:如果所有的神都死了,那么人必须获得绝对的责任,个人必须高于任何宇宙的力量。"失去积极意义的价值观后,这些人物就创造和赞美否定性的价值观。因为他们是男人,被认为是否定性的化身,否定性的价值观看起来就正是他们满足自我时所需要的。"③ 显而易见的是:像克洛斯这样的黑人会无所顾忌地践踏法律和蔑视道德准则,

---

① Edward Margolies, *The Art of Richard Wright*, p. 122.
② Patricia D. Watkins, "The Paradoxical Structure of Richard Wright's 'The Man Who Lived Underground'", *The Critical Response to Richard Wright*, Ed. Robert A. Butler, Westport, Conn: GP, 1995, p. 143.
③ Sylvia Keady, "Richard Wright's Women Characters and Inequality", *The Critical Response to Richard Wright*, Ed. Robert J. Butler, Westport, Connecticut: Greenwood Press, 1995, p. 49.

引起社会的恐慌和反对。

纽约城检察长厄利·豪斯顿怀疑克洛斯涉嫌系列谋杀案，但没有证据。当芝加哥警察把在克洛斯房间搜查到的一张书单给他看时，他在内心确认了克洛斯的凶手身份。他对克洛斯说："你的尼采、你的黑格尔、你的加斯帕斯、你的海德格尔、你的休日瑞、你的基尔基葛德、你的陀思妥耶夫斯基都是线索。"(*The Long Dream*, 820) 从克洛斯喜欢的哲学家及其书籍，豪斯顿推断出了克洛斯的个人思想和精神追求。作为一名受过高等教育的人，克洛斯明白，豪斯顿没有证据是无法指控他的。因此当豪斯顿讯问他时，他或保持沉默，或不着边际地漫谈，以此来规避法律的惩罚。

在小说结束时，克洛斯死了，没有带着别格的微笑，而是带着"孤独的人是没价值的"的观念。(*The Outsider*, 839) 对无限权力的追逐导致了他的夭折。在死之前，他承认黑人不能在种族主义社会获得完全的自由。他以自己的死来暗示人们：团结和相互理解才能消除来自社会和其他人的束缚。就像康拉德（Joseph Conrad, 1857—1924）《黑暗的心灵》(*Heart of Darkness*, 1899) 中的主人公库兹一样，克洛斯死时才意识到自己追求的荒谬性。克洛斯关于存在主义和虚无主义的知识促成了他的反抗意识，并把这种意识作为自己的行为准则。反抗意识不能容忍任何企图控制他的权力，上帝般的自行维权行为是赖特在小说里描写的反抗意识最有力的表现形式。

三、资产阶级化"别格"——泰瑞的自行维权

在《长梦》里，赖特把泰瑞描写成一名中产阶级商人和克林顿维尔城最富裕的黑人。泰瑞的自行维权表现在：对混血法的挑战、对白人官员的贿赂和对白人压迫的反击。

泰瑞一生都生活在南方，深知与白人女性发生性关系的严重后果。儿子费西五岁的时候，泰瑞诱奸了一名白人妇女，以满足他想融入白人

社会的欲望。尽管他总是说与白人女性或黑人女性发生性关系的感觉没有什么区别，但是他心里对自己违反混血法的行为仍有强烈的自豪感和成就感。也许在其心目中，被禁忌的东西才是最好的东西。

　　因为城里的种族偏见很强烈，泰瑞被剥夺了许多本来应该享有的社会权利和政治权利。在从政无望的情形下，他只好把积累财富作为自己的人生奋斗目标。为了挣到更多的钱，他在黑人区经营的行业有殡仪业、妓院、舞厅和租赁房等。为了减少白人对黑人产业发展的压制和破坏，泰瑞收买了白人警察局长杰拉尔德·堪特利。这样，在腐败官员的保护下，他肆无忌惮地从事非法生意，开妓院、设赌场。他财富的增殖是以销蚀法律的正义性为代价的。他的行贿可以看作是他反对不合理社会制度的自行维权，因为在这样的社会制度里，黑人被剥夺了个人发展的任何机会。可以说，泰瑞收买政府官员的行为，与别格、克洛斯等人的违法行为一样，皆是在反抗意识的激励下挑战白人社会的方式。

　　泰瑞的自行维权显现了黑人更实际的追求，他用贿赂来击溃白人政治对黑人的压制。泰瑞说："我拥有这座房子［妓院——作者注］……警察局长允许这房子里的经营，他从这房子赚的钱中抽走了一大笔。"(*The Long Dream*, 150) 具有讽刺意义的是：泰瑞不仅违了法，而且是在法律执行者的同意下违的法。在描写泰瑞的自行维权时，赖特披露了部分黑人的人性堕落，并详细介绍分析了泰瑞与堪特利的复杂关系。泰瑞象征着克林顿维尔城黑人区的经济力量，而警察局长则代表了欺凌黑人的白人政治力量。

　　在《长梦》里，泰瑞最显著的自行维权表现在与堪特利的智斗上。当格乐屋酒吧火灾导致四十多人死亡时，堪特利想把所有罪责都推给泰瑞，而实际上他们俩都牵连在这个事件里。泰瑞担心他会被判重刑，并失去所有的财产。他对白人的真实态度生动地刻画在他的怒火中。他咆哮道："费西，我不喜欢那个该死的白人说的话……这些白人以为我不敢反击他们。但是我敢！"(*The Long Dream*, 258) 当破产在即时，反抗

第五章　文化认同危机中的大千世界之恶

意识激励他勇敢地去反击白人。拜金主义思想的白人文化移入使泰瑞认为钱比生命更重要，因为他的世界观是如果人没有钱，就没有一切。因此，泰瑞大声叫喊道："老天啊！在失去所有的钱之前……我要杀人！杀人！杀人！"（The Long Dream，259）泰瑞抽出手枪，疯狂地挥舞。"我要杀人！我不是懦夫！"（The Long Dream，264）他嘴里不停地说"要杀人"表明反抗意识点燃的强烈怒火使他再不能容忍白人的压迫了。泰瑞决定把堪特利受贿一事公之于众，以达到复仇的目的。他的反叛导致了警察局长堪特利和市长威克菲尔德引咎辞职。泰瑞对老朋友布鲁士医生说："我积累了足够的证据把那该死的警察局长送进监狱关押十年。"（The Long Dream，252）在与白人当权者的最后搏斗中，泰瑞升华成了约翰·密尔顿（John Milton，1608—1674）笔下的桑圣·阿格利斯特斯。桑圣拆掉庙里的支柱，使大庙倒塌，把自己和敌人同时压死，以此来向敌人复仇。泰瑞和桑圣有许多共同点。小说的结尾部分强烈地暗示：泰瑞非常渴望以自己的生命为代价来摧毁敌人。泰瑞与桑圣如同一人。

泰瑞与堪特利的冲突片段描写是《长梦》中关于自行维权描写中刻画得最好的情景之一。泰瑞在反击白人压迫者的时候证实了他的男子气概。火灾后，泰瑞真正的恐惧是自己会因忽略消防规定造成重大伤亡事故而被逮捕。泰瑞恳请堪特利，让他设法赦免其罪。可是，这次火灾造成的后果严重，影响太大，无法遮掩。为了与这场火灾摆脱干系，堪特利想让泰瑞当替罪羊。同时，堪特利也产生了自己的担心，认为一旦泰瑞入狱，就会把他牵连进丑闻里。实际上，泰瑞也不愿成为堪特利的替罪羊。因此，他采用一切可能的方式，如拍马屁、假哭、要挟、恳请等，来乞求堪特利庇护他。其实，为了防止堪特利过河拆桥，他早就秘密留存了最近十年里有堪特利签名的盖销支票，这些支票是指控堪特利受贿的铁证。泰瑞努力劝说、央求堪特利设法保他，自己也保证在法庭上不出卖堪特利。可是，当泰瑞发觉堪特利不打算帮他时，就决定尽一切可能把那些受贿者统统拉下马。泰瑞冒着生命危险把手上的盖销支票（最近五年的，他手上共有十年的盖销支票）送到堪特利的政敌哈维·麦克威廉斯律师家里，旨在把堪特利牵连进泰瑞经营的非法生意。后来，这些证据被堪特利的手下拦路抢走。为了灭口，堪特利把泰瑞暗杀在一家妓院里。在死亡之前，泰瑞宣称他会从墓地反击白人。在这之前，他已经让情人格罗丽娅保存余下的另一半盖销支票，并要求在他死亡之后把这些支票交给儿子费西。最后，这些支票的曝光导致了堪特利的彻底垮台。

以父亲为榜样，费西的自行维权表现在他想与白种女性发生性关系的欲望上和他与白人种族主义者的战斗里。他把与白人女人发生性关系看作是建立男子气概的标志。他对白人法律的挑战显示了其头脑里的自决能力。他不太有文化，社会意识也不太明显，种族意识也只是在黑人与白人发生性关系时才有所认识。费西与别格和克洛斯不同，因为他在与种族主义作斗争时缺乏精神和物质上的韧性。费西不如父亲勇敢，因此他不敢也不愿继续在种族主义社会环境下从事父亲的产业。他解决困境的唯一办法就是离开这个长期压抑他、使他无所作为的社会环境。他从监狱一获释，就秘密逃往法国。费西最重要、最有意义的自我维权举动就是：他一到巴黎，就马上把剩下的最后一半盖销支票寄给律师哈维·麦克威廉斯。同时，费西希望在巴黎实现自己的梦想，得到他在美国无法得到的一切。费西逃亡法国，同时也逃避了他在美国种族主义里所遭受的社会压迫和情感张力。他把堪特利的犯罪证据寄回美国的行为表明他在执行其父亲复仇计划时所表现出来的勇气和足智多谋。他最后的自行维权标志着他赢得了与堪特利斗争的关键性胜利，同时也改变了他消极逃亡者的形象。

四、未来的"别格"型人物——杰柯·杰克逊的自行维权

在《今日的主》里，社会环境窒息性地限制了杰柯的生活，他觉得

第五章 文化认同危机中的大千世界之恶

自己遭到了社会阉割。在邮局,他感受到工作的单调,尝到被白人暗地监视的耻辱,意识到自己处于一个被压迫的环境。他对反叛的冲动还只局限在幻想阶段,因为他尚未积累起足够的力量来冲破其双重意识身份的束缚。杰柯的自行维权表现在他以暴力的方式毒打和迫害自己的妻子。这揭示了一个令人悲哀的现象:种族和社会的双重压迫可能导致黑人对黑人的攻击。杰柯像别格一样,被描写成白人社会的受害者,在美国最差的黑人社区里长大。杰柯像别格那样喜欢诉诸暴力,但是他还没有足够的勇气反击白人。种族主义会把杰柯压抑成如此一个人:如果杰柯被赋予了什么有价值的性格的话,那仅是托词和夸夸其谈。他在生活中低俗不堪,总是说下流话,虐待妻子,以此来显露变态的男子气概。杰柯把自己遇到的一切麻烦和挫折都归咎于妻子。为了逃避家庭责任,他放弃了在家庭生活中作为丈夫的责任和对妻子的关怀。他用家庭暴力来排泄自己对社会的不满,放任自己的恶行。

杰柯在生活和工作中的挫折使他同时成为施虐狂和受虐狂。在小说末尾部分,他凶猛地毒打妻子,并故意引诱她用刀子扎自己。他的行为表明:严酷的社会环境已经把他逼到了像别格和克洛斯一样不得不采取暴力行为的地步。他的下一步就可能是以自己的生命为代价,通过杀白人或攻击白人社会来建立自己的男子气概或自我。在杀白人玛丽之前,别格毒打了黑人葛斯;在杀白人吉尔·布朗特和蓝勒·亨顿之前,克洛斯残杀了黑人乔·托马斯。在故事结尾的时候,杰柯带着流血的伤口呼呼入睡。这个情景暗示:如果明天他醒来,他有可能去寻找苦难生活的真正原因。因此,他的下一次暴行也许就不是针对妻子,而是针对整个白人世界了。赖特的如此描写表明:一个新的别格·托马斯正在杰柯的头脑里孕育,第二天早上将出生。赖特对杰柯的人物塑造表明种族主义已经把黑人社区变成了一条不断生产出别格之类人物的生产线。不是黑人想以暴力或犯罪的形式攻击白人社会,而是严酷的种族主义环境剥夺了他们实现自我的任何机会,激活了其潜在的人性之恶,并促使他们采用暴力手段来保护和拓展自己的生存空间。

　　总的来讲，赖特生动地描写了别格、克洛斯、杰柯和泰瑞的暴力自行维权，警示白人重视美国社会的种族危机，强调了美国实施种族政策改革的迫切需要。赖特提醒白人要重视隐形的土生子们。赖特笔下的黑人主人公们没有什么人生目标和前途，愿以死亡换取自由。他们越聪明、越敏感，他们对社会的威胁性就越大。不管这些黑人是文盲、半文盲还是受过高等教育，他们在种族主义社会里皆会遭到挫折，受困于单调而无意义的生活。存在主义为他们的自行维权提供了理论基础和精神武器。美国黑人的生活状况使赖特意识到：如果没有自行维权，他们就不可能获得男子气概和自我。黑人主人公对生命价值和黑人身份的追求不会超越他们为追求种族平等和社会公正而斗争的范畴。通过对受害黑人的塑造和描写，赖特揭露出种族主义异化现象，并着重解释了由种族压迫和种族隔离所引起的生理折磨和心理折磨。他的小说聚焦于被否定了自由和个人身份的黑人。

　　赖特的小说里有许多有意义的思想，但所有的思想都与白人种族主义这个话题有关，因为白人种族主义应为别格、克洛斯、泰瑞等反社会人物的出现负责。白人对黑人的压迫是黑人暴力和犯罪事件出现的近因。这样，赖特叙事作品里所描写的野蛮和骇人的罪行不是美国黑人的天性，也不是他们的种族特征，而是由美国不合理的社会制度所造成的。赖特认为，白人没能把黑人看作是人；如果白人解决了种族歧视和种族偏见问题，就不会出现像别格、克洛斯和泰瑞之类的人。赖特还指出：白人认为肤色是权威的合法源泉，不愿意放弃种族偏见。如果白人不改变他们的种族主义态度和种族主义政策，越来越多的像别格那样的黑人就会出现，越来越多违反人性的恶性事件会发生，危及美国社会的稳定和安全。

第五章 文化认同危机中的大千世界之恶

第四节 黑人生存危机中的"叛逆"与"固守"

随着文化移入的深入,赖特叙事作品中的黑人主人公越来越不满低贱的社会地位和贫穷的生活方式,越来越忍受不了美国社会的制度化种族歧视。他们的心态也从顺从发展到了反抗。他们既不满二等公民身份,也不满足于白人给的关于美好未来的含糊承诺。黑人的种族自豪感促使他们为自己应得的权利而斗争。赖特把有叛逆精神的黑人人物描写成黑人种族走向"精神成熟"的文学表现。赖特关于叛逆黑人的描写导致汤姆叔叔和桑波式的黑人文学形象退出当代美国黑人文学的舞台。赖特塑造的这些觉悟了的黑人已在积极的文化移入中吸取了关于人权和公民权的进步思想,开始采取行动维护自己的合法权益。为了实现自我,消除精神饥饿,这些黑人采取了积极的行动。他们再也不愿像旧黑人一样苟且于种族主义氛围浓烈的美国社会。赖特以文学表达的方式把隐形的黑人变成有形的黑人,赋予他们以鲜活的思想和个性。赖特在写作过程中,注意描写他们的行为、动机、社会背景和家庭背景。这些叛逆黑人皆是充满敌意的种族主义环境的产物,他们都经历过饥饿、疾病和贫穷。他们从惊恐的母亲和受害的父亲那里获知:别太多地指望美国。种族主义压迫和更微妙的种族歧视使黑人追逐权利的梦想显得苍白无力。理想被泄气,软弱被深化。所有的入口和出口皆被封死,他们受困于双重意识的生活。赖特叙事作品中的大多数黑人人物皆选择消极认命,无奈地接受受害者的地位。可是,赖特还塑造了一些有叛逆精神的黑人人物。他们在反抗意识的激励下,勇敢地挑战白人权威。正如伊夫林·G. 埃吾瑞所说:"遭受多年迫害后,他们〔黑人——作者注〕已成为一点就燃的火药桶。"① 在其文学作品里，赖特以现实主义的笔调描写了黑人在白人种族主义社会里的反抗，揭示了黑人在反对种族主义斗争中的两种态度：一是叛逆；二是不愿离开美国。

一、叛逆

美国大迁移开始后不久，黑人从南方农村源源不断地迁居北方城市，文化移入的方式和内容增多，黑人开始大量吸收关于人权平等和社会公正等方面的白人思想。这样，黑人开始不满和反抗他们在生活和工作中遇到的不公平待遇。在《土生子》里，赖特把黑人的生活以微观的形式展现。当时黑人问题以两种形式出现：赤贫和愤怒的抗争。"宁愿站着为你的人权而斗争，哪怕以生命为代价也值，而不愿沉沦于以前的状况。"② 白人社会对别格人权的漠视引起他对实现自我的追求，他的追求通常给白人社会带来消极的后果和影响。他早期因小偷小摸在教化院里关过一段时间。可是，他并不认为自己有什么错。在他眼里，错只会是白人的。别格知道母亲托马斯太太的宗教和女朋友贝丝的酒皆是他们在种族主义社会里逃避现实的手段。他和好朋友杰克、G.H.和葛斯都知道因为自己是黑人，白人世界蔑视他们，并极力排斥他们。这四个黑人青年拒绝完全顺从白人世界，他们有着自己的理想，希望哪一天他们也能成为美国主流社会中的一员。不过他们的理想经常被严酷的现实击得粉碎。他们对周围的世界没有发言权，对白人实施的种族主义政策没有还手之力。从他们身上爆发出的愤怒时常会产生出一些消极的后果，给他们和黑人社会带来意想不到的麻烦和灾难。

在种族关系方面，别格强烈不满一些黑人在白人面前失去人格和尊

---

① Evelyn Gross Avery, *Rebels and Victims: The Fiction of Richard Wright and Bernard Malamud*, New York: Kennikat, 1979, p.18.
② Sam Bluefarb, *The Escape Motif in the American Novel: Mark Twain to Richard Wright*, Columbus: Ohio State UP, 1972, p.135.

第五章 文化认同危机中的大千世界之恶

严的表现。因此,他特别痛恨那些懦弱地接受悲剧命运的黑人。在赖特看来,这类黑人的行为带来的消极影响正在消磨和毁灭黑人的可怜的种族自尊。这类黑人的一个典型代表人物就是别格的母亲托马斯太太。当儿子因杀死白人姑娘被捕后,她跪在那个白人姑娘的父母达尔顿夫妇面前,声泪俱下地哀求他们饶她儿子的性命。事实上,在平时生活里,她"总是顺从于白人世界的强权"①。就在她下跪的那一刻,别格的种族自尊一下子被击垮了。他感到自己的心灵受到伤害。"'妈!'他大声喊道,显现出来的更多是耻辱,其次是愤怒。"(*Native Son*, 256)尽管母亲的行为是为了给他争取活命的机会,但种族自尊仍然使他感受到莫大的屈辱。在别格的个性里,在心理上占统治地位的因素时常有两个:他与宗教和黑人民间文化的疏远和占统治地位的文化对他的呼唤。这种呼唤主要是通过报纸、杂志、收音机、电影和美国的现实生活的方式来实现的。

黑人反叛的另一个例子是《局外人》中的主人公克洛斯·达蒙。在芝加哥,种族问题成为克洛斯男子气概形成的催化剂。在纽约,折磨他的问题仍然是种族冲突。他仍然被迫逼入一个两难境地:或去杀人,或是被杀。在塑造克洛斯这个人物时,赖特提出一个关于"黑人是什么"的普遍关心的问题。"在情节方面,《土生子》里的别格非故意地杀死一名白人姑娘,这刺激别格创造性的冲动。而对《局外人》里的克洛斯,夏娃(一名白人妇女)是他在枯燥乏味的生活中寻找到的精华。"② 克洛斯爱上了夏娃,他认为他对夏娃的高尚之爱是以男人的身份而不是以黑人男性的身份去追求新生活的最终目标。他把与夏娃相爱看作是融入美国主流社会的重要手段之一。他与夏娃相爱,并发生了性关系,这是

---

① Jean-Francois Gounard, *The Racial Problem in the Works of Richard Wright and James Baldwin*, p. 140.

② Yoshinobu Hakutani, *Richard Wright and Racial Discourse*. Columbia: U. of Missouri P., 1996, p. 112.

对美国种族偏见的一个有积极意义的挑战,也是对白人种族主义者提倡的种族关系的反叛。克洛斯的反抗意识激励他采用暴力或谋杀等手段不顾一切与白人势力抗争。他的系列谋杀案震惊了夏娃,使她对生活失去了信心,一气之下从高楼跳了下去。她的死给想不惜一切代价融入美国主流社会的克洛斯以摧毁性的打击。

与别格对种族关系的叛逆态度相似的是《今日的主》中的主人公杰柯·杰克逊。赖特是美国文学史上最早描写黑人女性主动与白人男性调情的黑人作家之一。杰柯特别不喜欢看到黑人女性对着白人男性咧开嘴笑的情景。他讨厌黑人女性与白人男性在邮局里的打情骂俏,因为黑人女性的行为伤害他的男性自尊。因此,杰柯说:"每当看见黑人女性向白人男性咧开嘴笑,我的血管都要爆裂了。这周围的白人对我们不好。我们只能永远是职员,而白人有机会获得其最大限度的升迁。"(*Lawd Today*, 144)白人种族偏见剥夺了杰柯的一切升迁机会。因此,他对白人的讨厌越来越强烈。他说:"我没有勇气去看这里的白人的脸。我感觉他们在嘲笑我。"(*Lawd Today*, 144)他在邮局工作的无所作为使他觉得自己被白人社会阉割了。他把对白人男性的恨转嫁到那些讨好白人男性的黑人妇女身上。他宣称:"我想用马鞭抽打那些对白人男子痴迷的黑人荡妇。"(*Lawd Today*, 144)他对这事如此愤怒的根源在于白人不仅在社会上、经济上和政治上阉割黑人男性,而且在性方面玩弄黑人女性。

杰柯对种族歧视有着强烈的不满,表面上他没有对白人采取暴力行动,但在其内心深处,他无时不想摧毁白人社会。他的激进的黑人民族主义思想表现在他的幻想里。他向他的黑人朋友们发泄压抑已久的种族愤怒:"天啊,如果我有办法,我就拆毁这座大楼[邮局——作者注]!"(*Lawd Today*, 125)他想摧毁白人世界的强烈愿望表现在他的意识流思绪中:

第五章　文化认同危机中的大千世界之恶

> 他看见数百万黑人士兵在黑人军队里行军；他看见一艘黑色的战舰飘扬着黑色的旗子；他自己站在那艘黑色军舰的甲板上，周围站着黑人将军；他听到一声命令："开火！"嗖——！一个黑色的弹壳怪叫着冲破黑色的烟雾；他看见自由女神的那颗白人的头摇晃，爆炸，然后裂成碎块，撒进大西洋里。
>
> （*Lawd Today*, 125）

自由女神像是美国自由和民主的象征，他在幻想中摧毁了自由女神像，这表明白人种族主义社会对他的压迫激起了他的强烈的反叛情绪，同时也表明他不再相信白人关于自由和人权的诺言。赖特把杰柯幻想中的攻击描写成黑人摧毁美国民主虚伪性的正义之举，因为白人剥夺了黑人的人权和公民权，没能保障黑人享受宪法保护下的民主。

与别格和克洛斯的公开反抗和杰柯的臆想反抗相对应的是泰瑞在《长梦》中与白人的斗智斗勇。他的反抗主要表现在以下几个方面：对白人私刑处死黑人青年克瑞斯的愤怒，对堪特利贪欲的利用和对软弱黑人的强烈愤慨。当泰瑞看到克瑞斯遭到私刑后的尸体时，他对白人的暴行勃然大怒，他觉得自己的黑人尊严遭到巨大伤害。他大声地谴责和痛骂白人暴徒。尽管如此，事后为了继续在黑人区把生意做下去，他还得奴颜婢膝地伺候着白人统治者。为了把生意做大，发不义之财，泰瑞利用白人警察局长堪特利的贪欲，收买他，使他成为泰瑞做非法生意的黑保护伞。虽然泰瑞在白人警察头子的保护下，挣了许多不义之财，但他心里对每周必须按时交给堪特利的保护费极为不满，因为他认为自己辛苦挣来的钱被不劳而获的白人强行收走了。尽管泰瑞在堪特利面前举止温顺，但在心灵深处把堪特利看成是榨取他钱财的吸血鬼。尽管泰瑞不满交纳保护费给堪特利，但是他收买白人警察的行动是自发和有预谋的。他是为了捞取不义之财才收买白人官员的。因此，泰瑞对白人官员的腐蚀可以看作是他对美国不合理种族主义制度的独特反抗。实际上，他勾结白人官员的行为也是由黑人在城里的无权地位导致的。在克林顿维尔城里，黑人被剥夺了公民权；白人严禁黑人担任陪审员、警察或公职人员。泰瑞的反抗犹如饮鸩止渴，短暂时间里获得了财富，但最后却付出了生命的代价。他与白人警察头子的冲突预示了他在种族主义社会里最后必然遭到破产和毁灭。

赖特在叙事作品中塑造的觉醒了的黑人是孤独的、被疏远了的个人。这些人希望在行动中寻求对自我的确认。赖特黑人主人公的特征包括激情、冲动、反感和反叛。引起他们反叛的勇气来源于反抗意识的酝酿。他们的反抗不是要推翻或摧毁白人社会，而是要表达想融入白人主流社会的巨大愿望。反叛经常发生在黑人想融入的企图遭到白人种族主义者的强力拒绝和排斥的时候。这也显示出黑人的窘境：他们不得不诉诸暴力或犯罪行为来获得应得的公民权，在黑人和白人之间很难建立起和谐且互利互惠的种族关系。

总的来讲，黑人对白人社会的不满来源于种族压迫和种族歧视。白人想长期保持对黑人的不平等种族关系，这必然会引起黑人的反抗，促使黑人的反抗意识的形成和发展。黑人反抗意识的最大窘境在于：如果他们仅是停留在不满阶段，他们不能建立起自我和男子气概；但如果想实现自己的生活目标，他们不得不诉诸反抗行为，因为白人没有给他们任何实现自我的机会。然而，他们对白人社会的反抗时常招致白人世界的疯狂打击。别格的反抗引起白人暴徒在大街上毒打黑人，还引起白人雇主大肆解雇黑人。克洛斯的反叛导致他抛妻别子，疏远情人。泰瑞的反叛导致其家破人亡，妻离子散，也使黑人社区失去了一个偶像。费西的反抗使他不得不背井离乡，逃亡法国。杰柯的反叛引起他对妻子的家庭暴力。因此，反抗的后坐力会给叛逆黑人带来重大损失，也给黑人社区带来灾难。他们愈发想用暴力或犯罪事件来改变自己的不利地位，就越受到白人世界的排斥。

二、美国情结的固守

黑人在遭到种族排斥时所产生的种族心理不是逃离美国，而是固守以美国为家的情结。一般来讲，美国情结指的是当事人对美国的一种国家依恋感，与爱国情怀具有类似含义。美国黑人对其北方生活梦想的破灭出现在第一次世界大战之后的20世纪20年代至30年代。这种幻灭在贫穷的黑人中表现得更为突出。黑人对城市生活的高期望值以在生活中的挫折和失望告终。生活中的挫折强烈地表现在黑人民族主义运动中。这个黑人民族主义运动一般被人们称为"返回非洲"运动。这个运动的领导人是名叫马库斯·卡维的西印度黑人青年。他于1925年因邮政诈骗案被捕之前，拥有大批的追随者。此后，他的名声大跌，直到最近才被重新评价为黑人民族主义史上的重要人物。卡维在当年大受追捧的原因是当时黑人几乎没有什么值得骄傲的地方，而他大肆激发起黑人的种族自豪感。他号召黑人，特别是那些肤色较黑的黑人，去信奉他的学说。卡维赞扬一切与黑人有关的东西，他坚持说黑色的含义是力量和美，而不是低下。他宣称非洲人有一个光荣而高尚的历史，非洲黑人文明是古埃及文明的重要组成部分，认为黑人应该为自己的祖先而骄傲。在纽约的一家报刊《黑人世界》里，他指出：种族偏见已成为白人文化的一个重要组成部分，希望从白人那里获得正义或民主的想法是不现实的。他认为美国黑人的唯一希望就是逃离美国，返回非洲，建立黑人自己的国家。在赖特有生之年，卡维追随者继续宣传黑人至上的思想和黑人自豪感。他们提倡以把黑人运回非洲的方式把黑人与白人分离开来。"伴随这个计划的是狂热的文化复兴，目的是摧毁所有的黑人低下论，向黑人灌输自豪感和维护自我权益的思想"[①]。因此，在赖特的叙事作品里，我们仍然可以看到卡维学说对一些黑人主要人物的影响。

---

① Harry Haywood, *Negro Liberation*, p. 200.

赖特在自传《黑孩子》（*Black Boy*，1945）里宣称他敬佩卡维主义追随者的不屈精神，但是拒绝信奉他们的学说，认为那些人的理想在美国社会里缺乏现实性和可行性。赖特说："自从非洲被欧洲帝国主义强国霸占后，黑人返回非洲的梦想就失去了实现的可能性。"（*Black Boy*，337）赖特欣赏卡维主义者的民族主义激情，但他把返回非洲看成是乌托邦。赖特知道卡维的演讲和承诺忽略了"返回非洲"计划中可能出现的许多复杂问题。欧文·哈根斯同意赖特的观点，指出："卡维的幻想很明显地忽略了殖民强国和非洲黑人中的部落、语言和种族之间的差异。"[①] 事实上，没有一个人仅在"共同黑色"的基础上建立一个非洲国家，因为对非洲有点了解的人都知道建立这样一个国家无异于一个神话。

赖特的反卡维思想很明确地显示在《今日的主》里。杰柯和他的朋友们离开鲍勃家去邮局上班的途中，遇到一支纪念林肯生日的游行队伍。在游行队伍里，他们看到"一名肥胖的黑人，他的肉抖动得像附在骨头上的新鲜果冻一样"（*Lawd Today*，107）。这个人的形象与马库斯·卡维非常相像。可是这些黑人却不愿返回非洲。杰柯说："他们要我们返回非洲……我不愿意。"（*Lawd Today*，112）通过杰柯的话语，赖特指出：黑人是所有美国人中最愿意接受美国化的民族，他们想按美国人制定的条款被接纳进美国主流社会，而不是想逃往非洲。此外，在《长梦》里，费西和他的朋友们也厌倦与沙姆讨论返回非洲的话题。

很明显，赖特在其小说里并不提倡卡维的思想。《长梦》里的费西和他的大多数黑人朋友，《土生子》里的别格、《今日的主》里的杰柯和他的那伙朋友都对卡维信徒的宣传活动不感兴趣。他们热爱美国，但讨厌白人种族主义者，因此他们在白人文化里的独特社会经历经常引起他们双重意识的窘境。他们已完全西化，习惯于用西方人的角度观察非

---

① Nathan Irvin Huggins, *Harlem Renaissance*, p. 44.

洲，因此对贫穷落后的非洲感到非常失望。在文化移入中吸取的白人文化思想促使他们用西方的尺度去衡量非洲文化。这样衡量的结果是：他们祖先的文化野蛮、原始、欠文明程度。这些黑人坚持认为返回非洲就意味着远离文明社会；他们把非洲看作是一个不利于黑人改善生活和发展才干的地方，因为非洲的气候炎热、土地贫瘠、风俗野蛮。这样，"黑人不完全被美国社会接纳为美国公民的同时，美国黑人也不完全认同非洲文化的完美和平等。这个现实在很多方面意味着黑人是一个没有祖国的民族"[①]。更为重要的是，"返回非洲"的思想与赖特作品中黑人主人公的反抗意识发生冲突。反抗意识的功能就是促使他们为更美好的生活而奋斗，而不会引导他们去过艰苦贫困的生活。因此，这些具有反抗意识的黑人在本能上讨厌马库斯·卡维的学说。他们的确想摆脱白人的迫害，但决不是采用逃往非洲的方式。赖特指出：黑人受困于双重意识，也遭到内化白人文化后的心理折磨。美国黑人虽然反对美国的种族主义政策和种族歧视的社会环境，但是他们并不想逃离他们已生活了几百年的美国。他们的反叛是为了争取融入美国主流社会时对不合理的社会制度的反叛和对歧视黑人的种族主义者的反叛。因此，黑人对美国社会的态度是叛而不"离"，他们的理想是以和谐的方式融入美国社会，成为美利坚合众国的一员。

第五节 《什么工作都能干的人》：黑人女性的职场危机

赖特在披露美国社会的种族问题和黑人人权问题方面作出了独特的贡献。其早期文学作品中有不少白人女性对黑人男性进行性骚扰的描写

---

① Johns D. Buenker and Lorman A. Ratner, eds., *Multiculturalism in the United States: A Comparative Guide to Acculturation and Ethnicity*, New York: Greenwood Press, 1992, p. 17.

片段，但是在短篇小说《什么工作都能干的人》("Man of All Work", 1961）里赖特以黑色幽默的笔调描写了白人男性对黑人女性的性骚扰，虽然骚扰的是男扮女装的黑人男子，但这直面了长期为白人当家佣的黑人妇女所遭遇的性剥削问题。性骚扰在20世纪末和21世纪初成为中外的一个热门话题，但是以此为主题的最早文学作品之一当属赖特创作的这个故事。该作品创作于20世纪50年代，从美国种族共生关系入手探索了黑人和白人的性关系问题。赖特在《什么工作都能干的人》中从三个方面描写了文化认同危机中的人性之恶——性骚扰：职场性骚扰与男权的"权"、好色与无赖、家庭危机与女人不幸。

一、职场性骚扰与男权的"权"

职场性骚扰是性骚扰的一种表现形式，指的是发生在工作场所的性骚扰。在《什么工作都能干的人》中，赖特讲述了美国种族社会里的两类性骚扰。第一类性骚扰通常被称为：交换式性骚扰。白人男子达维的性骚扰就是典型的交换式性骚扰。他暗示以就业为前提条件，迫使女佣人"露西"屈从于其性骚扰行为；露西对达维骚扰行为的屈从或拒绝，都会直接影响到"她"的就业前景。如果"她"拒绝达维的色欲，"她"会被他借故解雇；但是如果"她"顺从了达维的欲望，此事一旦被女主人安妮知道，"她"也必然会被解雇。当达维的无理要求被"露西"的严词拒绝后，他实施了第二类性骚扰，即：敌意性工作环境性骚扰。这种性骚扰行为的目的或结果会不合理地干涉"露西"的工作表现，或造成一种胁迫性、敌意性或冒犯性的工作环境。也就是说，如果"露西"不答应达维的要求，他就会以主人的身份寻机报复，故意安排"她"去干更重的体力活，直到"露西"屈从于他的淫欲。

赖特在这个故事中采用黑色幽默的艺术手法，讲述了黑人卡尔（Carl）为了生计，扮成女佣人到白人家打工时遭遇性骚扰的故事。卡尔本是很有家庭责任感的黑人丈夫和父亲。尽管他能吃苦耐劳，还是经常

第五章 文化认同危机中的大千世界之恶

失业,找不到一份养家糊口的稳定工作。在故事的开头部分,卡尔又失业了,家里完全断了收入来源,房贷还欠最后两月的付款(每月五十美元)。如果无钱还最后的房贷,房子就会被银行没收,一家人就会流落街头。为了挽救处于危机中的家庭,卡尔到处找工作。他是一名优秀厨师,但因为种族偏见和性别原因没有雇主聘用他。就在此时,他从广告上得知有一个白人家庭要招聘一名黑人女佣,周薪五十元,负责做家务和照看一个小孩。妻子露西·欧文斯刚生了小孩,无法去应聘。因此,卡尔就打算穿上妻子的衣服,男扮女装去应聘。卡尔认为白人分别不清黑人的面孔,通常把所有黑人都看成一样的;另一方面,他以前演过戏,对演好这个角色很有信心。但是,妻子露西知道:要在白人家当女佣没有那么简单,男主人的性骚扰很难避免,可是她又无法给卡尔明说。在走投无路的情况下,卡尔觉得男扮女装是解决家庭财政危机的唯一办法。最后,卡尔趁妻子熟睡之际,穿上妻子的裙子,清晨来到白人菲尔契尔德家求职。卡尔打算在这个白人家做两个月的佣人,争取挣到两百元,用一半的收入支付房子贷款。卡尔一到白人家,自称很会做家务、带小孩,特别擅长做饭。当天上午,他就以"露西"的身份开始在菲尔契尔德家工作了。

达维是父权制思想的代表人物,把女人视为自己的玩物。他利用自己的主人地位,趁妻子安妮上班之机,对新来的女佣"露西"进行肆无忌惮的性骚扰。他先是对"露西"甜言蜜语,然后就对"露西"动手动脚,得寸进尺。达维假装邀请"露西"一起喝威士忌,想借酒疯达到性侵目的。在性骚扰"露西"的时候,他还企图挑拨"露西"与丈夫的关系。他先是询问"露西":丈夫是否对她好?当"露西"拒绝回答时,他就自圆其说地说:"我敢打赌,你的丈夫对你不好。"("Man of All Work",137)他的动机是激起"露西"对丈夫的不满情绪,然后假装同情,从而在情感上俘获"露西"。在引诱不成的时候,他撕掉伪善的面纱,对"露西"实施暴力攻击。"露西"的拼死反抗不但没能中止他的暴行，反而激起了他对女人更强烈的征服欲。

从"露西"在白人家的遭遇，读者很容易联想到在白人家工作的黑人女性可能遭受到的双重剥削：经济剥削和性剥削。白人男性对黑人女性的性剥削从奴隶制一直延续到 20 世纪，而这种性剥削的基础就是以经济剥削为前提的，导致美国黑人妇女在生活中处于两难境地：拒绝白人男主人的性骚扰就意味着失业；如果不拒绝，黑人妇女的人格和尊严又遭受到毁灭性的摧残。① 男扮女装的卡尔以自己的亲身经历展示了黑人女性的生存窘境。实际上，在很多时候，黑人女性从上班的第一天就会成为白人男性的性侵对象。为了生存，绝大多数黑人女性选择了顺从。在这个故事里，男扮女装的卡尔是男性而无法顺从，才导致了白人性侵黑人女佣的事件被披露出来。

黑人女性在美国的社会结构中所面临的不利现实使读者不能把性骚扰简单地看成个体间的性吸引和将女性的从属地位情欲化倾向。只有这样，读者才能够准确地把握性骚扰事件的本质，触及性骚扰背后的社会结构问题和价值观问题。白人男性的性骚扰事件不是简单的情欲事件，而是涉及弱势种族与弱势性别的社会生存问题。白人男性"权力"的强大作用已经影响到黑人女性和白人女性的群体权益，影响到美国社会男女两性平等的实现。正如骆东平所言："在性骚扰概念界定中强调规制权力的意义所在，认识到性骚扰不是一个纯粹的私人问题，从而为公权介入性骚扰问题提供切入点，为公权介入性骚扰纠纷解决的制度建设提供正当性。"② 因此，性骚扰问题不仅是男性"权力"与女性生存权博弈的问题，而且还是人格侵犯与捍卫自我的斗争。

---

① Najole V. Benokraitis, *Marriage and Families: Changes, Choices, and Constraints*, Upper Saddle River, NJ: Prentice Hall, 1999, p. 78.
② 骆东平：《美国性骚扰概念界定的深层分析》，载《法学论坛》2011 年第 4 期，第 129 页。

二、好色与无赖

"好色"一词在社会伦理学上是一个贬义词,但在本质上指的是异性之间的吸引和好感。这是人的一种自然本能,有生理上的原因,但也有心理上的需求。如果说人没有生理和心理方面的这种需要,人类可能早就灭亡了。① 所以,不能笼统地认为"好色"是男人的一种劣性表现或道德败坏的证据。其实,男人的"好色"可以分为两类:一是好色而不下流。这类"好色"具有怜香惜玉的绅士风度,以自己的爱心和善心促进男女之间人际关系的良性发展。这类"好色"男性欣赏和爱慕女性的美,但不以占有女性为自己的终极目的,而是在交往中尊重女性的人格,不干违背女性意愿的事。因此,他们"好"的"色"不是色情的"色",而是女性的自然美和人格美。② 另一类"好色"是指"好色"而下流。这类"好色"不注重过程,只在乎结果,以占有女性为终极目的。这类"好色"者,或者喜欢寻花问柳,或者喜欢玩弄女性。他们的共同特点是从来不想与女性建立起真正的情感。这类"好色"之徒往往都是机会主义者,对女士没有责任感。在女性遇到危机时,他们不但没有英雄救美的壮举,反而会不惜牺牲女性,以求自保或实现自我利益的最大化。他们"好"的"色"是"色情",而不是"爱情"。③ 赖特在《什么工作都能干的人》中把白人达维描写成第二类"好色"之徒的典型代表。达维见到任何一名到他家工作的黑人女性,都不会放过。他采用各种手段,不达目的,决不罢休。他的言行和素质不能简单地归为好色之徒,而是在男女人际交往方面的无耻之徒。他的无赖之处主要表现

---

① Anne Levy, *Workplace Sexual Harassment*, Upper Saddle River, NJ: Prentice Hall, 2002, p. 53.
② Anna-Maria Marshall, *Confronting Sexual Harassment: the Law and Politics of Everyday Life*, Burlington, VT: Ashgate, 2005, p. 145.
③ Jennifer Petersen, *Peer Sexual Harassment: Measurement and Links to Disordered Eating*, Thesis (Ph. D) —University of Wisconsin-Madison, 2010, p. 43.

在三个方面：下流、奸诈和无耻。

达维流氓成性，没有道德底线。尽管自己有妻子，但是一见到女人，特别是比他弱势的女人，就会色胆包天。他在"露西"（卡尔假扮的——作者注）到他家工作的第一个上午，见面不到几个小时，就趁妻子安妮外出上班之际对"露西"实施性骚扰。他先是请"露西"喝酒；被"露西"拒绝后，他就强逼"露西"喝酒。他让"她"喝酒的目的是为了趁"她"酒醉无法自制时实施"性侵犯"。他的这个计策已成功地运用于上一任女佣贝莎，导致贝莎失去了工作。赖特借用达维女儿莉莉的之口，讲述了达维纠缠和霸占女佣贝莎的事件。达维只以性享乐为目的，根本不会顾忌黑人女佣为此可能遭受的苦难。当他与女佣偷情的事件被妻子发现后，他会把一切责任都推到女佣身上，把自己描述成无辜的"圣人"，充分暴露了达维的下流性。

赖特通过达维把性骚扰的责任嫁祸给"露西"的事件揭露了白人男性的奸诈和"非绅士之举"。安妮回家撞见达维与女佣"露西"抓扯在一起时，

——达维！哇，天啊！这里在干什么？
——妈妈，爸爸在和露西打架……
——菲尔契尔德夫人，这不是我的错。菲尔契尔德先生喝醉了，他一直在纠缠我。
——你喝我的威士忌喝醉了，露西。是你一直在……
——那不是真话，菲尔契尔德夫人。
——我竭力想摆脱你，你抓伤了我……安妮，我发誓，这不是我的错。

("Man of All Work", 139)

达维为了掩盖自己的主动骚扰行为，诬陷"露西"偷喝他的酒，并

借酒骚扰他。达维把自己说成是无辜的受害者。他的这些言行暴露了他低下的人品和堕落的人性。此外，他是一个残酷的伪君子。当安妮在情绪失控中开枪打伤了"露西"时，他希望安妮把开枪者说成是他。他表面上是为安妮脱罪，实际上是为了保住自己的名声，避免安妮向警方说出这个性骚扰事件的真相。达维为自己的开枪原因准备了两个谎言。一是他告诉大夫伯特·斯多尔曼："瞧，我们抓住了偷东西的女佣，明白了吗？我开枪打了她。"("Man of All Work", 143) 达维企图把"露西"诬陷成小偷，把开枪行为辩解成保护私有财产的正当行为。二是大夫伯特在抢救"露西"的过程中发现"露西"是男的，当他把这个情况告诉达维时，达维诬告"露西"的谎言顿时升级。达维不惜以牺牲妻子的清白来掩饰自己的丑行。他说，"安妮，伯特，听我说……我把这个难题解了。很简单。这个黑鬼穿上女人的服装，偷偷潜入我家，企图强奸我的妻子！哈哈！明白了吗？然后，我发现了他。我在自卫中向他开了枪，开枪是为了捍卫我的尊严和我的家。那就是我的答案！我制止的是白人女性免受男扮女装的黑鬼强奸犯的袭击。"("Man of All Work", 146) 达维的这个谎言既可以把扮成"露丝"的卡尔置于死地，又可以把自己吹嘘为捍卫白人妇女贞操的勇士。他的这个谎言很容易激起白人的种族仇恨和白人法官的种族偏见，从而使他逃脱法律的惩罚。

总之，达维在这个故事中以肮脏的语言、粗鲁的行为和下流的方式侵犯黑人女性的人权，这种性骚扰行为是一种以侵犯他人人格尊严为特征的民事侵权或刑事侵权行为。为了掩盖自己的丑行，达维越诬陷"露西"，他的道德品质就越显得低下。他恶劣的好色表现揭穿了他的一切伪装，揭露了他对家庭婚姻关系的践踏。

三、家庭危机与女人不幸

性骚扰事件的最大受害者是当事人的家庭成员。达维对家庭女佣的性骚扰行为不但破坏了自己家庭的和谐和稳定，而且还从感官上毒害了下一代。达维对自己妻女的伤害主要表现在三个方面：背叛了婚姻的誓言、引起了家庭危机和损害了女儿的身心健康。

达维是基督教徒。按基督教教义，重婚和通奸都是严格禁止的。他和安妮的婚礼是在教堂里举行的，他向上帝发过誓，要永远爱安妮。为了捍卫婚姻誓言的神圣性，安妮不但容忍了他以前的出轨，而且还竭力减肥，努力节食，早餐只吃一块吐司，喝一杯牛奶，以保持自己的优美体型，尽了自己最大的努力来维系这个家庭。她解雇了和丈夫关系暧昧的前一个佣人贝莎。通过广告，她重新聘请了黑人女仆"露西"。在"露西"上班的第一天早上，安妮就专门提醒"露西"："现在，你刚到这里，我不告诉你我为什么解雇了上一个佣人。现在，瞧，我的丈夫，达维，喜欢不时地喝酒——喝得有点过。但是，他内心是完全清醒的，脑子很活，很容易相处。你知道我的意思吗？"（"Man of All Work"，129）安妮以比较隐晦的方式介绍了丈夫达维，对"露西"给予了朦胧的提醒。但是，安妮对丈夫的好色和性骚扰问题并没有完全了解。她以为只要女性自重、不被诱惑，那么，达维就会知难而退。因此，她对"露西"说，"达维不是太大的问题。他的表现和其他男人有时的表现差不多。事后，他会害羞得不敢出门，甚至想淹死自己。明白吗？当他有那种行为的时候，任何意志坚定的人就可以处理好达维。但是如果你像贝莎那样，麻烦就一定会来了。"（"Man of All Work"，130）由此可见，安妮还是被其丈夫蒙骗了，她知道自己丈夫有点好色，认为只要女人不为所动，就没问题。其实，她的丈夫不但好色，而且道德品质低下，事后又能用谎言掩盖真相，糊弄安妮，把一切责任都推给女方。安妮虽然了解丈夫的毛病，但为了维系这个家，她只好在女佣上工的第一天就打预防针，希望佣人与男主人的桃色事件不要再在她的家中发生。

安妮的容忍和谦让不但没有给家带来安定和幸福，反而纵容了达维的好色行为。当她发现达维又与新来的佣人"露西"纠缠的时候，怒火心中烧。她取出枪，对准二人。她听不进"露西"的解释之词。作为父权制社会里的受害者,她无能也无法改变丈夫的行为,最后就把对丈夫的怒火撒在女佣"露西"的身上,并开枪打伤了她。后来,为了躲避法律对其丈夫违法行为的追究,安妮也不得不默认与受害者"露西"的和解行为。达维和安妮承诺负责"露西"的枪伤医疗费和两百美元的赔偿金;作为和解的条件,"露西"不向警方告发。安妮的忍让又使达维摆脱了一次危机。

然而,达维的好色行为给六岁的女儿莉莉带来了恶劣的心理影响。她虽然搞不懂父亲为什么总要和女佣喝酒,为什么总是和女佣在家里追追打打的。她在朦胧中发现,父亲总是让她吃完午饭后马上就去午睡,之后老是听见他父亲与女佣的打闹声。虽然她不明白那是怎么回事,但她在潜意识里还是觉得他们的行为不好。每次父亲跟女佣打闹完后,都会给她几毛钱,以此来收买她,并叫她别告诉母亲。达维的这些行为更加引起女儿的好奇和不满。当"露西"来到她家时,她很快就把父亲与上一任女佣打闹的事告诉了"露西"。达维的不检点行为肯定会给女儿的性心理发展带来不可估量的负面影响,甚至可能导致小女孩的"性早熟"。

性骚扰引起的家庭危机不仅导致了夫妻之间的信任危机,而且还对下一代的身心健康造成了恶劣的影响。这类性骚扰侵犯了女性的人格尊严,破坏了家庭的和睦相处,所引起的婚姻危机不但是家庭成员的关系危机,而且还是当事人的名誉危机和受害人的人权危机。

然而,赖特在《什么工作都能干的人》中描写的"性骚扰"事件中"骚扰"到底骚扰了谁呢?其实,这种"骚扰"骚扰了黑人女性在白人家庭的正常工作氛围,毁灭了白人男性心中的道德底线,伤害了女性的婚姻尊严和破坏了未成年人的成长环境。赖特指出,性骚扰是以性欲为出发点的骚扰,以带性暗示的言语或动作针对被骚扰对象,引起对方的不悦感,通常是加害者用肢体碰触受害者的性别特殊部位,妨碍受害者行为自由并引发受害者抗拒反应。他还认为白人男性对黑人女性的性骚扰是白人男性性歧视的一种形式，通过性行为滥用权力，在黑人妇女工作场所欺凌、威胁、恐吓、控制、压抑或引诱黑人妇女。赖特在这个故事中所描写的性骚扰符合性骚扰的各种表现形式：在言语上，白人男性以下流语言挑逗黑人女性，挑拨黑人妇女与丈夫的关系以便乘虚而入；在行动方式上，白人男性故意触摸碰撞黑人妇女身体敏感部位，不顾黑人妇女的抗议，把黑人妇女当成自己的性猎物。赖特对性骚扰问题的关注远远早于美国的立法工作者。从历史来看，美国从20世纪80年代初才开始关注性骚扰问题。"美国雇佣机会平等委员会"（EEOC）于1980年给工作场所的性骚扰行为下了这样一个定义：在下列三种情况下，向对方作出不受欢迎的与性有关的行动或要求，及其他语言举动，均会构成性骚扰：（1）迫使对方接受有关行为，作为受雇或就学的明显或隐蔽的要求及条件；（2）对方接受有关行为与否，将成为影响个人升迁或学业成绩的先决条件；（3）有关行为具有以下目的或导致以下结果：第一，不合理地干扰个人工作或学业；第二，制造一个令人不安、不友善或令人反感的工作或学习环境。[①] 这个定义被美国法院广泛采用，也被认为是最早对工作场所中性骚扰事件加以界定的法律条文。由此可见，赖特提出的性骚扰问题在美国社会和文学领域具有相当的前瞻性，有助于引起人们对这个问题的关注和反思，性骚扰事件的消除也是人类文明发展的一个重要方面。

第六节 《嗨，上帝可不是像那样……》：后殖民表征与世界种族主义之恶

赖特于1946年移居法国巴黎后，其创作理念和作品题材更加国际

[①] 参见钟曼丽：《从权力的角度来解读工作场所中的性骚扰》，载《辽宁行政学院学报》2012年第2期，第157—162页。

化和多元化。同时，他把对种族主义的批判从美国国内转向欧洲和非洲等更广阔的地域。他在文集《八个人》（*Eight Men*，1961）里发表了一个揭露非洲后殖民问题及其后遗症的故事《嗨，上帝可不是像那样……》（*Man, God Ain't Like That…*）。该故事由十二个场景构成，讲述了法国画家约翰·富兰克林（John Franklin）在巴黎被谋杀的案件，描写了土著非洲人的原始宗教与基督教的冲突与融合，抨击了欧洲白人根深蒂固的后殖民霸权思想，揭露了法国在二战之后对非洲大陆的所谓"落后"民族和"落后"国家的文化压迫和文化渗透，批判了文化殖民主义、文化霸权主义和文化帝国主义的非理性和反文明性。这个故事通过对非洲大陆后殖民时期文化后遗症问题的描写，批驳了只有西方先进国家和民族的文化才是世界文化中心和楷模的观点。赖特关于非洲大陆和法国巴黎生活场景的描写展现了欧洲白人和非洲黑人之间的文化冲突和心理冲突，在颂扬非洲土著人善良和淳朴的同时揭露了白人种族主义者的奸诈和贪婪，表达了感人至深的人性向善主题和深邃的道德拯救意蕴。

一、非洲原始部落信仰与基督教的融合和冲撞

非洲是一个笃信宗教和宗教多元化的大陆，部落宗教、伊斯兰教和基督教在那里已经形成了三足鼎立的格局。"部落宗教是非洲人在阿拉伯人和欧洲人进入非洲大陆之前就已经在各个部落形成，虽然信仰的内容不尽相同，但都具有广泛的社会基础。"[①] 伊斯兰教是阿拉伯人引入的，基督教是欧洲人引入的，但这些宗教传入非洲大陆后都经历了程度不同的非洲化或本地化演绎。非洲传统部落宗教是一种没有经书典籍的口头文化，但是基督教和伊斯兰教都有自己的圣典。正如张宏明所言："《圣经》和《古兰经》在影响或改变非洲人传统观念的同时，也在一定

---

① João Sarmento, *Fortifications, Post-colonialism and Power: Ruins and Imperial Legacies*, Farnham, England: Ashgate, 2011, p. 221.

程度上侵蚀了部落宗教的活力与特性。信仰多元化开始成了非洲宗教的一个基本特征。"① 然而，非洲大陆上，许多黑人基督徒和黑人穆斯林并没有放弃世代相传的传统部落宗教。在很多情况下，他们把基督教或伊斯兰教的教义与部落宗教信仰融合起来，寻求最有利于自己精神追求的结合点。传统部落宗教不仅与非洲人的社会习俗和道德伦理有着密切的关系，而且"还为当代非洲社会提供了哲学上的基础，成为非洲人探讨人与自然、社会、神灵之间关系及其和谐相处的工具"②。现在的非洲大陆也就成为基督教和原始部落宗教的结合地。恺蒂说："非洲黑人中信仰基督教的人非常多，但是信基督教的人也相信他们的祖先，他们相信祖先是有灵魂的，这个灵魂是可以沟通的。"③ 赖特在《嗨，上帝可不是像那样……》里从非洲人对上帝的迷信、非洲人对部落宗教的坚守、非洲人与欧洲人的宗教观冲突三个方面揭示了非洲部落宗教与基督教的融合与冲撞问题。

首先，在白人文化移入的巨大冲击下，基督教思想渗入非洲土著人的头脑，致使他们把上帝当成自己的救世主。在《嗨，上帝可不是像那样……》里，非洲青年巴布就是把非洲部落宗教信仰与基督教教义的融合的典型。巴布已经形成了一些根深蒂固的观念：上帝是白人，肤色白皙，眼珠呈蓝色，具有无限的权力和巨大的能量。巴布通过吟唱圣歌来表达对上帝的敬仰和虔诚，以此消解自己的肉体痛苦和精神痛苦。他在公路边被法国白人画家约翰·富兰克林驾驶的汽车撞成重伤。约翰把他放进自己的车里，然后驱车赶往医院；在途中，鲜血不停地从巴布的头部伤口流出，连车的后座都积满了血。在这生命危急的时刻，巴布一首

---

① 张宏明：《传统宗教在非洲信仰体系中的地位》，载《西亚非洲》2009 年第 3 期，第 12 页。
② 张宏明：《传统宗教在非洲信仰体系中的地位》，载《西亚非洲》2009 年第 3 期，第 14 页。
③ 恺蒂：《非洲是基督教和原始宗教结合的神奇大陆》，［2012 - 05 - 01］. http: // worldcup. qq. com/a/20100709/000790. htm。

接一首地吟唱圣歌,以此来汲取力量,他唱道:"我属于耶稣所有,/我不是我自己的;/我所拥有的东西和我的各种身份,/都会为他一个人所有。"("Man, God Aint Like That….", 150)他把自己视为上帝的子民,指望上帝来保佑他的生命。他还唱了一首圣歌:"我属于耶稣所有,/他是我的主和我的王,/统治着我的心灵深处,/超越一切。"("Man, God Aint Like That….", 158)这首圣歌表达了他对上帝的绝对臣服,因为根据教义,上帝只保佑自己的忠实信徒。紧接着,他还唱了另一首圣歌:"不再造孽,你的灵魂是自由的,/基督以死来为你赎罪;/现在罪孽的力量已经耗完,/耶稣嘱咐你别再造孽了。"("Man, God Aint Like That….", 158-159)在这首圣歌里,巴布感到无比欣慰,只要听上帝的话,不干坏事,上帝就一定会来拯救他。这些圣歌表明,基督教思想已经深入巴布的灵魂。

其次,巴布在接受基督教世界观的同时,并没有放弃非洲的部落宗教观。巴布的车祸之伤好了后,约翰把巴布留在身边当仆役,负责做饭和清洁卫生。有一次,约翰告诉巴布,他想吃牛排,但巴布回答说,牛排没有,中餐吃鸡排。约翰对不听话的巴布很是生气,但是巴布说,吃鸡排是其宗教信仰的需要。原来,巴布想用鸡来做祭奠亡父的物品。巴布的想法是:约翰的车撞伤了巴布,但是巴布由此而获得了到约翰家工作的机会。为了感恩,巴布就买来鸡,用鸡血做祭品,通过巴布亡父的灵魂来与上帝取得联系,希望上帝保佑给他带来好运的约翰。巴布把非洲原始部落的宗教观和善恶观与基督教思想相结合,以自己最淳朴的方式,表达对白人主人约翰的谢意。但是,约翰自视高人一等,以自己的政治和经济优势俯视黑人的宗教信仰,认为巴布用他[约翰——作者注]的钱买祭品来表达对他[约翰——作者注]的谢意的做法荒谬至极。巴布用鸡血做祭品的行为也引起埃尔茜的强烈反感。当约翰提议把巴布带回巴黎时,埃尔茜说:"但他信奉的是血祭宗教,我心里怕得不行。"("Man, God Aint Like That…", 158-159)她的话语表明了欧洲白人对非洲部落文化的恐惧和蔑视，显露了其种族歧视的心理动因。

最后，巴布对上帝的看法时常与白人约翰的宗教思想发生冲撞。巴布把约翰视为上帝，因为他觉得约翰与他在周日学校书刊上看到的上帝很相像，都有红胡子和蓝眼睛。在回巴黎的飞机上，约翰纠正巴布的看法，告诉他：上帝是没有肤色的。"黄种人说上帝是黄肤色，黑人说上帝是黑肤色，棕色人说上帝是棕色皮肤，白人说上帝是白肤色。"("*Man, God Aint Like That…*", 158-159) 但是巴布已内化了白人至上论的思想，坚持认为上帝是白人，崇尚白人的权威。接着，巴布在塞纳河边的一个书展上发现了上帝的画像。而那个上帝的面容和约翰一模一样。约翰承认那个上帝的画像是他在青年时代当模特儿时被人画下来的，但巴布不相信，以为是约翰在考验他。约翰越不承认自己是上帝，巴布就越相信他是真的上帝。

其实，巴布跟随约翰来到巴黎，也带有自己的目的。巴布到达巴黎的第一天，就迫不及待地到大街小巷去寻找上帝。他终于在一个画展上找到了上帝的画像，觉得约翰就是化了名的耶稣。巴布把约翰否认自己是上帝的话语视为上帝对巴布虔诚度的考验。因此，巴布一直都没有改口，始终坚信约翰就是他要寻找的上帝。他坚信："如果巴布像白人那样通过了考验，上帝就会让巴布和他的族人像白人一样富裕、强大……然后非洲也可以得到像白人家园一样漂亮的楼房。"("*Man, God Aint Like That…*", 180) 因此，巴布企图通过信奉基督教，找到上帝，然后通过上帝之手来拯救苦难深重的非洲黑人，从而让非洲人也过上和欧洲白人一样的富裕生活。

由此可见，非洲的传统部落宗教不是与日常生活截然分开的专门宗教信条，而是一种广为散播的道德思想和行为规范，它渗透到非洲大陆和社会生活的各个层面。伴随着基督教的传播，移入文化及其价值观念已经程度不同地渗透到现代非洲土著人生活的诸多领域。然而，基督教并未能真正取代传统的部落宗教，而是与非洲原始宗教思想相融合。

二、西方中心主义与文化霸权

西方中心主义把欧美视为世界政治经济的中心和人类文明的坐标，认为地球上的其他国家和地区都"笼罩在黑暗和邪恶的阴影之中"，并且"成为恐怖、愚昧、野蛮的象征"。① 西方中心主义者采用语言策略，设置了一系列二元对立，如文明与野蛮、美丽与丑陋、理性与非理性、先进与落后、科学与迷信等，对世界加以任意的描述或给予自以为是的定义。正如爱德华·赛义德（Edward Said，1935—2003）所说，"东方是非理性的、堕落的、幼稚的、'异常的'；因为西方是理性的、道德的、成熟的、'正常的'，而且西方以这种宰制的架构来围堵、再现东方"，正是通过这种方式，世界一体化的进程似乎就成为一种"文明"与"野蛮"的冲突构成的历史，而叙事者绝对是站在所谓"文明"一方的。② 西方中心主义还抱有西方文化的普遍化情结，它时而利用种族优越性，通过文化移入把自身作为规范强加于内部及外部的"他者"，时而又掩盖其种族优越性使自身成为一种潜在规范。在西方的强势文化面前，"东方"失去了古老神奇迷人的光环而沦落为现代"文化贫瘠之地"。③ 尤其值得注意的是，当殖民主义在世界范围内退却，宗主国已经无力左右殖民地或半殖民地政治事务的时候，这种优越意识渗透到文化生活的各个领域，形成一种文化霸权，企图继续左右前殖民地人民的思想和社会生活。在《嗨，上帝可不是像那样……》里，赖特从欧

---

① Nadia R. Altschul, *Geographies of Philological Knowledge: Postcoloniality and the Transatlantic National Epic*, Chicago: U of Chicago P, 2012, p. 132.

② Robin D. Gill, *Orientalism & Occidentalism: Is Mistranslating Culture Inevitable?*, Biscayne, FL.: Paraverse, 2004, p. 36.

③ Jessica Langer, *Postcolonialism and Science Fiction*, Basingstoke: Palgrave Macmillan, 2011, p. 87.

洲白人对非洲黑人的"他者"情结和奴役心态来揭露欧洲文化霸权的非理性和荒谬性。

一方面，欧洲白人对非洲土著人持有"他者"情结，把非洲黑人视为野蛮人、未开化之人或未进化完善之人，他们的话语和行为中随处可见其对黑人的偏见和歧视。在这个故事里，约翰夫妇的话语带有文化霸权主义的显性特征。

——该死的！路很滑；路变得越来越稀泥了。千万别开到路沟里去了。
——你的意思是非洲人会抓住我们，吃掉我们？
——不会的，亲爱的。哈哈！埃尔茜，这些野蛮人会认为我们是上帝的。

("Man, God Aint Like That…", 156)

在埃尔茜心目中非洲人是会吃人的野蛮人，害怕落入黑人之手；而约翰认为土著非洲人是愚不可及的，没有胆量来加害白人，因为白人在他们眼里都是神圣不可侵犯的、法力无边的上帝。约翰的种族歧视思想比埃尔茜更明显、更严重。他时常把黑人称为"黑鬼"（nigger）、"狒狒"（baboon）、"白人的重负"（white man's burden）、"无尾猿"（ape）和"猴子"（monkey）。

欧洲白人在倡导平等博爱的基督教观念时，却因自己的自私、自大和吝啬而丧失了自己的人性和基本道德。在约翰开车进城的时候，巴布已昏迷过去，躺在座位上的血泊中。当时，埃尔茜担心他很可能死在车上，约翰却不当一回事地说："快到进城了，我们得为这只黑鸟找位大夫。"("Man, God Aint Like That…", 159) 约翰对黑人缺乏同情心，虽然他把巴布送去就医，但并没有送到大医院的急救室抢救，而是送到一家小诊所。而且，把昏迷过去的巴布称呼为"黑鸟"，蔑视之情溢于言表。为巴布治伤花了两英镑,约翰付钱时极不情愿地说:"给你,大夫。天啊,黑人真费钱啊——"("Man, God Aint Like That...", 160)。在约翰的眼里,巴布是野蛮人,没有资格享受好的医疗条件。当约翰给巴布付了医疗费后,埃尔茜觉得很不划算,就对约翰说:"给他画像,约翰!让他用自己的方式来付这笔钱,给你当模特儿。"("Man, God Aint Like That...", 160)约翰回答说:"以前从未画过黑鬼……他说他会做饭。你看,也许他会派上用场。"("Man, God Aint Like That...", 160)这对夫妇的话语表明他们根本就没有把巴布看成是与他们平等的人;在另一个方面,他们两人都欠缺做人的起码良知和同情心。他们的车撞伤了巴布,居然把自己应赔的医疗费看作是不该付的冤枉钱。为了弥补自己的损失,约翰打算用巴布来做模特儿或厨师,以期最大限度地剥削巴布。

约翰给巴布画肖像,不是出于尊重黑人民族或发掘黑人的形象美,而是把黑人看作异类。在给巴布画像时,约翰说:"别动,巴布。我快画完了……我知道保持那个姿势不好受。但是当太阳光照射在你脸上时,我看到了你皮肤的真正颜色。很奇怪……红色、蓝色、黄色……哎,巴布,当我初来这里时,你的族人形象好古怪哟。"("Man, God Aint Like That...", 160-161)约翰为巴布画像的心态充满了种族偏见,发现黑人的肤色在阳光下可以发生变化,把与白人肤色不同的自然现象都视为奇怪之事。约翰为巴布画像的目的是想通过画出怪异的东西来哗众取宠,因为当时非洲黑人的写真画像在市面上或博物馆里都很稀少。约翰希望巴布的肖像画展能带来艺术和物质上的成功。

另一方面,约翰站在白人高人一等的立场上俯视非洲黑人,具有毫不逊色于前殖民主义者的占有欲。一见到巴布,约翰就想把他变成自己的奴仆,为自己干体力活。就在约翰要返回巴黎的时候,约翰决定把巴布带回法国,供其继续奴役。约翰的动机非常类似于丹尼尔·笛福(Daniel Defoe, 1660—1731)笔下的鲁滨逊,鲁滨逊也曾把荒岛上捕获的一名叫"星期五"的黑人带回伦敦。殖民主义时代在非洲大陆已经结束了，但殖民主义思想却在约翰头脑中根深蒂固，左右着他与非洲土著人的人际交往关系。约翰把巴布带回巴黎的行为带有殖民剥削的动机。他曾对妻子埃尔茜说："他［巴布——作者注］将待在巴黎的家里，亲爱的，你想啊，巴布帮我们开门，穿着非洲长袍给我们倒鸡尾酒……哈哈！"("*Man, God Aint Like That…*", 164) 埃尔茜也不得不承认，巴布既勤快，又比那些时髦的法国女仆听话多了。约翰从给巴布治伤，到让巴布当家仆，最后计划把巴布带回巴黎。他所有的动机和行为无不体现了前殖民主义者的贪婪和奴役心理。

赖特用巴布的话语讽刺白人的殖民主义思想。在飞机飞临巴黎上空时，约翰告诉巴布，要求巴布像在非洲时那样听话，告诉巴布在新家里将拥有一个炉子和一张小床。巴布说："啊，主人，那真像天堂啊！"("*Man, God Aint Like That…*", 167) 巴布长期生活在非洲丛林，物质生活贫乏，从来没有拥有过财产。以为拥有一个炉子和一张床就是天堂般的生活。由此可见，以约翰夫妇为代表的白人到达非洲的目的都是索取和掠夺，而不是真正地帮助非洲人改善生活或解决实际困难。

欧洲白人对非洲黑人带有根深蒂固的蔑视心理和不信任感。在这个故事里，玛塞尔到巴黎机场迎接从非洲归来的好朋友——约翰夫妇。当他看到约翰带回来的非洲土著人巴布时，大吃一惊。约翰解释说，他把巴布带回来的目的是让他做饭、打扫卫生、洗衣等。玛塞尔很是不解，开玩笑似的说："如果那么想追求刺激，怎不带头鳄鱼回来？"("*Man, God Aint Like That…*", 169) 玛塞尔把巴布视为与鳄鱼同类的动物，这也暴露了欧洲白人的种族歧视思想。当约翰夫妇回到家时，却发现先从机场坐出租车回家的巴布还没到。当约翰推测可能是因为塞车时，玛塞尔脱口而出："天啊，约翰！他手里拿着你的画呢！"("*Man, God Aint Like That…*", 169) 玛塞尔的言下之意是：巴布见财忘义，带着他的画溜走了。由此可见，种族歧视思想占据心灵的白人总是会说出那些带有种族偏见的话语。

尽管白人对非洲大陆直接的政治控制在第二次世界大战之后的二十年里基本上结束了,但是他们对殖民地的经济与文化掌控从来就没有停止过。在这个故事里,几乎所有出场的白人都具有极强的"文化霸权"观念。这个观念不仅折射出赖特所生活年代各个阶级之间的支配关系,而且这种支配关系并不局限于直接的政治控制,而是试图成为更为普遍的支配,包括特定的世界观、人类特性及人际交往方式。白人的文化移入霸权不仅代表了原宗主国的政治特权和经济利益,而且还渗透到大众的文化意识之中,企图使非洲土著人把白人至上的观念内化成"正常现实"或"普通常识"。

三、黑色幽默与"反英雄"人物

"黑色幽默"是最先由美国作家约瑟夫·海勒(Joseph Heller, 1923—1999)在小说《第二十二条军规》(*Catch-22*, 1961)中使用的一种写作手法,其特点是夸张性地描写了人物周围世界的荒谬和社会对个人的压迫,以一种无可奈何的嘲讽态度表现环境和个人之间的反差和无协调性,并把这种现象加以放大、扭曲、变形,使其显得更加荒诞不经、滑稽可笑,同时又令人感到沉重和郁闷。[①] 因此,"黑色幽默,顾名思义,就是以幽默这种传统的喜剧形式表现绝望、痛苦和残酷的悲剧内容,从而造就阴郁苦涩的喜剧效果"[②]。在《嗨,上帝可不是像那样……》里,赖特使用了"黑色幽默"的写作手法,专门塑造了乖僻的"反英雄"人物巴布,借其滑稽可笑的言行嘲讽了欧洲人对非洲人的种族偏见和种族歧视,抨击了殖民主义移入思想的非理性和荒谬性。

[①] Deborah L., Madsen, *Post-colonial Literatures: Expanding the Canon*, Sterling, Va.: Pluto Press, 1999, p. 32.

[②] 崔雅萍,陈蕾:《黑色幽默下的死亡阴影——解读〈第二十二条军规〉的死亡主题》,载《西北大学学报(哲学社会科学版)》2010年第3期,第165页。

在欧洲白人眼里，黑人的生命如草芥，不值得尊重或爱惜。在《嗨，上帝可不是像那样……》里，约翰驾车去加纳的路上，把在路边正常走路的黑人青年巴布撞伤。巴布苏醒过来，对白人约翰说的第一句话是："很对不起呀，我的头撞坏了你的汽车。"("Man, God Aint Like That...", 157)本是受害者的巴布反而诚惶诚恐地向驾车撞伤他的人认错，表示"真诚"的歉意。这个黑色幽默，让读者觉得心酸，感慨黑人无知的可悲和白人至上论愚民教育的可恨。约翰把巴布放在汽车的后座上，然后驾车送他去医院。由于头部负伤，巴布流了许多血。他对自己的伤势不太关切，但是对自己的血留在车上深表不安，他对约翰夫妇说："先生，太太，很对不起，我的血弄脏了你们的漂亮汽车。"("Man, God Aint Like That...", 157)那名黑人身负重伤，到生命的危险时刻，仍然担心自己的血给白人的财产带来损失。在途中，他多次就此向约翰夫妇道歉。这样的反复道歉一步一步地把黑色幽默推向极限，揭露了不良白人文化移入所导致的文化毁灭性和社会危害性，抨击白人种族愚民政策的"反文明性"和"野蛮性"。

其次，白人对黑人的潜意识偏见一旦受到外界刺激，马上就会被激活，转化成歧视黑人的意识；在白人种族主义者的意识中，黑人就是潜在的罪犯。巴布从机场回家后，把随身携带的箱子留在大厅，然后就离家出走了。留下的箱子表明他不是小偷，没有偷走约翰的画。巴布失踪后，约翰等白人的第一反应就是巴布会出去干坏事，于是赶紧报了警。警察查遍了整个城市的旅店、酒吧、咖啡馆、医院、教堂、车站和码头等，都没有找到人。约翰夫妇开始后悔把巴布带到巴黎，但是他们担心的不是巴布的安危，而是巴布可能给他们带来的危害或麻烦。但事实上，巴布从来没有危害社会或他人之心，他的出走是去实现心中的梦想——找到能帮助非洲人脱贫致富的上帝。

最后，非洲黑人的淳朴和愚昧所构成的黑色幽默加深了该故事的社会反思性。在杀害约翰的凶手认定问题上，"野蛮人"黑人巴布声称自

第五章　文化认同危机中的大千世界之恶

己就是杀人犯；他因痴迷宗教而出现了幻觉，以为他的主人约翰死后也会像耶稣那样复活；因此，他乐于被指控为杀害约翰的人。而"文明人"白人富兰克林夫人则是一名傲慢且虚荣的女人，为了掩饰丈夫曾有外遇的事实而不惜诬告"野蛮人"巴布。侦探雅克最后揭露了案件的真相，他查阅卷宗时发现：巴布曾在法庭上发誓说，就在他离开约翰家的时候看见圣母玛利亚。雅克由此而推断说，这个圣母玛利亚就是约翰的情妇奥戴尔·杜福尔，她才是最后一个到过案发现场的人。她威逼约翰与妻子离婚，但遭到约翰的拒绝。她在悲愤中失去理智，抓起巴布行李箱里的那把刀，砍死了约翰，并割下了他的头，然后逃离了案发现场。巴布返回约翰的家取自己的行李箱，结果发现约翰被杀害了。在巴布充满非洲原始宗教思想的头脑里，血淋淋的尸体就像一个超自然的符号，使其兴奋异常，陷入了终极理想意外实现的谵妄之态，他在恍惚中说出了一些关于杀死主人和主人将复活之类的狂语。巴布以为自己的意念发挥了作用，终于实现了约翰死亡的心愿。在心目中，以上帝为化身的约翰死于血泊之中，正好印证了耶稣复活的信仰。因此，他坚定向外宣称自己就是杀害约翰的凶手，并以此为荣。巴布在宗教幻觉的支配下强烈要求伏法；警察越说他没罪，他就越认为自己有罪，把伏法看作是上帝对黑人种族的考验。他希望通过上帝的考验，然后黑人就可能过上像白人那样的好生活。巴布求死不得的黑色幽默最后以被遣返非洲而结束。这个黑色幽默片段深刻揭露了基督教对非洲土著人的宗教毒害和精神控制。赖特采用黑色幽默的荒诞表现手法，"折射人们的零散化心理病状，挖掘后殖民主义时期人们精神异变的实质，对新的生存态势提出了建设性的启示"[①]。

赖特把黑色幽默的精髓渗入这个故事的各个层面，其中包括对死亡概念的理解。在这个故事讲述的黑色荒诞世界中，白人和黑人都生活在

---

① 崔雅萍，陈蕾：《黑色幽默下的死亡阴影——解读〈第二十二条军规〉的死亡主题》，载《西北大学学报（哲学社会科学版）》2010年第3期，第167页。

死亡或不幸的阴影之下，都在面对生或死、爱或恨的选择。他不再以传统的生理学角度来进行诠释死亡，而是从社会死亡的伦理学角度来展现现代种族主义所导致的畸形心理和社会危机。

综上所述，赖特在《嗨，上帝可不是像那样……》中全面详尽地描写了欧洲人对非洲土著人的蔑视和奴役，揭示了非洲黑人与欧洲白人民族之间的文化冲突和心理冲突。该故事从现代的视角探索白人殖民主义思想的余孽，展示了一个越来越多元化或多极化的非洲大陆，揭露了白人移入文化的霸权性对非洲民族文化的差异整合性的践踏。这个故事显示了赖特后期文学创作理念的一种共同倾向，即：探视不同文化的属性问题，抨击不同文化之间的不平等对话与交流。赖特在介绍和描写非洲部落文化的同时，还发起了对文化霸权主义和欧洲中心主义的批判。通过对民族差异客观性的强调，他有力地抨击文化多元主义语境下的文化霸权，并为民主理想在不同政治空间中的深化提供了独特的视角，用文化多元主义学说挑战了欧洲中心主义的文化移入思想。正如康孝云所言："对将欧洲视作价值及意义上的唯一标准的观念进行移除与拆解，从而为少数和边缘群体赢得一个更为公平公正的生存环境，创造一个宽容与平等的社会提供了可能性。"① 赖特的故事具有丰富的文学内涵和历史价值，虽然被国内外评论家忽略甚久，但其揭示的后殖民主义问题仍然值得现代社会深思。在这个故事里，赖特以犀利的文笔揭露了西方国家在非洲地区的后殖民主义之恶，抨击了以"文明代言人"自居的欧洲白人的"野蛮"行径，对认知21世纪非洲大陆后殖民余孽问题具有重要的启迪作用。

---

① 康孝云:《后殖民主义：历史与可能》，载《云南社会科学》2011年第1期，第41页。

第六章 心理危机与人性扭曲

心理危机是指受到严重灾难或重大事件的影响所产生的巨大精神压力或心理焦虑。该危机通常会使生活状况发生明显的变化,使当事人陷于痛苦和不安的状态。如果心理危机得不到及时的、有效的干预,病情会日益严重,有时会发展到人格扭曲的地步,导致当事人做出危害社会或破坏法制的行为。赖特在小说里描写了美国黑人在遭受种族歧视和种族偏见的迫害后出现的各种精神危机。黑人受害者的人格扭曲与种族主义社会的非理性往往是相互作用的结果。因此,可以把赖特笔下黑人的人格扭曲视为外部环境与人格演绎互相作用后产生的人性之恶。

第一节 《住在地下的人》:精神分析视阈下的性恶书写

赖特的短篇小说《住在地下的人》("A Man Who Lived Underground")于1942年首次发表在杂志《重音》(*Accent*)上。赖特本来是把这个作品写成一部长篇小说的,但是后来由于找不到出版商,就只好把它缩短成一个短篇小说。两年后,赖特的朋友和崇拜者埃德温·瑟韦尔编辑把这个短篇小说收入文集《横切面》(*Cross Section*,1944)。1960年赖特把这个短篇收入自己的文集《八个人》。很可惜的是，赖特在《八个人》出版前的两个月就去世了。《住在地下的人》讲述了黑人青年弗雷德·丹尼尔斯被警察冤枉成杀人犯、被迫逃进下水道的故事。许多读者认为这个短篇深受俄国作家陀思妥耶夫斯基的中篇小说《地下室手记》(*Notes From Underground*, 1864) 的影响，还有一些读者认为这个短篇小说的下水道情境描写与维克多·雨果的经典小说《巴黎圣母院》(*Les Miserables*, 1862) 的类似情境描写有许多可比之处。然而，《住在地下的人》只是与以前的某些作品有个别情节上的微妙巧合，但在主题的内涵和外延方面则完全不同。赖特在该短篇小说的情节发展中贯穿了丰富的心理学原理，每一个情节、每一个人物动作、每一句话语都蕴含着丰富的心理寓意。

一、自我防御机制

自我防御机制是人们在社会生活中面对可能出现的威胁或伤害时所做出的一种反应机制，即："当自我受到外界的人或者是环境因素的威胁而引起强烈的焦虑和罪恶感时，焦虑将无意识地激活一系列的防御机制，以某种歪曲现实的方式来保护自我，缓和或消除不安和痛苦。"[①] 其主要表现形式有否认、压抑、合理化、移置、投射、过度代偿、反向形成等十多种。这个机制的核心点是自我。为了维护自身的安全，当事人可能采用牺牲小我保存大我或牺牲他我保全自我的方式。在《住在地下的人》里，赖特描写了自我防御机制中的三种形式：屈打成招（合理化）、拒绝认罪（否认）和杀人灭口（移置）。

合理化是指无意识地通过一种似乎有理的解释或实际上站不住脚的理由来为其难以接受的情感、行为或动机作辩护，以使其可以接

[①] 龚瑶：《〈哈姆雷特〉中自我防御机制的移置作用》，载《大学英语（学术版）》2007年第1期，第188页。

受。① 屈打成招是合理化形式的一种，指无辜的人在酷刑下被迫认罪的一种情况。这也是当事人在无法忍受外界暴力的情形下而被迫采取的一种饮鸩止渴方式。这种方式可以缓解暂时的危机，但却可能导致更大的灾难或危险。在这个短篇小说里，主人公弗雷德·丹尼尔斯被指控杀害了一名白人妇女。被捕后，他没能熬过酷刑，在白人警察的威逼利诱下，签下了认罪书，承认干了子虚乌有的杀人罪。这样，他虽然逃过了暂时的毒打，但其自认的罪行却足够把他送上断头台。屈打成招是暂时规避危机、对付"恶"的一种自我防御机制。

否认是"一种比较原始而简单的防御机制，其方法是借着扭曲个体在创伤情境下的想法、情感及感觉来逃避心理上的痛苦"②。拒绝认罪是否认的一种，指拒绝承认自己有罪。这也是当事人在遭遇外界巨大压力和暴力情况下所采取的措施之一。丹尼尔斯是一家商行地下金库的守夜人。一天晚上，他睡着的时候，有人悄悄潜入金库，把保险柜里面的美元和屋里的戒指、宝石和手表等值钱物品扫荡一空。警察来调查案件，认为在金库地下室里丹尼尔斯是唯一在场并且有作案可能的人，但尼尔斯又无法证明自己的清白。因此，警察就采用各种酷刑折磨他。丹尼尔斯知道，一旦认罪，警察不用查实证据，就可能把他送进大牢或送上断头台。因此，无论警察怎么羞辱他，毒打他，他都拒不认罪。越不认罪，遭受的暴力迫害就越惨烈。拒绝认罪是以硬碰硬的一种自我防御机制，也是无辜者对付"恶"的另一种无奈选择。

移置是"无意识地将指向某一对象的情绪、意图或幻想转移到另一个对象或替代的象征物上，以减轻精神负担来取得心理安宁"③。杀人灭口是移置防御心理的一种表现形式，指涉案人员杀害证人以毁灭证据的

---

① 任庆霞：《自我防御机制一览》，载《知识就是力量》1997年第5期，第28页。
② 龚瑶：《〈哈姆雷特〉中自我防御机制的移置作用》，载《大学英语（学术版）》2007年第1期，第190页。
③ Elsie Jones-Smith, *Theories of Counseling and Psychotherapy: An Integrative Approach*, Thousand Oaks, Calif.: SAGE Publications, 2012, p. 243.

行为。这种措施也是当事人杀害可能告密或泄密的人来保全自己的身份、地位、荣誉等的一种自我防御机制。当丹尼尔斯到警察局自首时，原案件负责人罗森警长非常紧张，因为丹尼尔斯涉嫌案件的真凶已经抓住，丹尼尔斯是被他屈打成招的。罗森警长怀疑是有人借机整他，用丹尼尔斯事件作为他渎职的证据。因害怕失去职位和荣誉，罗森警长在一个风雨交加的夜晚，假装让丹尼尔斯带路去查看下水道的检修孔。在丹尼尔斯进入检修孔后，罗森警长就拔枪杀害了他。罗森警长以杀害无辜者的方式来保全自己的荣誉和地位，这是其人性之"恶"在自我防御机制中的极端表现形式。

总之，从心理学上看，自我防御机制不是蓄意的，而是无意识的或至少是部分无意识的。然而，赖特笔下的人物在故事情节的发展中时常会作一些有意识的努力，最大限度地保护自己的人身安全。他们的防御机制是倡导维护自尊，主张通过心理压抑、克制和暴力来保护自我。从作用和性质来看，小说中的屈打成招和拒绝认罪可以看作是消极的自我防御机制，而杀人灭口则可以看作是积极的自我防御机制。因此，赖特笔下的自我防御是通过歪曲记忆、知觉和行为动机，或完全阻断某一心理过程而使自我免于受到伤害的心理机制。

二、情结

在卡尔·荣格（Carl Jung，1875—1961）看来，"情结是一些相互联系的潜意识内容的群集，是整体人格结构的一个独立存在的心理单位。它具有强烈的情绪色彩，而且与意识的习惯态度不相容。它是自主的，具有自己的内驱力"[①]。据此定义，情结的情绪色彩是其内部所固有的，因此荣格从一开始就使用"情感特色"这个术语来说明情结的特殊性质。虽然在现代心理学中已经不再使用此修饰语，但其含义仍然存在。

[①] 转引自桂莉娜：《探析"情结"》，载《科技咨询》2008年第11期，第214页。

第六章　心理危机与人性扭曲

人在个性的形成和发展过程中,会产生一些与个性化的总趋势以及个人的心理特点不协调、不一致的心理取向,因此也就导致了个人的内心冲突,并在冲突中受到意识的压抑。[①]当情结被激活时,人会感到身不由己、无法自我控制。在短篇小说《住在地下的人》里,赖特描写了三种情结:逃避情结、阿Q情结和彰显情结。

逃避情结是人遇到难以克服的困难时所产生的一种本能性躲避心理,也是寻求自我保护的手段之一。《住在地下的人》的第一句话是,"我得藏起来。"("The Man Who Lived Underground",19)躲藏是一种典型的逃避行为。人在遇到危机或危险时,时常采用的方式就是避其锋芒,寻求生机。丹尼尔斯逃出了警察局后,发现全城警车呼啸,草木皆兵。为了躲避警察的搜捕,他逃进马路上的下水道检修孔。下水道里污水横流,垃圾漂浮,奇臭无比。为了活命,他在下水道里一直往下走,后来找到一块未被水淹之地作为栖身之所。在种族主义社会里,像丹尼尔斯这样的黑人,被警察屈打成招后,很难得到平反昭雪。因此,他在下水道里到处打洞,希望在地下建立一个属于自己的家。然而,在打洞过程中,他目睹了这个城市的许多地下设施。他看到一个地下黑人教堂的礼拜活动,进入过一间在使用中的锅炉房,偷窥了一家商行的地下金库。他有很多机会从打通的那些房间直接走到地面上,但是他既不敢也不愿。他深知自己是一名逃犯,地下的生活虽然黑暗,但比送上绞刑架还是要舒坦得多。丹尼尔斯从地下通道进入他人的房间,偷走了一台收音机。但是,收音机的主人怀疑收音机被一个男孩偷去卖给拍卖行了。当丹尼尔斯听到那个男孩被人一拳接一拳猛揍时,很是同情,想把收音机拿回去还了。但是,他只是同情而已,并没有采取实际的行动。他心中的"恶"为其逃避行为寻找借口,认为小孩挨打也许有助于他认识到生命的可贵性。实际上,他逃避的真实理由是害怕暴露自己的逃犯身

[①] 参见周小娟:《〈简·爱〉女性话语空间的自我建构》,载《外语教学》2010年第4期,第73页。

份。丹尼尔斯的"恶"为他寻找一切可能的逃避理由。在故事的另一个场景里，当守夜人汤普森被冤枉成金库盗窃犯时，他无法向警察证明自己的清白，最后只好举枪自杀了。丹尼尔斯就在旁边目睹了这一切，但他心中的"恶"仍然阻止他站出来自首。丹尼尔斯的最终选择是逃避，使无辜的汤普森带着"监守自盗"的恶名离开了人世。

阿Q情结本来是鲁迅先生用来归纳20世纪二三十年代中国民众的一种自欺欺人的社会心理，被戏称为精神胜利法，具体表现为妄自尊大、自轻自贱、欺软怕硬、麻木健忘等。这种心理也出现在赖特笔下的丹尼尔斯身上。丹尼尔斯在下水道里到处打洞时，发现一家商行的地下金库，里面放有一个保险柜。丹尼尔斯在工作人员开保险柜的时候记下了保险柜的密码。之后，他把保险柜里成叠的百元大钞、一元小钞和硬币都放进他的口袋里，还把房间里的戒指、手表和宝石等贵重物品都放进口袋里，然后把这些东西统统拖到他的那块栖身之地。他认为自己的偷盗行为不同于小偷。小偷偷钱的目的是把钱花掉，而他偷钱和珠宝的动机只是为了欣赏和娱乐。他把偷来的美元一张一张地贴在墙上，并在墙上钉了许多钉子，接着把偷来的戒指和手表一个一个地挂在钉子上。之后，他还把偷来的宝石一枚枚地嵌在泥地上。丹尼尔斯是一名非常贫穷的黑人，在生活中吃尽了贫穷的苦头。在偷得大量钱财之后，他的显富心理骤然出现。他把偷来的钱财布满其居住的地方，似乎自己就生活在富贵的黄金屋。但他又清楚地意识到自己是逃犯，这些钱财，他是没有机会使用的。显富式的行为满足了他一时的虚荣心。赖特用一个句子概括他的心理："他觉得自己实现了一个在心里尘封多年的梦想。"("The Man Who Lived Underground"，56）实际上，丹尼尔斯的这个精神胜利心理与鲁迅先生笔下阿Q的精神胜利法具有异曲同工之妙。

彰显情结是指个人为了凸显自己的财富、功绩和声誉而特有的一种心理。这种情结也是实现自我和追求自我的一种表现形式。在这个短篇小说里，丹尼尔斯进入下水道后，发现自己的人身安全有了保障，但个人身份和个性品格却遭到毁灭性的打击。为了挽救处于毁灭边缘的自我，丹尼尔斯最后选择了走出下水道，到警察局投案自首。他想通过自首来找回失去的自我，揭露金库失窃案的真相，不愿汤普森继续成为自己的替罪羊。这个自首可以表明他作为"人"的存在。他的另一个彰显自我的心理表现在打字。他从白人的房间里偷了一台打字机。然后，他用打字机打了一句话："今天是漫长的热天。"("The Man Who Lived Underground"，47）他发现这句话的英语单词没有留出间隔，觉得不满意，于是就把这句子再打一遍。这次，他在每个单词之间留出了应有的间隔。这个举动表明，他时常都有彰显才干的潜意识，以表明自己也曾受过良好的教育。

由此可见，逃避情结、阿Q情结和彰显情结构成了这个短篇小说人物心理活动的主旋律。这些情结都是以自我为中心，潜意识地采取相应措施保护自身利益的最大化。这些情结的出现和产生的原始动力就是人们心目中以自我为中心的"恶"。

三、阴影

阴影是荣格提出的原型理论中的一个概念。每个人的人格当中都有隐藏在潜意识中的黑暗面，可以说是内心中的另一个自己。阴影深藏于人的潜意识中，若不是用面具加以掩盖，人就难以逃脱社会的批评和指责。"荣格认为，每一个真实的东西都有阴影，就犹如有光明就必有黑暗一样，阴影也会存在于每一个个体身上。阴影是个体黑暗的方面，又是人想要隐藏的所有不好特征的总和，是人格中的消极方面或人性中卑劣原始的方面。"[①] 尽管阴影"是个体不愿意成为的那种东西"，但由于它是一个原型，所以必然会存在于一切事物的一切方面。此外，阴影也要寻求向外投射，这就是为什么人们有时会感到难以抑制自己"恶"的

---

① Georg Nicolaus, *C. G. Jung and Nikolai Berdyaev: Individuation and the Person, A Critical Comparison*, New York, NY: Routledge, 2011, p.123.

倾向。在这个短篇小说里，赖特刻画出了三类阴影：胆怯、自负和冷酷。

　　胆怯是胆小、缺乏勇气的人格特征之一。丹尼尔斯在种族主义环境里长大成人，深知白人对黑人的冷酷和无情。他对白人和警察有一种天生的胆怯心理。他从警察局跳窗逃走后，一直生活在极度恐惧的阴影里。他最怕听到警车声，最怕看到穿制服的警察。在故事开篇处，他逃到街上，警车来回呼啸，警笛长鸣。在惊恐中，他钻进了街上的下水道检修孔。随着警笛声的逼近，他只好急促地一步一步向下爬。即便是待在下水道里，传进耳朵的警笛声也使他惶恐不安。下水道里空气龌龊，令人窒息，头脑不时发生激烈的心理冲突：他是马上从检修孔爬到街道上去呢，还是继续待在下水道里？呼啸的警车声和酷刑的回忆迫使他放弃了爬出去的想法，而是一步一步地往下水道的深处走去。在丹尼尔斯胆怯的阴影里，其人格时常处于分裂状态：他的一个分身总是努力去回忆他离开的那个世界，他的另一个分身却竭力强迫他忘掉这些事。在其脑海里经常浮现的是妻子、雇主邬顿太太和拘捕他的那三名白人警察。他怕见警察的胆怯心理是因为他签过认罪书，一旦被捕，法院就可能判他死刑。虽然他真的没杀过人，但无法证明自己清白的嫌疑犯与真正的杀人犯在法庭上是没有多大区别的。

　　自负就是过高地估计自己而产生的一种自我意识。人的自我意识主要包括三个方面：自我认知、自我意志和自我情感体验。人评价自己，要靠自我认知，有的人过高地评价自己，就表现为自负；有的人过低地评价自己，就表现为自卑。自负往往以语言、行动等方式表现出来。自负心理是指当事人夸大自己的能力、机遇和自信心的一种心理状态，同时也是夸大自我的一种表现形式。丹尼尔斯长期生活在惧怕白人、警察和老板的生活环境里。他在故事中的梦境可以从反面阐释其自负心理。他坐在工具箱上打瞌睡，一会儿就进入了梦乡。第一个梦是，他看见自己站起来，蹚在湍急的下水道水流里；他从一个下水道的检修孔爬了出去，惊讶地发现，自己爬进的是一个站满了武装警察的屋子，这些警察正盯着他呢。他在梦中被吓醒，叹了一口气，又继续睡。接着他进入了下一个梦：他站在一个房间里注视着自己一丝不挂的尸体，僵硬地、冰冷地躺在一张白色的桌子上；一群人挤在角落里，恐惧地看着他的尸体。虽然他躺在桌子上死了，但却以某种神秘的方式站在自己的尸体旁边，挡住人们的视线，守卫自己的尸体。当他目睹到这个情境时情不自禁地笑了起来，因为他觉得这些人怕他了。丹尼尔斯的自大心理在现实生活中没能实现，但在其梦境中得以实现。

冷酷是关于人的道德情感和伦理品格方面的重要概念，意即冷淡苛刻、残酷无情、毫无同情心。冷酷是阴影的重要表现形式之一，是当事人在遇到危险时所采取自保的一种无情手段，行为的后果经常是与法律、道德和社会准则背道而驰的。丹尼尔斯偷盗了金库，而守夜人汤普森遭到警方毒打。丹尼尔斯目睹了毒打的全过程和汤普森的最后自杀，但他没有出来自首。丹尼尔斯偷走了收音机，但怀疑的矛头指向了小男孩，导致小男孩遭受毒打。丹尼尔斯对自己造成的恶果熟视无睹、不敢承担责任的冷酷心理毁灭了他的正直、勇敢和充满正义的品格。

赖特在《住在地下的人》里，描写了人们在遇到危机时的胆怯、在自己处于顺境中的自负和维护自我所形成的冷酷。这三种情形也是人们在不合理社会里遭遇社会危机和心理挫折时所产生的主要表现形式。

赖特在这个短篇小说里所揭示的人性善恶观与其世界观、政治观、美学观和价值观紧密相关。赖特的性恶书写是既具有本体论又具有认识论色彩的一种文学现象，折射出赖特哲学思想和审美理念的独特性，挑战了美国传统的道德劝善和说教的文学观念。赖特在这个短篇小说里消解了哈莱姆黑人作家的温和笔调，从人性最颓废的一面出发揭示人的深层本质，对传统文学性善论的善本位价值取向进行颠覆，认为"恶"具有最高的伦理价值。赖特的"人性之恶"描写不是要营造或渲染灰暗阴冷之感，而是要超越种族问题，客观揭示人性与社会的辩证关系。这个短篇小说所展现的人性之恶，通过恶的撕裂和毁灭使人的灵魂得到凤凰涅槃式的净化和升华，彰显赖特之性恶书写的真正美学价值和伦理寄寓。

第二节 《杀影子的人》：心灵恐惧与种族关系

《杀影子的人》（"The Man Who Killed a Shadow"）是赖特写得最好的短篇小说之一，收录在赖特文集《八个人》里。这个短篇小说是赖特移居巴黎期间写下的，有的美国评论家认为这个作品是赖特晚年创作转向的标志之一，还有的评论家认为赖特写这类作品仅是出于解决家庭收入窘境的应急之举。的确如此，赖特在法国写作的长篇小说《局外人》《长梦》和非洲游记等作品销售状况不理想，家庭经济陷入危机，读者对他的关注度也大为减弱。因此，赖特打算以这个作品为契机，开拓新主题，选择新视角。这个短篇小说揭示了种族主义思想对不同种族人际交往和异性交往的重大影响，具有一定的政治前瞻性。迄今为止，国内只有朱安兴于1989年发表的一篇论文《〈杀影子的人〉——种族和欲望的悲剧》，他在论文中抨击了美国法律的偏颇和社会的不平等，认为种族歧视政策和观念不仅给美国黑人也给美国白人带来了悲剧性的命运。[①] 他的观点为进一步探索这个短篇小说作了有益的铺垫。凯伦·霍妮[②]的新弗洛伊德主义基本理论有助于探索赖特在《杀影子的人》中所揭示的

---

① 参见朱安兴：《〈杀影子的人〉——种族和欲望的悲剧》，载《温州师院学报（哲学社会科学版）》1989年第4期，第58页。

② 凯伦·霍妮（Karen Horney，1885—1952）是美籍德国精神病学家和精神分析专家，也是新弗洛伊德主义的主要代表人物，其主要著作有《精神病的人格》《精神分析的新方法》等。

心理恐惧与种族关系的内在关联。

一、影子与影子世界

弗洛伊德认为人的心理区域由"本我""自我"和"超我"三部分构成，左右着人的精神世界和心理反应。但是，凯伦·霍妮对人格结构的见解不同于弗洛伊德，她认为人格结构是由"真我""实我"和"理想我"三部分组合而成的。"'真我'指个人所具有的天赋潜能中的一部分，是活生生的，是一个真正的生命的中心；'实我'则是由'真我'受环境影响而逐渐形成的，它所体现出来的思想具有现实性；'理想我'是个人为了逃避内心冲突而产生的有关自己的完人意象。"[①]实现"真我"的途径在于充分发挥"真我"中所蕴含的正能量。在霍妮看来，每个人的具体情况有所不同，但只要有适当的环境，就可以造就健全的人格。在美国种族主义社会，黑人的"真我"就是对人身自由和个性独立的本能追求，其"理想我"就是拥有和白人平等的自我和人权。然而，种族偏见和种族歧视使黑人理想与社会现实严重分离，白人对黑人的种族压迫和种族迫害对黑人的"实我"造成严重的伤害，给他们烙下难以消除的心理阴影，破坏了其健全人格的形成。

"影子"（shadow）的本意是指人或物体遮住光线后所形成的暗影，而赖特在《杀影子的人》中所提及的"影子"是指种族问题在黑人"实我"中留下的阴影。"影子"是作者提挈整个作品的中心意象。赖特在该短篇小说的第一段指出，主人公索尔·桑德斯从小就和影子生活在一起，而使他感到恐惧的影子不是太阳光下建筑物或其他物件的倒影，而是内心恐惧的阴影，这种阴影只有他能看到。他一直被这类影子困扰；不消除影子，就难以生存下去。影子究竟指的是什么呢？索尔赖以生存的世界是一个一分为二的世界——白人世界和黑人世界。在政治地

---

① Karen Horney, *The Neurotic Personality of Our Time*, New York: Norton, 1937, p. 29.

位和经济地位方面，这两个世界有着天壤之别。生活在黑人世界的黑人通常白天到白人世界去打工挣钱，养家糊口，晚上又回到自己的黑人世界。白人世界是黑人做苦力的地方，然而，黑人如果不在这个地方上班，也没有更好的谋生去处；白人剥削黑人，同时又蔑视黑人。虽然黑人和白人在美国社会处于共生关系，但是这个关系是不平等的社会关系。黑人是社会经济活动中的体力劳动者，而白人是黑人劳动成果的享用者。索尔所惧怕的影子表面上是白人和白人世界，实际上却是白人种族主义者残酷迫害黑人的事件给黑人留下的心理阴影或阴霾。

种族主义社会阻碍着黑人的发展前途。黑人不管多么优秀，读书成绩多么好，最终都逃不了从事体力劳动的宿命，黑人在暗无天日的社会生活里越来越消沉。索尔十四岁那年，祖母去世，他只好去南方为白人打工，养活自己。他很快发现白人雇主不但剥削他，而且还把他当成下等人，不尊重他基本的人格。索尔所有的焦虑、恐惧和愤怒都来源于这个影子般的白人世界；在这个世界里，索尔用自己的劳动力换取食物，却无法通过有效的途径来实现自己的理想。索尔从十五岁起就开始逐渐明白自己所处的生活是所有黑人都难以改变的命运。赖特写道："威士忌的确使他［索尔——作者注］意志消沉，在一定程度上麻木他的神经，消解他内心紧张不已的影子数量和影子威胁。"("The Man Who Killed a Shadow", 188) 索尔没喝酒时，看到身边高傲的白人会感到很不舒服。"他几乎从来没有在白人的影子世界面前出现过笑容，但是一旦他喝了一两杯后就能哈哈大笑了。"("The Man Who Killed a Shadow", 188) 为了消解对社会不公和种族压迫的不满和怨恨，索尔整日用喝威士忌的方式来麻痹自己，化解影子所引起的内心张力。在白人世界里，他不喝酒的时候很苦闷，只有喝醉才能得到短暂的快乐。

白人警察总是把"黑人"当成犯罪嫌疑犯。不论发生了什么刑事案件，黑人是第一个被怀疑的对象，黑人社区是第一个被搜查的地区。白人警方对黑人伤害或抢劫黑人的案件大都马虎了事，很少彻查；但是，他们对黑人伤害或抢劫白人的案件却非常重视，总是一查到底，宁可错抓十人，也不放过一人。因此，索尔时常听到"白人警车在黑人社区警笛长鸣，呼啸而过；此外，他还时常目睹白人警察抓走无辜的黑人"。("The Man Who Killed a Shadow", 188）白人对黑人的迫害和压迫导致美国社会的种族关系日益紧张，使黑人总是处在"影子"的威胁中。所有的白人都成为令黑人恐惧无比的影子，使黑人终日过着惶恐不安的生活，似乎达摩克利斯之剑随时都可能砸下来。

因此，黑人在白人面前总是显得唯唯诺诺、软弱无能，无法与白人建立起正常的人际关系。黑人从小生活在贫困和动荡之中，与白人有一种无法消除的疏远感，过着不论怎么奋斗也不会有光明前途的消沉生活。在黑人眼里，白人世界不但是保护白人利益的地方，而且还是黑人有理无处讲、有冤无处申的地方。黑人对白人世界充满着不解和恐惧，把整个白人世界视为一个可怖的鬼蜮世界，把白人也视为一个个随时都可能吞噬黑人"实我"的魔"影"。

二、沟通焦虑

霍妮在新弗洛伊德主义理论中突破了古典弗洛伊德学说泛性论的束缚，认为文化和社会环境对人的行为和心理取向具有决定性影响。① 她认同弗洛伊德关于潜意识冲动决定人的行为的论断，赞赏他对无意识状态中自由联想和梦境的分析方式，但是坚决反对其性欲理论和恋母情结说，认为这些理论否定了人与环境的关系，忽视了文化、政治、经济等社会因素对人的重大影响。美国精神病理学家罗伯特·W. 隆丁说：

> 霍妮提出了"基本焦虑"的概念，认为人一生下来就进入一个充满敌意的世界，所以婴儿和幼年的孩子心里往往就充满着不安

---

① 参见马震祥：《精神分裂症精神病理学》，载《临床精神医学杂志》1992 年第 1 期，第 35 页。

的恐惧,这种不安全感又直接导致了焦虑,从而寻求安全和消解焦虑就成了人格形成和发展的主要内驱力。因此,霍妮认为潜意识冲动并不是受快乐原则所支配的性本能冲动,而是受生存原则所决定的寻求安全和消解焦虑的冲动。①

霍妮关于"基本焦虑"的理论认为人一生下就处在一个以"恶"为特征的世界里,对外界充满恐惧,产生难以抑制的焦虑。这种焦虑促使人采取行动,消除危机,改善生活。霍妮的见解可用于阐释美国社会黑人与白人的人际交往危机,黑人与白人的沟通遭受挫折时,通常会采用逃避的方式来寻求人身安全,缓解可能被白人报复的焦虑。

黑人把一切白人都看作是可恶和可怖的影子。他们讨厌白人,害怕面对白人,对黑人社区以外的世界具有强烈的不安全感和排斥感。在许多情形里,黑人明知白人对自己并没有真正严重的威胁,也知道自己的这种恐惧反应是不合理的、没有必要的,但无法抑制内心深处的恐惧感。当面对白人或与白人共事时,恐惧感仍会反复出现。在与白人的交往中,黑人对白人的话语极为敏感。"一旦白人说出不利于他们的话语,他们会马上反驳,然后选择离开,以消除白人可能对他们实施打击的焦虑。黑人对白人的恐惧造成人际沟通焦虑。"②赖特在《杀影子的人》中描写了黑人青年索尔在就业过程中所遇到的人际沟通障碍。

在白人世界里打工的黑人对白人充满不信任感。由于种族隔离和种族偏见,黑人和白人难以建立良好的人际关系。索尔在一名白人上校军官家里担任管家兼司机,月薪四十美元。他为上校工作了五年。有一

---

① Robert W. Lundin, *Principles of Psychopathology*, Columbus, Ohio: C. E. Merrill Books, 1965, p. 232.
② James D. Page, *Psychopathology: the Science of Understanding Deviance*, Chicago: Aldine-Atherton, 1971, p. 98.

天，索尔陪上校喝酒，自我感觉良好，就借机提出了加工资的要求，并解释说由于物价飞涨，原来的工资不够生活了。那天上校没有喝醉，断然拒绝了他的加薪要求。由于害怕白人事后报复，索尔就愤然辞职了。赖特指出："在酒精的作用下，他以为影子消失了，但是当提出加薪被拒绝的时候，他才发现原来是自己的错。他不该提加薪之事，上校也不是一个好家伙，一个影子而已。"("The Man Who Killed a Shadow", 189）索尔是一名自尊心特强的黑人，上校的拒绝使他难以在上校家继续工作。从这个事件，我们可以看出黑人和白人的沟通障碍。上校生活在白人世界里，理解不了黑人的生活困苦；而黑人也接受不了白人拒绝加工资的粗暴言行。

索尔在白人世界里工作，不仅有自己的经济要求，而且还竭力维护黑人的人格尊严。离开上校家后，索尔受雇在一家大型化学公司担任灭虫员。他辛勤工作，挨家挨户地放置老鼠药和蟑螂药。因为工作成绩显著，他提出加薪，老板答应了他的要求。但是，有天早上，由于前一晚酒喝多了，索尔情绪变得很敏感。当老板说了一些贬低黑人的话语时，索尔顿觉不满，责备老板言语中的不当之词。事后，索尔惊恐万分，难以自制。他担心白人报复，因此不久选择了辞职。当他与白人发生矛盾后，不是找机会去作进一步的沟通，求得彼此的谅解，而是简单地选择了逃避，不愿再受恐惧和焦虑的煎熬。

在种族主义社会里，黑人和白人难以建立正常的人际关系。由于黑人对白人世界的潜在害怕和畏惧心理，黑人一旦与白人发生冲突，就选择逃避，导致人际沟通失败。这种沟通焦虑不仅损害了黑人平安的生存环境，而且还可能使白人遭受到种族偏见可能导致的恶果。

三、异性恐惧

关于人格形成的问题，霍妮赞同弗洛伊德关于人格是在童年时期逐渐形成的观点，但质疑弗洛伊德用原始性欲的发展过程来阐释人格形成的理论。①霍妮强调社会环境和文化因素在人格形成中的重要作用。我们可以把霍妮的人格理论引入赖特作品《杀影子的人》中索尔人格形成问题的探索。索尔的人格危机，特别是对异性的恐惧感，主要来源于美国社会对待黑人男性和白人女性交往的不合理态度和行为。从精神病理学来看："异性恐惧症与无意识的性妄想有关。异性恐惧症实质上是一种社交恐惧症，具有异性恐惧症者大都性格脆弱、孤僻、腼腆、爱面子和好虚荣，传统道德观念很强，十分注重他人对自己的议论和评价，然而又不善于表达自己的内心情感。"②但美国黑人男性的异性恐惧不同于传统意义上的异性恐惧症，而是来源于美国社会盛行的种族歧视和种族迫害对黑人所产生的严重精神疾病，使黑人在其人格发展中出现严重缺陷，形成难以消除的心理阴影。黑人从 1619 年来到美国后就被白人视为"非人类"或"次人类"，经历过长达二百四十六年的奴隶生活。1865 年，美国黑人获得解放后，仍然不被视为与白人平等的美国公民。白人对黑人进行种族隔离，歧视黑人文化。在 19 世纪后半叶和 20 世纪初，南方黑人如果和白人女性发生性关系，不论白人女性同意与否，黑人男性皆被视为强奸犯，时常被处以私刑。"法律却规定黑人男子无权与白人女子有任何性接触，因为他们身上有这种不正常的超性欲。任何对白人女子微不足道的冒犯，包括肢体行为和语言行为，都可能导致黑人男性蒙受私刑。"③白人的暴行通过私刑的方式给黑人男性进行了残酷的心理阉割，导致黑人男性一见到白人女性，恐惧之感油然而生，人格出现严重危机。

在《杀影子的人》里，赖特通过索尔与白人妇女梅贝尔的故事揭示了黑人男性普遍存在的异性恐惧心理。索尔在一家图书馆当清洁工，每

---

① Michele J. Gelfand, *Advances in Culture and Psychology*, Oxford: Oxford UP, 2011, p. 241.
② Lawrence Josephs, *Character Structure and the Organization of the Self*, New York: Columbia UP, 1992, p. 214.
③ 谭惠娟:《黑人性神话与美国私刑——詹姆斯·鲍德温剖析种族歧视的独特视角》，载《外国文学》2007 年第 3 期，第 17 页。

第六章 心理危机与人性扭曲

次见到白人图书管理员梅贝尔都会产生一种难以言状的恐惧感,本能地认为她是一个可能吞噬其生命的"影子"。索尔觉得自己是低人一等的奴仆,不但感受不到梅贝尔的爱意,反而把她释放的求欢信号视为白人对他工作的刁难。梅贝尔多次要求索尔去打扫她的办公桌下面,目的是让索尔弯腰扫地时能瞧见她那性感的大腿,以便使索尔不能自制而接受她的勾引。由于种族隔阂,索尔感受到的不是她的性诱惑,而是白人对黑人工人的指手画脚。赖特通过梅贝尔勾引索尔的细节描写,重申了一个白人不愿面对的事实,即:"自从北美奴隶制以来,黑人男性与白人女性之间的性接触往往是白人女性主动挑起的。"①其实,"黑人强奸白人妇女"的谎言是白人种族主义者迫害黑人的主要借口之一。

种族隔阂导致索尔把白人女性的性勾引话语视为对自己的侮辱。在梅贝尔的百般挑逗下,索尔仍然不为所动。正如朱安兴所言:"对于索尔来说,梅蓓尔在他眼里并不是身姿婀娜、楚楚动人的女性,而是游移飘忽、不可琢磨、令他颤栗不已的'影子'。"②当梅贝尔对他实施性骚扰时,索尔抑制住自己的愤怒,小声抱怨道:"瞧,夫人,你在给我找麻烦。"("The Man Who Killed a Shadow", 193) 梅贝尔不顾索尔的感受,一语双关地说:"你怎不干你的工作?那是领了工资就该干的事,黑鬼?"("The Man Who Killed a Shadow", 193)。梅贝尔希望她的话语能促使索尔做出大胆的举动。但是,她不知道,残酷的种族迫害已经对黑人男性进行了社会阉割,使黑人男性丧失了与白人女性建立任何情爱关系的心理动力和自信心。白人女性的任何示爱举动,在黑人男性眼里无异于"死亡陷阱"。梅贝尔话语中的"黑鬼"一词深深地刺伤了索尔的种族自尊心。他一怒之下,扇了她一个耳光。挨打后的梅贝尔发出了

---

① Onwuchekwa Jemie, *Langston Hughes: An Introduction to the Poetry*, New York: Columbia UP, 1976, p. 111.
② 朱安兴:《〈杀影子的人〉——种族和欲望的悲剧》,载《温州师院学报(哲学社会科学版)》1989 年第 4 期,第 59 页。

剧烈的尖叫声,这个尖叫声彻底唤醒了索尔内心的心理恐惧。每一个南方黑人男性都知道白人女性的尖叫声意味着什么。所以,索尔不惜用柴火棒打破了她的头,用手掐她的脖子,用刀割断她的喉管,竭力止住那让黑人男性心惊肉跳了几百年的尖叫声。索尔并不想杀死她,而只是想止住那个令他窒息的尖叫声。如果他不能让她停止叫唤,一旦其他人听到,他的死期就到了。索尔面临的窘境是不管他怎么做,他都会被杀掉。索尔在绝望中为消解恐惧所采取的行动把自己和梅贝尔都送上绝路。

索尔杀死梅贝尔后,产生一种解脱感,似乎以后再也不会感到恐惧了。这表明他的心理恐惧已达到极限,进入了无畏的状态。这种情形印证了霍妮关于恐惧的极限表现为恐惧的消失的论断。种族隔阂不但导致白人女性对黑人男性示爱的失败,而且还引起了黑人男性对白人女性的误解,导致双方都无法在心灵上获得正常的沟通。白人女性的种族歧视思想与黑人男性的种族自尊感的激烈冲突加剧了黑人男性的异性恐惧感,不利于正常种族关系的建立和异族男女和谐交际能力的养成。

总而言之,赖特是一位富有强烈使命感的黑人小说家,在《杀影子的人》中始终关注的是黑人的命运和对种族歧视和种族偏见的抗议。他成功地颠覆了白人种族主义者所渲染的黑人男性"公牛"形象,表明黑人男性是美国不合理种族关系和种族歧视社会环境中的最大受害者。作品中提到的"影子"不仅是指白人和白人社会,而且还指一切迫害黑人的恶势力和长期积淀的种族偏见和种族歧视思想。因此,赖特通过索尔谋杀梅贝尔的案件揭露了种族主义思想对黑人和白人的毒害,表明种族隔阂破坏了白人和黑人的正常人际交往,导致反常理的人生悲剧的上演。种族歧视和种族偏见的恶果是培育出更多像索尔那样的黑人,引起更大的种族冲突,最终危及种族关系和社会安定。因此,和谐的种族关系、真诚的人际交往和有效的人际沟通无疑是社会文明进步的重要基础。

第三节 《成人礼》：惊惶与
恐惧中的人性沦丧

中篇小说《成人礼》(*Rite of Passage*) 是赖特去世后由其女儿艾伦·赖特 (Allen Wright) 和编辑阿诺德·兰普萨德 (Arnold Rampersad) 所整理的遗稿，并于 1994 年出版。① 该部作品揭示了赖特文献中一个鲜为人知的主题——黑人青少年的成长问题，表明赖特的晚期创作已逐渐从种族抗议主题转向青少年心理话题。该作品从以下方面探究了黑人青少年的成长挫折和人生烦恼：情境反讽中的惊惶、"趋避"原则视阈下的心理冲突、恐惧与迷惘。

一、情境反讽中的惊惶

情境反讽是指在某特定的语境里出现的情况与人们所期望的结果恰好相反，给读者带来出乎意料的阅读感受。赖特在《成人礼》中所采用的情境反讽里出现的惊惶可以分为两类：家庭情境反讽中的惊惶和社会情境反讽中的惊惶。

家庭情境反讽中的惊惶是指人们在遇到与家庭变故有关的意外事件而产生的震惊和惶恐心理，时常会导致当事人的人格裂变或人生轨迹的骤然异变。② 这种反语的结局通常出乎读者的意料。在《成人礼》里，赖特把这种惊惶主要描写为主人公约翰尼·吉伯斯的惊慌失措和随之产生的对社会、家人和朋友的敌对情绪。约翰尼是纽约哈莱姆区一所中学的优秀学生，深得教师的喜爱和父母的宠爱。十五岁生日那天，他放学

---

① Gerry Larson, "Rite of Passage", *School Library Journal*, 40 (1994), p. 123.
② Arnold Rampersad, "Afterword", in Richard Wright, *Rite of Passage*, New York: Harper Collins, 1999, p. 117.

后拿着教师评价优秀的成绩单,带着吃炖牛肉的美好念头回家,开心地往家里走,但一走进家门,就发现他的衣物和书籍被打成包放在门厅,心中觉得很是奇怪。他原打算在吃了炖牛肉后约同学一起去看电影,但没想到这顿炖肉是他最后的晚餐。原来自己是被"家"收养的一个弃儿,十五年来,他一直被蒙在鼓里。根据市政管理规定,从十五岁起,他得更换养父母。政府的这个规定出乎他的意料,犹如晴天霹雳,摧毁了其家庭观念和平静生活。惊惶中,约翰尼发现,一起生活了十五年的爸爸妈妈、哥哥姐姐都和自己没有血缘关系,自己一下子成了这个家的局外人。约翰尼对"家"的依恋,一下子被市政当局的这个规定击得粉碎。当被宣布朝夕相处的家人不是真正的家人时,孤独感、绝望感和失落感涌上约翰尼的心头,他拒绝到新养父母家,并且不愿再认任何陌生人为父母。

赖特把第二个家庭情境反讽设置在约翰尼离家出走之后的寻亲尝试。寻找亲生父母的结果给他带来第二次惊惶。通过朋友比利的四处打听,约翰尼最后得知:自己母亲十六年前参加了一场舞会,在酒醉的朦胧状态下与一名黑人男子发生关系后怀上了他,他母亲也只见过那个男子一次,连那人的名字和住址都不知道;怀上约翰尼后,他母亲不堪生活重负,精神失常,被送进精神病院,并在那里生下了约翰尼。六个月后,约翰尼被吉布斯夫妇收养。他要寻找的亲生母亲仍然住在精神病院,亲生父亲是个不知去向、不知姓名的男人,其线索无从查找。他悲哀地发现自己原来是母亲与他人苟合后生下的"野种",身世真相使他羞辱难当,万念俱灰。

小说中的第三个家庭情境反讽出现在好朋友比利对约翰尼的不幸身世表示羡慕的场景中。比利说:"上帝保佑,我是你就好了……你现在不必上学了。说真的,我好想那样的事降临到我身上。"(*Rite of Passage*, 3)约翰尼对此惊讶不已。原来,比利的父母虽是亲生的,但其父亲整日酗酒,一回家就把妻子儿女当成出气筒。比利在充满家庭暴

第六章　心理危机与人性扭曲

力的环境里度日如年。而约翰尼的养父母属于中产阶级,家庭关系和睦。约翰尼在良好的家庭环境下长大,对家庭暴力和下层黑人的生活了解甚少,难以体会到比利的心态。因此,比利对其难堪处境的羡慕出乎他的意料。

　　社会情境反讽中的惊惶是指人们在社会生活中遇到与自己原有伦理道德和社会认知准则完全相悖事件后而产生出乎意料的震惊和惶恐。该类反语在文学作品中可能表现为相关人物的惶恐与不解,并使其产生对社会和朋友的不信任感和绝望感,甚至会加剧其人格的裂变,走上反社会的道路。① 在《成人礼》中,约翰尼离家出走后,饥寒交迫,后经朋友比利的介绍加入以"光头"为首的街头黑帮。但是,黑帮的潜规则和冷酷出乎他的意料,使他惊惶不已。起初,约翰尼想和黑帮头子套近乎,结果反遭毒打。他发现"光头"的年龄与外表出入较大,想以此为话题拉近与"光头"的关系。但是,约翰尼的询问无意中触及了"光头"的心灵创伤。"光头"本是一名在校生,一次在医院治病时,由于医生见他是黑人,工作马虎,导致其头皮被X光灼伤,头发脱光。虽然身体得以康复,但头部外观被毁,显出苍老之态。母亲有次取笑他的光头,损伤了他的自尊,导致他离家出走。约翰尼第一次惊奇地发现,居然有羞辱自己孩子的母亲。

　　另一个社会情境反讽的惊惶来自于约翰尼心目中警察形象的垮塌。按常理,警察是"猫",贼是"鼠";猫是老鼠的天敌。然而,约翰尼加入黑帮的第一天就从"光头"口里得知警匪勾结的内幕。"光头"对约翰尼说:"警察是我们真正的老板。金克把我们抢到的东西卖给一位有身份的犹太人,然后再给警察提成。得罪警察,你就玩完了。"(*Rite of Passage*, 99) 约翰尼惊讶地发现,警察又要捉小偷,又要剥削小偷。赖特通过这个情境反讽揭露了警察与小偷结成的利益链对社会法制的亵渎

---

① Hazel Rochman, "Rite of Passage", *Booklist*, 90 (1994), p. 817.

和对青少年的毒害。

约翰尼得知身世真相后惊惶不已,对社会、对家人、对他人皆产生了不信任感。他的惊惶感随着故事情节的发展而传递给读者,引发读者对社会收养制度和警匪关系问题的深思,同时也使读者产生亚里士多德式的"怜悯与恐惧"感,获得一定的心灵净化。同时,小说中所采用的情境反讽讽刺了"自以为是"的白人善意和社会制度对黑人青少年成长带来的伤害。由此可见,意欲帮助黑人改善生活环境的白人和社会机构应首先克服自身的种族偏见,采用既能为黑人所接受又能有助于黑人青少年健康生活和成长的策略和途径。

二、"趋避"原则视阈下的心理冲突

心理冲突是指个体在有目的的行为活动中,存在着两个或两个以上相反或相互排斥的动机时所产生的一种矛盾心理状态。在现实社会生活中,由挫折而引起的心理冲突是经常发生的、不可避免的。有了心理冲突和挫折,人就会感到烦恼、痛苦和焦虑。在这个时候,人们往往不自觉地用自己惯用的方式来排解、缓和或消除这种冲突,减轻烦恼和痛苦,避免失去心理上的平衡。一个人能否形成持久的心理冲突,能否被挫折和心理冲突引起的烦恼和痛苦体验所压垮,除了欲望强烈的程度和道德自控能力等因素以外,还取决于个体对心理冲突的应付能力和所采取的措施。[①] 赖特在《成人礼》中细腻、生动地刻画了小说人物的各种心理冲突。按库尔特·勒温(Kurt Lewin)的"趋避"原则,笔者拟把该部小说中出现的心理冲突划分为双趋冲突、双避冲突和趋避冲突。

双趋冲突是指"两个动机促使个体在行为上追求两个目标,两个目标无法同时兼得时,二者取其一而又不愿割舍其他的心态"[②]。在《成人

[①] 参见李庆善:《产业组织面临的双趋避冲突》,载《社会学研究》1992年第6期,第28页。

[②] 孙毅:《如何走出"双趋冲突"的痛苦?》,载《校园心理》2008年第9期,第40页。

礼》中,约翰尼离家出走后,因无家可归,想加入街头黑帮,获得生存机会;但同时又想做一个有良好品行的人,不愿参与抢劫或偷盗。如果他加入了黑帮,就必然会同流合污,以偷扒抢劫为谋生手段;但如果他想继续维持良好品行,那就只有饿死在街头。追求生存和好品行的双趋冲突使他左右为难,最后生存危机迫使他参加了"光头"组织的拦路抢劫。赖特以约翰尼的双趋冲突描写出黑人少年成为孤儿后走上犯罪道路时的矛盾心态。

双避冲突是指"两件事都有排斥力,都力求避免,但二者必须择取其一,难以决定。当个体发现两个目标可能同时具有威胁性;唯迫于形势,两难之中必须接受其一时,即将形成双避冲突"[1]。约翰尼从养父母家逃出来后,发现兜里只有三毛钱,没钱买票远走他乡。他要逃避的是两个家:原养父母吉伯斯的家和新养父母格林斯的家。如果约翰尼回到吉伯斯的家,他最终会被原养父母按市政当局的规定,送到新的养父母家。约翰尼不愿自己被当作物件一样移来移去;而且,作为十五岁的青少年,约翰尼有一定的独立意识、自尊心、家庭认同观念,难以再认同两个从来没有见过面也没有养育之恩的陌生人为父母的事实。因此,这两个家,他都不想回,都不愿回,都不能回。约翰尼的双避心理冲突把自己逼向崩溃的边缘,最后把自己推向了邪路,把黑帮老巢当成自己的家。

趋避冲突是指进退两难,具体地讲,干某件事可能会产生不利的后果,但不干,也会产生不利的后果;两种动机或行为各有利弊,顾此失彼,难以抉择。孙毅更明确地指出:"趋避冲突心理是指一个人对同一目的同时产生两种对立的动机,一方面好而趋之,另一方面恶而避之的矛盾的内心冲突。"[2] 由此可见,情感与理性发生冲突而形成的精神痛苦

---

[1] 李明军、牟东莲、王光荣:《双避冲突情景中情景对言语交际策略的影响》,载《心理学探新》2008年第4期,第36页。
[2] 孙毅:《如何走出"双趋冲突"的痛苦?》,载《校园心理》2008年第9期,第42页。

起于趋避的心理冲突。在《成人礼》中，约翰尼离家出走后，在街头闲逛，肚子饿了，兜里的钱又不够买食品。当路过一家杂货店时，发现商店周末歇业，店里无人。他试了一下门锁，发现不难打开，隔着玻璃看着店里堆满货架的各种糖果，饥饿感更加难忍。他禁不住拿出铅笔刀去撬门锁。就是此时，他的趋避心理冲突开始激化："不，不，我不能那样干……"（*Rite of Passage*, 31）。他竭力抑制心中的恶念，但是他饿了。法制感、道德与饥饿感在搏斗，最后饥饿感胜利；他撬掉门锁，偷走了糖果。那时，如果他坚持是非原则，就可能会被饿死；如果撬开门锁，就会成为十足的强盗。在这次趋避博弈中，他跨出了做强盗的第一步。

约翰尼所遇到的心理冲突是多层面的，涉及道德、法制、人性和生存等。在不同层面中遇到的问题，都需要他作出个人的选择判断。像他这样学业成绩越好的学生，明白的道德和法律规则越多，做违法事情时其精神压力和心理冲突就会表现得更为强烈。

三、恐惧与迷惘

恐惧是因为周围有不可预料的或不可确定的因素而导致的无所适从的心理或生理的一种强烈反应，是人与生物才有的一种特殊现象。李英认为："恐惧感是一种心理状态或心理机制，是一种采取自我保全措施中出现的情感反应。"[①] 恐惧是一种想逃避某种不利处境但又难以成功的情绪体验。一般来讲，当人的正常心理或生理活动遇到挫折时，会产生多种情绪，其中最强烈的是恐惧。赖特在《成人礼》中从心理学角度描写了约翰尼所遭遇的三大恐惧：人际关系恐惧、生存恐惧和法制恐惧。

当被告知与其生活了十五年的家人不是亲人时，约翰尼对社会人际

---

① 李英：《恐惧与自由》，载《理论界》2011年第1期，第105页。

关系产生了强烈的恐惧感。这种恐惧感超过了其心理承受能力,直接导致他对社会上所有人的信任危机。他不再信任养父母和养父母家的哥哥姐姐,更不信任政府指定的新养父母。他经历了两次被抛弃的经历,第一次被亲生父母遗弃,第二次被养父母抛弃。因此,他害怕遭遇第三次抛弃,其心中的人际信任感几乎归零。离家出走后,他想求助于好朋友比利,又怕被出卖;想找自己最喜欢的教师谈心,又怕她去报警;走在路上,又怕警察来盘问或抓走他。对人际关系复杂性的恐惧感疏远了他与人们的关系,使他失去最好的求助路径和方式,整日生活在惶恐不安之中。

人的恐惧感达到极限时,一般会出现两种结果。一种是为了活命,弱者向强者磕头求饶;另一种是为了活命,弱者产生置之死地而后生的勇猛。赖特笔下的约翰尼在恐惧感达到极限时的反应正好是后者。加入黑帮后不久,约翰尼与黑帮首领"光头"产生了激烈的冲突。当时约翰尼刚满十五岁,个子不高,体质较弱;在与高大、彪悍的十六岁少年"光头"决斗的时候,他被打得没有还手之力。但当"光头"掏出锋利的匕首刺向他时,约翰尼的恐惧达到极限,并转化成强烈的求生本能。为了活命,约翰尼疯狂地挥舞破啤酒瓶,打败了"光头"。要不是有人劝阻的话,他很可能在疯狂中杀死"光头"。

约翰尼被迫走上黑道后,内心一直没能摆脱对法律的恐惧。由于打架凶猛,他被公推为黑帮的新首领,但黑帮成员的臣服并没有给他带来丝毫快感。出于对法制的恐惧,在实施第一次拦路抢劫后的当天晚上,同伴很快入睡,鼾声大作,但约翰尼夜不能寐。脑海里充斥了案发现场的那个妇女的高喊声:"你们孩子们!你们孩子们!"(*Rite of Passage*, 115)约翰尼害怕那个妇女追上来逮住他们,或在法庭上作证指控他们。对法制惩戒的恐惧深深地折腾和困扰着约翰尼。然而,初犯恐惧感是犯罪惯常化的第一阶段。由此可见,"恐惧可以促使人采取某种行动或者避免某种行动以便达到趋利避害的目的"①。不合理的社会制度使品质良好的约翰尼在心理恐惧中一步一步地迈向犯罪的深渊,引发读者对不合理社会制度危害性的深思。

综上所述,赖特在《成人礼》中从心理学角度描写黑人青少年约翰尼人生道路上的转折点。成人礼本是从孩提时代进入成人时代的标志。但是,由于美国不合理的社会制度和种族偏见,黑人少年约翰尼被迫离家出走,以加入黑帮和违法为代价经历了自己的成人礼。约翰尼从一个品行良好的青少年一步一步地走向社会的反面,堕落成抢劫犯。他所经历的惊惶、心理冲突和恐惧极限展现了美国黑人青少年走上犯罪道路的致因和过程。赖特在这个故事里所揭露的黑人青少年成长问题掀开了美国黑人问题的一角。从20世纪70年代起,美国的种族政策和黑人的生存状况得到很大的改善,越来越多的黑人进入中产阶级,越来越多的黑人走上美国政治舞台,先后有黑人担任美国总统、国务卿和参谋长联席会议主席等要职。但是,在21世纪的今天美国黑人问题并没有得到彻底解决,黑人失业率和青少年犯罪率在美国居高不下,黑人贫困人口比率远远高于白人。在黑人社区,单亲家庭超过百分之六十,相当一部分黑人儿童寄养在没有血缘关系的家庭里。如何解决这些儿童的家庭归属感和心理认同感问题,仍然是美国社会所面临的棘手问题之一。不合理的社会制度如果不及时予以改变,培养出的就可能不是对社会有用的人才,而是一批批犯罪的生力军。1994年出版的《成人礼》虽然讲述的是20世纪50年代的故事,但对现在美国黑人青少年成长问题的解决仍具有重大的警示作用和积极的现实意义。

第四节 《野性的假日》:
心理扭曲与人性变异

赖特在1954年出版了一部以白人生活为题材的小说《野性的假

---

① 李英:《恐惧与自由》,载《理论界》2011年第1期,第106页。

日》。在赖特之前，鲍尔·邓芭（Paul Dunbar, 1872—1906）、诺娜·尼尔·赫斯特（Zora Neale Hurston, 1891—1960）、安·佩特里（Anne Petry, 1908—1997）、切斯特·海姆斯（Chester Himes, 1909—1984）、威廉·阿特威（William Attaway, 1911—1986）和威拉德·莫特利（Willard Motley, 1909—1965）等美国黑人作家写了一些以白人为主人公的小说；在赖特之后，詹姆斯·鲍德温（James Baldwin, 1924—1987）也写了一部讲述白人同性恋的小说《吉厄蕃尼的屋子》（*Giovanni's Room*, 1956）。在20世纪50年代中期，黑人写白人题材虽然尚未形成传统，但众多黑人作家的尝试表明黑人作家的创作领域和视野正在发生变化。在1960年的一次记者采访中，赖特说："我写白人时，选了一个美国白人商人的故事，目的是要揭示一个普遍存在的问题。"① 与鲍德温和其他尝试写白人题材的黑人作家一样，赖特想在题材上突破黑人作家的创作局限性，揭示一些人类社会发展过程中的普遍性现象。他认为黑人作家不应单纯地蹲在美国文坛的角落，老是哀鸣黑人的种族不幸。通过《野性的假日》，赖特向人们揭示了美国现代社会的一个基本现象：黑人所遭遇的心理、道德、伦理等方面的问题，白人也难以幸免。

《野性的假日》第一次出版时，赖特未署上他的真名。其原因是赖特担心白人读者事先知道该小说作者是黑人，就不会以积极的态度去欣赏，而会进行带有敌意的挑剔。果不其然，该小说的出版颇费周折，哈珀出版社和世界出版社都拒绝出版此书。最后在赖特的经纪人雷纳兹的帮助下，该书在艾望出版社得以出版。小说出版后在美国反应冷淡，没有评论家发表述评，但该小说在种族歧视和种族偏见不强烈的法国却很受读者的喜爱。《野性的假日》的题目具有双重含义：假日原指在职人员的休息日，一般是一天或数天，而赖特所指的假日则是指退休人员从

---

① Gerald Early, "Afterword", *Savage Holiday*, Richard Wright, Jackson: UP of Mississippi, 1994, p. 227.

退休之日到死亡这段时间；野性原指人或动物的野外生活习性，充满残忍和凶暴，而赖特所指的野性则是人们因社会约束而压抑入无意识或潜意识状态的伊德，而伊德在一定条件下会被激活，促使人进入一个伊德占主导地位的生存状态，也就是所谓野性的爆发。这部小说主要讲述了一个白人保险从业人员厄斯金·富勒退休后产生心理变异的故事。富勒的焦虑、郁闷以及长期处于无意识或潜意识状态的俄狄浦斯情结和伊德在其退休后几天内淋漓尽致地表现出来，将他推向从焦虑到毁灭的绝路。赖特在这部小说里主要从焦虑、抑郁和虐待等方面描写退休对人的冲击以及宿怨型无意识和潜意识转入有意识状态可能使人走向极端的可怕后果和危机。

一、焦虑

焦虑是指一种缺乏明显客观原因的内心不安或无根据的恐惧，或是指预期即将面临不良处境的一种紧张情绪，表现为持续性精神紧张、担忧和不安全感。焦虑经常出现在人生的两大转折点上——参加工作和退休。当人们第一次走向工作岗位时，可能会因担心自己不能胜任工作而产生焦虑；而当人们面临退休时或退休初期也会产生强烈的焦虑感。本部分主要探讨的是人退休初期不能适应新生活所产生的焦虑。一个人一生忙碌工作，对时光的流逝无暇顾及，一不小心就到了退休年龄了，犹如一列高速奔驰的列车突然来了个急刹车。列车急刹车后的缓冲特征也反应在刚退休的人身上。一般来讲，大多数刚退休的人仍显得精力充沛、自我觉得仍有工作能力和精力再干下去。当得到退休通知时，他们会产生巨大的失落感和焦虑感。一方面，他们抱怨自己的才干还没有完全发挥出来，大有壮志未酬之感；另一方面，担心接替他们岗位的人不能胜任工作，有时还会产生侥幸心理，以为接岗人干不下去了，原单位还会重新邀请他们回去上岗。正如弗洛伊德所说："真实的焦虑对每一个人来讲都是一件非常合理和可以理解的事情。引起焦虑的是何种对象

第六章 心理危机与人性扭曲

和情景,还在很大程度上取决于一个人的知识状态以及面对外界的力量感。"① 在很多情况下,一个人的知识越丰富,预知危险来临的能力就越强,因此产生的焦虑就会更多、更强烈。《野性的假日》的主人公富勒是纽约长寿人寿保险公司曼哈顿片区的经理。赖特通过对这个白人的生存压力的描写,探索人在社会重压下的畸形心理。小说讨论的社会道德问题因无意识和潜意识等心理问题的介入而变得错综复杂。厄利认为这些心理变化已植入宗教、家庭、工作、社会和文化构成要素等诸方面。

富勒从十三岁起在纽约长寿人寿保险公司从事保险业务,一直干了三十年,职位升到了该公司曼哈顿片区的经理。富勒工作勤奋、认真、投入,取得的业绩斐然,然而,公司老板华伦为给新婚的儿子安排职位,操纵公司董事会通过了解除富勒职务并让他退休的决议。时值壮年的富勒被强迫退休,遭受到巨大的精神打击。富勒的实际年龄只有四十三岁,精力充沛,正值个人才华拓展的黄金时光段。可悲的是,无论他多么有才干、多么忠于公司、多么有事业心,但在公司老板眼里,他永远是一个局外人、一个打工者。公司老板随时都可能按自己的意愿和利益任用或解雇他。富勒退休后产生的焦虑是充满怨恨的反讽。他既当过保险公司的基层业务调查员,也担任过公司一个片区的经理。他深知:"保险本身就是生活;保险就是赤裸裸地掩盖自己的人性;保险直觉地、本能地知道:人在本质上是可以被利诱的、可以被欺骗的,而且还是贪婪的动物。"(*Savage Holiday*, 30)富勒长期从事保险业务,对保险工作的欺诈性、虚伪性和贪婪性是有深刻了解的。为了自己的生存,他不得不用花言巧语哄骗承保人,以追求自己的保险业绩。在成功欺骗大量投保人的基础上,他被提拔为纽约片区的经理,但公司老板也忽悠了他一下,在他身强力壮的时候强迫他退休。值得玩味的是,这个整天宣传保险之好处的人,最后连自己的工作机会都保险不了。退休的巨大心理落

---

① 〔奥地利〕弗洛伊德:《弗洛伊德本能成功学》,吴生明编译,长春:北方妇女儿童出版社 2004 年版,第 345 页。

差使他自己无力消除由此而产生的焦虑。

退休后，富勒的焦虑日趋严重，与小说情节的发展成正比。小说情节的发展跨四天——从周六晚上至周二上午，整个过程不到六十个小时，但这段时间对富勒来说却是艰难而漫长的。周六晚上，公司为退休的富勒举办了送别宴会。在宴会上，富勒对自己的遭遇愤愤不平。未等宴会结束，他就提前回到了自己的公寓。他心里烦躁不安，不知如何去面对和打发退休后的漫长日子。焦虑犹如地狱的毒蛇一样缠绕得他喘不过气来。夜里，长夜难熬，噩梦不断。他的焦虑与《土生子》中别格和《局外人》中克洛斯的无名恐惧差不多。通常在岗时，人们总是盼望假期的快点到来，希望假期越长越好；而刚退休的人却特别害怕随之而来的漫长退休日子。富勒就把退休后的日子看作是无限期的监禁，他的焦虑感被这无名的恐惧加重，退休后的空闲释放出被繁忙工作压抑的伊德类潜意识或无意识，使他再也无法逃避自己了。

星期天清晨，忙碌惯了的富勒仍像往常一样早早地起了床；但由于不用再去公司上班，所以显得无所事事，似乎觉得浑身不舒服，因此，就想去洗个澡，调节一下精神。刚脱光衣服走到浴室门口，报童敲门来了。由于没零钱，他已拖欠了多次订报费；报童很不满，就把报纸随手扔在离他房门还有好几步远的地上。富勒光着身子去开门，本想取了报纸就回屋看看。但这次由于报纸不在门边，须走几步才能拿得到报纸；可是当他刚一离开门去拾地上的报纸时，屋门"哐"的一声被风吹关闭了。赤身裸体的富勒不但没把钥匙带出门，而且连一块遮羞布也没有。他仓皇地楼上楼下地乱窜，突然想起走道外的阳台就在他家浴室窗户的下方，从阳台可以攀爬进他的浴室。因为赤身裸体，怕被人撞见的心理恐慌使他猛地推开阳台的门，就在那时，邻居家一个五岁的小男孩正在阳台的栏杆边骑木马玩。富勒的猛然撞入，把这个小孩吓得从木马上摔了下来，小孩的身子碰断阳台的栏杆后从十层楼上掉了下去。托尼的意外坠楼使富勒产生了新的焦虑。他在家里数次接到匿名电话，来电之人声称看见了一切。富勒一方面担心被人敲诈；另一方面，他又担心有人看见他在出事现场，并把此事报告给警察。接着，他又担心留有他血迹的报纸被小男孩的母亲梅布尔·布莱克交给警察。诸多的忧虑使富勒的焦虑一波接一波。退休后的富勒，本已焦虑不安，这又遇上了一桩人命官司。越是想避祸，他心里产生的焦虑就越强，自信心就越弱。此后，富勒的焦虑愈演愈烈，加剧了他的抑郁心理。

二、抑郁

抑郁是一种常见的消极情绪反应。它的突出特点是心境悲观、态度冷淡、自身感觉不良、多有自责现象。患抑郁症的人表现各异，有的表现为失眠、食欲不振、体重减轻、性欲下降等症状，甚至有的出现自杀欲望或采用自杀行为。引起抑郁情绪的因素一方面与易感素质有关，另一方面与某些诱因相联系，诸如丧失亲人、事业失败、婚姻不美满、退休等。大多数处于抑郁状态中的人的心境呈持久低落状态，常伴有焦虑、躯体不适和睡眠障碍。[①] 抑郁是一种特殊的心境，它是低沉、灰暗的情感基调，可从轻度心情烦闷、消沉、郁郁寡欢、状态不佳、心烦意乱、苦恼、忧伤发展到悲观、失望或绝望。在《野性的假日》中，富勒的抑郁表面上是由退休后的焦虑引起的，实际上是由其童年时的恋母情结所导致的。赖特认为富勒有一个心理过程连贯组织，我们可称之为富勒的自我。这个自我包括意识，它控制着能动性的道路，也就是把兴奋排放到外部世界去的道路。正是心理上的这个机制调节着它自身的一切形成过程。这个自我是富勒压抑伊德、追求超我的产物。在其三十年的保险从业生涯中，富勒的自我用压抑的方式把某些心理倾向排除在意识之外，而且禁止它们采用其他的形式或活动。"在精神分析中，这些被

---

① 绿色心情：《抑郁》。[2016-01-02] < http://www.fjpsy.com/printpage.asp?ArticleID=259 >.

排斥的倾向与自我形成对立，自我对被压抑的状态做出抵抗。"①

富勒心中被压抑的成分就是童年时形成的俄狄浦斯情结。他三岁时丧父，由其母亲抚养长大。对母亲的依恋和爱戴使他产生了无意识的恋母情结，把母亲看成是心目中最伟大的女性和自己最理想的伴侣。痴迷的恋母情结与当时的生活现实构成巨大的反差，使他对母亲产生了爱恨交织的复杂情感。由于丈夫早逝，生活拮据，他母亲为了养活孩子只好走上了卖淫的道路。年幼的富勒明白不了妈妈的无奈和苦心。由于数次目睹母亲与陌生男人的亲密接触，小富勒的幼小心灵受到打击，觉得母亲喜欢上其他男人而疏远了他。这时他对母亲的情感是既爱又恨。爱母亲是出自他的本能，恨母亲是其恋母情结遭受挫折后的反应。他的恋母情结在恋母失败后，转化为对母亲强烈的憎恨和怨恨。童年时，富勒对母亲淫乱活动持反对态度的本能冲动经历了一种变化，那就是遇到了障碍。弗洛伊德认为"障碍的目的就是使这种冲动无效；在一定条件下，这种冲动会进入被压抑的阶段"②。如果对本能冲动起作用是一个外部刺激，那么逃避显然是一种合适的补救方法，但本能是无法逃避的，因为自我无法躲避自己。童年深受母亲淫乱行为的折磨；那时由于年幼，无生存基础，因此他的本能冲动遇到了当时不可逾越的障碍，他不得不对自己的本能冲动采用压抑方式。后来到保险公司工作后，生存压力和工作压力迫使他把恋母情结和仇母心理压抑到更深层的心灵深处。在压抑自己的过程中，他对自己本能冲动的宣泄主要表现在两个方面：第一，他自制了一个玩具娃娃，用铅笔头猛刺，玩具娃娃是心中痛恨的母亲的象征；第二，他用铅笔画了一个死人，表达其心中希望母亲早死的愿望。铅笔成了他报复母亲的工具。富勒长大成人后，每当他遇到挫折或

---

① 〔奥地利〕弗洛伊德：《弗洛伊德本能成功学》，吴生明编译，长春：北方妇女儿童出版社2004年版，第65页。
② 〔奥地利〕弗洛伊德：《弗洛伊德本能成功学》，吴生明编译，长春：北方妇女儿童出版社2004年版，第75页。

第六章　心理危机与人性扭曲

心情紧张时,手都会情不自禁地伸进衣袋里摸铅笔头。这是本能冲动受到压抑后而产生的无意识或潜意识反应。

虽然富勒的母亲在他十一岁时就病逝了,但他对母亲的怨恨并没有随着母亲的死亡而消失。富勒的恋母情结和仇母心理成为他自我的一部分。自我的行为就像受到压抑的东西一样,虽然这种东西本身不是有意识的,但却会产生巨大的影响。在一定的条件下,自我的潜意识可能被激活而发展成为有意识。这种属于自我的潜意识,不像前意识那样是潜伏的。与前意识不同,潜意识需要外界刺激才能被激活。前意识可以出现在意识中,并且在任何时候都可能重新出现,而潜意识则做不到。① 通过对富勒的心理所作的精神分析,我们可以看到他的本能冲动受到社会压抑,以伪装的情感出现,时常表现为他无限的抑郁。他的抑郁的显著特点是深深痛苦的沮丧。富勒除了工作和宗教方面,丧失了对世界的其他方面的兴趣,失去了爱的能力。深度的抑郁使已过不惑之年的富勒还未交过女朋友,也未与女人发生过性关系。除过世的母亲外,他丧失了接受新的恋爱对象的能力。富勒对情爱的抑郁在其退休后表现得更为深沉,尤其是表现在他与梅布尔的关系上。梅布尔是个年仅二十九岁的年轻寡妇,靠阵亡丈夫的抚恤金抚养孩子,她每天晚上在红月亮歌舞厅工作。为了付房租和维持基本的生活,她不得不时常在家卖淫。她的谋生方式使富勒联想起了自己的母亲。随着心理移情作用的发生,富勒把自己移位于托尼,把梅布尔移位于他过世多年的母亲,因此,对梅布尔产生了既爱又恨的恋母情结。一方面,富勒像热爱母亲一样热爱梅布尔,在心理上把梅布尔当作母亲,但风骚的梅布尔不时引起他恋母情结中的性妄想和占有欲。因此,他不顾自己的中产阶级身份,主动去向处于社会底层的少妇梅布尔求爱。另一方面,他又对梅布尔的性开放难以忍受。据他观察,到梅布尔家来的嫖客是络绎不绝,每时每刻都有男人

---

① 参见〔奥地利〕弗洛伊德:《弗洛伊德本能成功学》,吴生明编译,长春:北方妇女儿童出版社2004年版,第72页。

在她家，甚至就在托尼死后的第二天她又开始在家接客了。富勒尤其忍受不了她家的电话铃声。由于电话多半是嫖客的预约电话，因此这电话铃声挑战他的恋母情结，并激活他的仇母潜意识。当梅布尔接受了富勒的求爱后，富勒更加容忍不了她家的电话铃声和她在电话里与嫖客的打情骂俏声。

梅布尔是一个 20 世纪 50 年代的新女性，尽管因生活所迫做了酒吧女郎和兼职妓女，她头脑中仍有许多女权主义思想。当富勒干预她接电话时，她愤怒地指责道："你不想我在电话上给我朋友说话？你想我每天每晚、每时每刻都在你的视线之内？为什么？你难道对人没有起码的信任？"(*Savage Holiday*, 189 – 190) 尽管梅布尔同意嫁给富勒，但她坚决反对富勒对她行为自由的控制和约束。富勒想用婚姻来约束她的无节制的淫乱，就问了她一个问题："如果我们结了婚，你会对我忠诚，对吗？"女权意识强烈的梅布尔拒绝按传统女性观念对他作出任何承诺，因此，她挑衅性地嘲弄道："如果你对我忠诚的话，我也会。"(*Savage Holiday*, 212) 梅布尔的话语明确表明夫妻间的性忠诚是双向的，而不是男权制社会里男性对女性的单向要求。如果男方有婚外情的话，那么她也会有。这是一个现代女性对男权制社会夫妻关系中男性性专制的挑战。当富勒再次要求梅布尔终止与以前嫖客和情夫的联系时，她大声叫嚷道："你疯了！……我决不会嫁给一个像你这样的人……你会把我逼疯的！你怎的啦？……听着，我高兴与谁睡觉就与谁睡觉，我是一个女人，我未婚……关你屁事！你为什么老是触及我的隐私？你脑子有毛病呀！……真是的！你干吗想知道那么多？"(*Savage Holiday*, 213) 梅布尔有很强的女权主义意识，特别反感富勒大男子主义式的劝告，不愿接受任何传统的约束和责任感。她自行其是的行为把富勒潜意识中的母亲形象激活。像富勒的母亲一样，梅布尔也以淫乱为挣钱和寻乐的手段。可是，梅布尔的女权主义意识使富勒想控制她的男权思想遭到失败，这次失利大大加重了富勒本来已严重的抑郁症，使其抑郁症转化为更为严重的躁狂抑郁症。由此可见，对女权的践踏会导致现代女性的抗争，也会使男性更加焦虑和抑郁。在心理发展过程中，躁狂症极易引起虐待类行为。躁狂抑郁症是情感障碍或心境障碍的类型之一，正成为现代社会严重的医学问题和社会问题。"躁狂抑郁症的症状包括：持久的忧愁、焦虑、或心境空虚；对以前感兴趣的活动丧失兴趣；不安和焦躁；有罪感、无助感和/或无望感增加等等。"① 富勒的抑郁在托尼坠楼后渐渐发展成为躁狂抑郁症。他每时每刻都在担心自己会被牵扯进托尼的案子，他的宗教博爱思想与他的伊德和唯我论发生严重冲突；想去自首，又怕承担责任；不去自首，又提心吊胆，遭到良知的折磨。抑郁折磨着他的心灵，把他逼入躁狂的心境，因此，他对弱者施虐的欲望油然而生。

三、虐待

在20世纪初，房·席兰克-诺金创立了关于虐待症的理论，他把虐待症看作是痛苦与欲望的表现。他把这种"痛苦欲"分为两种：一种是积极的（虐待症），一种是消极的（被虐待症）。在这种概念中，虐待症本质上是一种致人痛苦的欲望，并不特别涉及性的问题。② 就有虐待性格的人来说，一切活的东西都是可以让他来控制的。他总是想把活的生命变成没有生气的东西。说得更确切一些，活的生命被他变成活的、颤动的、心脏跳动的控制对象。虐待者要做生命的主人，因此他的牺牲品必须保持一口活气。这正是虐待者和毁灭者之间不同的地方。毁灭者要求的是把人除掉，把人消灭，把生命毁灭；虐待者则要求控制生命和窒息生命。虐待者的另一个特征，就是只有无助的人才会激起他的虐待欲。他不会去虐待强者。比如说，跟一个势均力敌的人打架而让对方受

---

① 《躁狂抑郁症》，3 January, 2016 < http://www.china1net.com/cinPsychology/XinLiBaiKe/detail.asp？ID=462 >。
② 参见〔美〕埃里希·弗洛姆：《弗洛姆行为研究讲稿》，吴生军编译，长春：北方妇女儿童出版社2004年版，第243页。

伤，便不能产生虐待性的快乐，因为在这种环境下，使他受伤并不表示你对他的控制。"对有虐待性格的人来讲，只有一个东西是他钦佩的，那就是力量；他赞美有力量的人，爱他，向他屈服；那些没有力量的人，不能反击的人，他就轻视，就想控制他们。"①因此，在《野性的假日》中，富勒的虐待症表现为两个方面——他虐性和自虐性。他虐性一般称为带有积极性特征的虐待症。在富勒心目中，梅布尔又穷又孤独无助，新近丧子，生活困难。因此，她就成了富勒选定的虐待对象。他想利用自己的财力、能力和社会地位去控制她，把她当成自己的精神奴隶，以满足自己的虐待欲。在她表示不服从时，就痛斥她，甚至毒打她，从心理和肉体上折磨她。

富勒对梅布尔的虐待欲来源于其俄狄浦斯情结的挫折感。因童年时，妈妈忙于卖淫挣钱，忽略了对富勒的照顾，因此富勒对妈妈的仇恨和虐待欲在梅布尔身上找到了目标。梅布尔的生存状态和生活态度与富勒之母有许多相似之处。梅布尔每天的工余时间都用于接待情人和嫖客，无暇顾及儿子托尼的成长。富勒与托尼同病相怜，他把托尼当作自己的化身。托尼对母亲的憎恨转化成了富勒对梅布尔的仇恨。富勒对母亲的仇恨转化成他对淫乱女人的仇恨，进而推及到对所有女人的厌恶。所以，富勒终身未婚，把教会当作自己的庇护所。托尼死后，对婚姻不感兴趣的富勒却向梅布尔求了婚。随着小说情节的发展，读者可以发现他求婚的真实动机主要有两个：一是想避免梅布尔公开指控他在托尼之死上负有责任；二是想通过婚姻来压服她，迫使她接受男权制社会的道德理念，实现其虐待欲，发泄其受压抑达三十六年之久的抑郁型躁狂。

富勒并不认为自己在托尼之死上应负重要的责任，而是从唯我论的角度出发，竭力为自己开脱，认为托尼之死全是梅布尔当母亲不尽职所导致的。富勒认为梅布尔最大的过错是时常让托尼目睹她与嫖客发生性

---

① 〔美〕埃里希·弗洛姆：《弗洛姆行为研究讲稿》，吴生军编译，长春：北方妇女儿童出版社2004年版，第251页。

第六章 心理危机与人性扭曲

关系的情景。赖特用弗洛伊德的理论解释说：小孩见到大人做爱的行为，会以为大人在打架。托尼惊慌得坠楼的真实原因是他惧怕裸体男人。在其幼小心灵中形成的直觉就是：男人的裸体状态就是男人要打人的样子。见到裸体的富勒，托尼误以为富勒冲进阳台是来毒打他的。孩子坠楼是因为害怕被挨打，本能性惊慌躲避时造成的。这样，富勒更加确信：孩子的死，不是他造成的，而是淫乱的母亲给孩子带来的心灵创伤所导致的。正如古纳德所说："如果托尼的妈妈生活有原则，托尼坠楼的事件就不会发生了。"①富勒推卸责任的做法是为他以后进一步虐待梅布尔制造借口。

富勒的虐待欲泯灭了他的良知和道德，并以人性之恶的形式浮现出来。其心中的人性之恶主要表现在以下几个方面：为了惩罚梅布尔的淫乱和推卸自己的责任，他希望托尼摔下楼就直接摔死，因为未摔死的托尼极有可能会戳穿他不在事发现场的谎言。因此，赖特对他的心理作了如下的描述："一个闪电般的心愿抓住了他的心灵；这个心愿就是希望托尼死，希望托尼下坠时未碰到任何东西直接坠落在街道上，希望巨大的坠力将托尼摔得粉碎。"(*Savage Holiday*, 58) 托尼死后，"富勒感到自己置身于强烈的焦虑之中。他全身发抖，知道埋藏在心里的魔鬼都在骚动，都企图出来迎接白天的光明"(*Savage Holiday*, 80)，这个心理的魔鬼就是他心中的恶。一刹那间，他憎恨自己的良心缺失，想去自首；自认为有关系、有钱，可以请个大律师，但他并不认为这是最好的出路。他出于对自身安全和最大利益的考虑，不敢轻易地去自首。托尼坠楼的当天，梅布尔站在阳台边不停地哭泣。富勒的脑海里飞快地产生了一个怪念头：如果她意外翻过铁栏杆坠下楼去，就没有人看见那天早上出现的那双"裸腿"了。为了自身的利益和安全，富勒的唯我论思想是其抑郁症转向虐待症的重要促动因素。

---

① Jean-Francois Gounard, *The Racial Problem in the Works of Richard Wright and James Baldwin*, p. 99.

弗洛姆说："虐待性的人是屈服者，是懦夫。初看起来，这似乎是矛盾的，但事实上不仅不矛盾，而且从动力学的意义来讲，是必然的。"①虐待者之所以为虐待者，是因为他觉得自己无能，没有活泼的生命力。富勒想弥补这个缺陷，用的方法都是控制他人。他想以虐待他人甚至杀人的手段来宣泄自己的郁闷。在小说里，杀死梅布尔后，富勒"仍旧是一个没有人爱的、孤立的、担惊受怕的人，需要一种比他更强大的力量，让他去屈服"②。这也就是富勒虐待症的第二个方面——自虐性。自虐性通常被称为带有消极特征的被虐待症。在梅布尔看来，富勒有钱、有地位、有文化，各方面的条件强过她百倍；可是在富勒看来，至高的权力没在他手里，这至高的权力是指法律。因此，他杀死梅布尔后，紧接着就去自首了，也就是向比他更高、更强大的权力屈服。富勒的自首行为揭示了施虐者的外强中干和自虐倾向。

法国心理学家多拉得和米勒在20世纪初提出的挫折—攻击说正好可以用来解释富勒的心理问题。他们的学说的公式是："攻击性总是挫折的一种后果，攻击性行为的发生总是预定了挫折的存在，反之亦然；而挫折的存在总要导致某种形式的攻击性。"③富勒对梅布尔的攻击性谋杀正是源于一系列他在社会、家庭、心理、伦理等方面的挫折。赖特以其广博的心理分析知识揭示了富勒的犯罪动机源于俄狄浦斯情结；这个情结受挫后，当事人会产生强烈的仇母心理。赖特探讨人退休后可能产生的焦虑、抑郁、虐待等心理问题，从精神分析学角度图解了俄狄浦斯情结，解析人在现代社会的发展中会面临的巨大生存压力。他进一步揭示出人退休时可能产生的巨大失落感和躁狂抑郁感，退休人员埋藏在心

---

① 〔美〕埃里希·弗洛姆：《弗洛姆行为研究讲稿》，吴生军编译，长春：北方妇女儿童出版社2004年版，第252页。

② 〔美〕埃里希·弗洛姆：《弗洛姆行为研究讲稿》，吴生军编译，长春：北方妇女儿童出版社2004年版，第252页。

③ 〔美〕鲁本·弗恩：《精神分析学的过去和现在》，傅铿编译，北京：学林出版社1988年版，第117页。

里的人性之恶也可能被激活后浮现出来，既可能摧毁过度失落者，也可能伤及无辜，给社会带来危害。赖特半个世纪前在小说中揭示的人退休后可能出现的心理和精神问题越来越成为现代社会心理健康关注的焦点之一。关心退休人士的心理健康，丰富他们的退休生活，有助于和谐社会的建立和发展，也有助于激励后人无后顾之忧地为人类社会文明的发展作出更大的贡献。

第五节 《父亲之法》：
黑人版的俄狄浦斯情结

赖特于1960年11月28日因病去世。在去世前六周里，他废寝忘食地从事长篇心理小说《父亲之法》（Father's Law）的创作。令人惋惜的是，在小说即将结尾时，赖特撒手西去，成为文坛一憾事。赖特的女儿茱莉亚·赖特曾说："这部小说是发自我父亲心灵深处的力作。"[①] 在她的编辑和整理下，这部作品在纪念赖特一百周年诞辰的日子，也就是在2008年得以出版。该小说探索了不同于赖特前期小说的主题，涉及父子关系、职责与亲情、潜意识与案件推理等方面的心理问题，揭示了赖特对犯罪问题和警探推理的新见解，同时也引起学界对赖特作品的重新解读。

赖特在《父亲之法》里刻画了一名忠于职守的黑人警官形象。他的名字是鲁迪·特纳，在芝加哥地区布伦特伍德市警察局担任上尉警官，已从警二十五年，还有几个月就到退休年龄了。他拥有漂亮的别墅、贤惠的妻子和正在读大学的儿子。他本计划退休后到全国各地去旅游或者到私人侦探机构去任职。市警察局长莫·布兰多突然被谋杀，鲁迪临危

---

① Julia Wright, "Introduction", in Richard Wright, *A Father's Law*, New York: Harper, 2008, p. v.

受命，接替他的局长职务。上任的第一天，鲁迪就接到两起凶杀案的报警。当地市民欧尼·兴德里克斯和爱娃·兰兹戴尔在布伦特伍德公园的森林里被一支口径为"点三八"的手枪射杀，两个受害者互不相识，但两人的尸体却都被放在欧尼的车里，欧尼随身携带的四百多美元未被偷走，这排除了抢劫杀人的可能性。不久，比尔尼斯神父和教友卡尔恩在家附近也被同样型号的手枪杀害。被谋杀的女性都未遭到性侵犯，她们的财物也没有遗失，这又排除了强奸案的可能。警察在现场没有找到任何指纹、证据或线索。当警察一筹莫展之时，又有一名市民小查尔斯·赫尔德被谋杀在该市的森林公园里。三次凶杀案中所有受害者都是被同一支手枪打死，这表明罪犯是同一人。该罪犯不贪财、不贪色，其犯罪目的不明确。鲁迪竭力从社会失意者和精神病患者中查找犯罪线索。在案情还没有找出眉目的时候，一名叫珍妮特·维尔德的女孩在森林公园里被枪杀，同样也没遭受性侵。作案手法与前三次凶杀案雷同，现场没有留下任何足迹或指纹。警探约克仅在案发现场附近发现了一个疑为罪犯埋藏过枪的小坑。警方推断：珍妮特是无意撞见凶手埋枪而被杀害的。社会各界对频发的凶杀案愤怒不已，对警察局的指责声不绝于耳。

　　赖特描写警察局长鲁迪在破案中所经历的本我与超我的博弈，印证了弗洛伊德的学说：每个人心中都有一个"恶"的存在。在鲁迪未当上警察之前，特别是在大学毕业后求职无果的时候，这种"恶"的潜意识非常强烈，尤其仇视那些衣着体面、生活富足的白人，有时真有杀掉富人的犯罪潜意识。他头脑中隐匿起来的这些意识，虽然在现实生活中爆发出来的可能性不大，但仍然有一些元素潜移默化地进入了其世界观。鲁迪当上警察后，发现自己心中隐藏的这种犯罪意识居然有助于洞悉罪犯的犯罪心理，使他多次成功抓捕犯罪分子。抓的罪犯越多，他的心灵就越安宁。他通过自己的犯罪潜意识去感知罪犯的犯罪心理，然后用抓罪犯的行为来熄灭自己心中的犯罪意识。赖特通过鲁迪之口揭示了其犯罪潜意识与犯罪未遂的相互关系："不，我从没感觉自己像罪犯。证据在于：当他们给了我执法的权力时，我就坚决地依法办案。"（*A Father's Law*, 5）也就是说，鲁迪之所以没有成为罪犯，是因为他侥幸成了警察。之后，他把自己曾经有过的犯罪潜意识作为破案的灵感导向。

鲁迪总是以自己为范例来教育儿子汤姆，要求儿子行为做事像他年轻时那样。妻子艾格尼丝对鲁迪说："亲爱的，孩子们的生活与你成长的年代不同了……看起来你很担心，汤姆没事的。"（*A Father's Law*, 5）艾格尼丝很溺爱孩子，处处护着他。鲁迪意识到自己与儿子的关系格格不入，他想过各种办法来改善父子关系，但没有起色。汤姆的心中对父亲有一个俄狄浦斯情结，总觉得父亲在妈妈那里与自己争宠，因此对父亲有着强烈的不满和怨恨。

汤姆是芝加哥大学社会学专业的大学生。他突然与女朋友玛丽·韦根斯分手，其原因是她患有先天性梅毒。她父亲和爷爷染有梅毒，但妈妈没有梅毒。这个问题是在她和汤姆去婚前体检时被医生发现的。汤姆很爱玛丽，但又害怕在与玛丽的继续交往中会染上梅毒。因此，他在心理张力层面陷入了趋避冲突，既想维持与玛丽的恋爱关系，又怕染上梅毒。这个趋避冲突使其难以从精神痛苦中解脱出来。汤姆的心理越来越偏执，认为是社会毁了他的爱情，因为玛丽是无辜的，她并没有任何淫乱行为。之后，汤姆疏远了父母，整天把自己关在屋里。鲁迪觉得儿子有什么心事，但是儿子又不愿说出来。他无法进入儿子的内心世界，了解问题的症结所在。鲁迪明显地感受到了自己与儿子之间的代沟。汤姆与玛丽分手后，放弃了对芝加哥黑人问题的研究，转而研究布伦特市的富人问题。汤姆爱玛丽，但又冷漠地把玛丽抛入孤独无援的困境，让她一人在痛苦中挣扎。鲁迪以自己犯罪潜意识预感到，在困境中的人特别容易把个人不幸和个体失败归咎于社会，转而伤害其他无辜的人。因此，他害怕儿子因婚姻失败转而报复社会，犯下不可饶恕的罪行。

之后，鲁迪在警局碰到任何案件都会情不自禁地联想到自己的儿子。每当这种念头出现的时候,他都会说:"喔,见鬼吧。汤姆不是那类人。"(*A Father's Law*, 31)在鲁迪就职局长以来,出现了四次凶杀案,六人遇害。在案件毫无进展的时候,鲁迪怀疑一切的心理开始作祟。其实,他很早以前对儿子汤姆就有点疑心,这个疑心潜伏在他的脑海里很久了。这种疑心说不清道不明,产生于直觉,紧扣着他的心弦。一想到汤姆,他就会情不自禁地想起自己年轻时的那些犯罪潜意识。他脑海里时常盘旋着这样的问题:汤姆是我儿子、我的骨血、我要寻找的杀人犯吗?带着印证自己推理的强烈愿望,鲁迪擅自进入汤姆的房间,发现他的网球鞋上沾有水泥。鲁迪戴上手套,取了鞋上水泥的样。鲁迪边自责边取样,警察的职责驱使他超越父亲的职责去维护社会正义。警方在某个建筑工地的水泥搅拌机中找到了"点三八"口径手枪的残骸。鲁迪命令把整个水泥板抬到警察局,然后叫人把水泥板敲碎,找到了那支涉案的手枪。汤姆鞋上的水泥与搅拌机现场的水泥是一样的,鲁迪由此推定汤姆可能涉嫌这些凶杀案。在办公室里,鲁迪和埃德正在反复斟酌此事。就在此时,警官斯尼尔上尉带回来一份《环球日报》,上面刊登了汤姆的自白,他对所有凶杀案供认不讳。鲁迪被迫下令拘捕汤姆。就在这时,这部小说因赖特的突然病逝戛然而止,赖特未能写出结局。汤姆真的就是四起凶杀案的元凶吗?他在报上自白的动机是什么?小说情节发展中可能出现的峰回路转给读者留下了多维的想象空间。

鲁迪抓凶手的过程就像俄狄浦斯情结中俄狄浦斯查找杀父仇人一样。俄狄浦斯最后发现真正的杀父娶母的仇人不是别人,正是他自己;而鲁迪最后推断系列杀人案的元凶就是天天生活在自己身边的儿子。俄狄浦斯觉得自己是中了杀父娶母的魔咒,而鲁迪觉得抓捕儿子源于自己内心的犯罪潜意识。表面上抓的是犯罪的儿子,实际上抓的是其心灵中潜在的犯罪意识。

综上所述,鲁迪是赖特笔下黑人版的俄狄浦斯。虽然鲁迪的形象并不完美,其内心藏匿着犯罪潜意识,但他能冲破"家"的小伦理,去追求"社会"的大伦理,最后大义灭亲,准备让法律去审判自己的儿子。他与赖特其他作品中的警察形象完全不同,鲁迪显然不是《长梦》中的警察局长堪特利、《土生子》中虐待黑人的警官们和短篇小说《火与云》中的警察局长布鲁顿、《闪亮的晨星》("The Shining Morning Star",1938)中的县治安官。鲁迪的秉公执法表明,黑人警官不会像白人警官袒护白人罪犯那样袒护黑人犯罪分子,他们是美国法律的忠实执行者。鲁迪的形象还表明黑人也具有管理国家和维护法律尊严的能力,这也说明了黑人参加国家管理和司法工作的合理性。赖特这部遗作《父亲之法》的发表有助于重新解读赖特的文学思想和创作思路,修正国内外学界对赖特的一些误读。

第六节 《去芝加哥的人》: 人格违常与人性之病态

《去芝加哥的人》是赖特短篇小说集《八个人》里的最后一个作品。在这个短篇小说里,赖特以自己的真名做叙事人,讲述了自己在芝加哥所经历和目睹的各种人格违常,抨击了种族歧视和种族偏见的反人类行径。最近美国学界从社会学和伦理学的角度重新评价这个故事,认为该作品内涵丰富,高度赞扬了赖特在黑人人物个性塑造方面的开拓性。赖特笔下的人物在种族社会的重压之下,人物性格发生变异。[①] 赖特在这个短篇小说里从三个方面描写了人格违常问题:性格类人格违常、捍卫自我类人格违常和贪婪类人格违常,揭示了种族主义语境里的人性异化问题。

[①] 参见徐华春,郑涌:《国外人格违常五因素模型研究述评》,载《心理科学进展》2006年第2期,第249页。

一、性格类人格违常

性格类人格违常表现在"人对现实的态度和相应的行为方式中的不稳定的、具有一定破坏性的个性心理特征,是一种与社会相关最密切的非正常人格特征,在性格中包含有许多违背社会道德的含义"①。在美国种族主义社会环境里,黑人的性格类人格违常表现在黑人对现实和周围世界的态度,还表现在他的行为举止方面,发泄对自己、对他人、对事物的不满或怨恨。赖特在《去芝加哥的人》里描写了美国黑人的三种性格类人格违常:偏执型人格违常、反社会型人格违常和强迫型人格违常。

从精神病理学来看,偏执型人格违常是以猜疑和偏执为主要特点,表现出普遍性猜疑,不信任或者怀疑他人忠诚,过分警惕或提防过度。这类患者通常会"强烈地意识到自己的重要性,有将周围发生的事件解释为'阴谋''诡计'和不符合实际情况的先入理念;过分自负,认为自己正确,将挫折和失败归咎于他人;容易产生病理性嫉妒;对挫折和拒绝特别敏感,不能谅解别人,长期耿耿于怀,常与人发生争执或沉湎于争辩和争吵,人际关系不良"②。在《去芝加哥的人》里,赖特塑造了两个具有典型偏执型人格违常特征的人物:库克和布兰德。他们两人都是赖特所工作的那个医学研究所的清洁工。他们在一起工作的时间超过十五年。布兰德是个身材矮小、性格孤僻的黑人单身汉;库克是个戴着眼镜的、身材高大的中年黑人,业余时间喜欢关注《芝加哥论坛》的国际新闻。他们两人总是无缘无故地吵架,彼此充满了怨恨和不满。有一天,库克声称报纸上说,今天是1888年以来最冷的一天。他话音未

---

① Anthony W. Bateman & Roy Krawitz, *Borderline Personality Disorder: an Evidence-Based Guide for Generalist Mental Health Professionals*, Oxford: Oxford UP, 2013, p. 143.

② Raymond M. Klein & Benjamin K. Doane, eds, *Psychological Concepts and Dissociative Disorders*, Hillsdale, N. J.: L. Erlbaum Associates, 1994, p. 25.

第六章　心理危机与人性扭曲

落就遭到布兰德的冷笑。他们两人因此发生了激烈的争吵，接着库克从裤兜里掏出一把长刀，布兰德见状马上抓起身边的一把破冰镐。两个人都不听赖特的劝阻，打成一团。他们两人的偏执型人格违常源于生活压力，潜意识地把对方设置成假想敌，总觉得对方的一切都是针对自己的。他们两人不但都极度地感觉过敏，对自己受到的侮辱和伤害耿耿于怀，而且思想固执死板，敏感多疑、心胸狭隘。布兰德尤其表现为爱嫉妒，不满库克喜欢读书看报，总是对库克的灵通消息感到紧张不安，妒火中烧，不是寻衅争吵，就是在背后说风凉话，或公开抱怨和指责，表达自己无中生有的怨恨。其实，他们的人格违常是大萧条时期的工作压力太大所导致的。当时工作机会不多，失业人口众多，在岗人员随时面临被解雇的危险。他们因面临残酷的职场竞争，总是潜意识地担心同事会抢走自己的工作岗位，所以在现实生活中难以友好相处，时常以争吵或打架的方式来排泄自己的郁闷和烦躁。

在《去芝加哥的人》里赖特还描写了臆想型人格违常。这种人格违常以行为和情绪具有明显的冲动性为主要特点，发作时没有先兆，当事人不考虑后果，不能自控，易产生过激想法。① 赖特有一个同事，名叫比尔。比尔年龄和赖特差不多，每天大多数时候不是睡懒觉就是酗酒。比尔和赖特彼此都讨厌对方，都对自己的生存现状不满。赖特时常压抑自己的不满，比尔时常借酒消愁。有一次，他对赖特说："让政府给每个人发一杆枪和五发子弹，让我们重新开始，就像最初一样，胜出的一方，不管是黑人还是白人，就让他当统治者吧。"② 比尔的观点是用暴力来解决黑人和白人之间的争端，具有明显的反社会倾向。比尔总觉得自己被社会抛弃，受到忽视，也没有得到家人在生活上和情感上的照顾和

---

① 参见周玉：《人格违常的成因及表现特征》，载《中国组织工程研究与临床康复》2007年第30期，第6052页。
② Richard Wright, "A Man Who Went to Chicago", in his *Eight Man*, New York: Harper Collins Publishers, 1996, p.230.

爱护。随着时间的推移，比尔对社会的怨恨感和仇视感愈演愈烈，只好用酗酒来消解自己的臆想型人格违常。

强迫型人格违常以要求严格和追求完美为主要特点，厌恶骗人的行径，总想遵循一种当事人所熟悉的常规。① 可是在饥饿的威胁下，当事人被迫从事并不喜欢的工作。"这种人格的特征是要求一切都有条不紊、十全十美，要求自己和别人都遵守各种规则，甚至各种细节，因此行动拘谨，效率低下。"② 在这个短篇小说里，叙事人"我"负责卖丧葬保险。大萧条来临，他被邮局辞退。当时，整个芝加哥南部地区到处都是失业工人，白人就业难，黑人就业更难。由于生活无着，大多数黑人无法再像以前那样过贫困但诚实求生的生活。赖特的远房堂兄给他介绍了一份卖保险的工作。堂兄对他说："如果不卖保险，其他人也会去卖。你得吃饭，是吧？"（"A Man Who Went to Chicago"，219）赖特明知卖保险的工作是一份远离诚实谋生的职业，但在卖保险的过程中，为了增大自己的业务量，赖特不但哄骗黑人妇女，而且还欺骗没有文化的穷白人。他从保险公司领取的保单面值是十五美元一份。卖掉一份，他就可以从中提成；如果没有按时卖掉，他得自己掏钱赔公司。因此，在这种压力下，他只得违背自己的良心和道德，拼命推销保单。在推销保单的过程中，其人格严重扭曲。如果穷人买了保单，但又无法按月缴纳保金时，他便会勾结警察去强行索取。赖特时常自责这样的卑鄙行径，但为了生存，他又别无选择。在卖保险的日子里，赖特的强迫型人格违常使他难以和任何人友好相处。生存窘境扭曲了其性格，使他无法按照正常的轨迹生活下去。

由此可见，性格类人格违常严重侵蚀美国黑人的身心健康，使受这

---

① Edward W. Craighead, David J. Miklowitz & Linda W. Craighead, *Psychopathology: History, Diagnosis, and Empirical Foundations*, Hoboken, New Jersey: John Wiley & Sons, 2013, p. 78.

② 周玉:《人格违常的成因及表现特征》，载《中国组织工程研究与临床康复》2007年第30期，第6052页。

种障碍影响的黑人在生活中难以自拔，表现出偏执和冲动的个性，而且不听旁人的劝阻。这些黑人的人格违常都是不合理的种族主义社会环境所造成的，他们对善恶价值的判断自相矛盾，无法克制自己捍卫生存权中出现的缺德欲望。这些黑人的情绪不稳定、对社会不负责任、撒谎欺骗，但对受害者的哀鸣却又显得无动于衷。不合理的社会制度和生存压力扭曲了黑人的人格和性格，使其遭受到人格违常的精神折磨。

二、捍卫自我类人格违常

自我指的是强调独立自我主体存在的自觉性，即本我的意识能动性；"自我"中"自"指的是当事人"自己"，"我"指的是当事人的内心深处。捍卫自我就是捍卫自己的人格，但是不合理的社会制度总会毁损人们的自我，践踏其人格。在《去芝加哥的人》里，赖特从三个方面描写芝加哥黑人捍卫自我的人格违常：面具型人格违常、坦诚型人格违常和自恋型人格违常。

赖特在《去芝加哥的人》里描写了面具型人格违常的表现形式，当事人采用两面派手法，在社会高压下显现而出的人格不是其真实人格，而是戴上了面具的隐秘人格。面具型人格违常患者的观念、外貌和行为通常显得奇特，"其人际关系有明显缺陷，情感也显得冷淡，对喜事缺乏愉快感，对生活缺乏热情和兴趣，孤独怪僻，缺少知音，很少与人来往，因此也较少与人发生冲突"[①]。在这个短篇小说里，主人公赖特来自美国南方，南方种族状况比北方更为恶劣，以"三K党"为代表的白人暴徒通常用私刑来折磨和迫害黑人。他从南方来到北方后对白人的恐惧心理仍然没有消除，为了自我保护，在白人面前，总是戴上"假面具"，装出一副奴才相。他以自损的方式来换取人身安全。我们可以发现赖特这个人物对人缺乏温情，难以与他人建立正常的情感联系。因此，他与

---

① 何克，刘丽君：《自恋型人格违常的表现、形成和防治》，载《贵州师范大学学报（自然科学版）》2000年第2期，第48页。

白人和黑人之间的人际关系都很差，充满了疑惑和不信任。对待异性也显得冷漠。即使在赖特帮白人女招待系工作裙带子时，手无意中碰到女孩身体时，他心里产生的不是情欲而是恐惧。赖特表面上显得似乎"不近女色"，但其内心世界常常缺乏相应的情感内容，也就是缺乏应有的胆量去挑战自己内心对私刑的恐惧。因此，在现实生活中，赖特总是以冷漠无情来应付"白种女人"出现的场合，但他的这种冷漠外表是其面具型人格违常的典型表现形式，其压抑内心欲望所产生的焦虑使他感受不到人生的喜悦，远离了人世间的幸福。

赖特还在这个短篇小说里描写了坦诚型人格违常。这种人格违常以高度的自我中心、过分的情感化和夸张的言语和行为来吸引外界的注意为主要特点。这类人格违常的患者通常感情多变、容易受别人暗示的影响，常希望得到上司的赏识和同事的赞扬，爱出风头，常以外貌和言行的戏剧化来引人注意。此外，他们还常感情用事，用自己的好恶来判断事物，喜欢幻想，言行与事实往往相差甚远。在《去芝加哥的人》的开头部分，赖特来到芝加哥后找到的第一份工作是在一家犹太人开的商店当力夫。在此期间，赖特去报名参加邮局职员的招聘考试。考试需要耽误一天的工作时间。在南方，向白人老板请假去参加另一个用工考试的行为是不明智的，通常会被老板当即解雇。赖特来自南方，因此心里也非常害怕因请假而失去工作。最后，他采用"先斩后奏"的策略。没向老板霍夫曼请假就去参加了考试，事后以母亲病故要下葬为由向老板作了来不及请假的解释。种族自卑心理导致他的坦诚型人格出现障碍。另外，在这个短篇小说的最后部分还可见类似的人格违常。布兰迪和库克在打架过程中把实验室里的动物笼子全打翻了，实验用的老鼠、兔子、小狗等在地上乱蹿，有些动物是医生注射了实验药剂的，有些没有，动物的实验情况全搞乱了。由于害怕白人发现后会把他们全开除掉，因此，研究所的四个清洁工赶紧把动物装回到笼子里去，由于分不清哪些动物接受过哪些试验，只好按大类混装。他们的行为实际上破坏了医生对研究对象的分析和论证,很可能由此得出错误的结论。诚实的赖特想把实验室动物乱装的事告诉研究所主任,以期得到主任的赞扬。但后又联想到该主任平时不把他当人看,于是,赖特在心中产生了坦诚型人格违常,其致因:一是不满主任的种族歧视行为;二是害怕遭到黑人同事的仇恨;三是害怕受到白人的批评或非难。最后,赖特以捍卫自我为中心,放弃了向主任讲述实情的想法。结果,其过分捍卫自我所导致的人格违常极有可能导致恶劣的后果,甚至可能出现危及他人生命的医疗事故。

赖特笔下自恋型人格违常的描写也独具特色。这类人格违常的患者通常会自以为了不起,平时好出风头,特别在乎自己能否得到他人的关注或称赞,只注意自己的权利而不愿尽自己的义务;他们从不考虑别人的利益,要求旁人都得按照他们的意志去做,不择手段地占人家的便宜,从不考虑对自己的名声有何影响。这种人格违常的患者通常缺乏同情心,理解不了别人的情感。"自我中心是自恋型人格违常的核心症状。认知的自我中心表现为只注意自己的观点,不能面对客观事实和不接受别人的观点。人际关系的自我中心表现为不能平等地待人接物,过分看重自己,蔑视别人。"[①] 在赖特工作的医学研究所里,白人医生表现为过分自高自大,对自己的才能夸大其辞,一方面希望受人特别关注,但另一方面又不愿和赖特探讨医学方面的问题。他们坚信自己关注的问题是世上最高深的,赖特之类的黑人是无法问津的。同时,这些白人医生喜欢指使黑人,要黑人为他们干各种杂活或体力活,但对黑人缺乏同情心,具有很强的自恋倾向。

因此,赖特描写的这三类人格违常都是黑人和白人在捍卫自我的过程中产生,揭示了黑人和白人在种族主义社会环境里的生存本能,他们在社会生活中无法顺应基本的社会行为准则,其精神焦虑逐渐演绎成人

---

① John Paul Villanueva, ed., *Personality Traits:Classifications, Effects, and Changes*, Hauppauge, NY: Nova Science, 2010, p. 145.

格违常，失去对事物的正常判断力。

三、贪婪类人格违常

贪婪指的是攫取远远超过自身需求的金钱、财富，满足自己的一切利己欲望，其基本表征是得寸进尺，永不满足，而且贪图的东西一般都是属于别人的。贪心的个体为贪而贪，从不考虑自己是不是真的需要这些东西，也不理会其他个体的感受，常忽视或损害其他人的利益，因此被社会视为"有害的"。"贪心的人让欲望主宰自己的思想和行动，结果贪欲就成了他的神。"① 过度的贪婪会扭曲人的心灵，外界社会的制约力会使一些人的贪婪难以实现，由此又引发当事人的人格违常。赖特在《去芝加哥的人》里描写了三种贪婪性人格违常：贪财型人格违常、贪色型人格违常和被动攻击型人格违常。

赖特揭示的贪财型人格违常指的是人在社会生活中贪婪金钱或财物所引起的一种人格违常。在《去芝加哥的人》里，赖特以亲身经历揭露美国保险业的阴暗面。赖特以保险推销人的身份走遍了芝加哥的大街小巷，发现绝大多数投保人都是黑人住宅区的穷人。这些穷人没有文化，在没有搞清投保条款的情况下就买了保单。赖特说："作为保险公司的代理人，告诉他们这些详情，不是我的职责。"("A Man Who Went to Chicago", 320) 他的话语表明其贪婪心理已经扭曲了其人格。赖特还和公司管理人员一起去拜访黑人投保人，在查看黑人手上的保单时，采用障眼法把黑人手上的大额保单上的赔付金额改小，从中赚取差价而牟利。

贪色型人格违常指的是男人利用自己的性别优势对妇女实施的性剥削。在《去芝加哥的人》里，大多数黑人男性保险推销员和保险金代收员都利用自己的职务优势欺凌黑人妇女。有的推销员逼黑人妇女按月缴

---

① John Paul Villanueva, ed., *Personality Traits: Classifications, Effects, and Changes*, p.145.

纳保险金，如果黑人妇女没钱交每月一毛钱的保险金，他们就提出要和她们发生性关系的无理要求。如果有黑人妇女不从，他们就会报警，让警察以拒缴保险金的罪名拘捕她们。这些黑人保险推销员由于长期对黑人妇女进行性剥削，扭曲了自己的人格和爱情婚姻观，所以他们中大多数人都失去了建立稳定家庭关系的能力。

赖特在这个短篇小说里还描写了被动攻击型人格违常。这种人格违常的患者因外界未能满足自己对名声或地位的期望值而产生违背社会伦理的人格违常。这类患者惯于隐藏内心的愤懑和仇恨，对分配给他们的事情，当面答应，唯唯诺诺，心里却在想方设法拖拉敷衍，常常找借口故意把事情搞糟。在叙事人赖特工作的那个餐馆里有一名来自芬兰的白人女厨师，名叫提莉。她是餐馆的主厨，做出的菜和汤的味道很好，深受顾客的欢迎。餐馆生意的兴隆并没有给她带来更高的工资收入或职位提升，因此她的怨恨和不满情绪越来越强烈，最后其人格发生扭曲，出现了人格违常。她在炒菜时常往汤锅里吐痰，以此来发泄自己的不满。当老板在厨房抓住她的现行的时候，她没有道歉，而是跑到餐馆的就餐厅大哭大闹，并且质问老板："你要干啥？"("A Man Who Went to Chicago", 218) 老板大怒，当即把她留在餐馆的衣物和结算好的工资扔给她，勒令她马上离开。提莉对老板怒目而视，从地上把衣物和钱拾起来，用手把额头上的汗水一抹，在就餐厅的地板上狠狠地吐了一口浓痰，然后气冲冲地离开了。提莉最后的行为是其被动攻击型人格违常所引起的表现形式。她没有采用暴力攻击，而是用吐痰的方式表示对老板的强烈不满。

赖特在这个短篇小说里所描写的这三种贪婪性人格违常揭露人性在金钱和女色方面的贪婪，抨击了欲望得不到满足就伤害他人的行为。贪婪型人格违常是人的伊德的具体表现形式，具有反社会、反法律和反道德的特点，展示了人性的丑陋面。

赖特在《去芝加哥的人》中描写黑人和白人在不合理社会环境里所

遭受的人性扭曲和人格违常。在这样的社会环境里，他们情绪的不稳定表现在一方面体验到一种空虚和不安全感，缺乏自尊，另一方面又体验到一种与上述情况相对立的兴奋感。在遭遇到应急性事件时或在较强的情感压力下，这些人格违常的患者极易出现情绪不稳，易激怒、紧张、焦虑、惊恐、绝望和愤怒。他们常常处于一种慢性持久的虚无感和厌倦感中，忧心忡忡、悲观厌世，感到生活没有意义，常产生无助感、绝望感和无价值感，生活缺乏实际的目标。他们外在的反常活跃恰好反衬了其内在深深的孤独，其人格违常疏远他们与他人和与社会的正常联系与沟通。"人格违常一般不被认为是疾病，但因患者人格的偏离或病态，患者自己痛苦，也使别人受苦，因而常常影响本人及周围人生活的和谐。"① 赖特关于种族主义社会各种形式人格违常的描写，不是为了责备人格违常的患者，而是抨击引起人格违常的不良社会环境。

赖特描写了黑人在种族主义社会里的生存危机，揭露了种族歧视和种族压迫所导致的各种精神危机，从心理恐惧、焦虑、人格违常等方面展现了黑人在不合理社会制度里所遭受的精神折磨，有力地抨击了种族制度之恶。赖特在这些作品里通过恶的撕裂和毁灭，使读者的灵魂得到凤凰涅槃式的净化和升华，凸显了其性恶书写的真正美学价值和伦理寄寓。"赖特在对人性之恶的近乎冷酷的描写中裹藏他对黑人种族、对人间社会那份真切深沉的热爱。"② 赖特关于种族隔阂和种族心理危机的描写开创了美国文学中黑人精神病理现象探索的先河，拓展了黑人小说的心理描写空间。

综上所述，赖特不仅是敢于揭露美国种族问题的进步作家，而是还是擅长于心理描写的大师。在其小说里，他描写了白人和黑人在遭遇心

---

① 周玉：《人格违常的成因及表现特征》，载《中国组织工程研究与临床康复》2007年第30期，第6050页。
② 庞好农：《精神分析视域下的性恶书写：评赖特〈住在地下的人〉》，载《西安外国语大学学报》2013年第1期，第96页。

第六章　心理危机与人性扭曲

理危机时出现的人性扭曲问题，认为心理危机不是黑人独享的危机，而是现代社会各个阶层的人都会面临的心理问题。同时，他还认为，种族歧视、种族偏见、性别偏见和年龄偏见等社会问题会引起和激化人们的心理危机。赖特对心理问题和跨种族问题的描写表明其文学创作已经超越了黑人作家的种族界限，转而关注现代社会的共性问题，拓展了美国黑人作家的文学视野和主题空间。

第七章 性恶书写之审美效应

性恶书写中的审美效应是指小说中的性恶描写对读者所产生的审美感应和认知影响。由人物性恶表征描写的间接性和虚化倾向所引起的读者想象力自由驰骋和再创造的共鸣,是性恶书写审美效应的特点。它既表现为对读者审美情感和想象力的激发,又表现为小说结构与大众人生的异质同构引导读者对人生进行深层次的感悟和反思。因此,赖特的小说主题既表现在作品的审美接受中,也表现在情节和人物命运的审美接受中。赖特关于美国种族问题和人性之恶问题的描写不是为了展示罪恶或人类的阴暗面,而是要通过恶的描写,净化读者的灵魂,正视自我,提升人格,摆脱物欲和私欲的束缚,进入一种"崇高"的境界。

第一节 从《善良的黑巨人》看赖特对情境反讽的妙用

《善良的黑巨人》("Good Big Black Man",1960)是赖特文集《八个人》中的一个故事。该作品的场景设置在丹麦的哥本哈根,赖特以此来描写种族问题国际化的主题。这个故事发生的时间是1957年,正好与在阿肯色州小石城发生的种族歧视事件形成呼应。在该故事发表的时候,艾森豪威尔总统正派遣联邦伞兵到小石城去阻止因取消公立学校种族隔离所引起的暴力事件。当时,种族偏见已经成为美国社会的一个大问题。这个短篇小说最大的艺术特色是情境反讽。中国学者刘腊梅说:"情境反讽常常用来表达意外结局,用于挖苦讽刺、嘲笑和表达对现实的不满,在表扬或持中立态度的掩饰下提出批评或表示贬责等等,意味深长,发人深省。"① 赖特在这个短篇小说中采用了情境反讽的艺术手法,从常规逻辑、种族成见和意识流描写方面揭示种族歧视和种族偏见在社会心理层面上的表征及其对种族人际关系的巨大危害。

一、常规逻辑中的情境反讽

赖特在《善良的黑巨人》中采用了违背常规逻辑的情境反讽,使读者产生出乎意料的心理感受,引起读者对故事情节的进一步关注,产生欲罢不能的情感。他对命运反语的巧妙使用极大地增添了故事的趣味性,提高了读者对故事解读的参与程度。

故事主人公奥拉夫·詹森是丹麦哥本哈根一家小旅社的夜班行李工。他干的工作实际上远远超越了一个行李工的职责,他的角色倒是非常接近旅社的大堂经理或前台服务员。按常规,行李工就是为客人搬运行李的工人。但是,在这个故事里,奥拉夫不但负责客人的登记和退房工作,而且还代为客人保管财物。作者这样的安排使读者产生意料不到的情感,引起读者对这个行李工的刮目相看。

奥拉夫有丰富的旅店工作经验。按惯例,过了零点,几乎就没有客人来住店了。然而,一天夜里,正当奥拉夫准备睡觉的时候,办公室的门被推开了。黑人吉姆前来投宿。吉姆身高近两米,皮肤漆黑,头大眼睛小,胸阔肩高,肚子凸出,腿长得像电线杆。吉姆的高大身材占据了整个门口,他的巨人形象与瘦小的奥拉夫形成鲜明的对比,使傲慢的白人行李工奥拉夫在心理上产生了自卑感。这个情境反讽为他们两人后来

---

① 刘腊梅:《论构筑"警察与赞美诗"主题的修辞艺术——情景反语》,载《时代教育》2011年第8期,第148页。

的误会设下了伏笔。

奥拉夫在本能上是不欢迎吉姆住宿的,但又没有正当理由来加以拒绝。奥拉夫心里想,如果吉姆说只住一宿,他就有理由拒绝他了。因为旅社有规定,住一宿的客人可以不接待。因此,奥拉夫问道,"你打算住多久?就今天晚上?"可是吉姆的回答出乎他的意料。吉姆说:"不,我将在这里住五六天。"("Good Big Black Man",90)吉姆的话粉碎了奥拉夫心里的"小九九",产生了情境反讽的功能。吉姆的入住为故事情节的进一步发展提供了契机。

吉姆与妓女莉娜的关系具有两大情境反讽功能。在第一个情境反讽里,白人奥拉夫以为吉姆身材过于巨大,没有妓女愿意为他提供性服务,可是当奥拉夫打电话给妓女莉娜,并直接告诉了服务对象的特殊性。但出人意料的是,莉娜满口答应下来。事后,她还讽刺奥拉夫说,吉姆和奥拉夫一样都是有需求的人,吉姆需要的是她的性,而奥拉夫需要的则是从她卖淫收益中得到的提成。这个情境反讽讽刺了自视清高的白人种族主义者。第二个情境反讽出现在吉姆第二次返回旅店的时刻。奥拉夫接受了他送的礼物,主动献殷勤说:很抱歉,不知道莉娜的去向了。但是,出乎意料的是,吉姆说自那以后他和莉娜就建立了恋爱关系,这次到哥本哈根就直接住在莉娜家了。奥拉夫的作用从皮条客一下子变成了一对恋人的媒人。这个情境反讽讽刺白人种族主义者的贪婪心理,同时也颂扬了白人妓女莉娜摒弃种族主义思想的胆识和勇气。

吉姆退房走了后,奥拉夫一直担心吉姆还会返回,心里充满了恐惧。吉姆临别前用手箍住其喉咙所造成的心理创伤久久难以愈合。一年过去了,就在奥拉夫以为吉姆不会再来时,吉姆拿着行李来了。出乎意料的是,吉姆这次来既不是来杀他,也不是来投宿,而是专程来感谢他的。因为奥拉夫拉皮条,吉姆获得了莉娜的爱情。这个情境反讽表明黑人也是具有文化教养而且知道感恩图报的,显示黑人的感恩情怀并不逊色于自以为是的白人。吉姆的得体举动也是对种族偏见的有力驳斥,从而表明对黑人的歧视或偏见是非理性的。

吉姆在旅店的服务台再次见到奥拉夫时,马上从行李箱里取出一个用玻璃纸包扎起来的白色包裹,呈扁平状。还没等奥拉夫反应过来,吉姆又像上次离开那样,他用手箍住奥拉夫的颈子。然后,吉姆打开那个白色的包。奥拉夫极为紧张,悄悄拉开抽屉,就在他的手触及手枪时,突然停了下来,因为他看见白色包裹里的东西不是什么致命武器,而是一叠漂亮的尼龙衬衣。这个情境反讽讽刺了种族主义给人际交往造成的隔阂,同时也揭示了不同种族的人们沟通的重要性。

在与吉姆的整个接触过程中,奥拉夫一直遭受着自卑感的折磨。奥拉夫把潜意识的报复之心深藏于心中。当奥拉夫去为吉姆整理房间时,奥拉夫故意快节奏地工作,一会儿去放下窗帘,一会儿取下床上的面罩,一会儿故意用肘部把吉姆挤开,仿佛吉姆老是挡了他的路。当他那样做的时候,一股意识流思绪涌上心头:"那就是我对付他的方式……向他显示我并不怕他。"("Good Big Black Man",91)奥拉夫内心的粗暴行为以殷勤的服务为表现形式,出乎意料的是,吉姆对他的殷勤服务,内心感动不已,丝毫没有觉察到他的敌意。离开这个旅店一年后,吉姆还专门回到这个旅店,送六件衬衣给奥拉夫,感谢奥拉夫曾经给他提供的服务,特别是给他介绍了白人妇女莉娜。这个情境反讽揭示了黑人吉姆淳朴和善良的感恩情结,讽刺了白人奥拉夫的自大和自私。

赖特在这个故事里通过白人行李工奥拉夫、白人妓女莉娜和黑人吉姆在交往过程中的冲突和融合,展示了违背常规逻辑而发生的情境反讽,讽刺了人际交往中种族偏见的荒诞性和非理性。

二、种族成见中的情境反讽

第二次世界大战后,美国黑人要求种族平等和社会正义的呼声越来越强烈,但社会上种族歧视和种族偏见仍然盛行。丹麦的哥本哈根远离美国,只有一些美国移民或游客来到这个城市,但种族偏见的余毒仍残留在一些白人的心中。赖特在《善良的黑巨人》中还描写了因种族成见所引起的情境反讽。

在这个故事里，旅店行李工奥拉夫一出场就自称自己不是种族主义者，他把旅店里所有的客人都看作是自己的孩子，给予他们无微不至的关心。从其话语来看，他是一个非常称职和敬业的旅店服务员。可是，当黑人吉姆一出现，他的工作原则和职责就开始出现偏差。他的第一本能反应是，不给他提供住宿机会。他头脑里出现了好几个阻止吉姆入住的念头，一是说房间住满了，二是想借口若他住宿时间只有一天就拒绝他。后来他又产生不给吉姆介绍妓女的念头。但是，奥拉夫所有不给吉姆提供服务的念头都被吉姆手上的美钞击溃了。后来他不但给吉姆提供了好的房间，而且还给他送去了美酒和妓女。吉姆在服务台寄存的两千六百美元显示其较强的经济实力，使奥拉夫丧失了拒绝吉姆入住的底气。这个反语揭示了金钱在美国社会的重要作用。不过在当时的美国社会环境里，黑人大多是穷人，穷人大多是黑人。这样，种族歧视就和贫穷歧视纠缠在一起了，难以分离。有钱黑人的出现与白人势利心理的冲突显示了情境反讽的幽默性和讽刺性。

当吉姆住在旅店里的时候，奥拉夫总摆脱不了自己对身材高大、体魄强健、活力四射的黑人吉姆的原始仇恨。他嫉妒吉姆走路生龙活虎的样子和对人宽松自信的表情。每当他听到吉姆那高昂而霸气的声音，内心就会产生本能的胆怯和不满。他总觉得吉姆的小眼睛从来不正眼看他，每次看到吉姆那巨大的手掌时，心里直打鼓，因为那手掌看起来很像杀人的利器。奥拉夫在心目中一直把吉姆视为野兽般的次人类。若不是为了赚其住宿费的话，奥拉夫真想一脚把他踢出旅店。在办理退房手续时，吉姆突然把手伸向奥拉夫的颈子，似乎那双强有力的大手随时都可能掐断他的生命。奥拉夫以为吉姆要杀死他，当即吓得尿了裤子。吉姆的离开使他松了一个气。但是一年后，吉姆出现在他面前，再次用手箍着他的颈子，奥拉夫又以为世界末日到了。就在他准备从办公桌抽屉里掏枪反击时，吉姆把带来的那个包打开，原来里面是送给奥拉夫的六件衬衣。直到小说快结束时，奥拉夫才恍然大悟：吉姆用手箍着他颈子的目的不是要杀他，而是测量他颈子的尺寸。这个情境反讽表明以貌取人的方式极可能导致错误地推断出某个人的品质和人格。赖特认为，就像你不能从书的封面来确定书的价值一样，你也不能凭肤色判断一个人的素质和人格。在这个故事里，赖特通过奥拉夫事件，讽刺了那些自称不是种族主义者但实际上种族主义意识仍很严重的白人。

黑人吉姆勾起白人奥拉夫的自卑感和种族优越感，导致奥拉夫利用自己的种族优越感来消解心灵深处的自卑感。"这个特别的黑人……哎，看起来不像人类。身材太高大，皮肤太黑，嗓门太大，话语太直，外表太凶……身高一米七一的奥拉夫才刚好有黑巨人的肩膀高。奥拉夫单薄的身板只有吉姆的一条腿粗。"("Good Big Black Man", 88)吉姆的漆黑肤色和高大身材使奥拉夫感到既恐怖又屈辱。奥拉夫觉得，似乎这个人是专门跑来衬托他的瘦、小、弱和白的。奥拉夫对吉姆的不满和仇恨来自心灵深处的种族歧视心理。吉姆的高大身材不过是成了引起其种族歧视心理的导火索。他在内心里一直把吉姆称为黑鬼。当吉姆和白人妓女莉娜在房间里幽会时，奥拉夫彻夜难眠。其实，这是奥拉夫种族心理的潜意识反应。因为在美国历史上相当长的一个历史时期里，黑人男性是禁止和白人女性发生性关系的。即使黑人是与白人妓女发生性关系，也会被投进大牢或私刑处死。目睹吉姆与莉娜的幽会，奥拉夫心理躁动不安，反思道："自己为什么会对一个黑鬼和一个白人妓女的媾和那么纠结和不安？"("Good Big Black Man", 92)种族主义思想严重的白人奥拉夫在金钱的诱惑下为黑人介绍白人妓女，做出了违反种族主义原则的行为，构成一个辛辣的情境反讽。

这个故事通过白人奥拉夫与黑人吉姆的几次交往，揭露种族成见对人们意识形态和伦理准则产生的重大影响，讽刺了白人种族主义意识中自我防御思想的荒谬性和非理性。赖特讲述的种族成见所导致的情境反讽表明，种族关系是共生关系，随着交往加深，文化理解加深，不同种族间的敌视关系是可以改变的。

三、意识流中的情境反讽

在《善良的黑巨人》里，赖特采用的意识流描写手法可以分为两大类：全知视角的意识流和限定性视角的意识流。在全知视角意识流里，赖特从上帝的高度俯视人间万象，叙述相关人物的心理自然动态；而限定性视角的意识流则采用第一人称"我"来叙述当事人心态和思绪的变化。在这个故事的意识流描写中，赖特采用了联想、自白、触景生情和梦境的叙述手法，揭示了意识流动中的情境反讽。

赖特采用了联想的手法来引发小说人物的意识流思绪。联想是从一个事件的思绪跨到另外一个相关思绪，构成两个事件之间的无缝连接。奥拉夫坐在服务台工作时，意识流思绪呈散发状，一会儿想到房客，一会想到经常来投宿的水手。他从水手喜欢酗酒和嫖女人的习性，联想到自己年轻时也是那样。心里想道："哎，那也没什么危害……那是人的自然本性。"("Good Big Black Man", 90) 他的意识流思绪与他后来不想给黑人吉姆找女人的意识流构成悖论，形成情境反讽。吉姆和其他人一样也是水手，也是年轻人。为什么奥拉夫有不愿意的意识流思绪呢？这个情境反讽揭露了奥拉夫心灵深处的种族歧视和种族偏见思想，旨在抨击种族主义的双重标准。

赖特采用自白的方式来描写奥拉夫自得其乐的意识流动，展示其思想意识，无所顾忌地袒露其内心活动，这时读者不需要任何媒介便可直接进入自白者的思想深处，接触他的心理现实，仿佛直接进入其灵魂。他自言自语道：

> 我明天就六十岁了。我既不太富，也不太穷。……真的，我无怨无悔。把身体养好。世界各地都去旅游过了，年轻时该玩的姑娘

也玩了……我的卡伦是个好妻子。我有自己的家,没有债务。我喜欢春天在花园里挖土……去年种出了最大的胡萝卜。虽然没有积蓄很多钱,但是,哎,别说了……钱不是一切。已得到一份好工作。夜间行李工这份工作不太差。

("Good Big Black Man", 86)

在其意识流思绪中,奥拉夫流淌着小市民的自满和惬意。但是,这种颐养天年式的意识流思绪与其故事中的一些事件构成悖论。奥拉夫说不在乎钱,但一见到有钱的客人吉姆,马上收敛起内心的种族主义思想;为了捞取皮条费,他避开妻子和老板的视线,悄悄地给住店客人介绍妓女。在这个故事里,奥拉夫就从妓女莉娜与黑人吉姆的性交易中抽了一大笔中介费。他在故事中唯利是图的表现背离了其意识流动中道德伦理的超然性,使读者产生了出乎意料的感觉,形成了具有讽刺意味的情境反讽,抨击了贪婪白人在金钱面前不堪一击的道德水准。

赖特还采用了触景生情式的意识流。吉姆第一天在旅店办理住宿后,伸手向奥拉夫要钥匙。当奥拉夫递钥匙到吉姆手上时,发现他的手巨大无比。意识流一下子涌上心头:"要是他用那个手打我一下,我就没命了。"("Good Big Black Man", 90)这是触景生情式的意识流动。奥拉夫的这个意识流思绪揭示了其内心对黑人的偏见,表明他仍把黑人视为未开化的野蛮人。但是,当奥拉夫主动要帮吉姆拿行李箱去房间时,吉姆很绅士地说:"那对你来讲太沉了,朋友,还是我来拿吧!"("Good Big Black Man", 90)吉姆彬彬有礼的举动显示出欧美绅士的风范,与奥拉夫意识流中的野蛮意象构成鲜明的对比,从而形成了一个情境反讽,讽刺了白人种族主义者在种族问题上的幼稚和短见。

梦是人在无意识状态中虚拟生活的生动再现。赖特用梦境来表达奥拉夫种族主义思想在潜意识层的意识流动。黑人吉姆从旅店退房走后,奥拉夫余恨难消,愤愤不平。整个晚上都在想如何报仇,他想着想着就进入了梦乡。在梦中，他看到黑巨人吉姆工作的那艘货船漏水了，海水大量灌入，吉姆睡觉的房间也被淹了。海水惊醒了吉姆，他即将被淹死。船渐渐沉入海底，一头大白鲨游过来吃光了吉姆身上的肉。奥拉夫意识流的梦境是其自卑感受伤后的自然发泄，也是其内心仇恨吉姆、仇恨黑人的无意识表现形式。这个梦境与故事的结局形成鲜明的反衬。在这个故事的前大半部分里，吉姆是奥拉夫心目中的第一恶人。但是在故事结尾时，奥拉夫和吉姆消除了误会，奥拉夫从吉姆手上接过了吉姆送给他的一大叠衬衣，心里非常感动，奥拉夫对吉姆说："你也是一个好人……一个善良的黑巨人。"（"Good Big Black Man"，101）奥拉夫对吉姆评价的巨大反差构成一个情境反讽，显示了误解在人们生活中的可怕性。从他们冰释前嫌的话语里，我们可以得出结论：种族关系并不是坚冰；只要黑人和白人彼此友好真诚相待，也可以变成好朋友。

在《善良的黑巨人》里，赖特巧妙运用联想、自白、触景生情和梦境等意识流手法来揭示人物变化多端的内心世界，通过人物的意识流动来展示人物的性格，反映他们对生活的各种态度和对人生的理解，达到真正表现黑白种族关系的目的。

赖特在《善良的黑巨人》中运用了大量的情境反讽，赋予这个故事幽默、夸张和讽刺等特点，并采用意识流手法使情境反讽更加生动、逼真。情境反讽属于语篇层面的一种修辞手法，常常违反某种事态的一般发展规律，披露种族歧视和种族偏见在美国以外国家和地区的表现形式，揭示人性在文明发展过程中的曲折和反省。故事出现的每一个情境反讽都直接或间接地释放出讽刺的意味；到故事结束时，读者才骤然醒悟，领会到作者意欲传递的辛辣讽刺和对人性向善的美好向往。在这个故事里，奥拉夫被刻画得既可笑又可怜，这个人物形象和他的一举一动牵动了所有读者的心，他对吉姆的误解、仇恨、惧怕以及后来的和解结局都出奇地出乎意料，这是赖特巧妙地运用情境反讽所产生的独特艺术效果。精彩的意识流描写渗透在这个故事的各个层面，成为赖特心理描写的突出亮点，同时也使这个故事当之无愧地成为美国黑人意识流短篇小说中的代表之作。

第二节 伏笔·张力·潜意识：《"大男孩"离家》之艺术特色

《"大男孩"离家》("Big Boy Leaves Home"，1938）是赖特的短篇小说集《汤姆叔叔的孩子们》中的第一个短篇小说。该作品中的主人公"大男孩"别格（Big）打响了美国文学里黑人暴力反抗种族压迫的第一枪，可以把他看作是长篇小说《土生子》主人公"大别格"（Bigger）的童年原型。赖特在这部作品里采用的伏笔、张力和心理描写等叙述策略揭示了美国种族主义社会的性恶景观。

一、伏笔

伏笔是《"大男孩"离家》中常见的一种叙述策略。赖特在描写"大男孩"与白人发生的各种冲突中，对将要在文中出现的与中心事件有必然联系的人物和事件预先作提示或暗示，并在事件发展的另一个阶段与之呼应。前面的场景或人物描写为后续事件的发生埋伏线索，也可以理解为上文对下文的暗示。赖特伏笔的特点是交代含蓄，使作品结构严密、紧凑，读者读到下文时，不至于产生突兀疑惑之感。赖特在《"大男孩"离家》里主要采用了三种伏笔：侥幸式伏笔、预示式伏笔和误解式伏笔。

一般来讲，侥幸式伏笔在文学作品中指的是描写某个人物持侥幸心理去干危险之事的叙述手法。从心理学而言，侥幸心理就是无视事物本身的性质，违背事物发展的客观本质规律，以为按自己的个人需求或者好恶来行事就能使事物按着自己的愿望发展，取得自己期望的结果。持侥幸心理的人总想凭借不确定的因素去取得成功或避免灾害，这通常会导致难以预料的失败、挫折甚至灾难。赖特在《"大男孩"离家》的第二节设置了侥幸式伏笔,黑人男孩巴克、波波、莱斯特和"大男孩"打算到白人哈维私人领地内的一个池塘里去游泳。根据当时的美国法律:主人可以开枪射杀任何未经允许进入其领地的人。哈维在那个池塘边专门立了一块牌子,上面写着"私人领地,禁止入内!"(NO TRESPASSING)。"大男孩"和三个小伙伴都知道那个池塘是个危险的禁地,但有个小伙伴悄悄建议说,哈维今天不在家,可以偷偷地进去游泳。其他小伙伴也纷纷附和这个侥幸心理。这个侥幸心理引发了这个短篇小说的悲剧,为三个男孩的惨死和"大男孩"的离家出走埋下了伏笔,也为作品后续事件的描写铺平了道路。

赖特在这个短篇小说里还采用了预示性伏笔。这种伏笔指的是小说重要事件发生前的一些辅助性情节描写,初看不经意,但事后发现这些描写为后续重要情节的展开埋下了伏笔,令人回味无穷。赖特在《"大男孩"离家》的开篇章节讲述了一群男孩的嬉戏和玩耍。其中一个情境是:"大男孩"和波波打闹,另外两个男孩来帮波波的忙;为了让其他两个男孩松手,"大男孩"用手掐住波波的喉咙,命令他叫其他两个男孩松手。在这个情境里,表面上是"大男孩"采用了敲山震虎的策略,迫使两个男孩松手,但这个情境显示了"大男孩"的主观能动性,同时也为他后来为了自保夺枪杀死白人吉姆的事件埋下了伏笔。有主观能动性的人必然会在自己的生命遭到危险时采取有效的自保方式,捍卫自己的生命权。此外,这帮黑人小孩曾听说黑人在北方能得到与白人平等的权利,因此在聊天时纷纷表示北方是他们的向往之地。随着故事情节的发展,"大男孩"和波波打死白人军官后选择的第一逃亡目的地就是北方。由此可见,孩子们无意中谈论理想的话语为他们以后的逃亡目的地埋下了伏笔,具有极强的预示性,但是读者只能在谜底出现后才能回味出这种伏笔的精妙之处。

除侥幸式伏笔和预示式伏笔外,赖特还采用了误解式伏笔。这种伏笔的特点是一个误解的出现是为故事冲突的出现奠定基础的，从而推动情节向高潮发展。赖特在《"大男孩"离家》里设置了一名白人妇女出现在几个黑人男孩游泳池塘边上的场景。在美国南方，白人把黑人男性视为随时都可能强奸白人女性的"公牛"类野兽。从社会伦理学来看，不把别人当作"人"来看待，自己也就远离了"人"的范畴。在当时的美国南方，如果白种女人在一名黑人靠近她时发出尖叫声，那名黑人多半会因性侵犯而遭受残酷的私刑。在这个故事里，池塘边的那个白人妇女正常站在黑人男孩们堆放衣服的地方。当男孩们失去耐性、冲过去拿衣服时，那个白人妇女在惊慌中退后的方向正好是孩子们的衣服堆。因此，她误以为那几个黑人男孩是要对她发起性攻击。所以，她发出了巨大的惊叫声。这个因误解发出的惊叫声直接为其丈夫开枪射杀黑人男孩埋下了伏笔。如果她没有发出惊叫，这个故事的后续悲剧也许就不会发生。

由此可见，《"大男孩"离家》里的三种伏笔，环环相扣，把故事情节一步一步地推向高潮。赖特设置的伏笔在上文刚出现时似乎是无关紧要，但实则对下文将要出现的人物或事件预先作出了某种提示或暗示，为后文情节的发展设置了线索。其伏笔的特色在于交代含蓄，使作品结构严密、紧凑，让读者读到下文内容时，一方面不至于产生突兀疑惑之感，另一方面又使读者对伏笔的精妙回味无穷。

二、张力

张力本是一个物理学概念，但引入文学作品评论后，我们可以发现小说情节发展中出现的一切人际冲突和人与自然的冲突皆可产生张力。正如王冠琪所言："文学'张力'产生的直接动力可以说是文本对矛盾冲突的包孕，凡存在着对立而又相互联系的力量、冲动或意义的地方，都存在着张力。"[①] 总体来看，赖特的小说写得张弛有度，其叙述布局有

---

① 王冠琪：《论〈年轻的古德曼·布朗〉中的张力》，载《文学界》2010年第1期，第18页。

紧有松，有疏有密，跌宕起伏，令人赏心悦目。赖特在《"大男孩"离家》的叙述策略里加入了张力元素，其中的张力可分为求生张力、焦虑张力和恐惧张力。

从社会学来看，求生就是想方设法避开危险或威胁，维持自己的生命，设法活下去，然后谋求生路。人们在求生过程中受到外界某种"恶"的威胁而产生的张力就是求生张力。赖特在故事里从三个方面来讲述了"大男孩"的求生张力。首先，"大男孩"和波波杀死白人军官吉姆后，顾不上穿衣服，拿着衣服赤身裸体地惊慌逃走，这构成了他经历的第一个求生张力。迅速脱离险境是求生的第一保障。其次，"大男孩"到旧砖窑的窑洞里去藏身，但是该窑洞已经被一条大蛇占据，为了获得自己的藏身之所，"大男孩"与毒蛇展开了殊死搏斗，最后杀死了那条大蛇。在搏斗过程中遇到的挫折和危险促成了"大男孩"的求生张力，即置之死地而后生。最后，当白人在山上私刑处死波波后纷纷下山时，一条白人的搜山犬发现了"大男孩"藏身的窑洞口，汪汪大叫。为了避免下山途中的白人听到狗叫声，"大男孩"又与狗展开了生死对决，用手卡住狗的脖子，在求生的巨大爆发力之下，他杀死了恶狗。他与狗的拼死搏斗显示了其求生意志和无畏精神。由此可见，求生张力能使人产生巨大的爆发力，获取生的希望和可能性，这也折射出人可能为捍卫生存权而勇于战胜一切险境的伦理寓意。

焦虑是张力的另一种表现形式。从心理学来看，焦虑是由紧张、焦急、忧虑、担心和恐惧等感受交织而成的一种复杂的情绪反应，可能在人遭受挫折时出现，也可能在没有明显的诱因下发生，即在缺乏充分客观根据的情况下出现某些紊乱的情绪。焦虑总是与精神打击和即将来临的、可能造成的威胁或危险相联系，主观上感到紧张、不愉快，甚至痛苦和难以自制，并伴有植物性神经系统功能的变化或失调。赖特在《"大男孩"离家》里从两个方面来描写"大男孩"的焦虑张力。一方面，盼望朋友出现的焦虑。"大男孩"和波波在与吉姆的搏斗中联手杀死了他,事后两人决定一起逃亡到北方去。"大男孩"藏身于砖窑的时候,盼望波波出现。在他看来,波波一来到砖窑,他们两人都会没有危险。为朋友安危的担心加剧了其心中的焦虑张力。另一方面,"大男孩"随后又产生了担心朋友到来的焦虑。听到白人搜山的脚步声,"大男孩"产生了新的焦虑,希望波波这时别来山上找他。害怕波波被抓的焦虑形成了新的张力,这样的描写有助于营造情节发展的紧张氛围。

赖特笔下的恐惧是种族主义社会里一种典型的心理状态。从心理学来讲,恐惧是因为周围有不可预料、不可确定的因素而导致的无所适从的心理或生理的一种强烈反应。同时,恐惧也是有机体企图摆脱、逃避某种情境但却又无能为力的一种情绪体验。恐惧张力在小说叙述层面的建构中有助于生成情节发展的张力。在《"大男孩"离家》里,当"大男孩"逃到山上的旧窑洞躲藏时,听到好朋友波波被白人焚烧时发出的阵阵惨叫声,每一声惨叫都加剧了"大男孩"的恐惧感。因为如果他被白人抓住,也同样会被白人活活烧死。之后,恐惧感成为"大男孩"心里挥之难去的阴霾。在"大男孩"搭乘黑人朋友威尔的大卡车去芝加哥的途中,威尔在一个加油站停车为"大男孩"取饮用水时,"大男孩"非常紧张,担心这时有白人突然登车搜查。这个恐惧张力的描写渲染了"大男孩"逃亡途中的恐惧氛围。

求生、焦虑和恐惧的张力描写形成故事叙述的强劲推力,使情节的发展引人入胜,同时也使读者在阅读过程中形成相应的张力和阅读欲望。《"大男孩"离家》里黑人与白人发生冲突的叙述关联、叙述客观视角的设置和对叙述故事性的求取等,使该短篇小说生成了多重叙述张力,同时也使该作品的主题得到了深刻的揭示。该作品所揭示的张力主要通过文本的叙述结构与叙述节奏、虚构性与非虚构性描写、叙述性话语与非叙述性话语、人物形象的内在矛盾性等方面表现出来,赖特所坚守的反叛型文化理念是成就其文本独特叙述伦理的内在原因,这个内因又促成了其由反传统的小说观和反传统的伦理观所建构的反叛型叙述观。黑人在种族主义社会里的苦难和艰辛、坚定和顽强是该短篇小说最大的叙述张力,使小说情节的发展扣人心弦。

三、潜意识思绪

弗洛伊德认为,潜意识指的是潜藏在人们一般意识之下的一股神秘力量,是相对于"意识"的一种思想,也称"右脑意识"或"宇宙意识"。实际上,潜意识心理就是一种不被察觉的、在一定时间内被压抑、被排挤的情绪经验活动的过程。潘光花和隋美荣认为:"潜意识理论是精神分析学说的灵魂,也是精神分析学发展的基础,更是精神分析学派研究的中心课题,它在精神分析学派中占据着极其重要的地位。关于精神分析的潜意识理论,有三个里程碑式的人物:弗洛伊德、荣格和弗洛姆。"① 潜意识是人类原本具备但却忘记了使用的能力,这种能力通常被称为"潜力",即存在但却未被开发与利用的能力。"潜能的动力深藏在我们的深层意识当中,也就是我们的潜意识。"② 赖特在《"大男孩"离家》里从后悔、臆想和自欺方面描写了主人公的潜意识思绪。

从心理学来讲,后悔是一种基于认知的消极情感。"当个体意识到或者想象出如果先前采取其他的行为将产生更好的结果时,就会产生后悔情感。"③ 后悔是严重的心理症候,主体为自己的言和行感到极端地愧疚,他认为自己犯下了不可饶恕的罪过,为此主体承受了严重的心理煎熬,他希望有机会弥补过错。为了摆脱内心的愧疚,他不仅仅尝试在物质层面改善自己的言行,以便和过错划清界限,同时他也试图通过精神洗炼的方法,对自己进行清洗,以使自己得到精神上的新生。在忏悔者看来,物质层面的过错是因为精神层面的肮脏和污秽,而要消解物质层

---

① 潘光花,隋美荣:《潜意识理论发展的三大里程碑》,载《内蒙古师范大学学报(哲学社会科学版)》2004 年第 5 期,第 84 页。

② Matt Ffytche, *The Foundation of the Unconscious: Schelling, Freud, and the Birth of the Modern Psyche*, New York: Cambridge University Press, 2012, p. 48.

③ 艾福娇,陈秀兰:《后悔心理的研究综述》,载《学理论》2010 年第 1 期,第 4 页。

面的过错,他就得在精神上完成一次净化,成为精神上的圣洁者或清洁者。赖特在这个故事里从三个方面来描写后悔心理:首先是关于枪的后悔。当"大男孩"躲在旧窑洞里看到白人漫山遍野地搜查时,觉得自己很无助,后悔自己没有把父亲的那把手枪带来;如果有枪,他会觉得胆量倍增。其次是对未善待朋友的往事而后悔。"大男孩"躲在窑洞里回忆起和小伙伴们嬉戏的场景,感慨万千地想到:"现在,巴克悲惨地死了,莱斯特也死了。……但愿我没把巴克揍疼。现在觉得抱歉极了,真不该那么狠地咒骂他的妈妈。罪孽呀!……可怜的巴克,可怜的莱斯特,我再也不那样对待你们了!再也不了!"("Big Boy Leaves Home",265)"大男孩"的悔恨之意溢于言表。两个小伙伴的惨死使他对自己以前的行为后悔不已。最后,赖特通过"大男孩"之口表达了对未听妈妈忠告的悔意。发生悲剧的当天,"大男孩"不听妈妈要求他按时去上学的话,而是和三个小朋友逃学,最后导致四个黑人小孩中三个死亡和一个逃亡的惨剧。"大男孩"为自己的贪玩和任性后悔不已,表达了自己的怀旧和思念之情。

臆想指的是不同社会环境的恐怖因素作用于大脑,破坏了大脑在一定范围内相对稳定的功能状态,导致认识、情感、意志行为等精神活动出现异常,并且异常的严重程度及持续时间均超出了正常精神活动波动的范围,使人产生一些超越理智的主观想象。赖特笔下的"大男孩"看到白人暴徒搜山的场景时头脑里出现了臆想:"杀光那些白人杂种!抓住一个白人,掐住他的脖子,不松手,一直到他的舌头伸出来,眼睛爆出来。然后蹦上他的胸膛,像踩死那条蛇一样把他踩得粉碎。杀完一个,又杀一个。狠掐他的脖子,直到他落气倒地……"("Big Boy Leaves Home",267)。"大男孩"的臆想是希望自己能像杀蛇一样杀光前来搜山的白人暴徒。其臆想表达了他对种族迫害的不满和对白人暴行的内心反抗。

自欺也可能出现在潜意识层。自欺把"令人不快的真情掩盖起来或把令人愉快的错误表述为真情"①。从这一点来看，自欺在外表上与说谎类似。但不同的是，"说谎是向他人掩盖真情，自欺则是对自己掩盖真情。在说谎中，欺骗者和被骗者是两个人，在自欺中则是同一个人，自欺本质上包含一个意识的单一性"②。自欺的目的在于置身于能力所能及的范围之外，它是一种逃避心理。自欺是建立在合理的、脆弱的基础上的相信。萨特认为人是自由的，所以不可能不选择。人应该勇敢地选择自己的价值，并为他的选择承担责任，而不应该逃避责任，陷入自欺。赖特在这个故事里描写主人公"大男孩"出现在潜意识层里的自欺心理。当"大男孩"躲在旧砖窑里又累又饿时，不禁思念起温暖的家。随着天色变黑，"大男孩"的思家之情越来越浓烈。各种侥幸式自欺思绪不断涌现："也许那个白人没有被打死？也许他们没有搜山了？也许他现在可以回家了？"("Big Boy Leaves Home"，266)"大男孩"的自欺心理表达了他对平安生活的渴望。如果吉姆未被打死，"大男孩"认为，也许白人就不再追究自己了。他的想法是非常典型的自欺心理，因为按照当时的情形，只要他一露面就会被白人暴徒抓住，并处以私刑。

后悔、臆想和自欺的潜意识思绪表现了故事主人公"大男孩"在种族主义社会环境里遭遇生存危机后的心理状况。赖特笔下的潜意识是潜藏于黑人一般意识之下的一股神秘力量，是相对于"意识"的一种活跃思绪。潜意识蕴藏着人们一生中有意或无意中感知到的信息，也可能是人们在某种情境的激发下产生的没有系统性或逻辑性的新意念和新设想。"潜意识则代表着人性的真相。同意识一样，潜意识也受社会的制

---

① 李克：《自欺与自由——萨特哲学对人的存在的揭示》，载《深圳大学学报（人文社会科学版）》2011年第1期，第37页。
② 李克：《自欺与自由——萨特哲学对人的存在的揭示》，载《深圳大学学报（人文社会科学版）》2011年第1期，第36页。

约,因为它是不能通过'社会过滤器'而被人们知晓的人类体验。"①赖特关于潜意识心理活动的描写揭示了人在危机中的各种真实心理动态,虽然表面上显得零碎、杂乱、没有头绪,但实质上揭示了黑人少年在生存窘境中的主观能动性。

赖特在《"大男孩"离家》里描写了黑人在种族主义社会环境里被迫成熟的生活经历,把主人公"大男孩"塑造成一名黑人心目中的英雄,产生了从反抗中谋求生存的伦理寓意。赖特通过伏笔、张力和潜意识描写等叙述策略,讲述了"大男孩"如何从天真无邪的小孩成为亡命天涯的反抗者的故事,从而揭露了制度化种族歧视和种族迫害的政治之恶。"大男孩"可以看作是赖特长篇小说《土生子》中主人公别格的先驱或童年原型。赖特在这个故事里所采用的叙述策略建构起小说情节发展的逻辑之路、张力之路和心理演绎之路,拓展了现代黑人小说主题空间,丰富和发展了黑人文学传统,为赖特城市自然主义小说的出现铺平了道路。

第三节 从《河边低洼地》探析赖特笔下的三大叙事张力

《河边低洼地》("Down By the Riverside",1938)是赖特短篇小说集《汤姆叔叔的孩子们》中的第二个故事。该故事讲述了一场大洪灾给下层黑人农民所造成的各种伤害,揭露了白人社会的种族压迫和种族主义者的种族歧视,图解了人祸大于天灾的社会现象。从艺术特色来看,《河边低洼地》内蕴着具有现代意义的张力思维。被置于"张力场"中的小说人物不可避免地受到两个力的牵引,而这两个力的此消彼长催发

---

① 晏玉荣,万站勋:《弗洛姆的潜意识理论》,载《辽宁行政学院学报》2010年第3期,第62页。

了"非同一性"取向。① 生存渴望和种族压迫分别体现了由"绝望"与"希望"所衍生的两种迥异的命运生成模式。在相对与绝对的对立统一、虚无与实有的转化生成中,赖特建构了以否定"终极"为内核的"辩证性"思维。赖特在这个短篇小说的写作中采用了张力叙事策略,描写小说中的对立统一元素,使故事情节发展引人入胜,寓意耐人寻味。《河边低洼地》从三个方面揭示了张力叙事与小说主题的内在关联:人与自然的张力、种族关系的张力和生与死的张力。

一、人与自然的张力

自然环境指的是在人类的生存空间中可以直接或间接影响到人类生活、生产的一切自然形成的物质和能量的总体。在人类的发展史上,自然环境经常遭到自然灾害的破坏和毁灭。"自然灾害"是人类依赖的自然界中所发生的异常现象,对人类社会所造成的危害往往是触目惊心的。它们之中既有地震、火山爆发、泥石流、海啸、台风、洪水等突发性灾害;也有地面沉降、土地沙漠化、干旱、海岸线变化等在较长时间中才能逐渐显现的渐变性灾害;还有臭氧层变化、水体污染、水土流失、酸雨等人类活动导致的环境灾害。这些自然灾害和环境破坏之间又有着复杂的相互联系。赖特在短篇小说《河边低洼地》里描写了一场大洪水所引发的水灾和黑人的生存危机。该作品张力思维的文化意义深嵌在赖特关于种族关系与自然灾害相互关系的独特认识中,从恐惧、焦虑和惊慌方面描写了环境张力对黑人的巨大压力,揭露天灾人祸对黑人生存环境的破坏和毁灭。

在赖特设置的张力叙事中,张力结构由于取消了一方吞噬另一方而确立的"本质",使人在危机中的精神状态呈现出多元化的恐惧。赖特在《河边低洼地》的第一段就描写了洪水泛滥的危机。洪水已经蔓延到

---

① 参见吴翔宇:《〈野草〉的张力叙事与意义生成》,载《浙江社会科学》2010年第8期,第102页。

第七章 性恶书写之审美效应

小说主人公马恩家房子边,离他家门口不到四米了。周围的房屋已经被淹没,自家的谷仓也被洪水包围。赖特描述道:"所有明年春天播种用的种子现在都打湿了。这些种子会腐烂,他[马恩——作者注]陷入绝望之中。"("Down By the Riverside",277)马恩低估了这场洪水的破坏力,陷入了深深的恐惧。洪水每时每刻都在一寸一寸地往上涨,远处传来的枪声加剧了马恩心中的恐惧,因为他知道那是白人强迫黑人加固上游堤坝所发出的枪声,枪声意味着堤坝面临被冲垮的危险。上游的堤坝犹如达摩克利斯之剑悬在处于下游的马恩等黑人的头上。洪灾的不可预料和不可确定的因素导致马恩和他的家人产生了无所适从的心理危机,陷入企图摆脱、逃避洪灾但却又无能为力的恐慌。

与恐惧有着密切联系的是焦虑。焦虑是指一种缺乏明显客观原因的内心不安或无根据的恐惧,是人们遇到某些事情如挑战、困难或危险时出现的一种正常的情绪反应。焦虑通常情况下与精神打击以及即将来临的、可能造成的威胁或危险相联系,主观表现出感到紧张、不愉快,甚至痛苦以至于难以自制,严重时会伴有植物性神经系统功能的变化或失调。在《河边低洼地》里,马恩一家陷入四大焦虑之中:第一,陷入洪水的包围之中已经四天四夜了,马恩的弟弟鲍勃出去买船迟迟未归,全家人都想逃离困境,但却没有找到可行的办法;第二,马恩的妻子露露难产,如果不及时送到医院,母子二人都有生命危险;第三,家的附近没有医生,想把产妇露露送往医院,但又没有船;第四,被洪水围困多日,家里已经没有粮食了,全家马上就要陷入饥荒了。这些因素综合在一起,使马恩一家焦虑万分,儿子皮威、老丈母和杰夫妹妹烦躁不安。鲍勃划回家的船又是偷来的,马恩和老丈母又陷入了可能被白人发现或被逮捕的焦虑,老丈母声称不坐偷来的船撤离的话语更加加重了马恩心中的焦虑。

惊慌指的是人遇到危险后出现的害怕和慌张类精神状态和行为,时常会超越当事人的理智。上游的堤坝出现险情的时候,镇上的白人当局惊慌失措,到处抓捕黑人去修堤坝,结果导致更多的黑人逃跑。这些黑人不但要躲避洪灾,还要躲避白人强加的劳役。堤坝被冲垮后,全镇陷入一片混乱。白人上校命令马恩和另一名黑人布林克里马上划船去救援镇红十字医院的人员。当马恩到达时,医院的大楼已经被洪水包围,很快一楼被淹没,洪水一寸一寸地上涨。上校命令马恩用斧头砍穿二楼楼板,进入二楼后,又砍穿天花板,从屋顶开一个口。这时洪水已经蔓延到了屋顶边,在马恩救援下,医院的妇女儿童和医护人员在惊慌中得以进入船只逃生。马恩在惊慌中爆发出的超强智力和体力有助于当时的施救工作,他所实施的营救无异于与时间赛跑、与死神赛跑。

赖特在故事里通过对洪水泛滥和哀号遍野的描写,展示了人在自然灾害中的恐惧、焦虑和茫然,揭露个人防洪意识的缺失和政府防洪能力的无序和失策。人祸和天灾交织在一起的细节描写凸显了赖特张力叙事的独特魅力。由此可见,人与自然的对立性因素在自然灾害张力的"制衡""引力"和"收缩"下,形成了"非同一性"的价值取向。赖特笔下人与自然的张力存在于一个二项式之中,然后对立、冲突的两极在撕扯、抵牾、拉伸中造成故事文本内部的某种紧张,并通过悖论式的逻辑达成某种出人意料的语义或意境。① 赖特的哲学思维颠覆了历史发展的某种"同一性"的必然律,凸显了多种力作用下的历史发展趋向,表明人与自然的张力在本质上就是人性与人性之间自我张力的内化。

二、种族张力

种族张力指的是黑人和白人在共生关系中失衡所引起的矛盾或冲突。在 20 世纪上半叶的美国,黑人和白人虽然在美国社会里处于共生关系,但是两者之间的关系由于政治、经济、文化和历史原因长期处于紧张、敌视和相互排斥的状态。白人在政治上剥夺黑人的基本人权,在

---

① 参见王思炎:《当小代说的张力叙事》,载《文学评论》2002 年第 2 期,第 41 页。

第七章 性恶书写之审美效应

经济上掠夺和剥削黑人,并且在文化上压制和贬低黑人。白人社会对黑人的种族歧视和种族偏见加剧了他们之间的种族张力。赖特在《河边低洼地》里从美丑之间、善恶之间和正反之间的冲突中揭示了美国黑人和白人的种族张力。

赖特在这个故事里揭露白人的心灵丑和黑人的心灵美之间的张力。在洪水泛滥之时,为了救助难产的妻子,黑人马恩划着一艘小木船,逆流而上,千辛万苦地把产妇送到镇上的红十字医院。刚把产妇抬上手术台,白人医生见是黑人产妇,不愿大力施救,于是就草率地宣称产妇露露送来晚了,无法救治。"医生抬起头,揉揉下巴,以嘲弄的语气对马恩说:'喂,小子,她死了。'"("Down By the Riverside", 277)白人医生对黑人产妇露露的死亡毫无同情之情,对黑人丈夫马恩充满了蔑视和不屑。而后来当这些白人医生被洪水包围的时候,黑人马恩克服重重困难,不惜戳穿地板和天花板,把所有医生救走。这种强烈的美与丑的对比揭示:隐藏在道貌岸然的白人医生内心里的是残忍和充满兽性的灵魂,而隐藏在丑陋的黑人马恩内心里的是善良的灵魂;前者外表美而内心丑,后者外表丑而内心美。这说明人的内心美是重要的,它决定人的本质。人世间最大的美丽在于内心之美,而不是外表之美。黑人马恩在生死危机中让自己的生命鸣唱出最美妙动听的天籁之音,使种族主义者的黑暗心灵相形见绌。

《河边低洼地》关于善恶张力的描写同样震撼人心。黑人马恩划着船送病危的产妇到镇上的医院,这条船是弟弟鲍勃从白人邮电局长哈特菲尔德家偷走的。马恩本想把病人送到医院后就把船还给哈特菲尔德。但是,当船路过哈特菲尔德家时,他勒令马恩马上靠岸还船,并用枪瞄准。为了自卫,马恩开枪打死了哈特菲尔德。当河上游的堤坝垮塌之后,马恩被派往哈特菲尔德家营救其妻子和两个孩子。当时,哈特菲尔德家的房子漂浮在水上,马恩爬进房子去寻找哈特菲尔德的家人。当马恩看到哈特菲尔德的妻子和两个孩子无助待在角落、随时都可能被洪水吞噬时，他产生了救人的顾虑，担心这三人获救后会控告他枪杀哈特菲尔德。"他［马恩——作者注］现在不能杀人；如果有人正看着，他不能杀人。他僵硬地站在那里。然后，他深深地叹了一口气，似乎最后一口气没有缓过来，似乎与这个世界告别了。"（"Down By the Riverside"，317）因此，他陷入了激烈的心理斗争，善与恶在其头脑里生死相搏。一方面，他想用斧头砍死这三个可能威胁他生命的人，然后对外界谎称在漂浮的房子里没有找到哈特菲尔德母子三人；另一方面，他又不忍心杀害这三个孤儿寡母，也不忍心让他们被洪水淹死。最后，善念在其头脑中占了上风，他把哈特菲尔德的妻子和两个孩子送上前来救援的小船。但是，这母子三人一到达山上的救助站后，马上就向军方告发了马恩。由此可见，马恩在"善"中获得新生，但同时又在"善"中毁灭。哈特菲尔德母子三人的举报把他们从可怜的受害者变成了恩将仇报的不义之人。马恩明知可能会被获救人举报，但还是给予了有力的营救。这样的描写无异于是对美国种族主义社会的一个黑色幽默。这个黑色幽默的出现，使原来分属于不同领域的喜剧和悲剧同时并置于一个张力结构中，消解了喜剧和悲剧间原来泾渭分明的界限，使悲剧的内涵以喜剧的方式展现出来。

赖特在这个故事里描写了白人对黑人欺压所引发的种族张力。本来加固或修理上游的堤坝是所有人的义务和责任，可是白人却把运沙袋和水泥等劳动强度大的体力活强加在黑人身上，如有黑人反抗或逃走，就会遭到白人的枪杀。堤坝上时常响起的枪声就是种族张力的具体显现。在镇上时常有逃亡黑人被枪杀的传闻，白人官兵时常把黑人男人抓去修堤坝，不管其家人的安危。白人到处抓黑人服劳役的行为引起了黑人的义愤和强烈不满，加剧黑人和白人之间的社会张力和关系张力。黑人并不把修堤坝看成是自己的义务和责任，而是把这个工作看作是白人的差事，保护的是白人的生命财产，因此对修堤坝或加固堤坝之事完全不感兴趣。赖特通过堤坝被洪水冲垮这个事件表明，冲垮的表面上是拦截洪水的堤坝，而实际上是联系黑人和白人的种族关系之桥。大坝垮塌之后，白人对黑人的态度和行为越来越粗鲁无礼，越来越失去理性，似乎黑人是一切罪恶之源。

赖特在这个作品里揭示了美国社会的种族危机，抨击了种族主义者对黑人人权的践踏和对黑人人格的侮辱，表明种族张力其实是美国社会文明与野蛮的搏击和较量的外在表现形式。人格中的美与丑、善与恶、正与反等之间的张力显示了现代人在洪灾等自然灾害中的各种表现形式，揭示了人性中善良与邪恶并存，正义与狭隘的并存，既展示了白人的种族自私，也彰显了黑人坚守良心和道德而不怕牺牲自我的耶稣式奉献精神。

三、求生张力

在绝望与希望、明与暗、死亡与生命等二元对立的张力场中，求生欲望与求生窘境的并存使《河边低洼地》的内部结构呈现出意义危机与意义扩充的能动状态。求生指的是人们想方设法避开生命危险和外界威胁所采取的自救性措施，旨在维持自己的生命状态。求生过程中引发的各种冲突可以看作是求生张力的多种表现形式。赖特在《河边低洼地》里描写了人在死亡威胁下的三种张力：超自然爆发力、道德沦丧驱动力和紧急避险内驱力。

赖特在这部作品里讲述了主人公马恩的妻子露露难产的故事。露露临产之时正是当地发生洪灾之际，又值附近地区请不到接生的医生。露露的难产已经到了第四天，生命垂危。为了挽救露露和未出生婴儿的生命，马恩不顾汹涌洪水的危险，逆流而上，奋力把船划向镇里的红十字医院。镇里的白人士兵惊叹马恩创造的奇迹，目瞪口呆地对马恩说："天呀！黑鬼，你夺了奖杯！我总听说黑鬼很能干，但从来没有想到有人真的傻得在洪灾中逆流划船的。"（"Down By the Riverside", 295）其实是马恩对妻子难产的焦虑和对妻子伟大的爱使他产生了超自然的爆发力。马恩对妻子和未出生孩子的爱和责任感是那些种族主义思想严重的白人士兵无法理解的。马恩在洪水中划船时表现的刚毅和果断超乎了常人的想象,从而闪烁着人性美的耀眼火花。

洪水来临之时,鲍勃受哥哥马恩的委托,把家里唯一值钱的骡子卖给种植园主波门先生,但波门趁火打劫,压低骡子的售价,仅支付了十五美元。鲍勃在市场上发现最便宜的船也要四十美元一艘。为了得到营救家人的船,鲍勃最后冲破了自己的道德底线,把一艘无人看守的白色小船偷走了。偷走船只的目的不是为了赢利,而是为了救出被洪水围困的家人。一寸一寸上涨的洪水摧毁了鲍勃心中的道德底线,走了偷窃之路。为了家人生存的求生张力使鲍勃陷入了伦理的困境。遵守社会伦理就意味着家人生命的消失,而违背社会伦理则会导致自我的沦丧,使自己成为一个不顾他人生命安全的小人。赖特尝试着挖掘人性,为鲍勃偷船寻找合理的理由以揭示当时的社会状态,这也体现出作者对当时种族主义社会的理性思考。

紧急避险内驱力是人处在灾难和危险中规避自身危险的欲望和内在动力。在白人哈特菲尔德夫人和其小孩拉尔夫的指控下,马恩被捕。马恩极力声辩道:"白人爷爷们,发发善心吧!我不是想杀他!我发誓,我没……他对我开了枪!我正在洪水中划船把妻子送往医院。"("Down By the Riverside", 325)白人法官不听马恩的申辩,两名白人士兵把马恩拖出临时法庭的帐篷。马恩认为按照惯例自己会被白人杀害,因此拼命反抗,高喊道:"上帝,别让他们杀我!赶紧阻止他们吧。"("Down By the Riverside", 325)在白人士兵把他押往军营的途中,马恩精神崩溃了,以为白人要把他押到军营去处决,于是不顾一切地向海边跑去。白人士兵鸣枪示警,马恩为了求生,在枪林弹雨中奔逃,最后被乱枪打死。马恩想逃生,结果因逃生而被白人士兵枪杀而亡。赖特这样的描写使这个故事的张力叙事进入反张力叙事的范畴,造成情节表达的苍白无力,忽略了白人押解去监狱而不是去刑场的法制程序,这使得小说的悲

第七章　性恶书写之审美效应

剧结局变成了一场毫无张力的自寻死亡，在一定程度上矮化了马恩救人而表现出的道德升华。

　　求生是人的本能。超自然爆发力、道德沦丧驱动力和紧急避险内驱力是人在灾难性危机中寻求生路的主要表现形式。赖特所揭示的求生张力不仅涉及人的潜能发挥，而且还涉及人的道德底线的掌控问题。生存是人的第一本能，也是人生价值得以存续的前提。因此，赖特在作品中建构的求生张力叙事与各项危机的出现相得益彰，使小说情节的发展扣人心弦，展示了张力的情节建构力和阅读趣味力的促成。

　　《河边低洼地》话语场的构成要素就是20世纪二三十年代流动在美国种族主义社会的各种文化符号，如种族歧视、种族偏见、白人特权思想、清教伦理等。正是这些意识形态因素的内在矛盾造就了人与自然、黑人与白人和生与死二元对立的三股叙事张力，其隐身于文本结构的表层之下，犹如三股湍急的暗流，推动着黑人人物命运从灾难走向悲剧的结局。因此，种族主义是一切社会张力的始作俑者，生存于其中但又毫无社会权利和基本人权的黑人无法与白人种族势力抵抗，导致了难以避免的各种悲剧的发生。赖特在这个作品里展现了南方美国社会的种族状况和黑人的生存状态，揭露了人与自然的张力、黑人与白人的张力和生与死的张力，凸显赖特叙事作品张力叙事的艺术特色。叙事张力成为这个故事层级关系的建构元素和情节发展的驱动力，不仅使小说内容引人入胜，而且其艺术表达力拓展了作品的主题空间。赖特在这部作品中所采用的张力的叙事不仅对《汤姆叔叔的孩子们》中其他故事的叙事策略有着互文性功能，而且对赖特后续作品和同时代的"赖特部落"作家群的文学作品都有着重要影响。张力叙事和叙事结构中的张力成为赖特叙事作品的突出艺术特征，也是赖特对美国黑人文学传统的建设性贡献之一。

　　总而言之，赖特采用了伏笔、意识流、张力、情景反语等叙事策略来描写其种族问题中的性恶主题,在读者心目中形成了强烈的审美效应,使读者在故事情节的欣赏和反思中升华自己的世界观、排遣自己的庸俗情绪、去除利己的杂念和提升人格的自我教育。其作品净化的效果,依靠的不是以理服人的说教,也不是直截了当的劝谕,而是凭依性恶书写的艺术震撼力,以此激发人心灵中潜在的真善美和追求自由的天性,令其挣脱物欲或私利的束缚,不由自主地进入一种崇尚种族平等和社会正义的纯洁之境,从而洞悉种族关系的奥秘,领悟人生的真谛,达到审美的理想境界。

英文参考文献

Altschul, Nadia R. *Geographies of Philological Knowledge: Postcoloniality and the Transatlantic National Epic.* Chicago: U of Chicago P, 2012.

Avery, Evelyn Gross. *Rebels and Victims: The Fiction of Richard Wright and Bernard Malamud.* New York: Kennikat, 1979.

Baker, Houston A., Jr. "Racial Wisdom and Richard Wright's *Native Son*." *Critical Essays on Richard Wright.* Ed. Yoshinobu Hakutani. Boston: G. K. Hall, 1982. 66 – 81.

Bateman, Anthony W. & Roy Krawitz. *Borderline Personality Disorder: an Evidence-Based Guide for Generalist Mental Health Professionals.* Oxford: Oxford UP, 2013.

Beauvoir, Simone de. *The Second Sex.* Trans. by Jonathan Cape. New York: Alfred A. Knopf, 1953.

Bell, Bernard W. "African-American Writers." *American Literature* 1764 – 1793. Ed. Everett Emerson. Madison: U of Wisconsin P, 1977. 171 – 93.

—. "*Beloved*: A Womanist Neo-Slave Narrative; or Multivocal Remembrances of Things Past." *African American Review* 26 (1992), 7 – 15.

Benokraitis, Najole V. *Marriage and Families: Changes, Choices, and Constraints.* Upper Saddle River, NJ: Prentice Hall, 1999.

Bluefarb, Sam. *The Escape Motif in the American Novel: Mark Twain to*

Richard Wright. Columbus: Ohio State UP, 1972.

Buckery, Danielle. "Dissecting the 'Double-Consciousness': Expanding Upon the Theories of W. E. B. Du Bois and *The Souls of Black Folk.*" 19 September 2014, < http://www.findArticles.com/p/articles/mi_m2278/is_3_23/ai_54925299 >.

Buenker, John D. and Lorman A. Ratner, eds. *Multiculturalism in the United States: A Comparative Guide to Acculturation and Ethnicity.* New York: Greenwood Press, 1992.

Butler, A. Bulter. *Native Son: The Emergence of a New Black Hero.* Boston: Twayne, 1991.

—, ed. *The Critical Response to Richard Wright.* Westport, Conn: GP, 1995.

Chun, Kevin, et al., eds. *Acculturation: Advances in Theory, Measurement and Applied Research.* Washington, DC: American Psychological Association, 2003.

Colinet, P., J. C. Legros and M. G. Velarde. *Nonlinear Dynamics of Surface-Tension-Driven Instabilities.* New York: Wiley-VCH, 2001.

Craighead, W. Edward, David J. Miklowitz & Linda W. Craighead. *Psychopathology: History, Diagnosis, and Empirical Foundations.* Hoboken, New Jersey: John Wiley & Sons, 2013.

Crave, AliceMikal and William E. Dow, eds. *Richard Wright: New Readings in the 21st Century.* New York: Palgrave Macmillan, 2011.

Delbanco, Andrew. "An American Hunger." *Critical Essays on Richard Wright's Native Son.* Ed. Keneth Kinnamon. New York: Twayne, 1997. 138 – 46.

Du Bois, W. E. B. *The Souls of Black Folk.* New York: Bantam, 1989.

Early, Gerald. "Afterword." *Savage Holiday.* Richard Wright. Jackson:

UP of Mississippi, 1994.

Fabre, Michel. *Richard Wright: Books & Writers.* Jackson: UP of Mississippi, 2008.

—. *The Unfinished Quest of Richard Wright.* Trans. Isabel Barzun. Chicago: U. of Illinois P., 1993.

Felgar, Robert. *Understanding Richard Wright's Black Boy: A Student Casebook to Issues, Sources, and Historical Documents.* Westport, Conn: GP, 1998.

—. *Student Companion to Richard Wright.* Westport, Conn: GP, 2000.

Ffytche, Matt. *The Foundation of the Unconscious: Schelling, Freud, and the Birth of the Modern Psyche.* New York: Cambridge UP, 2012.

Fowler, Doreen. *Drawing the Line: the Father Reimagined in Faulkner, Wright, O'Connor, and Morrison.* Charlottesville: U. of Virginia P., 2013.

Franklin, John Hope. *From Slavery to Freedom. A History of Negro Americans.* 7th ed. New York: Knopf, 2006.

Fredickson, George M., *The Black Image in the White Mind: The Debate on Afro-American Character and Destiny*, 1817–1914. Hanover, NH: Wesleyan UP, 1971.

Gallagher, Kathleen. "Bigger's Great Leap to the Figurative." *CLA Journal (College Language Association Journal)* . 27 (1984): 293–314.

Garcia, Jay. *Psychology Comes to Harlem: Rethinking the Race Question in Twentieth-Century America.* Baltimore: Johns Hopkins UP, 2012.

Gates, Henry Louis, Jr., *The Signifying Monkey: A Theory of African-American Literary Criticism.* New York: Oxford UP, 1988.

Gelfand, Michele J., *Advances in Culture and Psychology.* Oxford: Oxford UP, 2011.

Gill, Robin D. *Orientalism & Occidentalism: Is Mistranslating Culture*

Inevitable? Biscayne, FL.: Paraverse, 2004.

Gilroy, Paul. *The Black Atlantic.* Cambridge: Harvard UP, 1993.

Girdano, Daniel A., Dorothy E. Dusek and George S. Everly, Jr., *Controlling Stress and Tension.* Boston: Pearson, 2013.

Glasgow, Douglas G., *The Black Underclass: Poverty, Unemployment, and Entrapment of Ghetto Youth.* New York: Jossey-Bass, 1980.

Gounard, Jean-Francois. *The Racial Problem in the Works of Richard Wright and James Baldwin.* Trans. Joseph J. Rodgers, Jr. Westport, Conn: GP, 1992.

Grier, William H., and Price M. Cobbs. *Black Rage.* New York: Basic, 1968.

Gunton, Sharon R., *Contemporary Literary Criticism.* Vol. 21. Detroit: Gale, 1982.

Hakutani, Yoshinobu. *Critical Essays on Richard Wright.* Boston: G. K. Hall, 1982.

—. "The Color Curtain: Richard Wright's Journey into Asia." *Richard Wright's Travel Writings: New Reflection.* Ed. Virginia Whatley Smith. Jackson: UP of Mississippi, 2001. 63 –77.

—. *Richard Wright and Racial Discourse.* Columbia: U. of Missouri P., 1996.

Haywood, Harry. *Negro Liberation.* Chicago: Liberator, 1976.

Hemingway, Ernest. *The Old Man and the Sea.* New York: Charles Scribner's Sons, 1952.

Horney, Karen. *The Neurotic Personality of Our Time.* New York: Norton, 1937.

Howe, Irving. "Black Boy and Native Son." *Critical Essays on Richard Wright.* Ed. Yoshinobu Hakutani. Boston: G. K. Hall, 1982. 41 –45.

Huggins, Nathan Irvin. *Harlem Renaissance.* London: Oxford UP, 1971.

Jemie, Onwuchekwa. *Langston Hughes: An Introduction to the Poetry.* New York: Columbia UP, 1976.

Jones-Smith, Elsie. *Theories of Counseling and Psychotherapy: An Integrative Approach.* Thousand Oaks, Calif.: Sage, 2012.

Johnson, J. R., "Native Son and Revolution." *Critical Essays on Richard Wright's Native Son.* Ed. Keneth Kinnamon. New York: Twayne, 1997. 49 – 52.

Josephs, Lawrence. *Character Structure and the Organization of the Self.* New York: Columbia UP, 1992.

Keady, Sylvia. "Richard Wright's Women Characters and Inequality." *The Critical Response to Richard Wright.* Ed. Robert J. Butler. Westport, Connecticut: GP, 1995. 43 – 49.

Kinnamon, Keneth, ed. *Critical Essays on Richard Wright's Native Son.* New York: Twayne, 1997.

Klein, Raymond M. & Benjamin K. Doane, eds. *Psychological Concepts and Dissociative Disorders.* Hillsdale, N. J.: L. Erlbaum Associates, 1994.

Lackey, Michael. *African American Atheists and Political Liberation: a Study of the Sociocultural.* Fredericksburg, VA: Mary Washington College of UVA, 1971.

Langer, Jessica. *Postcolonialism and Science Fiction.* Basingstoke: Palgrave Macmillan, 2011

Larson, Gerry. "Rite of Passage." *School Library Journal.* 40 (1994): 123 – 126.

Levy, Anne. *Workplace Sexual Harassment.* Upper Saddle River, NJ: Prentice Hall, 2002.

Lundin, Robert W. *Principles of Psychopathology.* Columbus, Ohio:

C. E. Merrill, 1965.

Madsen, Deborah L., *Post-colonial Literatures: Expanding the Canon.* Sterling, Va.: Pluto Press, 1999.

Margolies, Edward. *The Art of Richard Wright.* Carbondale: Southern Illinois UP, 1969.

Mark, Karl. "Economic and Philosophical Manuscript of 1944." Ed with an introduction by Dirk J. Struik. Trans. by MartinMilligan. New York: International Publishers, 1964. 134 – 139.

McCall, Dan. *The Example of Richard Wright.* New York: Jovanovich, 1969.

Miller, Eugene E., *Voice of A Native Son: the Poetics of Richard Wright.* Jackson: UP of Mississippi, 1990.

Millett, Kate. *Sexual Politics.* Urbana and Chicago: U of Illinois P, 1952.

Nagel, James. "Images of 'Vision' in*Native Son.*" *Critical Essays on Richard Wright's Native Son.* Ed. Keneth Kinnamon. New York: Twayne, 1997. 86 – 93.

Nicolaus, Georg. *C. G. Jung and Nikolai Berdyaev: Individuation and the Person, A Critical Comparison.* New York, NY: Routledge, 2011.

Page, James D., *Psychopathology: the Science of Understanding Deviance.* Chicago: Aldine-Atherton, 1971.

Paris, Joel. *Psychotherapy in an Age of Narcissism: Modernity, Science, and Society.* Houndmills, Basingstoke: Palgrave Macmillan, 2013.

Pochmara, Anna. *The Making of the New Negro: Black Authorship, Masculinity, and Sexuality in the Harlem Renaissance.* Amsterdam: Amsterdam UP, 2011.

Purvis, Thomas L., *A Dictionary of American History.* Cambridge, Mass: Blackwell, 1997.

Rampersad, Arnold. "Afterword." *Rite of Passage*. Richard Wright. New York: HarperCollins, 1999: 117 – 119.

Rochman, Hazel. "Rite of Passage." *Booklist*. 90 (1994): 817 – 819.

Röckl, Barbara. *Through a Glass, Darkly: the Mirror Metaphor in Texts by Richard Wright, James Baldwin, and Ralph Ellison*. New York: P. Lang, 2009.

Rowley, Hazel. *Richard Wright: the Life and Times*. New York: Henry Holt, 2001.

Saguy, Abigail Cope. *What Is Sexual Harassment? From Capitol Hill to the Sorbonne*. Berkeley: U. of California P., 2003.

Sarmento, João. *Fortifications, Post-colonialism and Power: Ruins and Imperial Legacies*. Farnham, England: Ashgate, 2011.

Shourie, Usha. *Black American Literature*. New Delhi: Cosmo, 1991.

Singh, Amritjit. "Richard Wright's *The Outsider*: Existentialist Exemplar or Critique?" *The Critical Response to Richard Wright*. Ed. Robert J. Butler. Westport, Conn: GP, 1995.

Snyder, Louis L., *The Idea of Racialism: Its Meaning and History*. Princeton: D. Van Nostrand, 1962.

Sutton, Roger. "Rite of Passage." *Bulletin of the Center for Children's Books*. 47 (1994): 205 – 208.

Thomason, Elizabeth. "*The Souls of Black Folk*." *Nonfiction Classics for Students: Presenting Analysis, Context, and Criticism on Nonfiction Work*. Vol. 1. Detroit: Gale, 2001. 327 – 44.

Tracy, Steven C., ed. *Writers of the Black Chicago Renaissance*. Urbana: U. of Illinois P., 2011.

Tyson, Lois. *Critical Theory Today: A User-Friendly Guide*. New York: Garland, 1999.

Villanueva, John Paul, ed. *Personality Traits: Classifications, Effects, and Changes.* Hauppauge, NY: Nova Science, 2010.

Watkins, Patricia D., "The Paradoxical Structure of Richard Wright's 'The Man Who Lived Underground'." *The Critical Response to Richard Wright.* Ed. Robert J. Butler. Westport, Conn: GP, 1995. 141 – 50.

Wilson, Charles E. Jr., *Race and Racism in Literature.* Westport, Conn.: GP, 2005.

Wrig, Thomas. *Urban Underworlds: a Geography of Twentieth-Century American Literature and Culture.* New Brunswick, N. J.: Rutgers UP, 2011.

Wright, Julia. "Introduction." *A Father's Law.* Richard Wright. New York: Harper, 2008. v – xiv.

Wright, Richard. "Big Boy Leaves Home." *Early Works: Lawd Today! Uncle Tom's Children Native Son.* New York: Literary Classics of the United States, 1991.

—. "Black Boy." *Later Works: Black Boy (American Hunger), The Outsider.* Ed. Arnold Rampersad. New York: Literary Classics of the United States, 1991. 1 – 365.

—. *Early Works: Lawd Today! Uncle Tom's Children, Native Son.* New York: Literary Classics of The United States, 1991.

—. "Down By the Riverside." *Early Works: Lawd Today! Uncle Tom's Children, Native Son.* New York: Literary Classics of The United States, 1991.

—. "The Ethics of Living Jim Crow." *Early Works: Lawd Today, Uncle Tom's Children, Native Son.* Ed. Arnold Rampersad. New York: Literary Classics of the United States, 1991. 225 – 37.

—. *A Father's Law.* New York: Harper, 2008.

—. "Good Big Black Man," in his *Eight Men.* New York: Harperperennial,

2008.

—. "Fire and Cloud," in "Uncle Tom's Children." *Early Works*: *Lawd Today*, *Uncle Tom's Children*, *Native Son*. Ed. Arnold Rampersad. New York: Literary Classics of the United States, 1991. 355 – 406.

—. "How 'Bigger' Was Born." In his *Native Son*. New York: Harper, 1966. vii – xxxiv.

—. *Lawd Today*. New York: Avon, 1969.

—. "Long Black Song," in "Uncle Tom's Children". *Early Works*: *Lawd Today*, *Uncle Tom's Children*, *Native Son*. Ed. Arnold Rampersad. New York: Literary Classics of the United States, 1991. 407 – 441.

—. *The Long Dream*. Chatham, NJ: Chatham, 1969.

—. "Man, God Aint Like That..." *Eight Men*. Richard Wright. New York: HarperCollins, 1961.

—. "Man of All Work," in *Eight Men*. Richard Wright. New York: Harper, 1989. 109 – 154.

—. "The Man Who Killed a Shadow," in his *Eight Men*. New York: HarperCollins, 1961. 185 – 201.

—. "The Man Who Lived Underground," in his *Eight Men*. New York: Harperperennial, 2008. 19 – 84.

—. "The Man Who Was Almost a Man." *Eight Men*. New York: Harper Collins, 1961.

—. "A Man Who Went to Chicago," in his *Eight Man*. New York: Harper Collins, 1996. 202 – 242.

—. *Native Son*. New York: Harper, 1957.

—. "The Outsider." *Later Works*: *Black Boy* (*American Hunger*), *The Outsider*. Ed. Arnold Rampersad. New York: Literary Classics of the United States, 1991. 367 – 841.

—. *Rite of Passage.* New York: Harper Collins, 1999.

—. *Savage Holiday.* Jackson: UP of Mississippi, 1954.

—. "Uncle Tom's Children." *Early Works: Lawd Today, Uncle Tom's Children, Native Son.* Ed. Arnold Rampersad. New York: Literary Classics of the United States, 1991. 221 – 441.

—. *White Man, Listen!* New York: Anchor, 1964.

中文参考文献

〔奥地利〕阿德勒：《理解人性》，陈太胜译，北京：国际文化出版公司2007年版。

〔美〕鲁本·弗恩：《精神分析学的过去和现在》，傅铿编译，北京：学林出版社1988年版。

〔美〕弗洛姆：《弗洛姆行为研究讲稿》，吴生军编译，长春：北方妇女儿童出版社2005年版。

〔奥地利〕弗洛伊德：《弗洛伊德本能成功学》，吴生明编译，长春：北方妇女儿童出版社2005年版。

〔奥地利〕弗洛伊德：《精神分析导论讲演》，周泉、严泽胜和赵强海译，北京：国际文化出版公司2000年版。

〔法〕洛朗·加涅宾：《认识萨特》，顾嘉琛译，北京：生活·读书·新知三联书店1988年版。

〔美〕梯利：《西方哲学史》，葛力译，北京：商务印书馆2004年版。

〔英〕沃斯通克拉夫特：《女权辩护》，王蓁译，北京：商务印书馆1996年版。

孔宪铎，王登峰：《基因与人性》，北京：北京大学出版社2009年版。

唐正果：《女权主义与文学》，北京：中国社会科学出版社1994

年版。

王恩铭：《美国黑人领袖及其政治思想研究》，上海：上海外语教育出版社2006年版。

艾福娇，陈秀兰：《后悔心理的研究综述》，载《学理论》2010年第1期，第4—5页。

崔雅萍，陈蕾：《黑色幽默下的死亡阴影——解读〈第二十二条军规〉的死亡主题》，载《西北大学学报（哲学社会科学版）》2010年第3期，165—167页。

方成：《传统与现状：美国自然主义文学研究反思》，载《英美文学研究论丛》2001年第1期，第232—247页。

龚瑶：《〈哈姆雷特〉中自我防御机制的移置作用》，载《大学英语（学术版）》2007年第1期，第188—190页。

桂莉娜：《探析"情结"》，载《科技咨询》2008年第11期，第214—215页。

黄颂杰：《萨特存在主义哲学的逻辑的考察》，载《中国社会科学》1984年第6期，61—84页。

李娟：《如何走出"双趋冲突"的痛苦？》，载《校园心理》2008年第9期，第40—41页。

何克，刘丽君：《自恋型人格违常的表现、形成和防治》，载《贵州师范大学学报（自然科学版）》2000年第2期，第47—51页。

李桦：《论毕淑敏母爱散文的精神内涵》，载《内江师范学院学报》2010年第7期，第94—98页。

李克：《自欺与自由——特哲学对人的存在的揭示》，载《深圳大学学报（人文社会科学版）》2011年第1期，第36—41页。

李明军，牟东莲，王光荣：《双避冲突情景中情景对言语交际策略的影响》，载《心理学探新》2008年第4期，第39—40页。

李庆善：《产业组织面临的双趋避冲突》，载《社会学研究》1992

年第 6 期，第 28—34 页。

李英：《恐惧与自由》，载《理论界》2011 年第 1 期，第 105—106 页。

刘腊梅：《论构筑"警察与赞美诗"主题的修辞艺术——情景反语》，载《时代教育》2011 年第 8 期，第 148 页，第 294 页。

刘廷华：《论职场性骚扰的雇主责任》，载《河北工业大学学报（社会科学版）》2012 年第 1 期，第 64—68 页。

刘秀玉：《当代语境下的美国自然主义文学概观》，载《解放军艺术学院学报》2014 年第 1 期，第 58—63 页。

骆东平：《美国性骚扰概念界定的深层分析》，载《法学论坛》2011 年第 4 期，第 133—134 页。

罗国祥：《萨特存在主义"境遇剧"与自由》，载《外国文学研究》2001 年第 2 期，第 55—61 页。

康孝云：《后殖民主义：历史与可能》，载《云南社会科学》2011 年第 1 期，第 37—41 页。

马小朝：《萨特存在主义文学的价值论批判》，载《外国文学评论》1992 年第 4 期，第 24—31 页。

马震祥：《精神分裂症精神病理学》，载《临床精神医学杂志》1992 年第 1 期，第 35—37 页。

潘光花，隋美荣：《潜意识理论发展的三大里程碑》，载《内蒙古师范大学学报（哲学社会科学版）》2004 年第 5 期，第 84—87 页。

任庆霞：《自我防御机制一览》，载《知识就是力量》1997 年第 5 期，第 28—29 页。

桑艳霞：《简析〈到灯塔去〉中的意识流叙事手法》，载《新西部》2009 年第 14 期，第 124 页，第 126 页。

苏新连：《从决定论到自然主义：美国自然主义文学创作》，载《中国矿业大学学报（社会科学版）》2002 年第 3 期，第 109—115 页。

谭惠娟:《黑人性神话与美国私刑——詹姆斯·鲍德温剖析种族歧视的独特视角》,载《外国文学》2007年第3期,第17—24页。

王冠琪:《论〈年轻的古德曼布朗〉中的张力》,载《文学界》2010年第1期,第18—19页。

王侃:《论余华小说的张力叙事》,载《文艺争鸣》2008年第8期,第127—131页。

王思炎:《当小代说的张力叙事》,载《文学评论》2002年第2期,第41—45页。

王习发:《文化移入与当代中国民族心理的转型》,载《黔东南民族师范高等专科学校学报》2006年第1期,第37—40页。

王彦兴:《〈奥瑟罗〉中的三股叙事张力》,载《福建外语》2002年第4期,第50—55页。

吴翔宇:《〈野草〉的张力叙事与意义生成》,载《浙江社会科学》2010年第8期,第102—106页。

晏玉荣,万站勋:《弗罗姆的潜意识理论》,载《辽宁行政学院学报》2010年第3期,第62—63页。

徐华春,郑涌:《国外人格违常五因素模型研究述评》,载《心理科学进展》2006年第2期,第249—253页。

詹志和:《萨特存在主义哲学思想的文学化阐释》,载《中南林业科技大学学报(社会科学版)》2007年第4期,第1—4页。

张德兴:《萨特存在主义美学述评》,载《学术研究》1990年第5期,第55—59页。

张宏明:《传统宗教在非洲信仰体系中的地位》,载《西亚非洲》2009年第3期,第11—19页。

张兴成:《他者与文化身份书写:从东方主义到"东方人的东方主义"》,载《东方丛刊》2001年第1期,第20页。

钟曼丽:《从权力的角度来解读工作场所中的性骚扰》,载《辽宁行政学院学报》2012年第2期，第157—159页。

周小娟：《〈简·爱〉女性话语空间的自我建构》，载《外语教学》2010年第4期，第73—76页。

周玉：《人格违常的成因及表现特征》，载《中国组织工程研究与临床康复》2007年第30期，第6052—6054页。

朱安兴：《〈杀影子的人〉——种族和欲望的悲剧》，载《温州师院学报（哲学社会科学版）》1989年第4期，第58—61页，第70页。

雷少华：《奥巴马赢得大选靠什么》，载《文摘周报》2008年11月7日第1版。

袁岳：《歧视收获的也必将是歧视》，载《新京报》2005年5月1日时事专栏A03。

绿色心情：《抑郁》，[2006-01-02] <http://www.fjpsy.com/printpage.asp? Article ID =259>。

恺蒂：《非洲是基督教和原始宗教结合的神奇大陆》，2012年5月1日，http://worldcup.qq.com/a/20100709/000790.htm。

《躁狂抑郁症》，3 January，2006，< http://www.china1net.com/cinPsychology/XinLiBaiKe/detail.asp? ID =462 >。

中新网：哈佛黑人教授被捕起风波，2008年7月22日，<http://www.chinanews.com.cn/gj/gj-bm/news/2009/07-22/1785404.shtml>。

赖特生平大事记和作品出版

年份	重要事件	作品问世
1908	理查德·赖特出生在密西西比州纳齐兹地区附近的一个农场里，生父是佃农内森·赖特，生母是小学教师埃拉·赖特。	
1914	内森·赖特抛弃家庭，离家出走。	
1916—1925	赖特断断续续地在"基督教七日复临派学校"读书。	
1924		赖特在黑人刊物《南方纪实》上发表的第一个短篇小说《地狱半亩地的伏都》
1925	赖特以优等生成绩从史密斯·赖鲁滨孙公立学校毕业；随母亲搬家到田纳西州孟菲斯。	
1927—1936	赖特在芝加哥邮局担任职员；成为左派刊物作家；加入约翰·里德俱乐部，并加入美国共产党。	
1937	赖特担任《工人日报》编辑；因创作自由问题，与芝加哥市美国共产党负责人的关系破裂；离开芝加哥后，到纽约哈莱姆居住，继续从事文学创作。	诗歌《街头上的我们》；散文集《现实种族歧视之伦理：一个自传性素描》；散文《黑人创作蓝图》

(续表)

年份	重要事件	作品问世
1938	赖特的短篇小说《火与云》被授予欧·亨利纪念奖，获得两百美元奖金。	短篇小说集《汤姆叔叔的孩子们》出版，包括五个短篇小说："大男孩"离家》《河边低洼地》《黑色长歌》《火与云》《明亮的晨星》
1939	赖特获得两千五百美元的古根海姆研究基金；与犹太姑娘迪马·罗斯·米德曼结婚。	
1940	赖特与米德曼离婚。在芝加哥与W.E.B.杜波依斯、兰斯顿·休斯和阿尔纳·邦腾普斯共进午餐。	长篇小说《土生子》
1941	赖特获得（美国）全国有色人种协进会颁发的斯平加恩奖章；与犹太姑娘艾伦·珀普拉尔结婚；与保罗·格林合作，把《土生子》改编成戏剧。	图片散文集《一千二百万黑人的呼声》
1942	赖特的大女儿朱莉娅·赖特出生；正式脱离美国共产党。	
1945	赖特与青年作家詹姆斯·鲍德温结识，并给予大力帮助。	自传《黑小子》；散文集《黑人大城市介绍：北方城市黑人生活研究》
1946	赖特访问法国。	
1947	赖特的全家移居法国。	散文集《异教的西班牙》
1949	赖特的小女儿蕾切尔·赖特出生。	
1949—1950	赖特在阿根廷自编自导电影《土生子》，并出演主人公别格·托马斯。	
1951		散文《我选择放逐》
1952	赖特访问英国。	

赖特生平大事记和作品出版

（续表）

年份	重要事件	作品问世
1953	赖特访问黄金海岸（即今日的加纳）。	长篇小说《局外人》
1954	赖特访问西班牙。	散文集《黑色权力》；长篇小说《野性的假日》
1955	赖特在印度尼西亚参加万隆会议。	
1956		散文集《肤色之幕：万隆会议报道》；《异教的西班牙》
1957	赖特的姨妈玛吉在密西西比州去世。	散文集《白人，听着!》
1958		长篇小说《长梦》
1959	赖特在巴黎与美国民权运动领袖小马丁·路德·金会面。	剧本《父亲的善意》在巴黎上演
1960	赖特因心脏病在法国巴黎去世。	长篇小说《长梦》被改编成剧本在百老汇上演
1961		遗著：短篇小说集《八个人》出版，包括八个短篇小说：《几乎是个男子汉》《住在地下的人》《善良的黑巨人》《看见洪水的人》《什么都能干的人》《嗨，上帝可不是像那样……》《杀影子的人》和《去芝加哥的人》
1968		书信集：《给乔·C. 布朗的信》
1977		自传：《美国的饥饿》
1993		遗著：长篇小说《今日的主》
1994		遗著：中篇小说《成人礼》
1998		遗著：诗集《俳句：这个另类世界》
2008		遗著：长篇小说《父亲之父》

(续表)

年份	重要事件	作品问世
2009		遗著：诗集《俳句：这边的另一个世界》
2012		（再版）遗著：诗集《俳句：理查德·赖特最后的诗歌》